ANABELLE STEHL

Fadeaway

ANABELLE
STEHL

Fade AWAY

ROMAN

LYX

LYX in der Bastei Lübbe AG
Dieser Titel ist auch als E-Book und Hörbuch erschienen.

FSC
www.fsc.org
MIX
Papier aus verantwortungsvollen Quellen
FSC® C014496

Originalausgabe

Textredaktion: Klaudia Szabo
Covergestaltung: ZERO Werbeagentur GmbH
Coverabbildung: © Elisabeth Fredriksson (Arcangel);
© djero.adlibeshe yahoo.com, YamabikaY; Bokeh Blur Background
(shutterstock.com); Aufnahme von Berlin: Image courtesy
of the Earth Science and Remote Sensing Unit, NASA Johnson Space Center
ISS047-E-29989 (http://eol.jsc.nasa.gov)
Satz: Greiner & Reichel, Köln
Gesetzt aus der Adobe Caslon
Druck und Einband: GGP Media GmbH, Pößneck
Printed in Germany
ISBN 978-3-7363-1479-5

1 3 5 7 6 4 2

Sie finden uns im Internet unter: lyx-verlag.de
Bitte beachten Sie auch: luebbe.de und lesejury.de

Liebe Leser:innen,

bitte beachtet, dass *Fadeaway* Elemente enthält, die triggern können. Diese sind: *Beschreibungen sexueller Gewalt.*

Wir wünschen uns für euch alle das bestmögliche Leseerlebnis.

Eure Anabelle und euer LYX-Verlag

Für Maike.

Auf die nächsten zehn Jahre.
Das Leben mit dir ist eines der schönsten.

PLAYLIST

Deanz, Cartice – We Fade Away
Demi Lovato – Confident
Halsey – Roman Holiday
Sonya Belousova, Giona Ostinelli, Joey Batey –
Toss A Coin To Your Witcher
dodie – Boys Like You
Hailee Steinfeld – Most Girls (Acoustic)
Imagine Dragons – Thunder
Vigiland – Pong Dance
5 In Love – Girls Just Wanna Have Fun
Loud Luxury, CID – Nights Like This
5 Seconds of Summer – No Shame
The Beatles – Girl
Bing Crosby, The Andrew Sisters –
Pistol Packin' Mama
Ibeyi – No Man Is Big Enough for My Arms
Taylor Swift – I Knew You Were Trouble
Leon Bridges – Mrs.
Lewis Capaldi – Bruises
Alec Wigdahl – Misbehaving
Bear's Den – Berlin
Lynzy Lab – A Scary Time (for Boys)
NoMBe – Man
FINNEAS – New Girl
Little Mix – Salute
Bea Miller – S.L.U.T.

1. KAPITEL

Kyra

Ich hörte ein lautes Krachen hinter mir, gefolgt von einem tiefen »Oh Mist«.

»Elias!« Ich wirbelte, den Karton in der Hand, herum und schaute über das Treppengeländer nach unten, wo ich den braunen Schopf meines Bruders sah. Und meinen Schallplattenspieler, der drohte, von der kleinen IKEA-Kommode zu rutschen und nur noch nicht zu Boden gestürzt war, weil er mit dem Treppengeländer in Kontakt gekommen war. In sehr unsanften Kontakt, dem Geräusch nach zu urteilen.

Ich setzte meinen Karton neben mir auf der Treppe ab und lief, zwei Stufen auf einmal nehmend, zu meinem Bruder, um meinen geliebten Plattenspieler zu retten. Ich drehte ihn einmal in alle Richtungen und seufzte erleichtert auf, als ich sah, dass alles intakt war und er keine Kratzer oder sonstige Schäden davongetragen hatte.

»Ähm, Kyra?«

»Hm?« Ich blickte auf, direkt in die abwartende Miene meines großen Bruders.

Elias nickte an mir vorbei nach vorn. »Das Teil hier ist schwer. Wenn ihr beide dann fertig wärt … kannst du bitte weitergehen?« Seine Stimme klang gepresst und ich trat schnell einen Schritt zur Seite, um ihn vorbeizulassen. Das Treppenhaus des Altbaus war glücklicherweise breit und geräumig, sodass es sogar Miriams Couch ohne Probleme nach oben geschafft hatte. Elias schüttelte den Kopf, als er sich mit der weißen Kommode an mir vorbeischob, aber ich konnte das feine, unterdrückte Grinsen eindeutig erkennen. Ich verkniff mir einen flapsigen Kommentar, es tat viel zu gut, Elias endlich wieder glücklich zu sehen. Den Plattenspieler unter dem Arm folgte ich ihm und sammelte unterwegs die Kiste ein, die ich stehengelassen hatte.

»So, nur noch dein ganzer Dekoscheiß und dann war's das, oder?«, fragte Elias, nachdem er die Kommode in meinem neuen Zimmer an die Wand gestellt hatte.

»Pflanzen sind kein Dekoscheiß«, widersprach ich mit gehobenen Augenbrauen und stellte Kiste und Plattenspieler zu den restlichen Kartons. Ich zog meinen Pferdeschwanz enger und sah mich in meinen neuen vier Wänden um. Die Wohnung war ein echter Glücksgriff. Ewig hatten wir nichts gefunden und ich hatte schon befürchtet, das Semester nächste Woche in meinem alten Kinderzimmer starten zu müssen. Aber dann war Elias, der nur wenige Straßen weiter wohnte, wortwörtlich in die Schlange der Wohnungsbesichtigung gestolpert und hatte mich direkt angerufen. Ich hätte zu gern gewusst, ob er den Typen der Hausverwaltung vorab bestochen hatte, aber tatsächlich hatte der die Wohnung an zwei frische Studentinnen gegeben anstatt an das Paar oder die Frau im Hosenanzug, die definitiv eine sicherere Einnahmequelle vorzuweisen gehabt hätte. Und jetzt waren wir hier. Das war wirklich unsere Wohnung.

Sowohl Miriams als auch mein Zimmer waren etwas über zwanzig Quadratmeter groß, hell, mit Fenstern zur Südseite des Hauses hin – und an unser gemeinsames Wohnzimmer angrenzend hatten wir sogar einen Balkon, was purer Luxus war. Sie war zwar alles andere als günstig, aber bezahlbar. Na ja, zumindest hatten wir nicht unser Erstgeborenes vorab verkaufen müssen und das grenzte für Kreuzberg und diese Art von Wohnung schon an ein Wunder. Außerdem hatte Miriam nur wenige Meter entfernt eine Garage für ihr Motorrad mieten können, sodass auch die Lage mehr als perfekt war.

Elias öffnete das Fenster und fuhr sich mit der Hand über den Nacken. Für Ende September war es erstaunlich warm, und das Kistenschleppen in den vierten Stock hatte sein Übriges getan. Auch ich spürte mein T-Shirt an meiner Haut kleben und freute mich schon auf die Dusche heute Abend. Sobald ich ein Handtuch und meinen Föhn aus den Kartons befreit hatte.

»Ist alles oben?« Miriam schob sich an einem Stapel Kartons vorbei in mein Zimmer. Die blonden Haare hatte sie zu einem unordentlichen Knoten auf den Kopf gedreht und ihr Gesicht war von der Anstrengung leicht gerötet. »Wenn ihr fertig seid, würden meine Eltern und Louisa den Transporter wegfahren.«

Ich nickte. »Nur noch ein paar Topfpflanzen und die letzte Kiste Platten.«

»Noch eine?«, fragten Elias und Miriam gleichzeitig.

Grinsend verdrehte ich die Augen. »Hey, du hast deine Bücher, ich meine Musik, okay?«, sagte ich an Miriam gerichtet.

»Es gibt da so eine App, mit der du all deine Musik online streamen kannst. Auf deinem Handy. Oder ist dir das zu 21. Jahrhundert?«, fragte Elias.

»Schatz, wo hast du den Werkzeugkoffer hingestellt?«, rief meine Mutter aus der Küche und ersparte mir so die erneute Diskussion über meine Plattensammlung, die – zugegeben – etwas unvernünftige Ausmaße angenommen hatte.

»Fensterbank im Wohnzimmer«, rief ich zurück.

»Ich geh ihr mal helfen«, meinte Elias und warf mir den Autoschlüssel zu. »Und du kannst deine Pflanzen selbst hochtragen. Ich verstehe eh nicht, wie du diesen Dschungel hier unterkriegen willst.«

Ich streckte ihm die Zunge raus, was Miriam zum Lachen brachte.

»Ich komm mit und helf dir tragen«, bot sie an und trat in den Flur, um Elias durchzulassen.

»Danke«, sagte ich. »Es sind auch nur noch drei. Elias soll sich nicht so anstellen.«

»Elias hat gerade deinen gesamten Hausstand hochgetragen. Benimm dich«, rief mir mein Bruder aus der Küche zu.

»Er wird mir das jetzt das gesamte Jahr über vorhalten. Wie damals, als er mal meine Mathehausaufgaben für mich gemacht hat. Ich musste ihm wochenlang Limo und Essen bringen.« Ich sah Miriam eindringlich an. »Lass dich niemals auf einen Deal mit meinem Bruder ein. Meinen Brüdern. Beiden. Du kannst nur verlieren.«

Miriam grinste. »Ist notiert. Aber es ist schön, Elias so zu sehen«, fügte sie leiser hinzu. »Ich hab mir echt Sorgen gemacht.«

Lächelnd sah ich Miriam an. Sie war einer der nettesten und empathischsten Menschen, die ich kannte. Als sie in der zehnten Klasse auf unsere Schule gewechselt war, hätte ich nie gedacht, dass wir beste Freundinnen werden würden – wir waren nicht nur optisch, sondern auch vom Charakter her komplett unterschiedlich.

Sie war blond, still, schüchtern und so nett, dass man ab der ersten Sekunde mit ihr befreundet sein wollte.

Ich stand nicht nur mit meinen braunen Haaren im Kontrast zu ihr, ich konnte seit meiner Kindheit wie ein Wasserfall reden, war auch sonst nicht gerade auf den Mund gefallen und kam – sehr zu meinem Unmut – oft arrogant rüber. Zumindest hatte ich das schon häufiger zu hören bekommen. Miriam zog die Leute förmlich an und schaffte es, dass sie ihr innerhalb von Sekunden ihre gesamte Lebensgeschichte erzählten. Mir begegneten andere wesentlich skeptischer.

Trotzdem war neben Phuong, die ich seit Kindertagen kannte, nun auch Miriam meine beste Freundin, wofür ich mich jeden Tag glücklich schätzte. Und jetzt wohnten wir sogar zusammen.

Ich stupste sie an.

»Komm. Los geht's. Je schneller alles oben ist, desto eher bekomme ich meine Pizza. Oder Sushi. Oder beides. Ich sterbe vor Hunger.«

»Hast du gerade deine Pizza in meine Sojasoße getunkt?« Miriam rümpfte die Nase, als hätte sie etwas Widerliches gerochen.

Ich biss die Spitze des Pizzastücks ab und lehnte den Kopf zurück, um die langen, von der Soße dunkel getränkten Käsefäden abzuziehen.

»Du hast keine Ahnung, was du verpasst. Wie Kat immer meint: Sojasoße macht alles besser. Sie hat recht.«

»Ja, Sushi zum Beispiel«, gab Miriam zurück und tunkte ihr Avocado-Maki grinsend in die dunkle Flüssigkeit.

»Als Kind hat Kyra alles nur mit Ketchup gegessen. Kohlrabi, Wirsing, generell jegliches Gemüse war erst essbar, wenn es nicht mehr wie Gemüse aussah, sondern wie roter Matsch.« Meine Mutter lächelte selig, als handelte es sich dabei um einen Glanzmoment meiner jüngeren Jahre.

»Gut zu wissen, dass du heute immer noch genauso komisch bist«, sagte Elias zwischen zwei Bissen seiner Pizza Diavolo. Ich zielte mit dem Fuß auf sein Schienbein, aber da er im Gegensatz zu mir auf dem Sofa saß, hob er nur das Bein an und mein Tritt ging ins Leere.

Meine Mutter zuckte mit den Schultern. »Immerhin ist Sojassoße kein purer Zucker.«

Elias nickte. »Siehst du, Kyra, du entwickelst dich doch weiter. Langsam, aber immerhin.«

Ich holte erneut aus und Elias zog auch das andere Bein auf die Couch, sodass er im Schneidersitz und außerhalb meiner Reichweite dasaß.

»Wird Zeit, dass wir mal wieder ins Studio zum Boxen fahren, wenn deine Reaktionsgeschwindigkeit so nachlässt.«

»Ich geh mit Noah. Der ist immerhin nett zu mir«, gab ich zurück.

»Wo ist Noah überhaupt?«, fragte Miriam.

»Er und Papa haben irgendeinen Termin in Hamburg, der sich nicht verschieben ließ.«

Noah, mein zweiter Bruder, arbeitete seit ein paar Wochen gemeinsam mit meinem Vater an einigen Projekten unserer Firma. Er blühte bei der Arbeit total auf, allerdings machte ich mir insgeheim Sorgen, wie er all die Stunden im Betrieb mit der Uni unter einen Hut kriegen wollte, sobald das Semester nächste Woche begann.

»Oder aber er wollte sich nur vor der Arbeit drücken«, murmelte Elias.

Ich blickte zu Elias in der Befürchtung, Frustration in seinem Gesicht zu sehen, aber er kaute nur genüsslich seine Pizza. Normalerweise achtete ich darauf, das Gespräch nicht auf die Arbeit zu lenken. Denn Elias war von meinen Eltern aus dem Familienbetrieb geworfen worden, nachdem er Christopher Rothe, den Sohn des wichtigsten Geschäftspartners unserer Firma, auf der Jubiläumsparty zusammengeschlagen hatte.

Ich trank von meiner Sprite und schluckte das aufkommende Unwohlsein mit der Flüssigkeit hinunter. Selbst jetzt, Monate später, rief der Gedanke an das, was geschehen war, noch

Übelkeit in mir hervor. An seine Hände, seinen Atem, seinen Körper, der sich zu schwer an meinen gepresst hatte. An das Gefühl von Machtlosigkeit. In den meisten Momenten konnte ich die Gedanken ohne Weiteres wegdrängen, doch manchmal – durch Gespräche oder Assoziationen – waren sie einfach da. Am häufigsten war das im Beisein meiner Familie der Fall, wenn einer von uns, so wie jetzt, auf den Betrieb zu sprechen kam. Ohne dass ich es wollte, dachte ich den Gedanken weiter.

Christopher Rothe hatte sich an mir vergehen wollen. Elias war mir gerade rechtzeitig zu Hilfe geeilt. Von dem Vorfall wusste außer Elias, Noah und mir allerdings niemand. Nicht einmal Miriam und Phuong, obwohl die beiden meine besten Freundinnen waren. Aber ich hatte es nicht noch einmal erzählen können. Hatte mich nicht noch einmal den mitleidigen, beinahe verletzten Blicken stellen wollen, als wäre nicht mir, sondern auch ihnen etwas genommen worden. Nur meine Brüder wussten, was geschehen war – und Christopher wusste es. Aber ich hatte nicht vor, ihm weiterhin Raum in meinem Kopf zu geben. Er hatte davon schon viel zu viel eingenommen und ich würde nicht zulassen, dass er einen weiteren Teil von mir, eine weitere Sekunde meiner Zeit bekam.

»Ist was?« Elias' kritischer Blick riss mich aus meinen Gedanken. Ich hatte gar nicht gemerkt, dass ich ihn noch immer anstarrte. Seine braunen Augen musterten mich und ich setzte schnell ein Lächeln auf, bevor sie die Sorge spiegeln konnten, die ich meinetwegen viel zu oft darin sah. Elias hatte so viel geopfert, um mir zu helfen. Er hatte nicht nur die Position in der Firma verloren, eine Zeit lang hatte er nicht einmal Kontakt zu meinen Eltern gehabt. Umso schöner war es, zu sehen, dass er jetzt gemeinsam mit unserer Mutter auf der Couch sitzen und Pizza essen konnte. Das alles hatte ich nur Noahs Freundin Lia zu verdanken. Ich wusste immer noch nicht, wie sie es angestellt hatte, aber sie hatte es vor wenigen Wochen geschafft, uns alle wieder enger zusammenrücken zu lassen. Sie hatte nicht nur Elias zu der Vorführung ihres Kurzfilms eingeladen, ihr Film und die Geschichte, die er erzählte, hatten mir auch den Mut gegeben, zumindest Noah endlich anzuvertrauen, was vorgefallen war. Und jetzt war es fast wieder wie früher.

Aber eben nur fast. Denn Elias würde ebenfalls zurück an die Uni gehen, im Gegensatz zu Noah allerdings, ohne dabei in der Firma zu arbeiten. Er hatte mir mehrmals versichert, dass ihm das nichts ausmachte, aber ich wusste, dass er das nur sagte, damit ich mich nicht schlecht fühlte.

»Alles gut«, meinte ich lächelnd und hoffte, dass Elias mich später nicht noch einmal darauf ansprach. Sosehr er mich auch immer neckte, er war viel zu aufmerksam und beschützend, wenn es um mich ging. Dabei stand der Umzug für mich nicht nur für den Beginn der Uni, sondern für den Beginn von etwas ganz Neuem. Ich wollte nach vorn blicken, ich wollte mich selbst besser kennenlernen. Und ich konnte es kaum erwarten, dass all das losging.

»Habt ihr eure Stundenpläne eigentlich schon erstellt?«, fragte meine Mutter.

Ich nickte im selben Moment, in dem Miriam den Kopf schüttelte.

»Ich hab angefangen«, sagte Miriam, nachdem sie fertig gekaut hatte, »aber es ist echt gar nicht so einfach. Superviel überschneidet sich, sogar zwei Seminare von Pflichtfächern. Aber wir haben eine Rundmail bekommen, dass wir ruhig die Einführungsveranstaltungen abwarten können, bis wir uns einschreiben.«

»Bei mir war es einfacher, weil ich mit Psychologie nur das eine Fach habe und alles aufeinander aufbaut«, sagte ich. »Bei Miri hab ich auch null durchgeblickt.«

Miriam studierte Deutsch und Englisch auf Lehramt, sodass sie zwei Fächer und Bildungswissenschaften managen musste. Ich hatte ihre Zusammenbrüche über den Vorlesungsverzeichnissen und Studienplänen live miterlebt und wollte wirklich nicht mit ihr tauschen.

»Ich bin mir sicher, dass nächste Woche alles klarer wird«, meinte meine Mutter und lächelte Miriam aufmunternd zu. »Du bist so intelligent, dass es daran nicht scheitern wird.«

»Du machst das schon«, stimmte Elias zu.

Ich schmunzelte, als ich sah, wie Miriams Wangen sich leicht röteten. Sie stand so ungern im Mittelpunkt, dabei hatte sie gar keinen Grund, ihr Licht unter den Scheffel zu stellen. Aber egal ob Referate in der Schule oder ein nicht funktionierendes Kartenlesegerät an der Kasse – die ungeteilte Aufmerksamkeit anderer machte sie jedes Mal aufs Neue unglaublich nervös.

»Kommen deine Eltern oder deine Schwester eigentlich wieder?«, fragte ich, um das Thema zu wechseln, da Miriam unsicher von links nach rechts auf ihrem Kissen umherrutschte.

Sie legte die Holzstäbchen zurück in die Sushi-Schale und schüttelte den Kopf.

»Nein, sie wollten noch bei meiner Oma im Krankenhaus vorbeifahren, wenn sie schon in der Stadt sind.«

»Und du wolltest nicht mit?«, fragte Elias und legte den Kopf schief.

»Nein, ich lass den vieren ein bisschen Zeit für sich. Ich besuche sie ja sowieso fast jeden Tag. Und ich will nicht meinen eigenen Umzug verpassen, vor allem da Kyra und ich Pläne für heute Abend haben!«

Ich lachte. Ja, Pläne, die einen Filmabend beinhalteten. Nur dass Miriam der größte Disney-Film-Fan war und man mich entweder mit Klassikern à la Audrey Hepburn oder aber mit moderneren Action- und Superhelden-Filmen kriegte. Diesen Kampf würden wir wohl oder übel noch ausfechten müssen.

Miriam sah mich mit hochgezogenen Augenbrauen an. »Lach nicht. Du hast Aladdin noch nicht gesehen, das grenzt an ein Verbrechen. Das müssen wir ändern.«

Ich schob mir den letzten Rest Pizza in den Mund und hob resignierend die Hände.

Meine Mutter legte ihr Besteck auf den Teller und stand auf. »Elias, ich glaube, das war unser Stichwort.«

»Was? Nein!«, winkte Miriam ab. »Ich wollte euch damit auf keinen Fall rauswerfen. Ohne euch beide wären wir in drei Stunden noch nicht fertig. Bleibt ruhig.«

Meine Mutter schmunzelte. »Nein, keine Sorge. Der Abend gehört euch, lebt euch erst mal ein. Wenn ihr die nächsten Tage Hilfe braucht, sagt Bescheid.«

»Ja«, meinte Elias. »Ruf mich einfach an, Ky, ich hab eh Zeit. Oder du, Miriam.«

Das Lächeln meiner Mutter geriet sichtlich ins Wanken, woraufhin ihr Elias kurz mit dem Ellbogen in die Seite stupste. »Mama, das muss aufhören. Ich sag das nicht, um euch eins auszuwischen. Ich wollte wirklich nur helfen.«

Meine Mutter zog kurz die Mundwinkel nach oben, aber es war nicht zu übersehen, dass Elias' Äußerung sie trotzdem verunsichert hatte. Ich schluckte und die angespannte Stimmung, so fein sie auch war, hinterließ einen sauren Geschmack auf meiner Zunge. Ob sich das Ganze jemals wieder einrenken würde? Meine Eltern und meinen Bruder so miteinander reden zu sehen, schien vor Kurzem noch undenkbar, aber so viel Lia auch für unsere Familie getan hatte – sie hatte nicht alles fixen können. Denn unser Familienbetrieb war nach wie vor von Herrn Rothe abhängig, und nach wie vor dachten alle, dass er und sein Sohn Christopher in der ganzen Sache die Leidtragenden waren. Keiner wusste, was an dem Abend geschehen war. Und solange ich nichts sagte, würde das so bleiben. Nicht zum ersten Mal in den letzten Wochen kamen mir Zweifel an der Entscheidung, auch wenn mir klar war, dass sie zu dem Zeitpunkt die richtige gewesen war. Ich hatte von Foren über Reddit-Threads bis hin zu Büchern unglaublich viel über sexuelle Belästigung gelesen. So ziemlich all diese Quellen teilten einem mit, dass Reden half. Dass man eine Anzeige in Betracht ziehen sollte. Aber all das las sich wie ein theoretischer Schlachtplan. Eine To-do-Liste, die man abzuarbeiten hatte, damit es einem besser ging. Nichts davon hatte in meinen Augen die Leere, die ich gefühlt hatte, mit aufgegriffen. Die Antriebslosigkeit direkt nach dem Vorfall. Die Angst, nicht ernst genommen zu werden. Die Furcht, alles wieder und wieder erleben zu müssen, wenn auch nur durch die Erzählung.

In meiner Zeit in Paris diesen Sommer hatte ich ein Mädchen kennengelernt, dem etwas Ähnliches passiert war – in der jungen Frau hatte ich die erste Person gefunden, die nachvollziehen konnte, wie es mir ging. Sie hatte meine Ängste nicht nur ernst genommen, sondern auch bestätigt, da ihr ein Gang zur Polizei nichts gebracht hatte, ganz im Gegenteil. Ihr hatte Kunst geholfen, das Erlebte zu verarbeiten, ähnlich wie es bei Lia der Fall gewesen war. Ich war mir nicht sicher, ob ich meinen Katalysator bereits gefunden hatte, aber was mir half, war der Sport, weshalb ich es wirklich kaum erwarten konnte, mit meinen Brüdern ins Boxstudio zu gehen und mich so schnell wie möglich in einem neuen Fitnessstudio anzumelden. Was mir hingegen gar nicht half, war das Wissen, dass mein Schweigen nach wie vor anderen schaden konnte. Nicht nur Frauen in Christophers Umfeld, sondern allen voran meinem ältesten Bruder. Denn unter den aktuellen Umständen würde er nicht in die Firma zurückkehren können.

Elias' Blick traf meinen, und es brauchte keine Worte, um mich erkennen zu lassen, dass er genau wusste, was in mir vorging. Er stöhnte auf.

»Ihr zwei seid unmöglich. Ich wollte es eigentlich nicht heute sagen, weil das Kyras Tag ist, aber gut. Bevor ihr weiter auf Zehenspitzen um mich herumlauft: Ich hab nächste Woche eine Art ... Bewerbungsgespräch.« Meine Mutter sah ihn mit großen Augen an.

»Was? Wo?«, fragte ich.

»In Berlin«, antwortete Elias knapp.

»Wow, Elias. So gesprächig wie eh und je. In Berlin! Danke, ich bin im Bilde, ich – ey!«

Ich sprang zur Seite, als Elias grinsend einen großen Schritt auf mich zu machte und versuchte, mir durch die Haare zu wuscheln.

»Bei Marc im Studio. Er hat viel Zulauf bekommen und gefragt, ob ich Kurse übernehmen möchte. Es wäre eine Stelle als Werkstudent.« Elias verschränkte die Arme. »Also könnt ihr mit den mitleidigen Blicken aufhören, es ist alles wie vorher.«

»Es ist toll, dass du was für den Übergang gefunden hast«, sagte meine Mutter. »Auch wenn es natürlich nicht ganz dein Metier ist. Vielleicht finden wir ja noch etwas, was zu deinem Studiengang passt. So bleibst du in der Übung, bis sich die Wogen geglättet haben.«

Elias nickte, und weder er noch meine Mutter oder ich fügten dem etwas hinzu. Denn uns allen war klar, dass es noch eine ganze Weile dauern konnte, bis die Wogen sich wieder glätteten.

»Okay. Bist du bereit für epische Musik, noch epischere Tanzszenen, Will Smith und weitere wunderschöne Menschen?«

Miriam schmiss sich neben mich auf die Couch und drückte mir ein Glas Rotwein in die Hand. Für sich selbst hatte sie eine Vanilla Coke geholt. Auf dem Couchtisch standen kleine Schüsseln mit Süßigkeiten, zwischen denen vereinzelte Teelichter angezündet waren. Miriam war völlig in ihrem Element, und dass wir keine für Disney typischen Maus-Haarreife anhatten, lag mit Sicherheit nur daran, dass sie noch in irgendeiner Kiste vergraben waren.

»Wie könnte ich dafür je bereit sein?«, fragte ich, was meine beste Freundin mit einem Augenrollen kommentierte. Ich hatte absolut kein Problem mit Disney, aber dafür umso mehr Spaß daran, sie aufzuziehen.

Ich rutschte ein Stück enger an Miriam heran und legte meinen Kopf auf ihrer Schulter ab. »Ich freu mich, dass du hier bist. Und dass wir zusammenwohnen können.«

»Ich mich auch«, sagte Miriam. Dann stieß sie ihr Glas leicht an meines. »Auf durchlernte Nächte in der Unibibliothek, Haareraufen über Prüfungen und eine gute Zeit.« Sie hielt kurz inne und zwirbelte mit der freien Hand eine ihrer blonden Haarsträhnen um den Zeigefinger. »Du zwingst mich nicht auf eine Ersti-Party, oder?«

Lachend hob ich meinen Kopf. »Würde ich dich denn dorthin bekommen?«

Miriams missmutiger Gesichtsausdruck war Antwort genug. »Das überlasse ich deinen Kommilitonen«, sagte ich.

Miriams Miene wurde noch ein bisschen missmutiger.

»Alles okay?«, fragte ich. »Hab ich was Falsches gesagt?«

Sie schüttelte den Kopf. »Ne, aber ich hoffe einfach, dass ich Anschluss finde.«

»Na klar findest du Anschluss. Warum auch nicht?«

Miriam zog eine Augenbraue in die Höhe, als sollte ich die Antwort darauf bereits kennen.

»Das ist nicht mehr die Schule«, sagte ich bloß. »Das wird gut, glaub mir.«

Sie hob die Schultern. »Mag sein, aber nur weil das ein neuer Lebensabschnitt ist, bin ich nicht automatisch ein neuer Mensch.«

»Zum Glück nicht«, erwiderte ich. »Du bist meine beste Freundin, weil du genau so bist, wie du bist. Du musst dich nicht verändern.«

»Das sagst du immer.«

Grübelnd legte ich mir einen Finger an die Lippe. »Vielleicht … sag ich es, weil es stimmt.«

Miriam boxte mich sanft gegen den Oberarm, was mich zum Lachen brachte.

»Du wirst mal eine tolle Psychologin«, sagte sie etwas ernster. »Ich glaub, du weißt gar nicht, wie sehr du mir schon geholfen hast.«

»Hey, aber im Ernst. Du siehst dich selbst viel zu kritisch. Ja, du quatschst keine Menschen an, aber du bist die offenste und liebste Person, die ich kenne. Du musst gar niemanden ansprechen, weil alle das selbst tun und *dich* ansprechen wollen. Dafür bewundere ich dich jedes Mal.«

Miriam lächelte leicht. »Ich bewundere dich auch, Kyra.«

»Du hattest früher Angst vor mir«, sagte ich mit einem Lachen.

»Keine Angst«, widersprach Miriam. »Eher eine Art gesunden Respekt.« Nun musste auch sie lachen.

»Siehst du, deshalb sind wir so ein grandioses Team«, meinte ich. »In jedem Action-Film braucht es diese Mischung aus gutem und bösem Cop.«

Miriam seufzte. »Falls das ein schlechter Versuch wird, dir einen anderen Film zu wünschen, vergiss es. Wir gucken jetzt Aladdin und du wirst mir den Rest der Woche danken und den Soundtrack heimlich laufen haben.«

Ich schnappte mir die Fernbedienung und eine Hand voll Chips vom Couchtisch. Dann drückte ich auf Play und beobachtete, wie das berühmte Disney-Schloss auf dem Bildschirm erschien.

»Dann lass uns mal prüfen, ob deine Theorie stimmt.«

2. KAPITEL

Milan

Der Pfiff durchschnitt das Geräuschgemisch aus quietschenden Turnschuhen, schwerer Atmung und dem gelegentlichen Rufen von Vornamen.

»Gute Arbeit, Leute!« Rico, unser Trainer, klatschte zweimal in die Hände, worauf auch die Letzten zum Stehen kamen. »Ich schick euch den neuen Trainingsplan per Mail. Yannick, sei pünktlich nächstes Mal, sonst kannst du Extrarunden drehen. Und bitte nehmt eure leeren Flaschen aus den Duschen mit. Ich krieg jedes Mal den Anschiss der Putzkräfte ab. Ich hab schon zwei Teenager daheim, denen ich hinterherräumen muss, das reicht mir.« Er griff nach seiner Wasserflasche und trank einen Schluck. »Schönes Wochenende, erholt euch gut!«

Ich lief ebenfalls zu meinem Wasser am Rand der Halle und trank in gierigen, großen Schlucken die Hälfte aus. Lukas ließ sich schwer atmend neben mir auf den Boden sinken und wischte sich über die vom Schweiß glänzende Stirn.

»Gut gespielt, Nowak«, sagte er und streckte die Beine von sich, bevor er sich darüber beugte, um sie zu dehnen.

»Nicht gut genug. Ich hab den Heber beim Siebenmeter verkackt«, murmelte ich und trank einen weiteren Schluck, bevor ich den Deckel auf die Wasserflasche schraubte.

»Der ging doch rein?« Lukas zog irritiert die Brauen zusammen.

»Ja, bei Ben ging er rein. Aber in zwei Wochen gegen Hannover reicht das nicht. Deren Torwart ist größer, der Ball hätte anders fliegen müssen.«

Lukas' Mundwinkel zuckten, aber als er meinem Blick begegnete, wurde er ernster.

»Das wird schon. Wir machen die platt.« Er lehnte sich noch weiter über seine Oberschenkel. »Außerdem ist unser Kapitän beim nächsten Mal wieder dabei.«

»Wenn er denn voll einsatzfähig ist. Meinte sein Arzt nicht, er kann erst Mitte der Saison wieder einsteigen?« Ich sah zu Lukas hinab, bis er mir in die Augen blickte. »Ich will den Aufstieg in dieser Saison.« Wir waren im Juni so knapp am Aufstieg in die zweite Liga vorbeigeschlittert – das durfte nicht noch einmal passieren. Dass unser Kapitän wegen einer Verletzung ausgefallen war, hatte unsere Zuversicht nicht gerade gesteigert. Umso erleichterter war ich gewesen, als er vor zwei Wochen plötzlich beim Training aufgetaucht war.

»Wenn Chris' Untersuchung heute gut läuft, ist er gegen Hannover ja am Start.«

»Du klingst richtig erfreut darüber«, gab ich mit einem Schmunzeln zurück. Es war kein Geheimnis, dass Lukas nicht sein größter Fan war. War ich auch nicht, aber selbst wenn es menschlich zwischen uns nicht passte, sah ich trotzdem, dass er ein guter Spieler und Kapitän war. Während ich ihn seit seiner Verletzung ein paarmal besucht hatte, hatte Lukas sich komplett ferngehalten.

Er setzte an, etwas zu erwidern, schloss den Mund aber wieder. Vermutlich, weil wir dieses Gespräch nicht zum ersten Mal führten und er genau wusste, dass unsere Diskussionen ins Nichts führten. Lukas stand auf, schüttelte beide Beine kurz aus und klopfte mir auf die Schulter. »Ich will was essen und für den restlichen Sonntag auf die Couch. Kommst du?«

Ich warf einen letzten Blick über meine Schulter – zurück zu dem Handball, der unbewegt im Torraum lag und sich förmlich in meine Netzhaut brannte. Ich wollte diesen Aufstieg wirklich. Klar, das wollten wir alle. Aber ich hatte zu hart dafür gearbeitet, war zu viele Kompromisse eingegangen, um in dieser Saison erneut nicht Staffelsieger zu werden.

»Milan!« Lukas stand an der Tür zu den Umkleiden und sah mich abwartend an, eine Hand in den blonden Haaren, die andere in die Hüfte gestützt. »Beweg deinen Arsch unter die Dusche, ich hab keinen Bock, schon wieder auf dich zu warten.«

Ich schenkte meinem besten Freund ein Augenrollen und joggte in seine Richtung. »Du kannst auch einfach sagen, wenn du nicht allein duschen möchtest.«

Lukas' Antwort war ein Schlag gegen meine Schulter, als ich mich an ihm vorbei in die Umkleide schob.

Ich schloss die Haustür auf und warf das dunkelblaue Jersey mit der Nummer 8 vom Flur aus auf den Wäschekorb im Bad, bevor ich zu meinem Zimmer abbog.

»Sollen wir was bestellen?«, fragte Lukas und schloss die Tür hinter sich.

»Ich kann nicht, ich muss um zwei auf der Arbeit sein.« Ich spürte Lukas' Blick förmlich in meinem Rücken. Mit verschränkten Armen drehte ich mich zu meinem Mitbewohner um. »Was?«

»Ich dachte, du machst keine Schichten mehr am Wochenende.« Innerlich stöhnte ich auf. Wusste ich es doch. Lukas hing mir seit Wochen in den Ohren damit, dass ich zu viel arbeitete. Dabei kannte er meinen Kontostand, den Grund für die zusätzlichen Schichten. Allerdings konnte er schwer nachvollziehen, wie ich mich mit der Doppelbelastung fühlte. Er studierte neben dem Handball zwar auch, musste aber immerhin nicht arbeiten, da die Spiele und das Sponsoring seine Ausgaben deckten und seine Eltern die Miete zahlten.

»Ich werd kein Training verpassen und mir genug Pausen gönnen, keine Sorge«, versicherte ich ihm.

Über Lukas' Nase bildete sich eine feine Falte. »Ich mach mir keine Sorgen ums Training, Mann. Ich mach mir Sorgen um dich. Du bist kaum noch zu Hause.«

Ich trat einen Schritt auf ihn zu und fuhr ihm mit der Faust über den dunkelblonden Scheitel, bis seine stets perfekten Haare in unordentlichen Strähnen von seinem Kopf abstanden. »Aw, vermisst du mich?«

Lukas stieß ein schnaubendes Lachen aus und schlug meinen Arm mit seinen Händen weg. »Träum weiter. Für mich ist das wie Urlaub.«

Die Tür neben Lukas wurde geöffnet und Sebastian, mein zweiter Mitbewohner, trat hervor und rieb sich verschlafen über die Augen. Er trug eine dunkelblaue Schlafanzughose und ein schwarzes Shirt, auf dem Jon Snows Gesicht zu sehen war. Seine roten Haare waren auf der einen Seite platt gelegen, also war er wohl wirklich gerade erst aufgestanden. »Morgen«, murmelte er und ließ langsam die Hand sinken, sein verschlafener Blick war auf uns gerichtet.

»Alles okay bei euch?«

»Ob alles okay bei uns ist?« Lukas grinste. »Du bist derjenige, der um eins noch im Schlafanzug ist.«

»Dude, es ist Sonntag«, antwortete Sebastian. »Ich war bis kurz vor fünf Uhr wach, also hatte ich gesunde acht Stunden Schlaf.«

»Siehst du, Milan, gesunde acht Stunden Schlaf. Probier's mal damit.«

Ich stieß Lukas zur Seite, als er mich mit dem Ellbogen schubsen wollte, und nickte zu Sebastian.

»Gezockt? Oder ist es wegen Sara …?«

»Das wird ’ne ganz schöne Umstellung«, unterbrach Sebastian Lukas, bevor dieser ihm weitere Fragen über seine Ex-Freundin stellen konnte. »Wenn die Uni übermorgen losgeht, meine ich.«

»Darauf hätte ich auch mal wieder Lust«, sagte ich auf seinen Themenwechsel eingehend. Die Trennung war gerade einmal eine Woche her, und auch wenn Sebastian kaum darüber redete, glaubte ich nicht, dass es ihn komplett kalt ließ.

»Aufs Zocken?« Sebastians hellbraune Augen blitzten auf und mit einem Mal schien jegliche Müdigkeit aus ihnen verschwunden. Er versuchte Lukas und mich seit Ewigkeiten zu einem gemeinsamen Gaming-Abend zu überreden, aber wir hatten stets abgelehnt. Lukas, weil er einfach nichts mit Videospielen anfangen konnte. Ich, weil ich mir einredete, dass es sich dabei um Zeitverschwendung handelte. So wie fast alles, was ich früher gern zum Zeitvertreib getan hatte. Seit Sebastians Trennung war Lukas jedoch um einiges weicher geworden und versuchte nun ebenfalls, mich von der Idee zu überzeugen.

Ich winkte ab. »Nicht so wichtig.«

Sebastian lehnte sich mit dem Rücken gegen den Türrahmen und drehte mit einer Hand an dem Ring in seinem linken Nasenloch. »Hm«, machte er.

»Was hm?«, fragte ich.

»Ich überlege nur, wie ich dich endlich auf meine Seite ziehe. Die gute Seite.«

»Du könntest ’ne Powerpoint machen und Milan zeigen, was für Vorteile es ihm beim Handball bringen würde«, sagte Lukas. »Reaktionsgeschwindigkeit ist total wichtig bei E-Sports und eine Fähigkeit, die dich auch im echten Spiel weiterbringt.«

»Seit wann interessierst du dich für E-Sports? Sagst du nicht sonst immer, das sei kein Sport?« Kritisch sah ich meinen besten Freund an, der mit den Schultern zuckte.

»Ist es auch nicht, aber wie eben schon gesagt …« Er trat vor mich und kniff mir mit einer Hand in die Wange. »Ich sorge mich um dich.« Lukas lachte, als ich ihn – schon wieder – von mir stieß.

»Gott, ihr seid schlimmer als meine Mutter.«

»Benimm du dich lieber, sonst meld ich das deiner Mutter«, sagte Lukas grinsend, bevor er seine Zimmertür aufstieß und seinen Laptop vom Schreibtisch holte. Das Gerät auf den Unterarm gestützt, kam er zurück in den Flur.

»Magst du auch 'ne Pizza, Sebastian? Oder willst du erst frühstücken?«

Sebastian schüttelte den Kopf. »Ich will erst mal 'nen Kaffee.«

Lukas seufzte. »Wofür wohne ich in 'ner WG, wenn ich trotzdem nicht auf den Mindestbestellwert komme?«

»Such dir halt 'ne Freundin«, erwiderte Sebastian. Als Lukas mit einem Schnauben abwinkte, wandte er sich wieder mir zu. »Glaub ja nicht, dass ich vergesse, was du gesagt hast. Du brauchst dringend 'ne Pause und ich kriege dich dazu.« Sebastian deutete mit Zeige- und Mittelfinger erst auf seine Augen und dann auf mich. Dann trottete er an uns vorbei in die Küche, vermutlich, um sich die erste seiner täglichen acht Tassen Kaffee zu machen.

»Der Hausälteste hat gesprochen«, sagte Lukas. »Wir sollten seinen weisen Ratschlägen folgen.«

Ich grinste. »Soll heißen, du holst dir Tinder und suchst dir 'ne Freundin?«

»Haha, Tinder hab ich durch.« Er grinste. »Wortwörtlich.« Mein Augenrollen ignorierte er gekonnt. »Soll heißen, dass du dir gleich keine zusätzlichen Schichten auf der Arbeit holst, sondern einen entspannten Abend mit uns einplanst.« Lukas klappte den Bildschirm des Laptops hinunter und ging an mir vorbei in Richtung des WG-Wohnzimmers. »Sonst bist du nämlich bald gar nicht mehr zu Hause, und dafür ist die Miete selbst in Moabit zu teuer.«

Ich schwang mich vom Fahrrad und schloss es vor dem Fitnessstudio an, in dem ich jobbte. Das Studio lag in der Nähe des Spittelmarkts, sodass ich von meiner Wohnung aus mit dem Rad nur knapp zwanzig Minuten brauchte. Es hatte vor etwa einem Jahr eröffnet und ich hatte mich auf einen Aushang hin beworben und den Job direkt bekommen, als mein Chef erfahren hatte, dass ich professionell Handball spielte. Falls er erstaunt war, dass ich nebenbei noch jobben wollte, hatte er es nicht gezeigt. Und dass er keine unnötigen Fragen gestellt hatte, die ich nicht beantworten wollte, hatte ihn mir direkt sympathisch gemacht. Der Lohn war okay und ich konnte das Studio umsonst nutzen, was ein Vorteil war. Wir hatten in der Vereinshalle zwar alle nötigen Geräte, aber hier musste ich mit niemandem reden und konnte, die Musik auf den Ohren, einfach abschalten. Nicht heute allerdings, denn heute war Arbeit angesagt und ich hatte eine der langen Schichten erwischt.

»Hey, Mann«, rief ich beim Reingehen und nickte Adrian zu, der hinter dem Tresen stand und irgendetwas auf dem Tablet tippte. Ihm gegenüber auf der anderen Seite des Tresens stand eine junge Frau mit langen brünetten Haaren, die zu einem Zopf zusammengefasst waren. Sie drehte sich zu mir um, als Adrian mir kurz zuwinkte. Für einen Moment traf ihr Blick meinen und ihre blauen Augen musterten mich, bevor sie sich wieder abwandte. Dann streckte Adrian ihr das Tablet entgegen und forderte ihre Aufmerksamkeit. Vermutlich hatte sie sich für ein Probetraining angemeldet. Was bedeutete, dass ich sie hier nie wieder sah, denn pünktlich zu Semesterstart griffen die meisten Erstsemester voll guter Vorsätze ihr Gratistraining ab, um danach nicht mehr aufzutauchen.

Ich bog zu den Umkleiden ab und unterdrückte ein Seufzen. Hoffentlich war ich heute nicht für die Einzeltrainings eingeteilt. Ich arbeitete gern mit Menschen und liebte es, andere beim Sport über ihre Grenzen hinaus zu pushen, bis sie mit jedem Mal mehr schafften. Aber Ole, unser Chef, lockte die Erstis jedes Semester aufs Neue mit Sonderpreisen und irgendwelchen Yoga-Kursen. Leider waren einige auch neu in Berlin und eindeutig auf der Suche – ob nach Beziehungen oder One-Night-Stands wusste ich nicht, aber ich hatte für beides keine Zeit. Zumindest im letzten Jahr war es so abgelaufen, und ich hatte kein Interesse daran, das Ganze zu wiederholen.

Ich zog mich um und stopfte meine Straßenschuhe und die Kleider in meinen Spind. Als ich mich umdrehte, fiel mein Blick zwangsläufig auf den Spiegel, der in der Mitte der Männerumkleide stand und sie in zwei Hälften teilte. Alles für das obligatorische Gym-Selfie. Ich fuhr mir mit der Hand übers Gesicht, als könnte ich so die Augenringe wegwischen, die sich deutlich unter meinen braunen Augen abzeichneten. Meine Kiefermuskeln bewegten sich unter meiner Haut, als ich noch ein wenig grimmiger dreinblickte. Shit. Vielleicht hatte Lukas recht und ich sollte wirklich einen Gang runterfahren. Mir war null geholfen, wenn ich fürs Training nicht ausgeruht war. Geld hin oder her. Ich stieß die Luft aus aufgeblasenen Wangen und versuchte, einen halbwegs freundlichen Gesichtsausdruck hinzukriegen. Heute war vielleicht nicht mein Tag, aber ich mochte sowohl meinen Boss als auch meinen Job, und es war niemandem geholfen, wenn ich meine Laune nach außen trug.

»Das ist Milan, er erarbeitet heute mit dir ein persönliches Trainingsprogramm, indem er guckt, auf welchem Stand du aktuell bist und auf welche Bereiche du dich fokussieren möchtest – Cardio, Kraftaufbau und so weiter und so fort. Den Rest erklärt er dir gleich. Viel Spaß.« Adrian klopfte mir im Weggehen auf die Schulter und ging zu einem Mann an der Brustpresse, um dessen Arme leicht zu beugen, damit er sich bei der Übung nicht an den Gelenken verletzte.

Ich wendete mich der dunkelblonden Frau vor mir zu, die ein Schmunzeln im Gesicht trug. Natürlich hatte ich doch das Glück gehabt, ein Probetraining anleiten zu dürfen.

»Hi«, sagte ich. »Wie du grad schon gehört hast, ist mein Name Milan. Mein Job heute ist, dafür zu sorgen, dass du hier mit ordentlichem Muskelkater rausgehst.«

»Ich bin Vicky. Studierst du auch?«

Ich nickte, ging jedoch nicht weiter auf ihre Frage ein.

»Cool. Ich starte jetzt im ersten Semester«, erzählte Vicky. *Treffer versenkt.*

Ich nickte erneut. Ich hatte wirklich keine Lust auf Small Talk, aber ich wusste auch, dass ich mich anstrengen sollte, falls sie wider Erwarten doch ein Abo abschloss.

»Ich hoffe, du hast einen guten Start.« Ich lief voraus zu den Beinpressen. »Dein Warm-up hattest du ja schon. Wir arbeiten uns von unten nach oben hoch und je nachdem, wie weit du bist, erstelle ich dir Sets, die du beim nächsten Mal wiederholen kannst. Wir passen sie nach einer Weile an. Wenn du dann noch Lust hast, kann ich dir ein paar Übungen mit eigenem Körpergewicht zeigen, die du gut zu Hause machen kannst. Wir haben aber auch eine Ecke für Functional Training, falls du lieber hier trainierst oder zu Hause keinen Platz hast.«

»Training mit Körpergewicht klingt gut«, sagte Vicky und ließ ihren Blick einmal von oben nach unten über mich wandern. »Muss ja nicht zwingend nur das eigene sein.«

War das ihr Ernst? Beinahe hätte ich laut aufgelacht, aber ich unterdrückte es im letzten Moment. Dafür ertönte hinter mir ein lautes Prusten. Irritiert blickte ich über meine Schulter, direkt in ein Paar strahlend blauer Augen. Es war die brünette Frau vom Eingang, die sich ebenfalls angemeldet hatte. Sie biss sich auf die Unterlippe und versuchte sichtlich, sich zusammenzureißen, um nicht loszulachen. Als ich in ihr amüsiertes Gesicht blickte, begann auch mein Mund zu zucken. Unsere Blicke hielten sich noch einen Moment gefangen, dann riss mich Vickys Räuspern wieder ins Hier und Jetzt.

Sie hatte den Kopf schief gelegt, als erwartete sie wirklich eine Antwort auf ihr Angebot. Ich war Avancen gewöhnt und es war nicht so, als würden sie mir nicht schmeicheln. Doch zum einen wäre ich niemals so dumm, mich bei der Arbeit darauf einzulassen, und zum anderen hatte ich in den letzten Monaten alles, was in die Richtung ging, abgeblockt. Ich hatte ein Ziel vor Augen. Und das beinhaltete keine Frauengeschichten.

»Netter Versuch«, sagte ich. »Aber wenn du mich nach dem Training noch magst, habe ich eindeutig etwas falsch gemacht. Niemand verlässt dieses Studio ohne Muskelkater.«

Vicky grinste nur zur Antwort und setzte sich an die Beinpresse, wo ich ihren Rücken und ihre Beine korrekt an den Pads positionierte.

»Abwarten«, kommentierte sie bloß, und nach einer kurzen Einweisung begann sie die Übung, wobei mir nicht entging, dass sie ihren Blick häufiger als nötig in meine Richtung wandern ließ.

Abwarten. Ich konnte ihr schon jetzt sagen, dass sie damit keinen Erfolg haben würde. Meine letzte Beziehung war am Handball oder besser gesagt an meinen eigenen Ambitionen im Handball gescheitert. Es war unschön gewesen, hatte mir aber eines deutlich gemacht: Solange ich nicht angekommen war, wo ich hinwollte, hatte ich nur Platz für eine Liebe in meinem Leben. Und die galt dem Sport.

3. KAPITEL

Kyra

Mein Handywecker riss mich unsanft aus dem Schlaf. Ich stöhnte genervt auf und ließ meine Finger über das kleine Schränkchen neben meinem Bett wandern, bis ich die Quelle des Lärms gefunden hatte. Mit zusammengekniffenen Augen blinzelte ich gegen das grelle Licht des Displays an und stoppte den Weckton.

Snooze war heute leider nicht drin, denn es war Dienstag. Mein Herzschlag beschleunigte sich bei dem Gedanken und vertrieb erstaunlicherweise die Müdigkeit. Das gelang sonst erst nach mehreren Tassen Kaffee und einer Menge Musik. Heute war es endlich so weit. Ich würde das Studium beginnen. Und mit ihm einen völlig neuen Lebensabschnitt.

Es war gerade einmal sieben Uhr und die Einführungsveranstaltung startete erst in etwas weniger als zwei Stunden, aber Miriam und ich wollten gemeinsam zur Uni fahren und auf keinen Fall zu spät kommen. Gestern hatten wir aufgrund des Feiertags noch Schonfrist gehabt, was sich bei den Massen an Umzugskartons als ein glücklicher Zufall erwiesen hatte. Doch heute hatte ich meinen ersten Tag an der Uni. Ich zog mir die warme Bettdecke noch ein letztes Mal bis zur Nase und genoss das Gefühl des weichen Stoffs an Armen und Gesicht. Ich glaubte nicht nur fest daran, dass mein Leben sich verändern würde, ich wusste es. Ich war den Sommer über zu meiner Tante Maren nach Paris geflohen, um alles Geschehene zu verarbeiten. Nun aber würde ich es vielleicht endlich vollständig hinter mir lassen können.

Ich spürte, wie sich mein Herzschlag gleich noch einmal beschleunigte, dieses Mal aber weniger vor Aufregung als vielmehr vor Freude. Ich grinste in die Bettdecke hinein. Es fühlte sich wie ein Neuanfang an. Und wie sich herausstellte, musste ich für diesen gar nicht die Stadt oder sogar das Land verlassen. Alles, was ich brauchte, war mich.

Es geht dir gut. Du bist in Sicherheit. Du hast die Kontrolle.

All diese kleinen Sätze hatte ich mir immer und immer wieder zugeflüstert, so lange, bis ich meinen Kopf überlistet hatte und meinen eigenen Worten Glauben schenkte. Na ja, zumindest tagsüber. Nachts, wenn ich meine Gedanken nicht länger beeinflussen konnte, hatte mein Unterbewusstsein die Zügel in die Hand genommen und mich alles noch einmal durchleben lassen. Christophers Gewicht an meinem Körper. Sein Mund an meinem Hals. Seine Hand auf meinem Mund.

Ich atmete einmal tief ein und wieder aus, wobei mein Atem die Decke an meinem Gesicht heiß werden ließ. Ich zog sie mit einem Ruck hinunter und die kühle Luft meines Zimmers traf wohltuend auf mein Gesicht.

Es war immer noch nicht leicht, an den Abend der Jubiläumsfeier zu denken. Vermutlich würde es das nie werden. Aber es wurde leichter. Es wurde mit jedem Gespräch leichter, das ich mit Elias und Noah führte. Und anscheinend hatte Noah recht gehabt und auch der Umzug hatte es leichter werden lassen. Ich selbst fühlte mich leichter. Und ich würde einen Teufel tun und mir das Leben unnötig erschweren, indem ich zurückschaute. Von heute an ging es nur noch nach vorn.

Als ich mit noch feuchten Haaren die Küche betrat, duftete es bereits himmlisch nach Kaffee.

»Guten Morgen, beste Mitbewohnerin der Welt«, sagte ich mit einem Seufzen und öffnete zwei Schränke, bevor ich unsere Tassen fand. Miriam und Elias hatten sich um die Küche gekümmert, während ich mit Miriams Schwester und meiner Mutter im Wohnzimmer zugange gewesen war. Ich griff nach der hässlichen, grellpinken Tasse mit der violetten 18 darauf, die Noah mir letztes Jahr zu meinem Geburtstag geschenkt hatte. Sie glitzerte im Licht der Küchenlampe, was sie noch ein klein wenig abscheulicher machte. Noah und Elias hatten eine Art Wette am Laufen, wer mir jedes Jahr das hässlichste Geschenk zum Geburtstag überreichte. Zu meinem achtzehnten Geburtstag hatte allerdings Elias gewonnen, da er mir einen Kalender mit Fotos von sich selbst geschenkt hatte, auf denen er Cover meiner liebsten 50er-Jahre-Platten nachgestellt hatte. Inklusive leichter Bekleidung und Make-up. Der Kalender zierte in der neuen Wohnung die Wand meines Zimmers, obwohl er aus dem letzten Jahr war. Zwar schenkten sie mir auch immer etwas Richtiges, aber insgeheim liebte ich diese Kleinigkeiten viel mehr.

Ich ließ mich auf den Küchenstuhl fallen und hielt Miriam meine leere Tasse entgegen. Diese schüttelte grinsend den Kopf und schenkte mir aus der großen French Press ein. »Beste Mitbewohnerin der Welt? Wie nett du bist, wenn du etwas willst.«

»Ich bin immer nett«, sagte ich und gab einen Schuss Hafermilch in meine Tasse. Ich nahm einen Schluck und schloss genüsslich die Augen. Es ging nichts über Kaffee.

»Was hast du geträumt? Ich hab gelesen, der erste Traum in einer neuen Wohnung geht in Erfüllung«, sagte Miriam und setzte sich mit ihrem Tee und einer Schale voll Müsli neben mich an den Tisch.

»Nichts, woran ich mich erinnere«, antwortete ich mit breitem Grinsen und hoffte zum ersten Mal, dass Miriams leichter Aberglaube recht behalten würde. »Das deute ich als sehr gutes Omen.«

Miriam hielt, ihren Müslilöffel in der Hand, inne. »Du hast so gute Laune. Du machst mir Angst.«

»Warum sollte ich keine gute Laune haben? Heute ist unser erster Tag an der Uni!«

»Ja, aber es ist vor acht Uhr. Deine Haare sind sogar schon gekämmt. Und du lächelst.« Miriams kritisch prüfender Blick brachte mich zum Schmunzeln. »Und du bist angezogen – coole Jeans übrigens.«

»Ich freu mich einfach auf heute. Auf die Einführung, die erste Vorlesung, den Austausch über all das mit Phuong und dir.« Ich zuckte die Schultern. »Das sind gleich drei Gründe für gute Laune.«

»Ich bin mehr nervös als vorfreudig«, murmelte Miriam kauend.

»Das wird schon«, sagte ich. »Was hast du eigentlich geträumt? Was geht bei dir in Erfüllung?«

Zum zweiten Mal hielt Miriam mitten in der Bewegung inne, nur dass ihre helle Haut diesmal einen leichten Rosaton annahm. »Nicht so wichtig.«

Ich setzte die Tasse ab und lehnte mich zu Miriam hinüber. »Hattest du Sexträume?« Ich wackelte mit den Augenbrauen und beobachtete amüsiert, wie ihr Gesicht noch eine Spur dunkler wurde.

»Kyra!«

»Was denn, hätte ja sein können.«

»Es passt echt, dass du heute mit Psychologie anfängst«, sagte Kyra. »Freud hat doch auch immer alles sexuell gedeutet, oder?«

Ich zuckte mit den Schultern. »Darauf lässt sich echt viel herunterbrechen. Na ja, auf jeden Fall könntest du mir sagen, wenn es so wäre. Und das ganz ohne rot zu werden.«

»Ich bin gar nicht rot«, protestierte Miriam, hielt sich im selben Moment aber eine Hand an die Wange, um zu testen, ob sich ihre Haut wärmer anfühlte als gewöhnlich.

»Bist du wohl«, sagte ich. »Und ich verstehe es echt nicht. Wenn du demnächst in deinen Literaturkursen sitzt, musst du das auch abkönnen. Shakespeare, Goethe und all die anderen waren in Wahrheit doch auch total versaut. In Faust wurde Gretchen schließlich auch nicht grundlos schwanger.«

»Ja, aber sie haben schönere Worte dafür benutzt«, nuschelte Miriam in ihre Teetasse hinein.

»Gut. Dann formuliere ich es um: Es ist voll in Ordnung, wenn du mir beim Frühstück von deinen Träumen des gepflegten Beischlafs berichten möchtest, o holde Maid.«

Lachend wehrte ich die Packung Taschentücher ab, die Miriam nach mir warf.

»Daran muss ich mich jetzt gewöhnen, oder?«, fragte sie.

»Aber so was von!« Mit einem Grinsen trank ich meinen Kaffee aus. Ich konnte diesen Tag, dieses gesamte Semester kaum erwarten.

Die Sonne brach durch die Wolkendecke hervor und tauchte die grauen Steinsäulen der Humboldt-Universität in warmes Licht. Auf dem Vorplatz standen vereinzelte Gruppen zusammen, einige Studierende fielen sich vor sichtlicher Wiedersehensfreude in die Arme, andere standen etwas eingeschüchtert und wartend am Rand und gehörten sicher – so wie ich – zu den Erstsemestern.

Es war ein neuartiges Gefühl, dieses Mal den Campus zu betreten. Natürlich war ich schon häufiger hier gewesen, wenn ich Miriam auf den Bücherflohmarkt begleitet oder Phuong, die nun im dritten Semester war, auf einen Kaffee getroffen hatte. Aber heute fühlte sich dieser gesamte Ort anders an, als hingen sämtliche Versprechen der kommenden Zeit in der frühen Herbstluft. Denn heute betrat ich nicht irgendeinen Campus, sondern meine Uni.

Wenn die Vorlesungen und Seminare richtig losgingen, müsste ich ins Institut für Psychologie, sodass ich gar nicht allzu oft hier wäre, aber die Einführungsveranstaltungen in der ersten Woche fanden in diesem Semester am Hauptcampus statt. Was ein Segen war, wenn ich mir Miriam so ansah, denn ihr stand die Aufregung deutlich ins Gesicht geschrieben. Ich drückte kurz ihre Hand und sie schenkte mir ein leichtes Lächeln.

»Jeder, der auch nur ein einziges Wort mit dir wechselt, liebt dich«, sprach ich ihr Mut zu.

Miriam schob den Daumen unter den Riemen ihrer Tasche und lief eine Weile schweigend neben mir her. Am Eingang des eindrucksvollen Gebäudes blieben wir stehen und sie stieß mit einem hörbaren Zischen einen Schwall Luft aus. Ich legte ihr die Hände auf die Schultern und schüttelte meine Freundin kurz hin und her.

»Locker bleiben. Ich weiß, ich hör mich an wie eine gesprungene Schallplatte, aber du schaffst das. Du gehst gleich in deine Veranstaltung, setzt dich neben irgendjemanden, der nett aussieht, und stellst diese üblichen Klischee-Fragen: Was ist dein Schwerpunkt? Studierst du auf Bachelor oder Lehramt? In welche Ecke Berlins hat es dich verschlagen? Und so weiter und so fort.«

Miriam blickte aus hellbraunen Augen kritisch zu mir auf. »Das sind stinklangweilige Small-Talk-Fragen. Die Leute studieren mit mir, da sollten sie ja wohl ähnlich coole Interessen haben. Wenn überhaupt frag ich sie über Bücher oder britische Serien aus.«

»Siehst du, du hast das Ganze sowieso schon im Griff.«

Miriam seufzte und trat an mir vorbei nach innen. »Na gut. Treffen wir uns später im Café?«

»Hab Phuong ausgerichtet, dass sie unseren Tisch freihalten soll.«

»Cool!«, sagte Miriam. »Ich schreib mich nach der Einführung noch schnell in die Kurse ein und warte vorn an der Mauer, dann können wir zusammen hin.«

Ich drückte meine Freundin kurz an mich, bevor sie nach links zu ihrer Veranstaltung abbog. Nach einem Blick auf mein Handy, um zu checken, wo genau ich langmusste, setzte auch ich mich in Bewegung zu meiner ersten Uni-Veranstaltung. Meine Turnschuhe quietschten leise, als ich die dunkelroten Marmortreppen nach oben stieg. Wir hatten bereits einen Infotag zu allem Organisatorischen gehabt, weshalb bei mir heute eine Vorlesung zu theoretischen Grundlagen der Psychologie und eine weitere zur Methodenlehre auf dem Plan standen. Das klang ziemlich trocken, aber ich freute mich trotzdem darauf. Ich hatte in den letzten Tagen schon einmal in den Reader reingelesen, also wusste ich ungefähr, was mich heute erwartete.

Ich glich die Raumnummer auf dem Schild an der Wand mit der auf meinem Handy ab. Dann zog ich die Tür zum Hörsaal auf. Vereinzelt saßen schon andere Erstsemester in den Reihen. Ich entschied mich für eine leere Reihe in der Mitte des Saals, schob mich durch den schmalen Gang und klappte einen der hellen Holzstühle herunter. Ich war früh dran, was mir Zeit gab, die Nachrichten auf meinem Handy kurz zu checken. Meine Eltern, Elias und Noah hatten ein paar motivierende Worte in unsere Familiengruppe geschrieben. Von

Phuong war ein Selfie angekommen, mit Kaffeetasse in der linken und hochgestrecktem Daumen der rechten Hand. Meine beste Freundin hatte heute eine Schicht im Poet's Corner, wo Miriam und ich sie nachher treffen würden.

Als es neben mir raschelte, blickte ich auf und lächelte der jungen Frau entgegen, die sich gerade in meine Reihe schob. Sie hielt einen knallpinken Kaffeebecher in der Hand und erwiderte mein Lächeln knapp. Anstatt sich zu mir zu setzen, ließ sie zwei Plätze zwischen uns frei. Sie nahm einen Block und einen Kugelschreiber aus ihrer Tasche und legte diese vor sich auf den schmalen Tisch.

Der Hörsaal füllte sich langsam, und auch wenn es schon ein paar Grüppchen gab, so schienen die meisten allein hier zu sein. Das beruhigte mich ein wenig. Ich hatte Miriam gerade zwar gut zugesprochen und mit ihr und Phuong bereits die besten Freundinnen, die ich mir wünschen konnte – aber etwas nervös war ich trotzdem. Ich wollte nicht diejenige sein, mit der man in den Seminaren keine Gruppenarbeiten machte. Genauso wenig wie ich die halbe Stunde zwischen den Veranstaltungen immer allein verbringen wollte. Also würde ich einfach zu jedem so freundlich wie möglich sein und auf das Beste hoffen.

Was sich jetzt schon als schwierig erwies. Gerade unterdrückte ich nämlich ein Augenrollen, als sich auch rechts von mir ein Kerl mit einem Platz Abstand hinsetzte. Bei dem Ansturm an Studierenden würde es in wenigen Minuten sowieso so voll sein, dass jeder Platz belegt wäre. Wieso sie sich nicht gleich alle nebeneinandersetzten, war mir ein Rätsel. Ich nahm mein Notizbuch und einen Stift aus meinem Rucksack und begann, kleine Motive an den Rand des Papiers zu malen.

Als ein älterer Mann mit Hemd und Aktentasche den Gang links von mir nach unten lief und sich hinter dem Pult einrichtete, ebbten die Stimmen auf leises Geflüster ab und die Studierenden, die noch unschlüssig in den Gängen gestanden hatten, setzten sich eilig. Da es immer voller wurde, schob sich das Mädchen nun doch auf den Sitz direkt neben mir, um den Nachzüglern Platz zu schaffen.

»Guten Morgen, sehr geehrte Damen und Herren«, begrüßte uns der Professor, der sich kurz darauf als Dr. Natonek vorstellte und über den Beamer eine Begrüßungsfolie an die Wand warf. Mit leichtem Herzklopfen richtete ich meine Aufmerksamkeit nach vorn. Ich hatte so hart dafür gearbeitet, hier angenommen zu werden, und jetzt ging es endlich los.

Knappe dreißig Minuten später hatte meine anfängliche Begeisterung sich verflüchtigt, und ich ließ unsicher den Blick über die Gesichter um mich herum schweifen. Aber sie alle schrieben fleißig die Literaturliste ab und notierten sich, welche Bücher sie zu besorgen hatten und welche Konzepte und Psychologen bis zum nächsten Mal vorbereitet werden sollten. Psychologen war dabei das richtige Wort. Denn bisher war alles ziemlich männlich. Und mit ziemlich meinte ich zu einhundert Prozent. Die Literaturliste beinhaltete nur wissenschaftliche Arbeiten von Männern. Die bisher angesprochenen Psychologen und Forscher waren allesamt männlich. Und trotz Meldungen von mir oder dem Mädchen neben mir hatte Dr. Natonek bei all seinen Fragen bislang nur meine männlichen Kommilitonen berücksichtigt.

Unruhig spielte ich mit dem Druckknopf meines Kugelschreibers, bis das Mädchen mit dem pinken Kaffeebecher mir einen genervten Blick zuwarf. Mein Finger verharrte und das Klicken meines Stifts stoppte. Aber die Gedanken in meinem Kopf taten es nicht. Ich übertrieb. Ganz sicher übertrieb ich. Ein blöder Zufall, mehr war das bestimmt nicht. Ich hatte den

Reader und das Material für dieses Semester schon gesehen, und da standen ganz deutlich auch Psychologinnen auf dem Programm. Der Professor allerdings hatte noch nicht eine von ihnen vorgestellt oder angesprochen.

So etwas wäre mir früher nicht übel aufgestoßen. Vermutlich wäre es mir nicht einmal aufgefallen. Aber ich hatte diesen Sommer bei meiner Tante Maren in Paris verbracht, wo sie junge Musikerinnen förderte. Der Austausch mit ihr und all den Frauen, die gegen so viel anzukämpfen hatten, damit ihnen die gleiche Aufmerksamkeit zuteilwurde wie ihren männlichen Kollegen, hatte dafür gesorgt, dass ich seitdem regelmäßig auf solche Dinge stieß. In der Werbung, im Fernsehen, selbst in unserem Familienbetrieb. Nur hier, an der Uni, hatte ich einfach nicht mit so etwas gerechnet. Immerhin stand diese Universität für Fortschritt und lebte Gleichberechtigung – so war zumindest mein Eindruck.

Was, wenn es dem Dozenten überhaupt nicht aufgefallen ist?

Ich atmete tief ein und hob dann meine Hand. Da Herr Natonek keine Frage gestellt hatte und alle ruhig auf ihre Blöcke kritzelten, fiel ihm meine Meldung sofort auf. Er schob sich die Brille auf der Nase zurecht, bevor er mich ansah und mit einem Nicken drannahm. »Ja?«

Mit diesem einen Wort richtete sich plötzlich alle Aufmerksamkeit auf mich. Selbst die Köpfe in der Reihe vor mir suchten kurz den Raum ab, bevor sie sich zu mir herumdrehten. Ich strich mir eine Strähne hinters Ohr und räusperte mich.

»Entschuldigen Sie, aber ich hab schon einmal den Anfang des Readers gelesen und mir die Konzepte ein wenig angeschaut. Und … da sind nur Männer auf Ihren Folien?« Ich schluckte. »Nicht dass die nicht alle wichtig sind, und ich bin mir sicher, die ausgewählte Literatur ist toll, aber wäre es nicht gut, auch ein paar Psychologinnen mit aufzunehmen?« Ich machte eine kurze Pause, die Dr. Natonek jedoch nicht nutzte, um etwas zu erwidern.

»Mary Ainsworth wurde zum Beispiel im Reader unter Entwicklungspsychologie erwähnt«, fügte ich hinzu und merkte, wie mein Herz langsam unangenehm in der Brust pochte, weil immer noch niemand sprach und mich alle ansahen.

»Ich freue mich, dass Sie sich mit dem Material schon so vertraut gemacht haben«, sagte Herr Natonek nun endlich. »Aber ich wähle die zu behandelnden Forscher und Konzepte nach Relevanz aus. Und an Freud, Fromm, Wundt und C.G. Jung führt kein Weg vorbei, während die Psychologinnen da doch eine deutlich unbedeutendere Rolle einnehmen.« Der Professor rückte sein dunkles Brillengestell erneut zurecht und schien mich mit seinem Blick förmlich zu durchbohren.

»Möchten Sie die Veranstaltung leiten oder sind Sie hier, um etwas zu lernen? Je nachdem würde ich jetzt nämlich fortfahren.«

Meine Finger verkrampften sich um den Kugelschreiber, als Herr Natonek mich mit leicht erhobenen Brauen abwartend ansah. Dass ich aus dem Augenwinkel wahrnahm, wie das Mädchen neben mir die Mundwinkel hob und in sich hineingrinste, machte das Ganze definitiv nicht besser. Ich nickte und murmelte ein »Entschuldigung«.

Der Professor wandte sich wieder von mir ab und klickte auf seinen Pointer, sodass die nächste Folie an der Wand erschien. Nach und nach drehten sich die Köpfe meiner Kommilitonen und Kommilitoninnen wieder nach vorn. Auch wenn einige mich noch etwas länger ansahen. Toll. Mein Gesicht kannten sie also schon am ersten Tag.

»Machen wir weiter mit der Entwicklungspsychologie. Andere wichtige Vertreter sind beispielsweise James J. Gibson und …« Er machte eine Pause und sah gezielt in meine Richtung. »… seine Frau Eleanor J. Gibson.« Auf der Leinwand war ein schwarz-weißes Bild der beiden zu sehen.

»Wir werden uns James Gibsons ›Wahrnehmung und Umwelt‹ in wenigen Wochen genauer anschauen. Er wird in den Modulen zur Psychoanalyse und in den Veranstaltungen zur Bindungstheorie noch einmal auf Sie zukommen.«

Erneut machte er eine kurze Pause, in der er zielsicher in meine Richtung sah. Ich erwiderte seinen Blick, merkte aber, wie mein Herz noch immer zu schnell in meiner Brust schlug.

»Ich hoffe, Sie entschuldigen, dass wir uns hier primär *Herrn* Gibsons Werk widmen. Seine Frau Eleanor hat ebenfalls viel auf dem Gebiet geleistet. Berühmt wurde sie allerdings, weil sie …« Dr. Natonek zuckte mit den Schultern. »Nun ja, weil sie einen berühmten Psychologen geheiratet hat. Der noch dazu ihr Supervisor war.«

Der Typ zu meiner Rechten stieß ein leises Lachen aus und auch in den Reihen weiter vorn ertönte verhaltenes Gelächter. Mir war alles andere als nach Lachen zumute. Mein Mund klappte wie von selbst auf, als ich meinen Professor ungläubig anblickte. Das hier war sein voller Ernst, oder? Es schien ganz danach auszusehen, denn er klickte schon auf die nächste Folie, um das weitere Programm des Semesters durchzugehen. Ich konnte doch unmöglich die einzige Person sein, die sein Verhalten störte? Ich sah zu dem Mädchen neben mir, doch auch sie schrieb unbeirrt weiter den Lehrstoff und die benötigten Materialien nieder.

Ich griff ebenfalls nach meinem Stift und schrieb weiter mit. Meine Finger zitterten jedoch und ich hielt ihn so fest, dass er einen Abdruck auf meinem Mittelfinger hinterließ.

4. KAPITEL

Kyra

Die Klingel an der Tür des Poet's Corners läutete viel zu fröhlich für meinen Geschmack. Ich ging geradewegs auf unseren Stammplatz in der hinteren Ecke zu, schmiss meinen Rucksack auf die Bank und ließ mich danebenfallen. Miriam setzte sich auf den Sessel schräg gegenüber und machte sich an den Knöpfen ihrer weiten Jeansjacke zu schaffen.

Den Kopf in die Hände gestützt stieß ich ein frustriertes Seufzen aus und suchte den Raum nach Phuong ab. Das Poet's Corner war gut besucht, aber die meisten hatten es sich mit ihrem Laptop oder einem Buch bequem gemacht, sodass es trotzdem angenehm ruhig in dem Café war. Nur die leise Indie-Musik spielte wie immer im Hintergrund. Phuong erschien hinter der Theke, wo sie das Geld in ihrem Portemonnaie zählte und in die Kasse gab. Ich beobachtete sie dabei, wie sie den Knoten ihrer Schürze löste und diese unter der Theke verstaute, sodass ihre zerrissenen Jeans-Shorts zum Vorschein kamen. In ihnen steckte ein beigefarbener Pulli, auf dem in fetten Lettern das Wort »Nein« stand, und wie immer rundeten schwarze Boots ihr Outfit ab. Phuong wechselte ein paar Worte mit ihrer Kollegin und kam mit einem breiten Grinsen auf uns zu.

»Hey Kids!«, rief sie und warf sich neben mich auf die Bank, wobei sie mich mit ihrem Hintern ein wenig zur Seite schob.

»Ich hab unseren Kaffee schon bestellt, Larissa bringt ihn gleich.«

»Hi«, sagte Miriam, die sich endlich aus ihrer Jacke befreit hatte. Sie hängte sie über die Lehne ihres Stuhls.

»Wie war euer erster Tag?«, fragte Phuong, bevor sie sich übertrieben mit beiden Händen an die linke Brust griff. »Ich kann es immer noch nicht ganz fassen. Meine Babys. Sie werden so schnell groß.«

Miriam verdrehte die Augen, musste aber lächeln. »Wir sind gleich alt, ich wurde sogar vor dir einundzwanzig, schon vergessen? Aber der Tag war echt gut. Ich bin endlich in den Kursen eingeschrieben und ich hab ein Seminar zu Kinder- und Jugendliteratur, in dem wir sogar den *Hobbit* behandeln!«

»Du bist also voll in deinem Element«, sagte Phuong. Dann drehte sie sich in meine Richtung. »Und wie sieht's bei dir aus? Du bist erstaunlich still dafür, dass du sonst nie die Klappe halten kannst.«

»So war sie schon den ganzen Weg hierher«, meinte Miriam.

Ich stöhnte erneut und ließ meinen Kopf auf den Tisch gleiten.

»Es war total doof«, nuschelte ich in die Ärmel meines Cardigans. »Ich hab mich blamiert und mein Dozent ist ein Arsch.«

»Ein Latte macchiato mit doppeltem Espresso?«, erklang eine Stimme neben mir, die mich aufblicken ließ. Larissa sah uns abwechselnd an und stellte ein hohes Glas vor mir ab, als ich halbherzig die Hand hob. »Der Matcha ist für dich«, sagte sie und reichte Phuong das grüne Getränk, dem ich nie etwas würde abgewinnen können. »Also bleibt eine heiße Schokolade für dich.« Larissa platzierte den Kakao vor Miriam, die sich mit einem Lächeln bedankte. »Meldet euch, wenn ich noch was bringen kann«, sagte sie und ging an den Nachbartisch, um einen leeren Teller abzuräumen.

Phuong zog die Beine in einen Schneidersitz und leckte etwas grünen Schaum von ihrem Löffel. »Wie hast du dich denn blamiert? Details?«

Ich schnaubte. »War klar, dass dich das wieder am meisten interessiert. Anstatt dass ich Mitleid wegen meines Dozenten bekomme.«

Sie zuckte grinsend mit den Schultern. »Gossip, meine Liebe. Außerdem vermute ich mal, dass beides zusammenhängt?«

Miriam und Phuong sahen mich abwartend an, also nahm ich einen Schluck meines Latte macchiato, wischte mir den überbleibenden Milchschaum vom Mund und erzählte ihnen, was eben in der Vorlesung passiert war.

»Oh«, war alles, was Phuong von sich gab, bevor sie einen Schluck von ihrem Matcha nahm.

»Ich wäre gestorben«, sagte Miriam.

Phuong schüttelte den Kopf. »Ich find's gut, dass du was gesagt hast. Klar, das hättest du nicht vor allen machen müssen, weil du den Professor so in die Enge getrieben hast, aber das ist immer noch besser, als gar nichts zu sagen. Wie soll sich sonst was ändern? Vielleicht hast du Glück und er denkt zu Hause noch mal über alles nach.« Sie verzog den Mund. »Auch wenn er nicht danach klang. Seine Antwort geht auch einfach gar nicht und ist total unprofessionell.«

Ich drehte den Löffel zwischen den Fingern und eine Weile war nur das Klacken von Metall am Glas zu hören.

»Hast du denn mal recherchiert, ob dein Dozent nicht vielleicht recht hat? Wegen dieser Psychologin, meine ich. Nicht, dass es das gutmacht, aber …« Miriam zuckte mit den Schultern. »Vielleicht hat er es nicht so böse gemeint, wie es rüberkam. Waren ja andere Zeiten damals, vielleicht wurde ihre Forschung wirklich nur durch ihren Mann berühmt.«

Ich schnaubte und entsperrte mein Handy, um es Miriam hinzuhalten. »Hab ich noch während der Vorlesung recherchiert. Hier. Eleanor Gibson hat 1992 die National Medal of Science gewonnen. Die wird nur superselten an Psychologen verliehen. Und 1992 war ihr Mann nicht mal mehr am Leben.« Ich lachte missmutig. »Wahrscheinlich würde Dr. Natonek jetzt sagen, dass sie sie genau deshalb bekommen hat. Weil ihr Mann ja nicht mehr da war, um sie entgegenzunehmen.« Ich sperrte mein Handy wieder und warf es achtlos auf meine Jacke auf der Bank.

»Sorry, dass ich die Stimmung so runterziehe. Ich weiß, wir wollten eigentlich den ersten Tag feiern. Aber ich hab einfach keinen Bock, mir so was die nächsten Jahre anzutun«, sagte ich. »Und bei seinem bescheuerten Witz haben sogar Leute gelacht. Und nicht nur Kerle.«

»Und das überrascht dich?«, fragte Phuong. »Bei meiner ersten Seminararbeit habe ich im Institut vor dem Raum meiner Professorin gewartet. Zwei andere Dozenten sind vorbeigelaufen, den einen hatte ich in einer Vorlesung und mochte ihn echt gern. Leider haben sich genau die beiden dann über meine Professorin ausgelassen, wie sie es schaffen konnte, schon wieder schwanger zu werden – und dass man an der Uni deshalb besser Männer einstellen sollte, weil allein der organisatorische Aufwand das nicht wert wäre.« Phuong lächelte grimmig. »Was ich damit sagen will: Du übertreibst nicht, und ich finde es gut, dass dir so was auffällt. Aber leider ist das kein Einzelfall, der sich an einem Dozenten festmachen lässt. So was geht immer viel tiefer.«

»Ja, aber gerade dann sollte ich doch etwas tun«, sagte ich.

»An was hast du gedacht?« Phuong legte den Kopf schief

und sah mich abwartend an, wobei ihre pfirsichfarbenen Haarspitzen ihre Schulter streiften.

Tja, wenn ich das nur wüsste. Was würde meine Tante in dieser Situation tun?

»Willst du den Kurs wechseln?«, fragte Miriam.

»Auf keinen Fall. Kann ich sowieso nicht, weil es eine Pflichtveranstaltung ist, aber davon abgesehen, lasse ich ihn ganz bestimmt nicht gewinnen.« Ich strich mir die langen Haare aus dem Gesicht und setzte mich aufrechter hin. »Nein, ich meinte, ich will wirklich etwas tun. Damit solche Menschen merken, dass es nicht okay ist. Irgendwo wird man so etwas doch melden können.«

Miriam trank einen Schluck ihres Kakaos, bevor sie vorsichtig weitersprach. »Du weißt, ich steh voll hinter dir, aber meinst du, es ist eine gute Idee, dir deinen Dozenten direkt am ersten Tag zum Feind zu machen? Warte am besten noch ein paar Vorlesungen ab, oder? Vielleicht ist es ja, wie Phuong meinte, und er denkt zu Hause noch mal über alles nach. Gerade wenn es eine Pflichtveranstaltung ist, wirst du ihn so schnell nicht los. Und dann kann er dir das Leben an der Uni echt unnötig schwer machen.«

Miriam hatte nicht ganz unrecht. Zumal ich mich wirklich angestrengt hatte, den NC für Psychologie überhaupt zu erreichen. Wollte ich wegen einer einzigen Aussage in einer Vorlesung all das aufs Spiel setzen? Natürlich nicht. Und was, wenn ich wirklich übertrieb? Es war nicht auszuschließen, dass ich wegen dem, was passiert war, empfindlicher reagierte, als es sonst der Fall gewesen wäre.

Ich trank einen weiteren Schluck meines Latte macchiato. »Vielleicht habt ihr recht und er hat sich nur in eine Ecke gedrängt gefühlt. Ich hab nur gehofft, dass der erste Tag mich mit mehr Energie zurücklässt.«

»Wie du gerade meintest, es war der erste Tag«, erwiderte Phuong. »Wart mal noch die anderen Veranstaltungen ab, das wird schon.«

»Mach ich. Und bis dahin«, sagte ich mit einem Nicken zu Miriam, »erzähl du mal lieber weiter. Bei dir klang das wesentlich begeisterter.«

Miriams Grinsen kehrte auf ihr Gesicht zurück. »Es war so viel entspannter als erwartet. Ich musste nicht einmal ein Gespräch anfangen, weil meine Kommilitonin mein Tardis-Mäppchen erkannt und mich direkt darauf angesprochen hat.« Miriam deutete mit dem Finger auf mich. »Kein Small Talk nötig. Und dann haben wir darüber diskutiert, ob der zehnte oder elfte Doctor besser ist und ich hab sogar einen Kurs in Kulturwissenschaften mit ihr gemeinsam. Also kenne ich da schon einmal jemanden, den ich mag.«

Miriams gute Laune war ansteckend und gab mir Hoffnung für den Rest der Woche. Vielleicht hatten die beiden recht und es war wirklich eine einmalige Sache. Dennoch wurde ich das nagende Gefühl nicht ganz los, dass ich, wenn ich nichts unternähme, eine weitere Ungerechtigkeit auf mir sitzen lassen würde.

5. KAPITEL

Milan

»Überlegen Sie sich bis zum nächsten Mal bitte, für welches Referatsthema Sie sich eintragen möchten. Mir reicht ein grober Abriss dessen, was Sie letztendlich vortragen wollen. Wenn Sie sich entschieden haben, tragen Sie sich bitte ins Google Doc ein. Maximal zwei Vortragende auf ein und demselben Thema.«

Die ersten Hände schossen in die Höhe und Herr Kollosch begann, Fragen zu den Referaten zu beantworten und auszuführen, was er bis zur nächsten Stunde von uns erwartete. Ich unterdrückte ein Stöhnen. Ich hatte weder Zeit noch Lust, ein Referat vorzubereiten. Das war jetzt mein drittes Semester in Sportwissenschaften und so langsam vermutete ich, dass die meisten Dozenten nur Referate vergaben, weil sie sich dann nicht selbst damit herumplagen mussten, uns die trockene Theorie zu vermitteln.

»Meinst du, wir können zusammen eins halten?«, fragte ich Lukas, der neben mir saß und unterm Tisch etwas auf seinem Handy tippte.

»Wer sagt, dass ich ein Referat mit dir halten will?«, fragte er zurück. Seine blaugrauen Augen funkelten. »Das letzte Mal hast du mich die ganze Arbeit machen lassen. Dabei war das eigentlich mein Plan bei der Teamarbeit.«

Ich grinste. »Bitte?«

»Was krieg ich dafür?« Lukas legte das Handy weg und sah mich abwartend an.

»Ich spüle ’ne Woche für dich?«

»Das zieht nicht mehr, seit wir die Spülmaschine haben, Nowak«, sagte Lukas kopfschüttelnd. »Überleg dir was Besseres.«

Ich verzog das Gesicht. »Ich übernehme eine deiner Schichten vom Putzplan?«

Lukas wippte mit dem Kopf hin und her. »Sprich weiter …«

»Ich übernehme zwei deiner Schichten vom Putzplan?«

Er zog die Augenbrauen zusammen. »Dir ist klar, dass wir hier von einer Prüfungsleistung reden, die ich für dich mit vorbereite. Meinst du nicht, da könnte etwas mehr bei rausspringen als ein paarmal den Wischmopp zu wedeln?«

»Man wedelt Wischmopps nicht.«

Lukas grinste. »Und deshalb putzt du besser als ich. Aber schade, dann musst du dich wohl ganz allein in die spannende Welt des Bindegewebes einarbeiten. Wobei, schau mal …« Lukas hielt mir sein Smartphone entgegen. »Hier ist sogar ein Vortrag zu Handball im Google Doc. Schlagwurf: Muskelgruppen, Techniken … Da kannst du dann ganz viel Theoretisches lernen, statt dich selbst auf dem Feld auszutoben. Das klingt doch schön.«

Ich stützte meinen Kopf in die Hand und sah ihn abwartend an.

»Was willst du?«, fragte ich, als er schwieg und mich ebenso abwartend anblickte.

»Dir ist bestimmt aufgefallen, dass es Sebastian seit der Trennung von Sara nicht so gut geht.«

»Ja …?«

»Wir sind durchs Training so oft weg und waren nicht gerade der beste emotionale Beistand.«

»Weshalb du dir überlegt hast …«, führte ich Lukas' Satz fort, auch wenn ich bereits ahnte, worauf er hinauswollte.

»Weshalb ich mir überlegt habe, dass wir ihm die LAN-Party organisieren sollten, die er schon so lange will.«

Ich stöhnte und erntete einen genervten Blick der Studentin am Nebentisch. Herr Kollosch beantwortete nach wie vor die Fragen der Studierenden zum Referat. Meine Aufmerksamkeit jedoch war hinüber.

»Komm schon. Du brauchst eh mal dringend eine Pause, gestern meintest du selbst, du hättest mal wieder Lust auf einen Abend zocken, und Basti wünscht sich das seit Ewigkeiten.«

Ich senkte meine Stimme noch weiter, um nicht den Hass meiner Sitznachbarin auf mich zu ziehen. »Wann sollen wir das denn machen? Wir haben aktuell ständig Training.«

»Es ist ein einziger Abend, Milan.«

»Okay, und wo? Letztes Mal waren wir zwanzig Leute, die kriegen wir in unserer Wohnung nicht unter.«

»Die Halle?«

Ich warf Lukas einen vielsagenden Blick zu, woraufhin er schief grinste. »Okay, hast recht. Dumme Idee, Rico macht uns einen Kopf kürzer.«

Er täuschte kurz Aufmerksamkeit vor, als Herr Kollosch einen Stapel Blätter mit Angaben zu den Formalia herumreichte, nahm sich eines und flüsterte dann weiter.

»Wir könnten einen der Medienräume nehmen.«

»Nachts?« Ich liebte mein Studium zwar nicht gerade, aber den Ärger wollte ich mir dennoch nicht einbrocken.

»Eine Freundin von mir arbeitet dort am Schalter. Vielleicht kann ich sie überreden, mir den Schlüssel zu geben, wenn wir alles ordentlich hinterlassen und abschließen.«

Mein Gesicht musste Bände sprechen, denn Lukas hob gespielt gleichgültig die Schultern. »Schade, aber wenn du meine Hilfe nicht willst, dann viel Spaß beim Vortrag.«

»Es ist keine Hilfe, wenn ich dafür so viel tun muss«, murmelte ich und warf meine Sachen achtlos in den Rucksack. Wir überzogen schon zwei Minuten. Ich war mit Ben und den anderen in der Mensa verabredet, und auch wenn wir an unserem Institut zum Glück eine eigene Mensa hatten und ich nicht durch halb Berlin fahren musste, wollte ich vor dem großen Ansturm dort sein.

»Du organisierst den Raum«, murmelte ich.

»Also haben wir einen Deal? Putzen und die LAN-Party mit mir organisieren?«, fragte Lukas.

Ich seufzte. »Deal.«

Lukas schüttelte meine Hand unter dem Tisch.

»Immer wieder schön, mit Ihnen Geschäfte zu machen«, sagte Lukas mit einem breiten Grinsen. Zum Glück ging mein Fluch durch Herrn Kolloschs nächsten Satz unter.

»Ich danke Ihnen für Ihre Aufmerksamkeit. Haben Sie noch eine schöne restliche Woche.« Mit diesen Worten beendete er endlich die Stunde und die Hälfte meiner Mitstudierenden sprang wie auf Kommando auf und stürmte aus dem Seminarraum. Ich erhob mich ebenfalls und klopfte Lukas auf die Schulter. »Kommst du noch mit in die Mensa?«

Lukas nickte. »Klar. Wenn du es schaffst, mal ’ne halbe Stunde lang nicht über Handball zu reden«, sagte er und sah mich prüfend an. Als er meinen Blick bemerkte, schüttelte er den Kopf. »War klar.«

»Chris hat vorhin geschrieben, dass er beim Spiel vielleicht schon wieder dabei ist. Der Termin wegen seiner Schulter war wohl gut. Wenn das klappt, haben wir richtig gute Chancen, dass …«

Lukas unterbrach mich mit einem Stöhnen und ging an mir

vorbei zur Tür. »Dass wir aufsteigen, bla bla yadda yadda. Milan, chiiiiill«, rief er gedehnt über die Schulter. In der Tür drehte Lukas sich zu mir um und blickte mich ernst an. »Du bist nicht der Einzige, dem der Aufstieg wichtig ist. Aber du bist definitiv derjenige, der den Stock am tiefsten im Arsch stecken hat. Entspann dich mal.«

Ich rollte mit den Augen und schob mich an meinem Freund und Mitbewohner vorbei, bevor er den Verkehr weiter aufhalten oder mir ein schlechtes Gewissen einreden konnte.

Knapp zwei Stunden später stieß Lukas die Tür zu unserer Wohnung auf. Aus Sebastians Zimmer dröhnte laute Techno-Musik und Lukas hielt sich in gespielter Empörung die Ohren zu.

»Ich ziehe aus!«, rief er, laut genug, dass Sebastian es über die Beats hinweg hören konnte. Prompt wurde die Musik leiser und unser Mitbewohner trat mit einem Schmunzeln im Gesicht durch die Tür.

»Sorry, wusste nicht, dass ihr schon nach Hause kommt. Kein Training heute?«

Ich schüttelte den Kopf.

»Ne, zum Glück nicht«, sagte Lukas. Er warf einen Blick auf sein Handy und streckte dann einen Finger in Sebastians Richtung und einen in meine. »Und es ist erst Nachmittag! Ich trag mich jetzt für das blöde Referatsthema ein und dann …« Er sah uns eindringlich an. »… gehen wir irgendwo was trinken.«

»Oh, wir könnten ins Level Up«, sagte Sebastian. »Da waren wir ewig nicht mehr.«

»Deal«, sagte Lukas. Dann richteten sich zwei Augenpaare auf mich und ich unterdrückte ein Seufzen.

»Ich will wirklich, aber …«

»Nichts da«, unterbrach mich Lukas. »Wir haben heute kein Training, ich übernehme das Referat für dich und ich weiß, dass du heute keine Schicht im Fitnessstudio hast. Es wird Zeit, dass du mal wieder rauskommst, Nowak.«

Sebastian nickte zustimmend. »Ich sag's ungern, aber du gehst bald weniger unter Menschen als ich, und das ist echt 'ne Leistung.«

»Ich bin unter Menschen.«

»Ich meinte normale Menschen, keine Sportler.«

»Wow.« Lukas griff sich mit schmerzvoll verzogener Miene an die Brust. »Das saß, Basti. Das saß tief. Ich wiederhole: Ich ziehe aus!« Lukas richtete den Blick seiner graublauen Augen auf mich.

Die beiden hatten recht: Ich hatte heute keine Schicht und ich hatte in den letzten Wochen viel zu oft abgesagt. Noch dazu hatte das Semester gerade erst begonnen. Aber ich wusste vom letzten noch zu deutlich, wie schwer es mir gefallen war, mit allem hinterherzukommen. Dieses Semester wollte ich vorarbeiten, denn eine weitere Klausurenphase ohne Schlaf überstand ich nicht, und ich wollte unter keinen Umständen, dass meine Leistung auf dem Feld darunter litt.

»Komm schon, ein, zwei Drinks und ein paar Spiele werden dich nicht umbringen.«

Ich hob die Hände in abwehrender Haltung. »Tut mir wirklich leid. Nächstes Mal, ja?«

Sebastian seufzte. »Das hast du letztes Mal schon gesagt. Aber gut, ich weiß es besser, als dich zu zwingen.«

Ich versuchte, das schlechte Gewissen hinunterzuschlucken, das in mir aufkeimte. Spätestens bei der LAN-Party wäre Basti wieder versöhnt. Ich wünschte den beiden viel Spaß und verzog mich in mein Zimmer. Meine Jacke landete achtlos auf der Lehne des Schreibtischstuhls, und meinen Rucksack warf ich auf das breite, ungemachte Bett. Mein Zimmer war ziemlich ordentlich, aber ich hatte noch nie recht verstanden, wieso andere Menschen ihr Bett machten. Ich war meist sowieso nur zum Schlafen daheim und hatte rein gar nichts von einem gemachten Bett. Außer Frust am Morgen. Die Bettdecke lag daher in einem unordentlichen Haufen auf der Matratze. Eine Wand meines Zimmers war vom Vormieter noch blau gestrichen, was den Raum zwar etwas dunkler wirken ließ, als er eigentlich war, aber ich hatte mich nie daran gestört und die Farbe einfach gelassen. Da das Logo meines Handballteams auch dunkelblau war, passte es außerdem gut zur restlichen Gestaltung. Denn über meinem Bett hing eine Flagge der Berlin Bats und die Wand über meinem Schreibtisch zierten Urkunden und Fotos, auf denen sich das Logo auch immer wieder fand. In der Ecke neben meinem Bett stand ein Zwei-Meter-Regal, das ich gerade erst mit Lukas aufgebaut hatte. In ihm thronten nun abwechselnd Handbälle und meine liebsten Turnschuhe. Ansonsten war das Zimmer eher minimalistisch eingerichtet. Ein paar Bücher, eine Gitarre, die ich seit Ewigkeiten nicht benutzt hatte, und eine Pflanze, die meine Mutter mir beim Umzug geschenkt hatte und die erstaunlicherweise noch lebte. Auch wenn sie mit Sicherheit bessere Tage gesehen hatte.

Ich gab ihr ein paar Schlucke Wasser aus meiner Trinkflasche, dann ließ ich mich auf meinen Schreibtischstuhl fallen und klappte den Laptop auf. Etwas missmutig startete ich Skype. Lust hatte ich nicht wirklich auf das, was mir jetzt bevorstand. Weil ich genau wusste, in welche Richtung es sich zwangsläufig wieder entwickeln würde. Ich blickte auf die Zeitanzeige rechts oben am Rand meines Laptop-Displays. Es war bereits kurz nach drei und ich somit zu spät. Noch bevor ich auf das Symbol drücken konnte, erhielt ich einen Videoanruf. Ich schob den kleinen schwarzen Zeiger bis zu dem grünen Button und drückte einmal auf das Touchpad, um den Anruf anzunehmen.

»Hi, Mama.«

»Milan!« Ihre Stimme klang so freudig, dass es mir direkt ein schlechtes Gewissen machte. Ich sollte mich öfter bei den beiden melden. Ich war diese Semesterferien nicht einmal zu Hause gewesen, sondern hatte fast den gesamten Sommer in Berlin verbracht. Dabei war Potsdam nur knapp 40 Minuten entfernt, womit ich keine wirkliche Ausrede hatte.

»Wie geht's?«, fragte ich und beobachtete mit leichtem Grinsen, wie meine Mutter versuchte, ihr Handy so zu positionieren, dass ich sie richtig sehen konnte. Sie hielt es wieder einmal viel zu tief und ich dirigierte ihre Hand so lange, bis ich mehr als ihr Kinn und ihre Nase auf dem Display erkennen konnte.

»Uns geht es gut«, antwortete meine Mutter und schob das Handy, als wir es endlich in der richtigen Position hatten, ein Stück zur Seite, sodass mein Vater erschien. Die beiden saßen im Wohnzimmer auf der Couch und er winkte kurz in die Kamera, bevor meine Mutter wieder das Ruder übernahm. Wenn ich das nächste Mal daheim war, musste ich ihnen dringend zeigen, wie sie Skype am Laptop benutzten.

»Wie geht es dir denn? Du siehst müde aus.« Meine Mutter sah mich tadelnd an. »Schläfst du überhaupt genug? Du hast richtige Schatten unter den Augen.«

»Ich hab immer Schatten unter den Augen, Mama. Das ist mein Gesicht.«

Ich hörte das tiefe Lachen meines Vaters im Hintergrund.

»Ich mein ja nur. Achte darauf, dass du genug schläfst. Du arbeitest zu viel.«

»Ich arbeite gar nicht viel«, erwiderte ich. »Ich hab dieses Semester nur drei Schichten die Woche im Studio. Und der Stundenplan ist auch okay.«

Der Blick meiner Mutter sprach Bände. Trotz der recht verpixelten Anzeige meines Laptops bohrte sich der Blick ihrer braunen Augen in meine. Sie waren eines der wenigen Dinge, die ich von ihr geerbt hatte. Ich kam ansonsten sowohl vom Aussehen als auch vom Charakter her voll nach meinem Vater.

»Handball ist keine Arbeit«, sagte ich und konnte selbst den Trotz in meiner Stimme hören.

»Du verbringst jede freie Minute damit. Du verdienst Geld damit … Milan, es ist längst nicht mehr nur ein Hobby für dich«, sagte meine Mutter. Ich verkniff mir ein Aufstöhnen. Wie lange hatte es dieses Mal gebraucht, bis wir an diesem Punkt der Unterhaltung angelangt waren? Fünf Minuten? Drei? Jedenfalls war ich mir sicher, damit einen neuen Rekord aufgestellt zu haben.

Ich schwieg, da ich keine Lust hatte, diese Endlosdiskussion ein weiteres Mal zu führen. Sie würde ohnehin wieder ins Leere laufen, denn ich wusste wirklich nicht, was ich noch tun sollte, um es meinen Eltern recht zu machen. Dieses gesamte Studium machte ich nur ihnen zuliebe. Wenn es nach mir ginge, hätte ich meine komplette Zeit dem Handball gewidmet und nebenher einfach gejobbt, um über die Runden zu kommen. Aber mein Vater brachte sich selbst immer wieder als lebenden Beweis ins Gespräch, wieso das keine gute Idee war. Er hatte den gleichen Traum gehabt wie ich, bis ihm eine schlimme Verletzung einen Strich durch die Rechnung gemacht hatte. Und damit ich nicht den gleichen Fehler beging wie er – wobei Fehler hier ganz eindeutig seine Wortwahl war –, hatten meine Eltern mich bequatscht, mir eine Ausbildung oder ein Studium zu suchen, damit ich etwas Sicheres in der Tasche hatte. Sicherer zumindest als eine angestrebte Sportkarriere.

»Wir haben Sophie getroffen«, sagte meine Mutter wie aus dem Nichts. Falls das ihr Versuch war, das unangenehme Schweigen zu brechen, ging der ziemlich nach hinten los.

»Sie war für den Geburtstag ihrer kleinen Schwester hier. Wir haben sie mit ihrer Mutter beim Einkaufen gesehen.«

»Schön?«, sagte ich und fragte mich, wo das Ganze hinführen sollte. Die Trennung von Sophie war etwas über ein halbes Jahr her und nichts, worüber ich mit meinen Eltern groß gesprochen hatte. Wir waren zwei Jahre zusammen gewesen und ich hatte bis heute das Gefühl, dass meine Mutter unserer Beziehung mehr hinterhertrauerte, als ich es je getan hatte. Es war eine gute Beziehung gewesen, anfangs zumindest. Damals hatte ich noch für das Potsdamer Team gespielt, und je mehr Raum die Spiele und das Training einnahmen, je größer der Erfolg wurde, desto mehr Probleme gab es in der Beziehung. Bis ich mich schließlich entscheiden musste.

»Sie hat nach dir gefragt«, fuhr meine Mutter fort.

»Claudia, lass den Jungen in Ruhe«, brummte mein Vater außerhalb des Displays.

»Danke, Papa«, rief ich und schüttelte grinsend den Kopf.

»Ich meine ja nur. Sie ist so ein nettes Mädchen«, sagte meine Mutter noch einmal mit Nachdruck.

»Mama, wenn du sie zur Schwiegertochter willst, überrede Jonas, sie zu heiraten.«

»Dein Bruder ist gerade mal sechzehn«, antwortete meine Mutter empört.

»Tja, dann musst du wohl mit der traurigen Gewissheit leben, dass das nichts mehr wird«, entgegnete ich.

»Gibt es bei dir denn etwas Neues?«, fragte sie.

»Mal sehen«, sagte ich und blickte betont nachdenklich nach oben. »Lukas hat vor zwei Wochen ein Wettessen in einem Burgerladen gewonnen und kriegt für ein Jahr einmal im Monat für sich und einen Freund ein Menü gratis. Das ist ziemlich cool. Wir haben endlich mein Regal aufgebaut.« Ich lehnte mich leicht zur Seite und deutete nach hinten in die Ecke. »Und ich darf bald endlich auch Kurse im Studio anbieten. In zwei Wochen ist das große Spiel gegen Hannover …« Ich zuckte mit den Schultern. »Ich glaube, das war's so grob.«

Die Mundwinkel meiner Mutter zuckten. »Freut mich zu hören, dass du so talentierte Freunde hast und deine Verpflegung gesichert ist. Aber du weißt genau, was ich mit der Frage meinte.«

»Papa, willst du den Hörer nicht mal übernehmen?«, fragte ich.

Mein Vater schob sich ins Bild und ich sah, wie meine Mutter das Handy leicht zur Seite und somit aus seiner Reichweite zog.

Sie hob einen Finger vor die Kamera. »Ich meine es nur gut. Du brauchst dringend etwas Abwechslung. Wir sind sehr stolz auf dich, aber Pausen sind wichtig. Da sind sich dein Vater und ich übrigens einig.«

»Wir haben eine PlayStation im Haus. Ich brauche keine Frau, um Pausen zu machen«, erwiderte ich trocken.

Mein Vater ergriff nun doch das Handy und sein Kopf füllte das Bild aus. Er musste gerade erst beim Friseur gewesen sein, denn seine dunklen Haare waren kürzer als gewöhnlich.

»Was deine Mutter dir sagen will, ist, dass sie sich Sorgen macht und es okay ist, wenn du mal was nur zum Spaß machst.« Er warf einen Blick zur Seite, vermutlich, um meine Mutter anzusehen. »Warum sie Sophie erwähnt hat, hab ich auch nicht verstanden.« Ich hörte, wie meine Mutter mit der Zunge schnalzte, und lachte gleichzeitig mit meinem Vater auf. Kein Wunder, dass sie mich in einer Beziehung sehen wollten. Ihre eigene wirkte nach wie vor echt harmonisch. Aber meine große Liebe war und blieb Handball. Und diese Liebe war deutlich stärker gewesen als die zu Sophie.

»Ich organisier mit Lukas eine Party für Basti.« Dass wir bei der Party die ganze Nacht vor Bildschirmen sitzen würden, ließ ich wohlwissend aus.

»Na also«, sagte mein Vater noch immer an meine Mutter gewandt. »Er geht doch raus.«

»Wieso denkt jeder, dass ich nicht rausgehe? Ich bin so gut wie nie daheim«, sagte ich.

»Ja, aber wir meinen richtig raus. Was erleben, Dinge tun, die man als Student so tut, Unsinn bauen und all so was«, warf meine Mutter ein.

»Ihr wollt, dass ich Unsinn baue?«, fragte ich und zog die Augenbrauen in die Höhe.

Mein Vater schüttelte den Kopf, während meine Mutter ein »Das gehört zur Erfahrung der Jugend« in den Raum warf.

Lachend lehnte ich mich im Stuhl zurück und verschränkte die Arme hinter dem Kopf. »Manchmal glaub ich, dass ihr beide deutlich jünger seid als ich.«

Meine Mutter schob ihren Kopf neben den meines Vaters. »Ich auch, und da liegt das Problem«, sagte sie lachend. »Aber ich freue mich wirklich, dass ihr mal einen entspannten Abend habt. Und vielleicht triffst du beim Feiern ja doch noch jemanden.«

»Meine Güte, Mama«, unterbrach ich sie und sie hielt abwehrend die Hände in die Höhe. »Ich wollte es nur gesagt haben. Also soll ich Sophie nichts ausrichten, wenn ich sie noch einmal sehe?«

Mein Blick war wohl Antwort genug, denn sie seufzte. »Okay, schon verstanden.«

Ich nickte, auch wenn mir klar war, dass sie das nicht hatte. Keiner hatte die Trennung von Sophie verstanden. Meine

Mutter und mein Vater nicht, meine Freunde nicht und Sophie am allerwenigsten. Aber ich musste mich nicht rechtfertigen und hatte mich wegen meiner Entscheidung damals deutlich weniger schlecht gefühlt, als ich vorher vermutet hatte. Der Sport war mein Leben. Und er würde immer an erster Stelle stehen. Zudem hatte ich schon damals für Berlin spielen wollen und eine Fernbeziehung hätte das Ganze nicht einfacher gemacht. Für meine Eltern, die ihre Beziehung und Ehe stets auf Platz eins stellten, mochte das unverständlich sein, für mich jedoch war es die einzig richtige Entscheidung gewesen, zu gehen. Sophie hatte es nicht absichtlich getan, aber ohne ihr Wissen, und anfangs auch ohne meins, hatte sie mich aufgehalten. In einer Beziehung konnte ich meine Ziele nicht erreichen. Oder zumindest wesentlich langsamer, als mir lieb war. Und eine Karriere als Sportler war wie ein Rennen gegen die Zeit. War ich zu alt, war ich raus. Deshalb war es so wichtig, dass wir diese Saison aufstiegen. Jetzt war der Moment, den ich nutzen musste. Eine Frau hingegen konnte ich im Zweifel auch noch in ein paar Jahren finden. Hoffte ich zumindest.

»Wie läuft es denn im Laden?«, fragte ich, in der Hoffnung, das restliche Gespräch somit auf ein sicheres Thema zu lenken.

»Sehr gut. Wir haben eine neue Auszubildende«, sagte meine Mutter und erzählte begeistert von den Änderungen in ihrem Blumenladen und von der Idee, ein Feld zum Selbstpflücken von Blumen anzulegen. Ich lehnte mich zurück und schaffte es endlich, mich zu entspannen.

6. KAPITEL

Kyra

Ich schaute auf meine Armbanduhr und fluchte innerlich. Es war bereits kurz nach sechs. Um sechs war ich mit den anderen im Mauerpark verabredet. Seit einigen Monaten gab es dort jeden Mittwochnachmittag Freiluft-Karaoke, um das ich mich bislang erfolgreich gedrückt hatte, obwohl Daniel, der beste Freund meines Bruders, mich jede Woche aufs Neue zum Mitmachen zu überreden versuchte. Doch im Anschluss an das Karaoke fand heute Kino im Park statt – mit *Ein Herz und eine Krone*. Ich liebte alle Filme mit Audrey Hepburn, aber dieser war gemeinsam mit *Frühstück bei Tiffany* mein liebster. Als ich entdeckt hatte, dass er lief, stand meine Abendplanung fest. Und ich hatte die anderen überreden können, ihn gemeinsam zu sehen. Noah hatte zwar nicht gerade begeistert geklungen, aber seine Freundin Lia hatte ihn gezwungen und argumentiert, dass es für sie großartige Recherche wäre. Das mochte sogar stimmen, da sie selbst Kurzfilme drehte. Was auch immer der Grund war, ich freute mich wahnsinnig, sie und die anderen zu sehen.

Noah hatte es durch die Arbeit immer noch nicht geschafft, mich in der neuen Wohnung zu besuchen. Phuong hatte ich zwar mehrmals kurz gesehen, aber es war viel zu lange her, dass wir etwas Richtiges zusammen unternommen hatten. Sie hatte es mir nicht zum Vorwurf gemacht, aber ich hatte Angst, meine beste Freundin zu vernachlässigen. Zumal ich sie wirklich verletzt hatte, als ich im Sommer einfach wortlos nach Paris zu meiner Tante verschwunden war. Wir hatten zwar alles klären können, aber ich wollte auf keinen Fall, dass sie sich durch mein Zusammenleben mit Miriam ausgeschlossen fühlte oder sich irgendetwas zwischen uns änderte.

»Eberswalder Straße«, sagte die blecherne Stimme, und kurz darauf kam die Bahn mit einem Quietschen zum Halten. Die Türen öffneten sich und die Menschenmassen strömten hinaus. Ich ließ mich von ihnen aus der U2 schieben und lief dann die Treppen nach oben. Es war in den letzten Tagen deutlich abgekühlt und ich hatte zur Sicherheit noch eine Decke in meine Tasche gepackt.

Ich betrat den Park und folgte dem gepflasterten Weg bis zu der großen Leinwand auf der linken Seite. Vor ihr lagen vereinzelt Decken. Am Rand hatte jemand einen kleinen Wagen mit Kaffee und anderen Getränken aufgestellt. Die Sonne stand bereits tief und tauchte alles in warmes, gemütliches Licht. Ich ließ meinen Blick über die Grüppchen schweifen, bis ich an Phuongs winkendem Arm hängen blieb. Lächelnd lief ich auf meine Freunde zu.

»Oh, cool, dass du auch noch kommst«, sagte Noah. »Wir wollten uns alle unbedingt diesen altbackenen Film ansehen und haben uns schon gefragt, ob du noch zu uns stößt.«

»Haha«, sagte ich und stupste meinem Bruder mit der Fußspitze in die Seite. Er stand lachend auf und drückte mich fest an sich. »Hab dich vermisst, du Nervensäge«, nuschelte er an meinem Ohr und ließ sich dann wieder auf seine Picknickdecke fallen. Lia neben ihm lächelte mich unsicher an, bevor ich auch sie umarmte. Ich hatte sie erst ein paarmal gesehen und wünschte mir jedes Mal, dass wir uns besser kennen würden.

»Schicke Frisur«, sagte ich, woraufhin sich Lia durch die nun deutlich kürzeren roten Wellen fuhr. »Danke«, sagte sie lächelnd. Ihre Haare, die vor Kurzem noch bis zur Taille gereicht hatten, fielen ihr nun in weichen Locken bis auf die Schultern.

»Sie hat sie selbst geschnitten«, sagte Phuong, breitete beide Arme aus und führte sie dann in einer kreisförmigen Bewegung zusammen.

»Was war das bitte?«, fragte ich lachend.

»Eine Luftumarmung«, erwiderte Phuong und deutete nach unten auf Kat, die auf dem Rücken auf der Decke lag, den Kopf in Phuongs Schoß. »Mehr geht grad nicht. Kat ist eine Mensch gewordene Katze. Ich darf mich nicht bewegen.«

»Bin ich nicht.« Sie winkte zu mir herauf. »Aber ich durfte die Kuchenreste aus dem Café essen. Alle. Und jetzt ist mir schlecht und ich kann mich nicht mehr bewegen.«

»Voll okay«, sagte ich und breitete meine eigene Decke zwischen den anderen beiden aus. »An dem Punkt waren wir alle mal.« Ich setzte mich und sah neugierig zu Lia. »Du hast sie selbst geschnitten?«

»Ja. Aber ich war danach noch mal zum Ausbessern beim Friseur.« Lia fuhr sich durch die Spitzen ihres Haars. »Das war für einen Film und eher eine spontane Aktion.« Sie zuckte mit den Schultern, woraufhin ihre Haare darüber auf ihren Rücken glitten. »Ich hab keine Ahnung, wieso ich vor der Kamera gelandet bin anstatt dahinter. Aber Paul hatte ein Konzept und brauchte was Radikales. Das mit den Haaren war mehr ein Scherz von Yvonne, aber na ja.« Lia hob noch einmal die Schultern. »Wir haben gutes Material und ich eine neue Frisur.«

Ich grinste. Lia wirkte glücklich. Sowohl an Noahs Seite als auch in ihrem Praktikum bei Paul und Yvonne, die sie auf einem Filmfestival kennengelernt hatte.

»Steht dir aber wirklich.«

»Kyra!«, ertönte eine nur zu bekannte Stimme hinter mir, und kurz darauf schmiss Daniel sich neben mich auf die Decke und drückte mir einen kleinen Eimer voll Popcorn in die Hand. Dann reichte er weitere an Noah und Phuong. »Gott sei Dank, ich bin nicht mehr das fünfte Rad am Wagen«, sagte er und schob mich zur Seite, während er sich auf der Decke breitmachte.

Noah griff um Lia herum, um seinen besten Freund zu schubsen. »Du bist nie das fünfte Rad.«

»Läuft nichts mehr mit Felix?«, fragte ich Daniel. Felix war der Sänger aus Daniels Band und sein Quasi-Freund, wenn ich auf dem neusten Stand war.

»Doch, aber der hat noch weniger Freizeit als dein Bruder«, antwortete Daniel.

»Oh, mir war gar nicht klar, dass das geht«, erwiderte ich.

Lia grinste. »Siehst du. Ich sag doch, du arbeitest zu viel.«

Ich musste mich gar nicht zu Noah umdrehen, um zu wissen, dass er mit den Augen rollte.

»Konnte Miriam nicht mit?«, fragte Phuong neben mir. Mit den Fingern fuhr sie sanft durch Kats Haare und ich musste mir bei dem Anblick ein breites Lächeln verkneifen.

»Ne. Wir haben uns nach der Uni kurz gesehen, aber ihre Oma ist seit einer Weile im Krankenhaus. Also ist sie noch nach Zehlendorf gefahren, um sie zu besuchen.«

Ich hatte Miriam wie so oft angeboten, sie zu begleiten, aber sie hatte abgelehnt. Ich wusste, dass sie ihrer Großmutter sehr nahestand, also hatte ich mich nicht weiter aufdrängen wollen.

Ich streckte meine Füße aus und holte eine zweite Decke aus meiner Tasche, die ich über mir ausbreitete. Seufzend stützte ich mich nach hinten auf meinen Ellbogen ab und ließ den

Kopf kreisen. Erst jetzt, da ich endlich zur Ruhe kam, merkte ich, wie angespannt ich den ganzen Tag über gewesen war. Wenig überraschend, denn ich hatte erneut eine Veranstaltung bei Dr. Natonek gehabt, und entweder hatte er mich jetzt auf dem Kieker oder merkte wirklich nicht, wie sexistisch sein Verhalten war.

Eine Hand vor meinen Augen ließ mich zusammenzucken. Phuong grinste mich an.

»Erde an Kyra«, sagte sie, »Lia hat dich grad was gefragt.«

»Oh, sorry!«, sagte ich und lächelte Lia entschuldigend an. »War grad in Gedanken.«

»Kein Ding. Ich wollte nur wissen, ob du vielleicht Lust hättest, mit Phuong und mir auf den Flohmarkt zu gehen? Du kannst Miriam auch sehr gern mitbringen. Noah meinte, dass du Flohmärkte liebst, und ich brauche dringend ein paar Dinge für mein Zimmer.« Sie zog die Nase kraus, woraufhin sich ihre Sommersprossen bewegten. »Also … eigentlich brauche ich alles außer ein Bett und einen Schreibtisch. Ich hab noch gar keine Deko oder sonst was.«

»Sag ihr das nicht, sonst überschüttet sie dich mit Ablegern ihrer Pflanzen«, sagte Noah.

»Immerhin würden sie bei ihr nicht nach drei Tagen eingehen«, gab ich zurück.

»Es waren über zwei Wochen«, protestierte Noah.

»Du hast sie mit Sprudel gegossen.«

»Sprudel ist Wasser. Woher soll ich wissen, dass sie das nicht mögen?«

»Google?« Ich sah meinen Bruder kopfschüttelnd an.

»Ähm«, unterbrach Lia unsere Diskussion. »War das jetzt ein Ja?«

»Ja, supergern.« Ich lächelte Lia zu. »Ich freu mich, dass du fragst. Ich brauch eh noch ein paar Klamotten für den Herbst, und wenn Phuong dabei ist, bewahrt sie mich vor modischen Fehlgriffen.«

»Stets zu Diensten«, sagte Phuong, die auch gerade eine Decke aus ihrem Jutebeutel holte. Ich legte Daniel die Hälfte meiner Decke über und schob mir eine Handvoll Popcorn in den Mund.

»Alles okay bei dir?«, fragte Phuong. »Du wirkst so abwesend.«

Ich wiegte den Kopf hin und her. »Ich hatte heute wieder eine Veranstaltung bei dem Dozenten, von dem ich dir und Miri schon erzählt hab«, begann ich. »Es lief nicht gerade besser als bei der letzten.« Geräuschvoll stieß ich die Luft aus.

»Er macht das immer noch?«, fragte Phuong. »Dann hat er sich deine Anmerkungen wohl nicht zu Herzen genommen.«

Auf Phuongs Ratschlag hin hatte ich Herrn Natonek eine E-Mail geschrieben, die jedoch bis heute unbeantwortet blieb. Da sich an seinem Verhalten rein gar nichts geändert hatte, hatte er sie entweder nicht gelesen oder beschlossen, sie zu ignorieren.

»Was ist denn passiert? Welcher Dozent?«, fragte Kat und drehte den Kopf auf Phuongs Schoß zur Seite, um mich besser sehen zu können. Ich gab den anderen eine Kurzfassung und als ich fertig war, rollte Lia mit den Augen.

»So eine Diskussion hatte ich auch schon mal mit einem Dozenten. Erstes Semester, damals ging es um den Bechdel-Test.« Als Lia den fragenden Blick meines Bruders bemerkte, holte sie weiter aus. »Du stellst dem Film quasi drei Fragen: Gibt es mehr als eine Frau? Reden die Frauen miteinander? Geht es um etwas anderes als einen Mann? Mittlerweile wurde auch noch hinzugenommen, ob die Frauen Namen haben.«

Noah zog die Stirn kraus. »Und da gibt's Filme, die nicht bestehen?«

Phuong und Lia lachten gleichzeitig los, während ich meinem Bruder den Kopf tätschelte. »Süß.«

Noah schlug meine Hand weg. »Ey, das sollte ich mir mal bei dir erlauben. Immerhin bin ich bereit zu lernen.«

Ich schmunzelte, wurde kurz darauf aber wieder ernst.

»Ich hab einfach das Gefühl, dass ich was tun müsste. Für mich, klar. Aber auch allgemein. Es kann doch nicht sein, dass er damit durchkommt. Genauso wenig wie meine Kommilitonen. Ich meine, wir studieren Psychologie. Am Ende sitzen einige von denen da und sollen Frauen therapieren, haben aber selbst so eine Weltanschauung. Mittlerweile nimmt der Dozent mich nicht mal mehr dran.«

»Du könntest einen Blog starten und solche Dinge erklären. Gibt sicher noch mehr Unwissende wie mich«, meinte mein Bruder.

Lia lächelte. »Gute Idee. Mir hilft es immer, Wut, Trauer, Gefühle allgemein in was Künstlerisches zu verwandeln.«

»Hmhm«, machte ich, wohl wissend, dass ich keinen Blog starten würde. Schreiben war nicht mein Ding. Und ich war lange nicht so kreativ wie Lia mit ihren Filmen. Doch die Worte meines Bruders weckten eine andere Idee in meinem Kopf. Eine, bei der ich meine Stimme nutzen konnte und die Chance hatte, eine breitere Masse an Menschen zu erreichen als in der Vorlesung. Das Gespräch der anderen verblasste zu einem sanften Rauschen, während mein Einfall immer weiter an Farbe gewann. Denn eines stand fest: Ich wollte, nein, ich *musste* etwas tun. Ich war viel zu lange passiv gewesen. Nicht erst seit der ersten Vorlesung, sondern seit diesem Abend auf der Feier. Wie immer brachte der Gedanke an Christopher mein Herz zum Rasen, aber dieses Mal überwog die Wut. Und zum allerersten Mal gesellte sich zu der Wut der Wunsch, zu handeln. Ich wollte mich wehren, wenn ich es schon gegen ihn nicht hatte tun können.

Erst das Flimmern der Leinwand vor uns holte mich zurück ins Hier und Jetzt. Kurz darauf erschien das schwarz-weiße Logo von Paramount Pictures, und die Musik, die ich so sehr liebte, startete. Ich kuschelte mich enger in meine Decke und richtete den Blick auf die Leinwand, auf der nun nach und nach die Namen der Schauspieler eingeblendet wurden. Lia neben mir lehnte sich an meinen Bruder, der von hinten beide Arme um sie schlang. Nicht zum ersten Mal seit meiner Rückkehr wurde mir bewusst, was für ein Glück ich hatte, diese Gruppe Menschen in meinem Leben zu haben.

7. KAPITEL

Kyra

Mit Kaffee in der Hand und Laptop im Rucksack eilte ich die überfüllte Friedrichstraße entlang. Es war kühl, aber trocken, und den Menschenmassen nach zu urteilen schienen alle ihren Feierabend in den Restaurants oder direkt an der Spree verbringen zu wollen. Mein Weg führte mich an vollen Geschäften vorbei und ich schlängelte mich auf dem Zebrastreifen durch die Gruppen von Berufstätigen, Studierenden und Touristen. Gefolgt vom starken Geruch nach Seife, der aus dem Laden zu meiner Rechten drang, bog ich in eine Seitenstraße ab. Der Blick auf die Uhr verriet mir, dass es schon kurz nach fünf war. Somit blieben mir knapp zwei Stunden für mein Vorhaben. Ich stieß einen leisen Fluch aus, der jedoch in dem Geratter der S-Bahn unterging.

Das Institut für Psychologie lag im Süden Berlins und ich hatte die Bahn bis ins Zentrum nehmen müssen. Obwohl ich mich direkt nach meinem letzten Seminar heute auf den Weg gemacht hatte, war ich später hier als erwartet. Ich spürte, wie es in meinem Magen grummelte, aber ich hatte beim besten Willen nicht auch noch anhalten können, um etwas zu essen. Der Medienraum, den ich gebucht hatte, um meinen Plan in die Tat umzusetzen, hatte nur bis 19 Uhr geöffnet. Und obwohl ich mir ein Skript geschrieben hatte, wusste ich nicht, wie lange ich für die Aufnahme brauchen würde. Ich hatte mir alles zur Technik durchgelesen, das Programm auf meinem Laptop installiert und auch schon eine Probeaufnahme daheim gestartet. Den Medienraum benötigte ich hauptsächlich wegen des Mikrofons und weil es einen gedämmten Bereich gab, in dem meine Stimme, im Gegensatz zu meinem WG-Zimmer, nicht hallen würde. Wenn ich das machte, dann richtig. Ich würde so oder so Angriffsfläche bieten – aber lieber tat ich das mit den Themen, über die ich sprach, als mit kleineren Fauxpas, an denen sich andere aufhängen konnten.

Denn ich hatte nach dem Filmabend und dem Gespräch mit den anderen einen Entschluss gefasst: Ich würde einen Podcast aufnehmen. Dabei wusste ich noch gar nicht, ob ich die Folge überhaupt online stellen wollte. Aber darüber würde ich mir heute Abend Gedanken machen, wenn alles aufgenommen und geschnitten war – und wenn Phuong und Miriam ihr Go gaben. Miriam hatte sich heute Morgen beim Frühstück bereits die vier eng beschriebenen Seiten durchgelesen, die ich letzte Nacht am Schreibtisch verfasst hatte. Diese trug ich nun in der Mappe unter meinem Arm und war sie auf dem Weg hierher mehrmals durchgegangen.

Ich ging einen Schritt schneller und stieß kurz darauf die breite Glastür auf, wobei etwas Kaffee durch die kleine Öffnung aus meinem Becher spritzte. Nachdem ich zur Sicherheit einen großen Schluck abgetrunken hatte, erklomm ich die Treppen ins zweite Stockwerk und folgte dem Gang bis zur letzten Tür. Auf der digitalen Anzeige außen stand der Name »Eleanor Jack« geschrieben. Der Mädchenname von Eleanor J. Gibson. Ich hatte den Raum gestern noch vor Mitternacht buchen müssen und wollte nicht meinen echten Namen dafür verwenden, falls jemand auf die Idee kam, herausfinden zu wollen, von wem der Podcast stammte. Ihren Namen zu verwenden, war mir nur richtig erschienen, da sie den Stein ins

Rollen gebracht hatte. Ich drückte die Klinke nach unten, öffnete die weiße Tür – und hielt verwirrt inne. Nicht nur, dass ich beinahe gegen einen querstehenden Tisch prallte – im Raum war bereits jemand. Auf dem Boden zu meiner Rechten kniete ein dunkelhaariger Mann. Abrupt beschleunigte sich mein Herzschlag und meine Muskeln spannten sich an. So schnell wie die Aufregung gekommen war, ebbte sie zum Glück wieder ab. Ich trat einen Schritt zur Seite und ließ die Tür geräuschvoll ins Schloss fallen.

Der Mann blickte über die Schulter zu mir und ein Paar brauner Augen musterte mich. »Hallo«, sagte er mit einem Nicken. Dann entwirrte er weiter irgendwelche Kabel. Er kam mir bekannt vor, auch wenn ich beim besten Willen nicht sagen konnte, woher. Auf jeden Fall war er etwas zu jung für einen Hausmeister. Was also tat er hier?

»Was machst du hier?«, fragte ich ihn genau das.

»Ich bereite den Raum vor«, gab er zurück, ohne sich umzudrehen. Er hatte eine angenehm tiefe Stimme. Die würde ihm allerdings nicht weiterhelfen.

»Okay«, sagte ich gedehnt. »Ich brauche den Raum aber, also muss ich dich wohl leider rausschmeißen.«

»Das geht nicht, ich hab den Raum gebucht.«

»Das kann nicht sein«, erwiderte ich, ohne zu wissen, was mich mehr aus der Fassung brachte: dass er den Raum belegte oder dass er nach wie vor unbeirrt seiner Arbeit nachging. »Ich hab ihn gestern gebucht.« Ich holte mein Handy aus meiner Tasche, um ihm in der App zu zeigen, dass da eindeutig mein Name stand. Bis mir auffiel, dass das nicht der Fall war. Mist.

Seufzend stand er auf und verschränkte die Arme vor der Brust. Die Muskeln in seinen Oberarmen spannten an seinen Ärmeln, als er mich von oben herab ansah, und plötzlich wusste ich, woher ich ihn kannte. Er war Trainer in dem Fitnessstudio, in dem ich mich angemeldet hatte. Ich hatte ihn seit meinem ersten Besuch jedoch nicht mehr gesehen. Nicht dass ich Ausschau gehalten hätte ...

Wie bei unserem ersten Zusammentreffen brachte sein Blick mich ein wenig aus der Fassung, aber ich würde mich garantiert nicht einschüchtern lassen.

»Schön, du hast recht, ich hab ihn nicht gebucht. Weil man die Räume nur bis 19 Uhr buchen kann, ich diesen aber die ganze Nacht über brauche.«

»Ist das erlaubt?«, fragte ich, schüttelte aber sofort den Kopf. »Mir auch egal, mach heute Nacht meinetwegen, was du willst. Bis 19 Uhr gehört der Raum mir.«

»Nö«, sagte er und blickte mir stur entgegen, ohne auch nur eine Miene zu verziehen.

Perplex lachte ich auf. »Was soll das heißen, ›Nö‹? Ich brauche den Raum.«

»Pech für dich, ich hab hier heute 'ne LAN-Party. Und die muss ich vorher aufbauen, wenn sie pünktlich losgehen soll.«

»Bitte was?«, fragte ich.

»Eine LAN-Party ist eine Veranstaltung, bei der sich mehrere Gamer ...«

»Ich weiß, was eine LAN ist, ich habe zwei Brüder.«

»Uh.« Der Kerl grinste mich spöttisch an. »Ganz schön sexistisch. Frauen können genauso gut zocken wie Männer. Du kannst gern bleiben und dich davon überzeugen.«

Ich biss die Zähne zusammen, woraufhin die Mundwinkel meines Gegenübers zuckten. Meines ziemlich attraktiven Gegenübers, wie ich leider zugeben musste.

»Falls du gerade versuchst, bedrohlich auszusehen und mich rauszuekeln, geht das gewaltig daneben.«

Tatsächlich rührte mein Gesichtsausdruck daher, dass er mir gerade das vorgehalten hatte, was ich im Podcast kritisieren wollte: sexistische Denkmuster. Anscheinend war ich auch nicht gänzlich von ihnen befreit.

»Du kannst meinetwegen um Punkt 19 Uhr hier rein, aber ich brauch den Raum wirklich dringend für ein … Uniprojekt.«

»Habt ihr am Institut keinen Medienraum, den du nutzen kannst?«

»Ich studier Psychologie, also nein. Vielleicht bin ich auch schon früher fertig, aber …« Ich deutete Richtung Ausgang. »… bis dahin auf Wiedersehen.«

Der Kerl rieb sich mit den Fingern die Nasenwurzel, als wäre ich diejenige, die sich anstrengend verhielt. »Die meisten PCs sind jetzt sowieso ausgestöpselt.« Er ließ die Hand wieder neben seinen Körper fallen. »Also wirst du hier eh nicht weit kommen, bis ich alles wieder verkabelt hab.«

»Ich brauch die PCs nicht«, gab ich zurück und deutete mit dem Kaffeebecher hinter mich. »Ich muss da rein.«

Der Blick des Mannes schoss an mir vorbei zu dem kleinen, abgetrennten Aufnahmeraum.

»Na dann, worauf wartest du? Dadurch dringt eh kaum ein Laut nach außen. Win win.«

»Win win?« Ich schüttelte den Kopf. Er konnte vergessen, dass ich den Podcast aufnahm, während er hier war. Ich wollte ihn nicht ohne Grund anonym halten. »Es gibt zwei Möglichkeiten: Entweder du gehst und kommst um 19 Uhr wieder, oder ich hole jemanden vom Schalter unten, und da es ganz sicher gegen die Hausordnung ist, nachts an der Uni Partys zu feiern, würdest du Hausverbot bekommen und dann wäre das wohl leider die letzte LAN-Party, die du hier veranstalten könntest.«

Ich schenkte ihm mein herzlichstes Lächeln. »So oder so gehst du. Würde sagen, das ist ein klarer Win für mich.«

8. KAPITEL

Milan

Ihr Lächeln hätte mich unter normalen Umständen völlig aus der Bahn geworfen, so wie ihr spöttisches Grinsen aufgrund von Vickys Kommentar es im Fitnessstudio getan hatte. Sie hatte volle Lippen, blaue Augen, und durch den strengen Zopf kamen ihre Wangenknochen voll zur Geltung. Mit einem Wort: wow. Obwohl ihre Mundwinkel nach oben gezogen waren, funkelte in ihren Augen etwas, das Wut sehr nahekam und mich davon abhielt, zurückzulächeln. Stattdessen fuhr ich mir durch die kurzen Haare und überlegte, wie ich sie überzeugen konnte, mir den Raum zu überlassen. Sie stand nach wie vor mit Becher in der Hand und Ordner unterm Arm vor mir und wirkte nicht, als würde sie ihren Raum schnell aufgeben. Wenn sie die Mitarbeiter informierte, gab es Ärger, das stand außer Frage. Lukas' Bekannte hatte uns zwar den Schlüssel überlassen, wir hatten ihr jedoch versprechen müssen, dass niemand jemals davon erfuhr. Viel schlimmer wäre jedoch, dass ich Basti und die anderen, die er eingeladen hatte, enttäuschen würde. Lukas hatte recht behalten und die Aussicht auf heute Abend hatte Bastis Stimmung deutlich verbessert.

»Hör mal, tut mir echt leid, ich hätte den Raumplan früher checken sollen, hab ich nicht getan. Aber besteht irgendwie die Möglichkeit, dass du für morgen was buchst, oder so? Ich würd nicht fragen, wenn es nicht wichtig wäre.«

Die ohnehin schon großen Augen der Brünetten weiteten sich und ihre Augenbrauen schossen in die Höhe.

»Von deiner LAN-Party hängen wohl kaum Leben und Tod ab.«

Ich hob die Schultern. »Nein, aber das Glück meines besten Freundes. Frisch getrennt. War unschön. Sein Herz ist zerbrochen und ich habe es mir zur Aufgabe gemacht, es zu fixen«, erklärte ich und griff mir zur Untermalung an die linke Brust. »Er zählt auf mich.« Ich seufzte. »Aber ich schätze, so wie es aussieht, wird er eine weitere Enttäuschung verkraften müssen. Es gleicht einem Wunder, wenn er danach noch Vertrauen in andere Menschen haben kann.«

Ha! Mein Gegenüber rollte mit den Augen, aber ich hatte ihre Mundwinkel ganz eindeutig zucken sehen. Das mochte keine Zustimmung gewesen sein, aber immerhin schien sie nicht mehr so sauer zu sein, dass sie mich verpetzen würde. Ich bückte mich wieder, entknotete die Kabel endlich und reichte ihr eine Steckerleiste.

»Halt das mal.«

Für einen Augenblick war sie so irritiert, dass sie den Stecker tatsächlich festhielt. Dann schüttelte sie den Kopf und legte ihn auf einen der Tische.

»Tut mir leid für deinen Freund, aber ich brauche diesen Raum«, sagte sie mit bestimmtem Ton. »Allein.«

Ein Paar weißer Nike-Schuhe erschien in meinem Sichtfeld und ich blickte wieder zu ihr auf. Mit verschränkten Armen stand sie vor mir. Was nicht gerade bedrohlich wirkte, da auf dem Kaffeebecher in ihrer Hand Corgi-Köpfe abgebildet waren und sie selbst einen Kopf kleiner war als ich. Und … ich legte den Kopf leicht schief, um besser lesen zu können, was in fein säuberlicher Schrift auf der Mappe in ihrem Arm stand. *Kyra.*

Ein Blick auf meine Uhr zeigte mir, dass mir nicht mehr viel Zeit blieb, den Raum herzurichten. Lukas hatte in letzter Minute abgesagt, da er bis heute Abend auf seine kleine Schwester aufpassen musste, die gerade erst vier geworden war. Also war die ganze Vorbereitung an mir hängen geblieben. Mit einem Mal war ich unfassbar müde. Die Schicht im Studio heute war anstrengender gewesen als sonst, das Training und die bevorstehenden Spiele machten mich nervös und ließen mich schlecht einschlafen, und das hier war die erste Sache seit Langem, die ich für Basti tun konnte. Ich war in letzter Zeit kaum erreichbar und für Basti nicht gerade der beste Freund gewesen. Mit einem Seufzen legte ich die Kabel nieder.

»Wie lange bräuchtest du für die Aufnahme?«

Aus blauen Augen musterte sie mich kritisch. »Woher weißt du, dass ich etwas aufnehmen will?«

»Na ja, in dem Kasten dahinten bleiben dir nicht viel andere Möglichkeiten. Wie lang brauchst du?«

»Keine Ahnung«, gab sie zurück. »Wieso?«

»Weil ich eh noch zu REWE Snacks holen muss. Das wollte ich eigentlich machen, wenn die Ersten hier sind. Aber da du praktischerweise auf den Raum aufpassen kannst …«

Ich warf Kyra einen abschätzenden Blick zu, den sie mit zusammengekniffenen Augen erwiderte. »Ich kann nicht mehr tun, als dich zu bitten, mich nicht zu verpetzen.«

»Und warum sollte ich das tun?«

»Du hast was gut bei mir?«, fragte ich. »Ich bring dir gern was zu essen mit. Und was immer du hier unter falschem Namen aufnimmst, behalte ich auch für mich.«

Ihre Augen wurden noch etwas schmaler und sie öffnete den Mund, als wollte sie etwas sagen.

»Eleanor Jack ist wohl kaum dein richtiger Name, Kyra.«

»Woher …«, begann sie, doch dann fiel ihr Blick auf den Ordner und sie seufzte.

»Du machst hier offensichtlich auch was, was keiner wissen soll. Von wegen Uni-Projekt. Wäre doch voll schade, wenn dein Plan nicht aufginge.« Ich klappte das Gehäuse des PCs zu und stellte mich aufrecht hin. »Also, Deal?«

Wenn Blicke töten könnten, hätte Kyras mich in diesem Moment auf mein Kabelchaos befördert. Ihre Lippen verzog sie zu einer dünnen Linie. Einige Sekunden verstrichen und ich hoffte einfach, dass sie zustimmte. Und dass mich das miese Karma für diese dreiste Aktion nicht auf dem Spielfeld heimsuchen würde. Ihr Blick wanderte von mir über den halb aufgebauten Raum.

»Na gut. Aber lass dir Zeit bei REWE«, sagte sie mit einem Seufzen und vor Erleichterung stieß ich die Luft aus.

»Danke, danke, danke«, sagte ich und hätte sie am liebsten umarmt, wovon mich ihr Blick jedoch abhielt. Denn sie sah nicht so aus, als hätte sie mich gern in die Arme geschlossen. Einen Arm ausgerissen vielleicht, das ja.

»Du hast mich erpresst, dafür bedankt man sich nicht.«

»Ich mach's wieder gut, versprochen. Brauchst du Hilfe bei der Technik oder hast du hier schon mal aufgenommen?«

»Krieg ich schon hin«, murmelte sie. »Ey«, rief sie mir hinterher und ich drehte mich um, die Türklinke in der Hand. »Wie heißt du überhaupt?«

»Milan«, gab ich zurück. Ich wartete darauf, dass Kyra etwas sagte, doch sie nickte nur, stellte ihren Kaffeebecher ab und trat, die Mappe nach wie vor in der Hand, in den Aufnahmeraum. Ich sah ihr nach und spürte, wie sich mein schlechtes Gewissen bemerkbar machte. Es sollte mir egal sein, ob mich eine völlig fremde Frau für einen Arsch hielt. Doch aus irgendeinem Grund war es mir ganz und gar nicht egal. Über mich selbst den Kopf schüttelnd machte ich mich endlich auf den Weg.

Es war bereits zwanzig nach sechs, als ich endlich zurück war. Mein Blick schweifte suchend durch den Raum, dann landete er auf Kyra, die auf dem Boden kniete und gerade ihren Laptop in ihrem Rucksack verstaute. Sie war noch da, gut.

»Hey«, begrüßte ich sie. »Hast du alles geschafft?«

Mit einem Schmunzeln stand sie auf und schulterte ihren Rucksack. »Höre ich da ein schlechtes Gewissen heraus?«

Tat sie tatsächlich. Denn die Schlange an der Kasse war lang genug gewesen, um das Szenario noch einmal in meinem Kopf durchzugehen, und mittlerweile fühlte ich mich wie der letzte Arsch für mein Verhalten. Mit der rechten Hand wühlte ich kurz in dem Jutebeutel und beförderte eine Tafel Schokolade zum Vorschein. »Ich weiß, das ist keine Wiedergutmachung, aber sorry?«

Kyra hob die Mundwinkel noch ein Stückchen weiter. »Du denkst also, ich bin mit Schokolade zu bestechen?«

»Ich hab's gehofft. Bei mir funktioniert es zumindest«, gab ich zurück.

»Bei mir auch«, murmelte Kyra und schnappte sich die Tafel. »Glück gehabt.«

»Du bist meiner Frage ausgewichen«, merkte ich an. »Bist du fertig geworden? Sonst geh ich echt noch mal raus. Tut mir leid wegen eben. Ich wollte nur meinen Freund nicht enttäuschen.«

»Keine Sorge, ich bin durch. Ging schneller als erwartet.« Kyra sah an mir vorbei auf das Chaos, das sich in meinem Rücken befand. »Schaffst du das denn alles noch? Wann geht es los?«

»In 35 Minuten«, antwortete ich mit Blick auf meine Uhr. »Wird schon. Danke auf jeden Fall fürs Nicht-Verpetzen.«

»35 Minuten?« Kyras Augenbrauen schossen in die Höhe. »Es sieht aus wie ein Schlachtfeld und alles, was du bisher hast, sind Snacks und die drei Kisten Mate dahinten.«

Ich folgte ihrem Blick. Jap, sie hatte nicht ganz unrecht …

Als ich Kyras Seufzen hörte, wandte ich mich ihr wieder zu. Einige Sekunden starrte sie weiter auf das Chaos aus Tischen und Kabeln, dann ließ sie in einem Schwall die Luft aus ihren Wangen entweichen. Sie schob den Rucksack von ihren Schultern und sah mich abwartend an.

»Kann ich dir helfen?«

»Vor einer knappen Stunde wolltest du mich noch anschwärzen«, erinnerte ich sie.

»Vor einer Stunde warst du auch noch ein Arsch.«

»Und jetzt nicht mehr?«

Kyra wiegte den Kopf hin und her, als müsste sie nachdenken. »Doch«, sagte sie dann. »Aber nur ein bisschen.«

Ich erwiderte das feine Lächeln, das sie mir schenkte und das für einen Moment seltsame Dinge mit meinem Bauch tat. Das Gefühl ignorierte ich jedoch, denn das war weder der richtige Zeitpunkt noch der richtige Ort dafür. Hinzu kam, dass mich diese Frau verwirrte. Wieso wollte sie mir helfen? Nicht dass ich ihr Angebot hinterfragen wollte, denn sie hatte recht: Allein würde ich das in der Zeit, die mir blieb, nicht schaffen.

»Jetzt hast du gleich zweimal was gut bei mir. Ich kümmere mich um die Tische und Bildschirme.« Ich hielt ihr die letzten LAN-Kabel entgegen. »Kannst du die verstöpseln? Im Boden sind solche kreisförmigen Vorrichtungen. Wenn du die hochklappst, ist der Anschluss drin. Eine Seite da rein und die andere in den Schlitz im Computer.« Ich hielt inne, als ich bemerkte, dass Kyra die Kabel nicht nahm. »Was?«

»Hast du mir gerade ernsthaft erklärt, wie ich ein Kabel einstecke?«

»Ähm … vielleicht?«, sagte ich zögerlich.

Kyras Antwort war ein Augenrollen. »Gib her«, murmelte sie und nahm mir die Kabel aus der Hand. Dann klappte sie die Platte aus dem Boden und begann, sie in die Ports zu stecken. Tja, und damit hatte ich es mir wohl erneut verspielt bei ihr.

Was dich nicht stören sollte.

Ich schob die Tische an ihre vorgesehenen Plätze, schloss die restlichen Monitore an und kramte dann in meiner Sporttasche, bis ich die Gaming-Mäuse fand, die ich zur Sicherheit mitgebracht hatte. Ich legte sie auf einen noch frei gebliebenen Schreibtisch und warf zwei Mousepads hinterher. Zwar hatte ich allen geschrieben, dass sie nach Möglichkeit ihr eigenes Equipment mitbringen sollten, aber irgendjemand würde mit Sicherheit etwas vergessen.

»Es ist nett, dass du das für deinen Freund organisierst«, sagte Kyra plötzlich. Die letzten Minuten hatten wir schweigend nebeneinander hergearbeitet. »Also von dem Raumdiebstahl und dem Verstoß gegen die Hausordnung mal abgesehen.«

»Das musstest du hinterherschieben, oder?«, fragte ich lachend. »Leider muss ich noch weiter in deinem Ansehen sinken …«

Kyra klappte die letzte Bodenplatte wieder ein und sah fragend zu mir auf.

»Ich bin einen Deal mit meinem anderen Mitbewohner eingegangen. Er bereitet im Gegenzug ein Referat für mich vor.«

Kyra lachte auf und das Geräusch klang so warm und echt, dass sich in meinem Bauch schon wieder etwas zusammenzog. Verdammt.

»Du kriegst einen Pluspunkt für Ehrlichkeit«, sagte sie mit einem Grinsen.

»Danke.« Ich stand auf und sah mich in dem Raum um. »Sieht doch ganz gut aus.«

»Ja«, bestätigte Kyra mit einem Nicken. »Aber es ist noch etwas hell, oder? Nicht dass die Monitore spiegeln.«

Ich ging zur Tür und drehte an den Reglern links daneben, bis das Licht den Raum nur noch gedämmt erhellte.

Kyra nickte zufrieden. »Schätze, meine Arbeit hier ist getan.«

Ich erwiderte das Nicken, war gleichzeitig aber noch nicht bereit, sie gehen zu lassen. Ich konnte nicht sagen, woran genau es lag, aber aus irgendeinem Grund hatte ihre Anwesenheit meine Laune enorm verbessert.

»Hast du Lust, mitzuspielen?«

Kyra schien kurz zu überlegen, schüttelte dann jedoch den Kopf.

»Ich hab noch nie Videospiele gespielt.«

»Noch nie?«

Kyra lachte. »Oh Gott, siehst du geschockt aus. Ich hab Mario Kart und so was gegen meine Brüder gespielt, aber da war ich noch kleiner. Seitdem nicht mehr.«

»Dann wird es höchste Zeit, würde ich sagen.«

Bevor Kyra etwas erwidern konnte, klopfte es zaghaft an der Tür. Kurz darauf betraten Asya und Henrike den Raum.

»Hey, Milan«, sagte Henrike und umarmte mich zur Begrüßung. Asya tat es ihr gleich und streifte sich dann den langen Mantel von den Schultern.

»Wir sind die Ersten, oder? War so klar.« Dann fiel ihr Blick auf Kyra. »Oh, doch nicht. Hi, ich bin Asya.«

»Hi«, erwiderte Kyra und ergriff ihre Hand. »Kyra, freut mich. Aber ich bin sofort wieder weg.«

»Oh, schade. Wir können weibliche Verstärkung immer gebrauchen.«

»Siehst du«, sagte ich. »Noch ein Grund mehr, mitzuspielen.«

Ich hatte nicht damit gerechnet, dass Kyra über meinen Vorschlag nachdenken würde, aber sie beäugte die aufgebauten PCs und sah dann zu Henrike und Asya.

»Ich hab absolut keine Erfahrung in Videospielen«, wiederholte sie an die beiden gewandt.

»Das macht nichts. Probier es doch mal aus und wenn es gar nichts für dich ist, kannst du jederzeit los oder bleibst einfach für was zu trinken.« Asya lächelte Kyra aufmunternd zu, bis diese mit den Schultern zuckte.

»Warum eigentlich nicht.« Kyra warf einen Blick auf ihr Handy. »Noch ist es sowieso mein Raum«, sagte sie mit einem Grinsen.

»Hier unten wird deine Gesundheit angezeigt und links siehst du die Health Points deiner Teammitglieder.«

Mit einem Schmunzeln beobachtete ich, wie Asya hinter Kyra gebeugt stand und ihr die Mechaniken des Spiels erklärte. Mein Blick schweifte weiter zu Sebastian, der mit einer Flasche Mate in der Hand bei seinen Freunden stand. Er war völlig aus dem Häuschen gewesen, als er den Raum betreten hatte, also konnte ich keinen allzu schlechten Job geleistet haben. Der Raum war abgedunkelt, da nur jede zweite Lampe eingeschaltet war und ich diese mit Tüchern abgeschirmt hatte, damit das Licht nicht zu grell auf die Monitore schien. Einzelne Tastaturen, die die anderen mitgebracht hatten, leuchteten auf den Tischen. Ich hatte sogar ein paar alte Poster von Spielen wie Tomb Raider aufgetrieben und die Wand damit verziert. Sebastian hatte eine Box mitgebracht, aus der gerade *Toss A Coin To Your Witcher* schallte, und dass für Verpflegung gesorgt war, schadete auch nicht. Auch wenn mir jetzt schon davor graute, heute Nacht all die Chipskrümel aus den Tastaturen wischen zu müssen.

»Oookay«, sagte Kyra gedehnt. »Also hier zielen, da schießen und nachladen mit der R-Taste, ja?«

Asya nickte, auch wenn Kyra das unmöglich sehen konnte, so konzentriert wie sie auf den Bildschirm schaute.

»Und hier …« Asya drückte auf die Tastatur. »… öffnest du die Karte.«

Kyra stieß so laut die Luft aus, dass sogar ich es hörte, obwohl ich einige Meter entfernt neben Lukas stand. Asya lachte auf. »Keine Sorge, ist ja nur 'ne Übungsrunde. Und Deniz gibt dir Rückendeckung.«

Deniz, der neben Kyra saß, zeigte ihr seinen ausgestreckten Daumen. »Wo wir bei Rückendeckung sind: Schieß deine Teamkameraden nicht aus Versehen an, das geht in dem Spiel. Und du machst dich damit nicht beliebt.« Deniz' Schultern bebten leicht, als er Kyras Blick kurz auffing. Ich konnte ihr Gesicht von hier aus nicht sehen, aber ihre angespannte Haltung sprach Bände. »Du machst das schon«, sagte er.

»Bin gleich zurück«, murmelte ich zu Lukas, der weiter die Hereinkommenden begrüßte. Ich ging zu Kyras Schreibtisch und stellte mich vor das abgedunkelte Fenster. Sie musterte mich mit skeptischem Blick von der Seite und schob ihr Headset nach hinten, sodass sie es nur noch über dem rechten Ohr trug. »Bist du hier, um mich auszulachen?«

»Würde mir nie einfallen«, sagte ich. »Jeder fängt mal an.«

»Ja, manche mehr und manche weniger freiwillig«, murmelte Kyra. Sie richtete ihre Aufmerksamkeit wieder auf den Monitor vor ihr, auf dem gerade ein Countdown nach unten zählte.

»Ich geh dann auch mal an den Rechner«, sagte Asya. »Danke fürs Organisieren, Milan«, fügte sie dann an mich gewandt hinzu. »Das wird so cool. Und der Raum ist perfekt für zwanzig Leute.«

Ich nickte. Hoffentlich blieb es bei den zwanzig. Es hatte sich bereits gut gefüllt und die meisten waren gerade dabei, ihre Tastaturen anzuschließen oder sich mit Snacks und Getränken auszustatten.

»Okay, Go«, sagte Deniz und ich sah zu, wie Kyras Charakter aus einem Flugzeug sprang und auf den Boden zuraste.

»Ich bin hinter dir, und wenn wir gelandet sind, renn einfach schnell in Deckung und versuch, Waffen und Munition zu finden, sonst überlebst du nicht lang.«

Kyra lachte auf. »No Pressure.«

Grinsend sah ich dabei zu, wie sie ihren Charakter über die Karte steuerte und dabei vollkommen fokussiert auf das Spiel war. Zu meiner Überraschung wirkte sie jedoch gar nicht hektisch. Ihre linke Hand lag ruhig auf den Tasten, und hätte sie zuvor nicht versichert, dass sie noch nie gespielt hatte, hätte ich es ihr niemals angemerkt.

»Du machst mich nervös«, sagte sie leise und ich brauchte einen Moment, bis ich begriff, dass sie mich meinte.

»Wirklich? Dabei wirkst du, als wärst du durch nichts aus der Ruhe zu bringen.«

»Wir sehen uns zum ersten Mal, und du hast es schon zweimal geschafft«, gab Kyra zurück, ohne mich anzusehen. Ihre Spielfigur hatte gerade einen Helm gefunden und aufgesetzt und rannte nun hinter Deniz' Charakter her.

»Bekomme ich was, wenn ich es ein drittes Mal schaffe?«

Kyra schnaubte und brauchte ein paar Sekunden, um zu antworten, da sie ihre Waffe im Spiel nachlud. »Du klingst, als ob du es drauf anlegen willst.«

Ich trat hinter sie und stützte meine Unterarme auf ihren

Stuhl. »Vielleicht«, sagte ich, wohl wissend, wie nah ich ihrem Ohr dabei war. Ich verkniff mir ein Grinsen, als ich merkte, wie die Muskeln in ihren Schultern sich anspannten. Einen Moment lang antwortete sie nicht, und ich befürchtete schon, etwas Falsches getan zu haben, doch dann erklang ihre Stimme wieder, leiser diesmal.

»Netter Versuch, aber das wirkt bei mir nicht.« Ihr Schlucken und die Gänsehaut an ihrem Nacken straften ihre Worte allerdings Lügen.

»Dann stört es dich ja sicher nicht«, gab ich zurück. »Von hier aus seh ich den Spielverlauf auch viel besser.« Ich rückte noch ein Stückchen näher an Kyra heran. Leider war das nicht gerade förderlich für meine Konzentration. Auf diese Nähe konnte ich ihr Parfum riechen. War das Jasmin? Es erinnerte mich zumindest an die Jasminpflanzen, die bei unserem Familienurlaub vor dem Ferienhaus geblüht hatten. Ich wusste nicht, ob es die Erinnerung an die alten Zeiten oder doch die Nähe zu Kyra war, aber mein Hals wurde trocken und ich schluckte. Es brachte nichts, es zu leugnen: Diese Frau hatte eindeutig eine Wirkung auf mich.

»Da liegt ein Med-Kit, nimm das mit«, sagte ich und merkte, wie rau meine Stimme klang. Ich sollte mir wohl selbst eine Mate-Flasche holen.

Kyras Kiefer mahlten, sie steuerte ihren Charakter aber dennoch zu der Medizintasche und nahm diese in ihr Inventar auf. »Ich bin mir nicht sicher, ob ich dich charmant oder nervtötend finde«, sagte sie.

»Dass du das noch überlegst, obwohl ich dir den Raum weggenommen hab, spricht eigentlich für charmant, oder?«, fragte ich. »Die Zone wird kleiner. Wenn du die Waffe wegsteckst, kannst du schneller rennen.«

»Dass du mir genau das erklärst, was Asya und Deniz mir

schon erklärt haben, spricht aber für nervtötend.« Sie warf mir einen kurzen Blick voller gespielter Wut zu.

»Heb dir dein Aggressionspotenzial besser fürs Spiel auf«, kommentierte ich.

»Milan, verpiss dich«, sagte Deniz und tastete kurz mit der linken Hand nach hinten, um mich wegzuschieben. »Kyra schafft das auch ohne dich.«

»Genau, Milan«, sagte Kyra und ich konnte das Grinsen aus ihrer Stimme heraushören. »Ich schaff das auch ohne dich. Du hast vorhin so schön Pluspunkte gesammelt, als du gesagt hast, dass Frauen Männern in nichts nachstehen. Also mach's nicht kaputt.«

»Okay«, sagte ich lachend. »Magst du was trinken? Deniz?«

»Lenk uns nicht ab und such dir endlich 'nen Platz«, grummelte Deniz. »Da hinter dem Felsen steht einer, pass auf«, sagte er dann an Kyra gewandt.

Ich löste die Arme von Kyras Stuhl und unterdrückte ein Lachen, als Kyra und Deniz sich ein High Five nach ihrem ersten Kill gaben. Ihre Zusage hierzubleiben hatte mich überrascht. Noch mehr hatte mich überrascht, wie sie auf alle anderen zugegangen war und wie problemlos sie sich in die Gruppe eingefügt hatte. So wie sie jetzt ins Spiel vertieft war, würde sie vielleicht doch länger als für ein paar Matches bleiben. Ich zumindest hoffte es.

Ich drehte eine Runde im Raum und schaute, dass jeder mit Equipment und Getränken versorgt war. Bis auf einen von Bastis Freunden, der mit dem Audio-Input seines Headsets kämpfte, schienen alle gut aufgestellt. Gemeinsam klickten wir uns durch die Systemeinstellungen, bis alles passte. Dann fiel mein Blick auf den kleinen Aufnahmeraum direkt zu meiner Linken, in dem Kyra bis eben gewesen war. Von der dunklen Oberfläche des schmalen Stehpults hob sich etwas Helles ab.

Ich trat durch die Glastür nach innen und fand Kyras Ordner, auf dem dicht beschriebene Seiten lagen. Ich wusste, ich sollte nicht, aber ich nahm das obenauf liegende Papier. Mit einem Lächeln, das sich einfach auf mein Gesicht schlich, überflog ich die ersten Sätze.

Das war gut. Sehr gut sogar. Am liebsten hätte ich weitergelesen und die Worte in mich aufgesogen, aber es schien mir nicht richtig, mehr von dem Text ohne ihre Zustimmung zu lesen. Also legte ich die Blätter in den Ordner und trat wieder hinaus. Kyra war nach wie vor in das Spiel vertieft und ich wollte sie weder aus diesem herausreißen noch Gefahr laufen, dass sie Reißaus nahm, wenn sie merkte, dass ich ihren Text gefunden hatte. Also ging ich zu Kyras Rucksack und schob den Ordner hinein, auch wenn ich liebend gern mit ihr über die Gedanken gesprochen hätte, die sie da zu Papier gebracht hatte.

Fast alle saßen nun an ihren Plätzen. Ich scannte den Raum nach Sebastian ab, um zu schauen, ob ich noch etwas tun konnte. Doch er wirkte glücklich und viel weniger angespannt als in den letzten Wochen daheim. Es war das erste Mal seit Langem, dass ich vollkommen entspannt war und es einfach nur genoss, Zeit mit meinen Freunden zu verbringen. So schön das war – es durfte nicht zur Gewohnheit werden. Ich durfte mein Ziel nicht aus den Augen verlieren. Erst recht nicht wegen dieser Frau, auf der mein Blick schon wieder wie automatisch ruhte.

INTERLUDE: PODCAST

Wonder Woman, Storm oder Prinzessin Leia – was haben diese drei Frauen gemeinsam?

Sie sind Heldinnen für Frauen wie mich.

Sie machen Mut.

Sie zeigen jungen Mädchen und Frauen, dass sie für sich selbst und andere einstehen können und es dafür nicht der Hilfe eines Mannes bedarf.

Sie sorgen für Repräsentation, die uns jahrelang fehlte.

Sie vermitteln ein neues Bild von Frauen.

Sie erzählen die Geschichte von Frauen.

Sie helfen Frauen, ihre eigenen Geschichten zu erzählen.

Sie sind Ausnahmen.

Sind sie Ausnahmen?

Man könnte es fast meinen, so viel weniger Aufmerksamkeit wird ihnen im Vergleich zu ihren männlichen Gegenparts zuteil. Dabei liegt genau da der Haken: Wir beleuchten ihre Geschichten nicht. Wir richten das Rampenlicht auf die Helden und applaudieren begeistert, wenn auf dem Weg von Held A zu Held B mal eine Frau dazwischenrutscht.

Dabei sollten wir das Scheinwerferlicht mit beiden Händen festhalten, so fest, bis die Finger zittern, und es auf ebendiese Frauen richten. Ihnen den nötigen Raum und die nötige Zeit geben, um ihre Geschichten zu erzählen.

Warum das so wichtig ist?

Weil diese Geschichten weitere Geschichten inspirieren.

Repräsentation sollte auch nicht auf der Leinwand aufhören. Sie sollte sich durch unseren gesamten Alltag ziehen. Vom Bundestag über Werbung bis hin zu unserem studentischen Leben.

Doch von dieser Realität sind wir noch weit entfernt. Dabei sind die positiven Effekte so deutlich zu sehen. Patty Jenkins beispielsweise kämpfte gegen etliche Widrigkeiten, um *Wonder Woman* produzieren zu dürfen. Sie wurde als Risiko gehandelt und bewies letzten Endes durch den enormen Erfolg ihres Films nicht nur, dass alle sie unterschätzt hatten, sie dient heute auch als Inspiration für etliche weitere Frauen in der Branche.

Erfolge kreieren Erfolge. Ob wir Frauen uns nun direkt unterstützen oder einander durch unsere Geschichten inspirieren.

Und es braucht mehr solcher Beispiele. Unsere Uni besteht zur Hälfte aus Studentinnen. Natürlich gibt es dabei auch männerdominierte Fächer – ich selbst jedoch studiere nicht in einem solchen und muss im Curriculum trotzdem ausschließlich männliche Erfolgsgeschichten durchnehmen. Wie kann das sein? Und betrachten wir die männerdominierten Fächer, bleibt die Frage doch dieselbe: Wie kann das sein? Denn gerade hier sollten weibliche Erfolgsgeschichten hervorgehoben werden.

Und wie kann es sein, dass einem mit Lachen und Unverständnis begegnet wird, wenn man auf solche Missstände aufmerksam macht? Wie kann es sein, dass ich diese Worte hier aufnehmen muss, um dem Raum zu schaffen, was in Seminaren und Hörsälen geschehen sollte?

Ich erzähle euch heute die Geschichte einer weiteren Heldin. Auch wenn sie nicht wie Wonder Woman die gesamte Menschheit gerettet hat, so hat sie doch Bedeutendes auf ihrem Feld beigetragen. Und während mein Dozent in der Einführungsveranstaltung zur Psychologie der Ansicht ist, dass all ihre Erfolge ihrer Heirat zu verdanken sind, so bin ich anderer Meinung. Denn gerade weil wissenschaftliche Bereiche wie die Psychologie so lange Männerdomäne waren, ist es heute umso wichtiger, die Geschichten der Frauen zu erzählen, die in diesen Feldern tätig waren und sind. Und deshalb richte ich das Scheinwerferlicht mit zitternden Fingern auf Eleanor J. Gibson. Eine Koryphäe im Bereich der Psychologie.

Eleanor J. Gibson studierte in Yale und …

Kommentare

bornthisway:
Was denkt ihr, wieso ich Physik studiere? Bin eigentlich nur hier, um 'nen Mann zu finden, zu heiraten und so ein bisschen Erfolg abzubekommen …

BUG.1472:
Fucks Sake, muss man heute überall Sexismus sehen? Dein Dozent wird sich schon was beim Curriculum gedacht haben. 🙄

rebelmuse:
Ich weiß genau, um welchen Dozenten es geht, der ist eh ein Creep. Hatte den vor zwei Semestern – Dad Jokes bis zum Geht-Nicht-Mehr.

FstehtfürFreunde:
OMG, WIE GUT! Wer auch immer du bist, bitte mehr davon!!

l8ers:
Ich wünschte, ich hätte so was wie den Film zu Wonder Woman schon als Kind gehabt. Representation matters.

psychedelicdreams:
Ich war in derselben Vorlesung wie du! Ich wünschte, ich wüsste, wer du bist. Ich würd dir so gern 'nen Kaffee ausgeben :D

9. KAPITEL

Kyra

Ich lief hinter Miri her, wich einer Pfütze aus und genoss die klare, frische Luft, die der Niederschlag auf den Straßen Berlins hinterlassen hatte. Es hatte den ganzen Morgen über geregnet, was nicht schlimm gewesen war, da Miriam und ich uns in der Bibliothek zum Lernen verschanzt hatten. Ich hatte es zu Hause probiert, mich aber permanent von allem Möglichen ablenken lassen. Allem voran von den Kommentaren unter der Podcastfolge, die ich gefühlt alle drei Minuten aktualisiert hatte.

Ich hatte es wirklich getan. Ich hatte die Folge aufgenommen und online gestellt. Dann hatte ich sie unter falschem Profil in einigen Unigruppen auf Facebook geteilt – und jetzt wurde sie gehört. Mehr noch, sowohl unter der Folge selbst als auch auf Facebook wurde sie diskutiert. Ich hatte nicht damit gerechnet, direkt so viel Aufmerksamkeit zu erhalten. Kein Wunder also, dass mich das Ganze abgelenkt hatte. Das und der Gedanke an die LAN-Party und Milan. Der Kerl, der sich dreisterweise meines Raums bedient hatte – und mich dann mehr überrascht hatte als mein bislang unentdecktes Talent für Videospiele.

Meine Rettung war Miriam gewesen, die im Gegensatz zu mir glücklicherweise direkt in der Innenstadt studierte. Da Freitag mein freier Tag war, hatte ich mich ihr angeschlossen und meine Skripte mit ins Grimm-Zentrum genommen. Miriam wiederum hatte mir relativ schnell das Handy entwendet, damit ich mich auf die Bücher vor mir konzentrierte. Keine Ahnung, wer von uns mehr über dem Stoff verzweifelt war: Miriam über ihren sprachwissenschaftlichen Theorien oder ich über Methodenlehre und meiner ersten Begegnung mit Statistik. Irgendwann hatte Miri erleichtert geseufzt, als Phuongs Nachricht in unserem Gruppenchat aufgeploppt war, dass ihre Schicht bald endete. Lia, die ich nach unserem Filmabend ebenfalls in die Gruppe eingeladen hatte, schickte uns einen Link und die Location zum Flohmarkt. Er war in Neukölln, und da die Galerie, in der Lia gerade ein Praktikum absolvierte, sich in der Nähe befand, würden wir sie dort treffen und Phuong unterwegs am Alex einsammeln.

Ich lief kurz langsamer hinter Miriam her, um den beiden eine Nachricht zu schicken, dass wir unterwegs waren. Dann steckte ich das Handy zurück in meine Tasche. Ob ich Milan nach seiner Nummer hätte fragen sollen? Ich kannte ihn gar nicht und trotzdem ging er mir nicht mehr aus dem Kopf. Er und die Grübchen in seinen Wangen, als er gelacht hatte. Bei meinem letzten Besuch im Fitnessstudio war er nicht anwesend gewesen, und ich wollte mir nicht die Blöße geben und seinen Kollegen fragen, wann Milan arbeitete. Oder, wie es bei dieser Vicky der Fall gewesen war, zu aufdringlich sein.

Ich kam neben Miriam an der roten Ampel zum Stehen.

»Ich bin so platt«, sagte Miri und gähnte wie zur Demonstration. Ihre blonden Haare hatten sich stellenweise aus ihrem Zopf gelöst und unter ihren Augen lagen leichte Schatten.

»Hast du überhaupt geschlafen? Ich bin selbst viel zu spät ins Bett und bei dir war noch Licht an.«

Miriam seufzte. »Ich hab an einem Vortrag gearbeitet. Es ist gestern im Krankenhaus ziemlich spät geworden, deshalb hänge ich da etwas hinterher. Aber wird schon irgendwie.«

»Kann ich dir helfen?«, fragte ich.

Miriam schüttelte den Kopf. Die Ampel sprang auf Grün und wir überquerten die Straße. »Ne, ich glaube, dein Studium ist eh viel anstrengender als meins. Wenn ich selbst Deutsch und Englisch nicht hinkriege, kann ich es gleich bleiben lassen.«

Ich ging einen Schritt schneller und überholte Miriam, um ihr ins Gesicht sehen zu können.

»Wo kommt das denn bitte her?«, fragte ich.

Sie wich meinem Blick aus. »Ich hab einfach das Gefühl, dass alle anderen viel weiter sind und mehr wissen.«

»Du hast mich eben bei Statistik gesehen, oder? Ich fange auch bei null an. Und ich wette, das geht in deinen Kursen noch einigen anderen so.«

Miriam wirkte nicht wirklich überzeugt von meinen Worten. »Ich dachte einfach, dass es mir leichter fallen würde. Aber selbst Literatur ist anders als erwartet, und von Pädagogik will ich gar nicht erst anfangen.«

»Gibt es denn ein Tutorium oder so, das du besuchen kannst? Das hat mir am Mittwoch echt geholfen.«

Miriam nickte. »Ja, ich schau mal, ob ich hingehe. Aber die sind am späten Nachmittag nach den Seminaren und da …«

»Bist du bei deiner Oma«, vollendete ich den Satz.

Aus dem Augenwinkel sah ich, wie Miriam den Kopf erneut von oben nach unten bewegte.

»Wie geht es ihr denn?«, hakte ich vorsichtig nach.

Miriam verschränkte die Daumen unter den Riemen ihres Rucksacks und schaute noch ein Stück missmutiger drein, falls das überhaupt möglich war. »Geht so«, sagte sie. »Ich meine, ich weiß ja, dass sie nicht mehr gesund wird, aber es ist nicht so einfach zu sehen, wie es immer schlimmer wird.«

Auf ihrem Gesicht bildete sich ein kleines Lächeln. Sie war so viel stärker, als sie ahnte. Meine Großeltern waren verstorben, als ich noch jünger gewesen war, sodass ich kaum Erinnerungen an sie hatte. Ganz davon abgesehen, stand Miriam ihrer Großmutter viel näher, als es bei uns der Fall gewesen war. Ich konnte mir nicht vorstellen, einen Menschen zu verlieren, den ich so liebte. Ihn nicht nur auf einmal zu verlieren, sondern bei jedem Besuch ein Stückchen weniger dieser Person vorzufinden, weil der Krebs immer mehr von ihr in Besitz nahm.

»Darf ich vielleicht mal mitkommen? Ich kenne deine Oma nicht so gut, aber vielleicht freut sie sich ja über ein neues Gesicht. Und dann kann ich mich ein bisschen mit ihr unterhalten und du lernst nebenbei.«

»Du willst natürlich nicht mitkommen, um auf mich aufzupassen, sondern nur, weil du unbedingt meine Oma sehen willst«, sagte Miriam.

»Natürlich.« Ich schmunzelte, und zu meiner Freude hoben sich auch Miriams Mundwinkel, dieses Mal wesentlich echter. »Gehen deine Eltern sie eigentlich gar nicht besuchen?« Sie waren nach unserem Umzug dort gewesen, aber Miriam hatte nie erwähnt, dass sie alle gemeinsam hinfuhren.

»Doch«, antwortete Miriam. »Sie schauen schon alle zwei Wochen mal vorbei. Meine Schwester auch. Für sie ist es ja ein bisschen weiter zu fahren, und sie arbeiten. Meine Oma sagt es nicht, aber ich glaube schon, dass sie sich langweilt.« Miriam lächelte wieder leicht. »Außerdem kennen mich die anderen Patienten mittlerweile auch schon. Und ich glaube, sie freuen sich fast genauso sehr, wenn ich komme.« Sie strich sich ein paar lose Strähnen hinters Ohr, was ihre blauen Ohrringe zum Vorschein brachte, die wie eine Telefonzelle aussahen.

»Ich bin mir sicher, das tun sie«, erwiderte ich.

Wir liefen eine Weile schweigend durch matschige rotorangefarbene Blätter, bis die Spitze des Fernsehturms über den hohen Häusern hervorragte.

»Bringt Lia Noah eigentlich mit?«, fragte Miriam plötzlich.

»Keine Ahnung, wieso? Dachte eigentlich, es wären nur wir vier.«

»Dann ist es egal«, sagte Miriam.

Verwirrt sah ich sie an. »Warum? Hast du Angst, dass sie unsere Frauenrunde sprengt?«

Miriam schmunzelte. »Nein, gar nicht. Ich dachte nur, sonst hätten wir Elias noch fragen können. Früher haben wir alle mehr in der größeren Gruppe gemacht. Was natürlich klar ist, weil du noch daheim gewohnt hast. Ich hab ihn nur seit unserem Umzug nicht mehr gesehen. Da schien es ihm ein bisschen besser zu gehen, aber ich hab mir Sorgen gemacht.«

»Ich kann ihn gern mal zu uns einladen«, sagte ich. »Er hat nur grad wieder mehr zu tun, weil er die Stelle in Marcs Studio angenommen hat. Aber ich schreib ihm nachher.« Weiter kam ich nicht, da wir die Haltestelle am Alex erreichten und Phuong uns, am Geländer lehnend, zuwinkte.

Meine andere beste Freundin wäre mir auch ohne ihr breites Winken aufgefallen, da ihre Haare wieder pink gefärbt waren, wobei sie an den Spitzen in ein tieferes Lila übergingen.

»Wow«, sagte ich. »Das sieht so gut aus!«

»Kat hatte noch Farbe übrig«, meinte Phuong und umarmte uns beide. Dann schob sie sich zwischen Miriam und mich, hakte sich bei uns unter und zog uns die Treppen zur U-Bahn hinunter.

Der Flohmarkt war brechend voll, aber es verlief sich einigermaßen, sodass wir uns noch bewegen und unterhalten konnten. Ich schaute mich suchend nach Miriam um, da ich wusste, wie sehr sie Menschenmassen hasste, aber meine Sorge war unbegründet. Gerade stand sie über einen Tisch gebeugt, der eine Ansammlung von DVDs präsentierte. Ich musste gar nicht erst hingehen, um zu erkennen, dass es sich dabei um Disney-Filme handelte. Ich folgte Lia und Phuong an den Stand nebenan, der alles Mögliche von Tellern bis hin zu Postern verkaufte.

»Nein«, sagte Lia gerade, als Phuong ihr ein Poster entgegenstreckte, auf dem Arnold Schwarzenegger als Terminator zu sehen war. »Definitiv nein. Leg es weg.«

»Aber du magst doch Filme«, protestierte Phuong.

»Ich mag auch Käsekuchen und hab kein Plakat davon an der Wand.«

»Kyra?«, fragte Phuong.

»Ja?«

»Du magst nicht nur Filme, du magst auch alte Filme!«

»Ja, aus den Fünzigern. Wenn du eins von *Manche mögen's heiß* siehst, sag Bescheid.« Als ich Phuongs Gesichtsausdruck sah, musste ich lachen. Sie rollte das Plakat zusammen und steckte es zurück in die Box zu den anderen.

»Du hast gesagt, dein Zimmer ist vollkommen leer. Das heißt, wir können in jede Richtung gehen«, meinte Phuong.

»Wie wär's mit einer …« Lia zögerte. »Etwas, ähm, subtileren?« Sie strich sich die schulterlangen Haare zurück und ließ ihren Blick über die anderen Stände schweifen.

»Hast du ein Foto von deinem Zimmer?«, fragte ich, woraufhin Lia ihr Handy entsperrte, ein paarmal auf das Display tippte und es mir dann entgegenstreckte. Das Zimmer sah recht klein aus, hatte aber bereits ein Bett und eine Kommode darin stehen und war dank des großen Fensters hell und warm.

»Ich hab noch einen Schreibtisch bestellt, aber sonst nichts. Ein Nachttisch wäre noch cool, Regale für mehr Stauraum und Deko eben.«

»Ich weiß, Noah hat Witze drüber gerissen, aber ich kann dir echt gern Pflanzen geben«, sagte ich, während wir die Gänge weiter entlangschlenderten.

»Gern«, antwortete Lia. Dann blieb ihr Blick an etwas hängen. »Oh, der ist perfekt. Wir müssten ihn nur vielleicht streichen.« Sie steuerte auf einen kleinen, verschnörkelten Beistelltisch zu.

»Meinst du, wir kriegen den in der Bahn transportiert?«

»Klar. Notfalls buchen wir per App schnell ein Auto. Miriam fährt bestimmt.« Nicht ohne dass sie mir wie Noah in den Ohren liegen würde, dass ich endlich meinen Führerschein machen sollte. Aber ich sah den Sinn einfach nicht, solange ich in Berlin wohnte.

Lia begann ein Gespräch mit dem Verkäufer und ich ließ den Blick weiterwandern. Ich hatte bisher keinen Stand mit Schallplatten gefunden. Was vielleicht nicht schlecht war, wenn ich an meine viel zu vollen Regale dachte. Nebenan war alle mögliche Technik auf zwei breiten, langen Tischen aufgebaut. Mein Blick streifte alte SNES- und PlayStation-Konsolen und ich musste unweigerlich wieder an den gestrigen Abend denken. Ich hatte nicht erwartet, so viel Spaß zu haben. Und ich hatte genauso wenig erwartet, dass Milan so eine Wirkung auf mich haben würde. Aber die hatte er – von der anfänglichen Irritation abgesehen – gehabt. Bis auf diesen einen Moment …

Bei dem Gedanken an seine Stimme so nah an meinem Ohr fuhr mir erneut ein unangenehmer Schauer über den Rücken. Nach dem, was mit Christopher passiert war, hatte ich aktiv versucht, diese Befangenheit loszuwerden. Während meiner Zeit in Paris hatte ich andere Männer getroffen, einen von ihnen sogar geküsst – doch weiter war nichts geschehen, und obwohl der Kuss von mir ausgegangen war, hatte er mich zu diesem Abend zurückkatapultiert. Ohne dass ich es wollte. Als hätte Christopher mir nicht nur für einen Moment die Kontrolle über meinen eigenen Körper genommen, sondern auch über meine Gedanken. Und als Milan mir so nahe gekommen war und ich seinen warmen Atem an meinem Hals gespürt hatte, war es für den Bruchteil einer Sekunde wieder so gewesen. Für einen Augenblick war es dieser Abend gewesen, für einen Augenblick hatte nicht Milans Atem meinen Hals gestreift, sondern Christophers. Was ich beinahe noch mehr hasste, als *dass* es so war, war, dass ich so schlecht einschätzen konnte, wann es mich traf und wann nicht. Mal hatte ich das Gefühl, alles unter Kontrolle zu haben, dann jedoch passierte etwas und warf mich zurück.

Ich schüttelte den Kopf und wandte den Blick von dem Tisch ab, als könnte ich die Gedanken an Milan so verdrängen. Zeigte mein Körper mir dadurch, dass ich noch nicht bereit war, mich auf jemanden einzulassen? Gleichzeitig wollte ich mich nicht länger zurückhalten. Und Milan hatte mein Interesse ganz eindeutig geweckt.

Ein weiß-rotes Cover schob sich in mein Sichtfeld und ich hielt inne. Kurz drehte ich mich um, aber ich war gedankenverloren so weit gelaufen, dass ich weder Miriam noch die anderen sah. Dafür erregte ein weiterer Stand meine Aufmerksamkeit. Er war voller Comics. Ich hatte damit nie viel anfangen können und schaute immer nur die Verfilmungen, aber Elias liebte Marvel. Nachdem ich den Blick über die einzelnen Ausgaben hatte wandern lassen, entschied ich mich für das Captain-America-Heft, das ich zuerst gesehen hatte. Es war nicht eingeschweißt, also kein Sammlerstück, aber dennoch eine der älteren Editionen. Ich kaufte es der Händlerin ab und beschloss, Elias noch diese Woche zu besuchen. Ich wollte ihm unbedingt von dem Podcast berichten.

Zwei Stunden und einige Tüten später sammelten wir vier Hocker zusammen und ließen uns vor einem Bauwagen nieder, der Kaffee und Kuchen verkaufte. Lia und ich brachten die Getränke an den Tisch. Ich setzte mich zu den anderen und wickelte mir meinen neuen Schal um den Hals, da der Wind auf der freien Fläche heftiger wehte. Es war verdammt kalt geworden und ich wärmte meine Finger an dem heißen Kaffeebecher. Als ich die kleinen Corgis darauf sah, musste ich wieder an den Medienraum denken, wo ich ihn zuletzt in der Hand gehalten hatte. Und dadurch zwangsläufig an Milan.

Wieso geht mir dieser Typ nicht aus dem Kopf?

»Aber hast du Arielle nicht eh schon?«, fragte Phuong und deutete auf eine der DVDs, die Miriam gerade stolz auf dem Tisch ausgebreitet hatte.

»Ja, aber das ist die Special Edition. Die hatte ich noch nicht.« Miriam griff ein weiteres Mal in ihren Beutel, legte etwas auf den Tisch, das verdächtig nach Blinkern für ihre Yamaha aussah, und wickelte einen weiteren Einkauf aus mehreren Lagen braunen Papiers. »Und die hier«, sagte sie und hielt eine blaue, rechteckige Tasse in die Höhe.

»Hey, die passt zu deinen Ohrringen«, sagte ich.

»Jap.« Miriam grinste breit.

»Aber woher ist die blaue Telefonzelle? Auch von Disney?«, fragte ich und stockte, als sowohl Miriams als auch Phuongs Köpfe zu mir herumschnellten. »Was?«, fragte ich, als ich die geweiteten Augen meiner Freundinnen sah.

Lia neben mir schien zum Glück ähnlich verwirrt wie ich, denn sie stellte ihren Becher ab und zog die Augenbrauen zusammen.

»Das ist keine einfache Telefonzelle, das ist die TARDIS.«

Mein Blick wanderte von Miriam zu Phuong, und ich hob

die Hände zum Zeichen, dass ich absolut keine Ahnung hatte, wovon sie gerade redeten.

Miriam seufzte.

»Vielleicht solltest du mit ihr nicht nur Disney gucken. Da sind offensichtlich noch größere Lücken vorhanden«, sagte Phuong. »Das ist aus *Doctor Who*.«

»Aaah«, sagte ich. »Davon hat Miri schon erzählt.«

»Nie gehört«, sagte Lia.

»Dann wird das nachgeholt. Passt aber eh gut, da ich an Halloween als der neue Doctor gehe – die neue Doctor, besser gesagt.« Phuong sah uns alle nacheinander an. »Ihr kommt mit, oder?«

Miriam stellte die Tasse ab und hob abwehrend die Hände. »Keine Chance.«

»Aber du kannst dich verkleiden«, sagte Phuong, als wäre das ein schlagendes Argument.

»Ja, aber ich muss unter Menschen und tanzen und alle trinken Alkohol und nein.« Miriam schüttelte den Kopf, wie um ihren Worten Nachdruck zu verleihen.

»Kyra?«

»Ich hasse Kostüme.«

»Aber es ist eine Ersti-Party. Ihr könnt nicht studieren und die Ersti-Partys verpassen.«

Ich hob eine Augenbraue und sah meine Freundin kritisch an. »Wo genau steht das?«

»Das ist ein ungeschriebenes Gesetz«, sagte Phuong. »Was es nicht weniger verpflichtend macht.« Sie deutete mit dem Finger auf mich. »Miri lass ich das durchgehen, aber du liebst tanzen und du magst Menschen. Du hast keine Ausrede.«

»Ich verkleide mich eh nicht gern und an Halloween gibt es alles nur in der Sexy-Variante. Ich hab auf Instagram Werbung für einen sexy Hummer gesehen.« Phuong hob die Schultern.

»Ein sexy Hummer, Phuong. Das ist auf so vielen Ebenen falsch.«

»Entwirf dein Kostüm halt selbst, mach ich auch. Oder geh als irgendwas aus den 50ern. Audrey Hepburn oder so, da stecken wir dir einfach die Haare hoch und du ziehst was Schwarzes an.« Sie sah mich mit ihrem besten Welpenblick an. »Komm schoooon. Wir könnten alle zusammen Kostüme basteln.« Als ich schwieg, drehte sie sich zu Lia um. »Lia?«

»Kann ich denn mit? Ich bin dieses Semester an keiner Uni eingeschrieben.«

»Klar, sie kontrollieren das nicht. Wenn du mitkommst, haben die beiden außerdem größeren emotionalen Druck.«

Lia schmunzelte. »Ich komm gern mit.« Sie sah zu mir. »Und ich werd auch was selbst basteln, also …«

Phuong grinste triumphierend. »Na siehst du! Und du kannst da richtig viel für den nächsten Podcast recherchieren und über sexistische Kostüme oder so sprechen. Es ist quasi eine Feldstudie.«

Miriam hob ihre Tasse. »Darauf sollten wir übrigens noch anstoßen. Auf Kyras Podcast und darauf, dass sie letzte Nacht nur zwanzig Minuten gebraucht hat, um endlich auf Upload zu klicken.«

»Haha«, erwiderte ich, musste aber lächeln, als auch die anderen beiden ihre Tassen hoben. »Die Folge wäre übrigens fast nicht zustande gekommen.«

»Wieso das?«, fragte Lia. »Im Gruppenchat klangst du, als du den Text vorgeschrieben hast, komplett euphorisch. Hattest du doch noch Zweifel?«

»Nein, gar nicht. Aber der Raum wurde von einem Typen blockiert.« Ich gab den anderen eine Zusammenfassung des Abends und blickte in drei verblüffte Gesichter.

»Du? Auf einer LAN-Party?«, fragte Phuong.

»Warte, war das bevor oder nachdem er dir den Raum weggenommen hat?«, wollte Lia wissen.

»Nachdem er mir den Raum weggenommen hat«, nuschelte ich.

»Und du hast ihn nicht rausgeworfen?«

»Wie gerade gesagt, hab ich es versucht, aber …«

Ich schüttelte den Kopf. »Ist auch egal, Themenwechsel.«

Miriam, die noch nichts zu dem Thema gesagt hatte, warf mir ein wissendes Grinsen zu. »Muss ja ein besonderer Typ sein, wenn du ihn nicht gleich hochkant rausgeworfen hast.«

»Sah er gut aus?«, fragte Phuong, woraufhin ich mich räusperte.

»Also, um zurück auf diese Party zu kommen …«

»Jetzt auf einmal«, meinte Phuong, ging aber zum Glück auf meinen Themenwechsel ein. »Also bist du dabei?«

Ich seufzte. »Meinetwegen. Aber wenn es irgendwelche Ersti-Spiele gibt, gehe ich rückwärts wieder raus.«

Phuong nickte. »Deal.« Dann drehte sie sich zu Miriam um. »Wenn ich dir ein Kostüm von Eleven aus *Stranger Things* bastle … wie hoch sind die Chancen, dass du es dir anders überlegst?«

Phuongs Ehrgeiz brachte mich zum Lachen, aber ich konnte ihre Überredungskünste nicht weiter verfolgen, da Lia sich über den Tisch hinweg zu mir lehnte.

»Der Podcast war aber wirklich klasse«, sagte sie. »Du machst doch weiter, oder?«

Ich nickte langsam. »Ja. Hab ich zumindest vor. Aber ich weiß gerade noch nicht, wovon die nächste Folge handeln könnte. Es gibt so viel und ich hab keine Ahnung, wo ich anfangen soll. Gleichzeitig hab ich zu wenig Wissen, um überhaupt alles abdecken zu können.«

»Aber das musst du doch gar nicht«, meinte Lia. »Deine letzte Folge kam doch gut an und das war auch nur ein kleiner Ausschnitt. Ich bin mir sicher, egal was du erzählst, da draußen sind immer Frauen, die sich damit identifizieren können und dankbar sind, wenn sie wissen, dass sie nicht allein sind. Und ich glaube, mit so alltäglichen Themen erreichst du mehr Leute als mit Analysen von Fachtexten.«

»Möglich«, sagte ich zögernd.

»Ich hab nach dem Kurzfilm-Festival so viele E-Mails von anderen Frauen bekommen«, sagte Lia. »Damit hab ich null gerechnet. Mit einer von ihnen schreib ich sogar noch. Das hilft mir mindestens genauso sehr, wie es mir geholfen hat, den Film zu machen. Zu wissen, dass ich nicht allein bin und dass andere den Schmerz und die Wut verstehen.« Sie lächelte mich an. »Ich bin sicher, dass du genau das auch für andere schaffen kannst.«

Ich nahm einen Schluck meines Kaffees. Lia hatte so viel durchgemacht und all das in Kreativität umgewandelt, dass ich nicht anders konnte, als sie zu bewundern. Sie war nach Berlin geflohen, nachdem ohne ihr Einverständnis aufgenommene Nacktfotos an ihrem Campus kursiert waren. Sie jetzt so viel sicherer zu erleben als kurz nach ihrem Umzug, machte mir Mut.

»Ich wünschte, ich wäre mehr wie du«, sagte ich seufzend.

Lia blickte mich perplex an. »Was? Du bist so viel schlagfertiger als ich. Und mutiger. Ich hab ewig gebraucht, du bist direkt zur Tat geschritten.«

Wenn Lia wüsste … Ich wusste, dass Noah dichtgehalten hatte und sie nicht ahnte, was vorgefallen war. Während sie sich getraut hatte, über das Geschehene zu sprechen, wäre das die eine Sache, die ich in meinem Podcast nicht tun würde. Ich würde Christopher und die Feier nicht thematisieren. Ich konnte es ja nicht einmal Phuong und Miriam erzählen, und selbst Noah hatte ich es nur gesagt, weil ich nicht schuld daran sein wollte, sein Verhältnis zu Elias zu zerstören.

Nichtsdestotrotz hatte die Folge mir geholfen. Der Zuspruch stärkte mich und zeigte mir, dass ich weder übertrieb noch mit meinen Gedanken allein dastand. Und auch wenn ich keine Idee für eine neue Folge haben mochte, so war da doch dieser Nervenkitzel, weiterzumachen. Ich lächelte Lia zu und griff nach meinem Handy, um zum zweiten Mal in dieser Woche den Belegungsplan des Medienraums zu öffnen.

INTERLUDE: PODCAST

Sie ist überall.

In Schaufenstern, auf Bussen, im Fernsehen, auf Zeitschriften, auf dem Display meines Handys, während ich scrolle und scrolle und scrolle.

Sie ist größer als ich, sie hat bessere Haut als ich, sie ist schlanker, aber trotzdem kurviger, sie vergisst nie zu lächeln und ihr Lächeln ist weißer, so viel weißer als meines. Sie hat makellose Haut und seidig glänzende Haare.

Sie ist perfekt.

Und sie ist überall.

Sie ist überall außer da. Da vor mir im Spiegel.

Denn da bin ich. Und ich bin nicht sie.

Und ich sehe nicht, was wir gemeinsam haben, ich sehe nur die Unterschiede. Als läge da eine Schablone über mir, in die ich einfach nicht passe, egal wie sehr ich mich verbiege. Dabei versuche ich es. Ich versuche es so sehr und trotzdem passe ich nicht hinein. Ich schneide mich an den Ecken und Kanten dieser Schablone, ich weiß, dass es mir nicht guttut, und trotzdem höre ich einfach nicht auf. Denn vielleicht muss ich es nur weiter versuchen, es mehr wollen, und dann passe ich plötzlich doch hinein und bin endlich glücklich mit mir. Aber auch heute passt es wieder nicht.

Ich bin immer noch nicht sie.

Immer noch nicht perfekt.

Also drehe ich mich wieder weg vom Spiegel und hin zum Handy und scrolle und scrolle und scrolle.

Sie ist überall.

Ich weiß nicht, ob ihr früher eines dieser Magazine für Frauen gelesen habt. Ich habe sie bis vor ein paar Jahren regelmäßig gekauft. Dabei sollte ich eigentlich Magazine *gegen* Frauen sagen. Ich habe gerade eines neben mir liegen.

»Der Blowjob-Guide: Wie du ihn um den Verstand bringst«

»Abnehmen ohne Diät – Last Minute zum Bikini Body«

»Liebe dich selbst – mit diesen Tricks gelingt es garantiert«

»OMG! Magerwahn bei Demi Lovato«

Ihr könnt es nicht sehen, aber ich habe nur ein einziges Magazin hier liegen. Das sind vier der Schlagzeilen auf dem Cover. Wir sollen also abnehmen, aber bitte nicht zu sehr, gleichzeitig uns selbst lieben, aber auch nur, wenn wir all diese Kriterien erfüllen und natürlich nur, damit wir *ihn* dann richtig glücklich machen können. Und dabei sehen wir selbstverständlich noch super aus und vergessen das Lächeln nicht und achten darauf, nicht zu sehr »wie die anderen« zu sein, denn das ist auch wieder verkehrt.

»Du bist nicht wie die anderen Mädchen« ist etwas, was ich so oft gehört habe. Immer war es als Kompliment gemeint, immer habe ich mich gefreut. So wie ich immer diese Magazine gekauft habe.

Aber wisst ihr was? Ich will wie die anderen sein. Nicht wie die von Zeitschriften, Photoshop und Instagram-Filtern erschaffenen Frauen. Sondern wie die hinter all den Weichzeichnern. Ich will wie meine Freundinnen sein. Wie die in High Heels und wie die in Jogginghosen. Weil sie ihren Weg gehen, stark sind, für sich und andere einstehen.

Und wisst ihr, was das Beste ist? Diese Frauen sind auch überall. Und sie sind auch perfekt. Also lasst uns heute über genau solche Frauen reden …

Kommentare

wedding1x:
Kauf dir halt nicht solche Magazine und folg andren Leuten auf Insta? Wo ist das Problem?

FstehtfürFreunde:
Endlich! Ich dachte schon, es bleibt bei einer Folge.

karmachamäleon:
Ich hab die Magazine früher auch immer gekauft und dachte, es wäre mittlerweile mal besser. Ich war aber vor ein paar Wochen mit meiner Nichte einkaufen, und sie ist die ganzen Hefte vor der Kasse durchgegangen und darf sich wohl immer eins mitnehmen. Das, was sie sich ausgesucht hatte, war voller Styling-Tipps und hatte einen Lipgloss als Goodie dabei. Sie ist fünf.

firefly77:
Danke. Ich glaube, das letzte Mal zufrieden war ich mit meinem Körper, als ich zehn war oder so. Weil ich da noch nicht drüber nachgedacht habe. Ich mag meine Oberschenkel nicht. Ich mach zwar schon immer Sport, aber ich war trotzdem nie zufrieden und hasse es, kurze Sachen anzuziehen.

> *Anotheronebitesthecrust:*
> Hey:) Keine Ahnung, ob das was für dich ist, aber ich mochte meine Beine auch nie – bis ich mich am Oberschenkel tätowieren lassen hab. Jetzt denk ich nicht mehr »Ugh, Cellulite«, sondern freu mich ungelogen jedes Mal über das Tattoo.

beyoubeyonce:
Und wenn du nicht weiß bist, ist das Ganze noch einmal krasser. Schau dir die ganzen Magazine mal an – wie viele von den Frauen, die da auf dem Cover sind, sind bitte nicht weiß?

10. KAPITEL

Milan

Die Luft in der Umkleidekabine war von verschiedenen Deodorants getränkt und die Gespräche wurden vom Quietschen der Schuhe unterbrochen. Ich hüpfte neben Lukas auf und ab, der wie immer seelenruhig in der Gegend rumstand. Seine gelassene Art regte mich mindestens genauso sehr auf wie ihn mein Gehüpfe. Ich verstand einfach nicht, wie er so entspannt sein konnte. Ich hatte mir alle Aufzeichnungen der vergangenen Spiele angesehen und Hannover war ein mehr als ernst zu nehmender Gegner. In der letzten Saison waren wir Staffelsieger der Staffel Nord geworden und hatten uns somit für das Relegationsturnier zum Aufstieg in die zweite Bundesliga qualifiziert – nur um dort zu verlieren und Drittligist zu bleiben. Ich war noch nie in meinem Leben so niedergeschlagen gewesen und hatte mir geschworen, es auch nicht noch einmal zu sein. Deshalb wollte ich diese Saison gleich von Anfang an mehr als hundert Prozent geben. Meine Füße bewegten sich weiter auf und ab in dem Versuch, meine Muskeln warm zu halten. Ich stoppte in der Bewegung, als alle Unterhaltungen verstummten und meine Teamkollegen kurz darauf zu klatschen begannen.

»Ja, Mann!«, rief Serçan und stieß kurz darauf einen Pfiff aus.

»Oh captain, my captain«, sagte Lukas neben mir mit deutlichem Sarkasmus in der Stimme, aber ich fiel in den Beifall mit ein und konnte mir das Grinsen nicht verkneifen. Lukas hingegen rollte mit den Augen. »Ist ja nicht so, als hätten wir ihn vor drei Tagen das letzte Mal gesehen.«

Ich stieß ihm in die Seite. »Sei doch einfach froh, dass er wieder hier ist.«

»Ich bin auch froh, dass du da bist, und begrüß dich nicht mit großem Gejubel, wenn du die Kabine betrittst oder morgens nach dem Aufstehen in die Küche kommst.«

So albern Lukas das Ganze auch finden mochte, Chris' Anwesenheit sorgte auf jeden Fall für den nötigen Motivationsschub und beruhigte meine Nerven. Neben unserem Trainer Rico betrat er den Raum und strahlte ebenfalls von einem zum anderen Ohr. Er ging reihum und gab jedem ein High Five.

»Gut, dass du zurück bist«, sagte ich, als er bei uns angekommen war. Zwar hatte Chris bereits nach dem letzten Training gesagt, dass sein Arzt ihm erlaubt hatte, wieder mitzuspielen, aber ihn jetzt wieder mit uns in der Kabine und auf dem Feld zu sehen, machte es erst real. Er war arrogant und nervig, ja. Aber Chris war nicht nur ein guter Team-Kapitän, er war auch der beste Linksaußen, mit dem ich bisher hatte spielen dürfen. Dass er die gesamte bisherige Saison wegen seiner Schulterverletzung ausgefallen war, hatte sich in den Spielen bemerkbar gemacht.

»Danke, Milan«, sagte Chris. »Ist echt gut, wieder hier zu sein. Die Rumsitzerei auf der Bank hat mich fast wahnsinnig werden lassen.«

»Kann ich verstehen. Und dein Arzt meint echt, alles ist wieder normal?«, fragte ich und deutete auf seinen rechten Arm, der sich diesen Sommer noch in einer Schiene befunden hatte.

»Mein Physiotherapeut meinte, das geht schon wieder.« Chris ließ die Schulter wie zum Beweis einmal kreisen. »Schätze, ich werd's gleich herausfinden«, sagte er und wandte sich dann ab, da Ben und Thomas seine Aufmerksamkeit forderten.

Ich ging zurück zu Lukas und ließ mich neben ihn auf die schmale, hölzerne Bank fallen, die sich an der Wand entlangzog.

Lukas hob spöttisch die hellen Augenbrauen. »Wer hätte gedacht, dass es Christopher Rothe braucht, um deine Nerven zu beruhigen.«

»Haha«, sagte ich trocken. »Ich mag ihn auch nicht besonders, aber gib zu, dass unsere Chancen zu gewinnen sich grad verdoppelt haben.«

Lukas verzog den Mund zu einer schiefen Linie. »Mag schon sein. Ich bin trotzdem noch angepisst, dass er als seinen Ersatz Ben zum Kapitän ernannt hat und nicht dich.«

»Ist doch klar, die beiden sind beste Freunde.« Ich sah ihn von der Seite abschätzend an. »Wenn ich Kapitän wäre, hättest du doch auch erwartet, dass ich dich als meine Vertretung wähle.«

»Klar, aber ich bin ja auch cool.«

Ich lachte schnaubend auf. »Das ist natürlich ein Argument.«

»Ne, aber ernsthaft. Du wärst ein besserer Kapitän und ich check einfach nicht, wieso du mit den dreien rumhängst.«

»Eifersüchtig?«, fragte ich und stieß meinem Mitbewohner mit dem Ellbogen in die Seite.

Er schubste mich an der Schulter weg. »Besorgt. Sie sind gute Spieler, aber keine guten Menschen.«

»Ah ja. Und das weißt du woher genau?«

»Menschenkenntnis. Und darf ich dich an die Schlägerei im Sommer erinnern?«

»Da wurde Ben verprügelt, er hat nicht angefangen«, sagte ich. Auch wenn ich genau wusste, dass er alles in seiner Macht

Stehende getan hatte, um diesen Typen im Club zu provozieren.

»Aus Gründen«, murmelte Lukas nun auch.

»So, Jungs«, brüllte Rico durch die Kabine und winkte uns alle herbei. Mein Herzschlag beschleunigte sich wie auf Kommando. In der Halle wurden bereits die Sponsoren des Spiels vorgelesen und der allgemeine Geräuschpegel der Besucher hatte auch zugenommen. Wir hatten den Heimvorteil, was mich ein wenig beruhigte. Die Stimmung war in der Regel besser, gleichzeitig übte es mehr Druck aus, zumindest auf mich. Ich reihte mich neben Lukas und Yannick ein, sodass wir alle in einem Kreis um unseren Coach herumstanden.

»Ich will ein sauberes Spiel«, begann Rico und sah uns alle abwechselnd an. Während er uns ein paar letzte Hinweise mitgab, konzentrierte ich mich auf meinen Atem. Wir waren vorbereitet. Wir würden gewinnen. Chris war wieder da. Diese Saison würde der Aufstieg klappen. Die Stimme, die durch die Lautsprecher der Halle schallte, wurde lauter und heizte dem Publikum draußen ein. Zu meiner Nervosität mischte sich nun auch Aufregung. Es musste einfach klappen. Als Zweitligist könnte ich den Job im Fitnessstudio an den Nagel hängen und mich endlich noch mehr auf den Sport konzentrieren.

Rico nickte uns ein letztes Mal zu. »Los geht's«, rief er, während der Kommentator uns im selben Moment ankündigte. Christopher schlug uns alle ab und ging dann unter lautem Jubel voraus nach draußen in die Halle.

Der Pfiff des Schiedsrichters übertönte das Klatschen und die Fangesänge und ich kam schwer atmend zum Stehen. Ben lief mir grinsend aus dem Tor entgegen und klatschte mich ab.

»Endstand und ein Heimsieg für die Berliner mit 30 zu 24!« Die Stimme des Kommentators schallte durch die Halle und ich schüttelte lachend den Kopf. Wir hatten es wirklich geschafft. Es mochte keines der entscheidenden Spiele gewesen sein und wir hatten noch Monate an Arbeit vor uns, aber wir waren dem Ziel einen Schritt näher.

Das Klatschen auf der Tribüne hinter mir schwoll noch einmal an. Eine Hand klopfte auf meinen Rücken und kurz darauf zog Lukas meinen Kopf mit etwas zu viel Wucht an seine Stirn.

»Wir haben's geschafft!«, rief er über den Lärm hinweg.

Die anderen liefen von der Ersatzbank aufs Feld, und die nächsten Minuten waren ein undurchschaubarer Mix aus Umarmungen, High Fives und Glückwünschen. Wir hatten gewonnen. Und wie immer nach einem Sieg fühlte ich mich berauscht. Es gab kein besseres Gefühl. Rico drückte mir ein Handtuch und eine Flasche Wasser in die Hand, die ich zügig bis zur Hälfte leerte. Ich wischte mir mit dem weißen Handtuch notdürftig den Schweiß vom Gesicht und fuhr mir danach durch die Haare. Die Spieler des gegnerischen Teams mischten sich unter uns und gratulierten uns zum Sieg. In zwei Schlangen liefen wir aneinander vorbei, klatschten uns ab, posierten für ein letztes Foto und gingen dann unter Beifall zurück in die Umkleiden.

Rico empfing uns am Eingang.

»Super Spiel, Jungs! Ben, dreizehn Paraden, das war der Hammer! Nowak, Rothe – super Zusammenspiel, wie immer!« Während Rico in der Halbzeit, in die wir mit einem Unentschieden gegangen waren, noch die Anspannung in Person gewesen war, wirkte er jetzt genauso erleichtert, wie ich mich fühlte.

»Wie geht's der Schulter?«, fragte er Chris, der jedoch abwinkte.

»Alles gut, wirklich.«

Ich ließ mich erschöpft, aber glücklich auf die Bank an der Wand sinken und trank den Rest meiner Flasche aus. Nach ein paar letzten motivierenden Worten unseres Trainers wurden wir in die Duschen entlassen.

Lukas schnappte sich seine Tasche, die am Haken über der Bank hing, und deutete mit dem Finger auf mich. »Beeil dich, das Vorglühen startet schon in zwei Stunden.«

Perplex sah ich ihn an. »Das was?«

»Vorglühen? Allgemein geläufiger Begriff für das Trinken vor einer Party?« Lukas stöhnte. »Du hast nicht allen Ernstes die Party heute Abend vergessen?«

»Entspann dich«, sagte ich und hob abwehrend die Hände. »Hab ich nicht.« *Hatte ich.* »Aber ich dachte, wir gehen einfach hin?«, schob ich hinterher, bevor Lukas merkte, dass ich tatsächlich verschwitzt hatte, dass wir uns vor Wochen für die Halloween-Feier heute Abend verabredet hatten.

Lukas schüttelte den Kopf. »Ne, Basti und ich haben ein paar Leute eingeladen. Er räumt grad auf, deshalb war er heute nicht beim Spiel dabei. Na ja, deshalb und weil er Sport hasst.«

Lukas warf sich seine Sporttasche über die Schulter. »Also setz dein Party-Gesicht auf. Ich hoffe, du hast ein Kostüm.«

Shit. Kostüm? Wofür brauche ich ein Kostüm?

Lukas rollte mit den Augen. »Was frag ich überhaupt. War so klar. Glaub ja nicht, dass du dich an Halloween vorm Verkleiden drücken kannst.«

»Ich geh auf dem Heimweg kurz bei Kaufland vorbei oder so und hol noch was.«

Lukas schnaubte. »Musst du nicht, du kannst was von mir haben. Ich hab noch Spiderman von Fasching über.«

Ich verzog das Gesicht. »Das sah allerdings sehr eng aus.«

»Ist Stretch, du wirst's überleben«, sagte Lukas mit einem breiten Grinsen.

»Als was geht ihr denn?«

»Ich geh als Captain America und Basti als Archie von *Riverdale*.«

»Also zieht er sich einfach nur 'ne Highschool-Jacke an. Wow. Kann ich das nicht auch machen?«

»Dir fehlen die roten Haare und das überirdisch gute Aussehen.« Lukas trat wieder einen Schritt näher an mich heran und legte mir eine Hand auf die Brust. »Willst du der Spiderman zu meinem Cap sein?«

Ich rollte mit den Augen. »Meinetwegen. Aber dir ist klar, dass keins unserer Kostüme auch nur im Ansatz gruslig ist?«

Lukas zuckte mit den Schultern. »Du bist 'ne Spinne, das ist schon irgendwie gruslig. Zeig mir außerdem eine Party heute Abend, bei der es noch darum geht.«

Ich seufzte und ergab mich meinem Schicksal. »Du hast gewonnen. Auf jetzt, duschen!«

Lieber verbrachte ich einen Abend in einem zu engen Ganzkörperkostüm, als in einem Laden auch noch Geld dafür zu lassen.

Ich verfluchte meine Entscheidung und das Kostüm in dem Moment, in dem ich das erste Mal auf Toilette musste. Wer hatte es bitte so konzipiert, dass man das ganze Teil ausziehen musste, bevor man sich erleichtern konnte? Und wie sollte das bitte werden, wenn ich mehr getrunken hatte? Lukas' Kostüm war zwar ähnlich eng anliegend, bestand aber immerhin aus zwei Teilen. Ich schob mir den blau-roten Anzug wieder über die Schultern und wusch mir die Hände.

Die Party war bereits in vollem Gange und der Bass der Musik ließ die Holztür zum Badezimmer vibrieren. Ich trocknete meine Hände ab und kam in dem Moment in den Flur, als nebenan im Wohnzimmer lauter Jubel ausbrach. Als ich den Raum betrat, sprang Basti gerade in die Luft und riss die Arme hoch. Lukas lehnte an der Wand neben dem Fernseher und grinste.

»2:0 für mich!«, rief Basti und führte einen kleinen Freudentanz auf.

Unser Küchentisch war im Laufe der letzten Stunde ins Wohnzimmer gewandert. Auf ihm stapelten sich nun Pappbecher, und wie es aussah, hatte Sebastian gerade seinen zweiten Gegner im Beer-Pong besiegt.

»Wir tragen ihn heute Nacht heim, oder?«

»Jup«, antwortete Lukas mit einem Grinsen. »Henrik ist übrigens da und hat die Mitschriften vom Seminar heute mitgebracht. Hab sie dir auf den Schreibtisch gelegt.«

»Danke, Mann.«

Lukas nickte in Richtung Tür. »Er ist in der Küche, bedank dich bei ihm.«

Henrik war im selben Semester wie wir und unsere absolute Rettung, da wir durch die Spiele und das Training ständig Vorlesungen und Seminare verpassten. Mich störte das weniger als Lukas, aber ohne seine Mitschriften wäre ich sicher nicht so gut durch die Prüfungen gekommen.

»Ich geh mal zu ihm. Soll ich dir noch was zu trinken mitbringen?«

»Hab noch«, sagte Lukas und hob seine halb volle Bierflasche.

Ich ging durch den Flur in die Küche, die ohne den Tisch nun noch größer wirkte. Zwei weitere Gruppen hatten sich hier gebildet, eine saß auf Stuhlkissen auf dem gefliesten Boden und spielte Karten. Vermutlich auch irgendein Trinkspiel. Henrik lehnte an der Theke neben der Spüle und unterhielt sich mit Yannick aus unserem Team und einem weiteren Kommilitonen. Ich trat zu der Gruppe, und Henrik lächelte mir kurz entgegen, als er mich sah.

»Danke für die Mitschriften – mal wieder«, sagte ich. »Du hast was bei mir gut.«

Henrik winkte ab. »Kein Ding, wirklich. Eigentlich helft ihr mir sogar, weil ich so wenigstens aufpasse.« Er grinste und nahm einen Schluck aus seiner Flasche. Irgendwann würde ich mich trotzdem revanchieren. Es war alles andere als selbstverständlich, dass er uns jedes Mal aufs Neue seine Notizen überließ. Erst recht nicht so oft, wie wir wegen des Handballs fehlten. Jetzt erst fiel mein Blick auf Henriks Kostüm. Wobei Kostüm eigentlich das falsche Wort war, denn er sah ganz normal aus. Nur dass er sein weißes Shirt mit schwarzem Edding beschriftet hatte.

»Error 404. Costume not found«, las ich vor. Na toll. Wieso war mir das nicht eingefallen?

Henrik lächelte schief. »Ja, ich bin kein Fan von Kostümpartys, sorry.«

»Kommt mir bekannt vor«, murmelte ich. »Und du hast einfach beschlossen, Lukas' Kostümregel zu missachten?«, fragte ich an Yannick gewandt.

»Ich geh nicht mit feiern. Ich muss morgen früh arbeiten. Und ich glaub, ich bin ein bisschen alt für eine Ersti-Party.«

Yannick war einer der Ältesten aus unserem Team und hatte sein Studium gerade beendet. Jetzt arbeitete er in der Charité und ich befürchtete insgeheim, dass er nicht mehr lange Teil unserer Mannschaft sein würde. Er war seit Jahren im Team, aber es war für ihn immer mehr Hobby als Beruf gewesen und ich vermutete, dass er sich bald würde entscheiden müssen – und dass er sich, wenn es so weit war, für seine Stelle an der Charité entschied, für die er jahrelang studiert hatte.

»Ich wünschte, ich könnte mich auch drücken«, sagte ich mit einem Grinsen, obwohl ich zugeben musste, dass die Vorstellung, den heutigen Abend in einem Club zu verbringen, nicht mehr komplett schrecklich klang. »Ich wollte eure Unterhaltung nicht sprengen«, sagte ich. »Habt ihr alle noch zu trinken?«

»Kein Ding!«, erwiderte Henrik. »Wir sind versorgt. Aber wir hatten es grad von diesem neuen feministischen Podcast an der Uni. Hast du das mitbekommen?«

»Ne, ich hör keine Podcasts. Wieso?«

Henrik winkte ab. »Dann hat sich die Frage erledigt. Hat in den Kursen von meiner Freundin ziemlich für Aufruhr gesorgt. Die Gründerin ist wohl auch an der Humboldt und hat sich ein bisschen über die Uni und eine Psychologie-Vorlesung ausgelassen.«

Ich hob die Schultern. »Keine Ahnung, sorry. Ich hol mir mal was zu trinken, so wie ich Lukas eben gesehen hab, muss ich aufholen.«

Ich bedankte mich erneut bei Henrik und nahm mir dann ein Bier aus dem Kühlschrank. Der Kronkorken landete im Müll und ich hatte gerade den ersten Schluck genommen, als mein Handy vibrierte. Der Team-Gruppenchat. Ich öffnete WhatsApp und klickte auf den Link, den Chris geschickt hatte.

»Minute 2:21, @Milan Nowak«, hatte er hinterhergeschickt. Gefolgt von drei High-Five-Emojis. Ich stellte mich mit Bier und Handy in die Ecke der Küche und startete das Video. Es war ein vierminütiger Zusammenschnitt mit Highlights des heutigen Spiels. Ich drehte die Lautstärke meines Handys nach oben, konnte durch die Musik und Gespräche aber kaum etwas verstehen. Ich spulte zur von Christopher genannten Zeit vor und hielt mir die Lautsprecher meines Smartphones direkt ans Ohr.

»Paradeszene aus diesem Match in der 45. Minute. Grandioser Pass von Rothe an Nowak – keine Chance für Hoffmann im Tor. Nowak versenkt problemlos und sorgt für das 21 zu 16!«

Ich lächelte und spulte noch einmal zurück, um das Bild dazu zu sehen. Mein Lächeln wurde noch etwas breiter. Ausnahmsweise hatte ich nämlich mal rein gar nichts an mir auszusetzen. Ich hatte den Pass super angenommen, angetäuscht und den Ball im perfekten Winkel im Netz versenkt. Ich antwortete Chris und den anderen mit einem Daumen nach oben und klickte erneut auf den Link, um das Video noch einmal im Ganzen zu sehen.

Ich kam bis zur dritten Minute, als sich eine Hand über mein Display schob. Kurz darauf entriss Lukas mir das Handy. Sein Blick fiel auf den Bildschirm und er rollte sichtlich genervt mit den Augen. »Echt jetzt?«

Ich hob abwehrend die Hände, wobei das Bier in meiner Flasche gluckerte und drohte überzuschwappen. Ich hatte völlig vergessen, weiterzutrinken.

»Kannst du das nicht wenigstens heute Abend ruhen lassen? Du bist Gastgeber.«

»Unfreiwilliger Gastgeber«, erinnerte ich Lukas, der jedoch nicht wie erhofft lachte.

»Basti und die Jungs wollen dich zu einer Runde Beer-Pong herausfordern.« Er sah von dem Handy in seiner Hand zu mir. »Und weißt du was? Du kriegst das hier nur wieder, wenn du gewinnst.«

»Komm schon«, sagte ich und streckte die Hand aus. »Das kannst du nicht machen.«

»Watch me«, antwortete Lukas und stutzte kurz darauf. Er wandte seinen Blick nach unten. »Shit, das Ding hat keine Taschen.«

»Wag es ja nicht, es dir in diese Strumpfhose zu schieben.«

»Das ist keine Strumpfhose«, protestierte Lukas, bevor er mit dem Handy in der Hand aus der Küche spazierte. Ich folgte ihm ins Wohnzimmer, wo ich unter lautem Jubel begrüßt wurde.

»Na endlich!«, rief einer von Bastis Kommilitonen – Constantin, wenn ich mich nicht irrte. Lukas streckte Basti das Handy entgegen, der es ohne Nachfragen in einer Tasche seiner blau-gelben Jacke verschwinden ließ.

Basti grinste mich an, als ich mich ihm gegenüber an den Tisch stellte. Die Becher vor mir waren bereits gefüllt.

»Bereit zu verlieren?«, fragte Basti.

Ich grinste. »Ich verliere nicht.«

Basti warf mir den kleinen weißen Ball über die Tischplatte hinweg zu. »Da, du darfst anfangen.«

Ich fing den Ball, nahm ihn zwischen Daumen und Zeigefinger und warf ihn dann in einem Bogen von unten in Richtung Bastis Tischhälfte. Mit einem befriedigenden Platschen versenkte ich den Ball in einem der Pappbecher. Ich grinste, als hinter mir Beifall ertönte. Allem Anschein nach hatten sich die Zuschauer in zwei Lager gespalten, denn die Gäste hinter Basti klatschten nur halbherzig.

»Anfängerglück«, murmelte Basti und trank den Becher in einem Zug leer. Dann holte er zum Wurf aus.

Ich hatte geahnt, dass ich das Kostüm noch mehr verfluchen würde, und ich sollte recht behalten. Ich hatte Sebastian besiegt und mein Handy zurückgewonnen, aber es war ein knappes Match gewesen und dementsprechend viel Bier hatte ich nun intus. Der Raum drehte sich leicht, sodass ich mich am Waschbecken abstützte. Okay, die Gin Tonic danach hätten auch nicht sein müssen, aber an irgendeinem Punkt waren ein paar Teamkollegen vorbeigekommen und hatten mit Lukas und mir auf den Sieg angestoßen. Ich trank zwar hin und wieder ein Bier, aber an das hier war ich überhaupt nicht mehr gewöhnt. Dafür achtete ich zu streng auf meine Ernährung. Ich drehte den Hahn auf und spritzte mir kaltes Wasser ins

Gesicht, das mich allerdings nicht ausnüchterte. Ich war nicht nur immer noch betrunken, jetzt war ich nass und betrunken. Jemand klopfte an die Badezimmertür.

»Milan, wir wollen los«, rief Lukas von außen.

»Jaha«, antwortete ich. Nach einem weiteren Blick in den Spiegel versuchte ich, das Spinnennetz-Muster des Kostüms gerade zu ziehen, gab aber genauso schnell wieder auf. Spätestens nach dem nächsten Gang auf die Toilette wäre es sowieso wieder schief. Ich schloss auf und wurde fast von Serçan überrannt, der ins Bad stürzte.

Lukas sah ihm kritisch hinterher, als er uns die Tür vor der Nase zustieß. »Wehe, er muss kotzen.«

»Wann ist Serçan überhaupt angekommen?«, fragte ich, denn er war beim Anstoßen definitiv noch nicht dabei gewesen.

Ich sah zu Bastis Zimmer hinüber. Er saß auf dem Schreibtischstuhl und auf dem Bett hockten zwei seiner Kumpels. Wann war es bitte so voll geworden? Nach dem Beer-Pong-Turnier hatte es zwar einmal geklingelt, aber ich hatte völlig den Überblick verloren.

Lukas zuckte mit den Schultern. »Kein Plan, ehrlich gesagt. Dachte, er wäre mit Ben und den anderen noch den Sieg feiern. Aber anscheinend sind die früher heim und er wollte mit auf die Party.«

Lukas' Wangen waren leicht gerötet. Das einzige Indiz, dass er ebenfalls angetrunken war, denn er sprach wesentlich deutlicher als ich und schien das Ganze auch sonst besser wegzustecken. Er schnappte sich das zum Kostüm passende Schild, das im Flur an der Wand lehnte, und schlug ein paarmal darauf, um alle zusammenzutrommeln.

»Schuhe an, Jacken an, los geht's!«, rief er in einer Lautstärke, die sogar die Bässe der Musik übertönte. Seine Entscheidung wurde mit Jubelrufen aus dem Wohnzimmer begrüßt.

Basti trank sein Getränk in wenigen Schlucken aus und stellte es auf den Schreibtisch in seinem Zimmer. Dann kam er zu uns in den Flur. Ich nahm meine Jacke von der Garderobe, froh, wenigstens auf dem Weg zum Club nicht als Spiderman erkannt zu werden. Na ja, bis auf meine Beine zumindest. Ich öffnete die Tür zum Treppenhaus, da nun alle gleichzeitig versuchten, sich im Flur anzuziehen, und einige es mit den Kostümen etwas übertrieben hatten, was das Platzproblem nicht gerade besser machte.

Basti trat zu mir nach draußen und streckte mir Handy und Portemonnaie entgegen. »Da, hast du vergessen.« Als er sah, wie ich an der Wand lehnte, grinste er mich an. »Alles okay? Brauchst du ein Wasser?«

»Ne.« Ich schüttelte den Kopf, wobei die Decke des Treppenhauses der Bewegung viel zu langsam folgte und meine Worte Lügen strafte. Mein Blick fiel auf meine Sachen. »Keine Ahnung, wo ich das im Club unterkriegen soll. Die sollten diese Kostüme besser überdenken.« Ich seufzte. »Erinner mich dran, mich nie wieder zu einer Kostümparty überreden zu lassen.«

Sebastian lachte. »Wir sind noch nicht mal da, Milan.« Dann schob er Handy und Portemonnaie in seine Jacke. »Sag Bescheid, wenn du was davon brauchst.« Er zögerte einen Moment. »Und danke … für die Ablenkung und alles.«

Die Musik aus dem Inneren der Wohnung verstummte mit einem Mal und Lukas trat mit einem breiten Grinsen zu uns. »Okay, startklar«, sagte er, wartete, bis alle anderen unsere WG verlassen hatten, und schloss ab. Ich folgte meinen Freunden auf dem Weg nach unten und ergab mich meinem Schicksal.

11. KAPITEL

Kyra

»Perfekt«, sagte Phuong und packte mit einem zufriedenen Lächeln den Konturpinsel zurück in ihren Schminkbeutel. Im Hintergrund lief Nina Simone auf meinem Plattenspieler und Phuong räumte im sanften Takt der Musik ihre Utensilien zusammen. Dann drehte sie mich an den Schultern zurück zu meinem Spiegel. Mein Make-up war dezent und unterschied sich nur leicht von dem, das ich im Alltag trug, aber durch die Schattierungen hatte sie mein Gesicht weniger rundlich aussehen lassen, als es eigentlich war. Mein Kinn wirkte kantiger und verlieh meinem Gesicht einen markanten Ausdruck. Die vorderen Haarpartien hatte Phuong nach hinten gesteckt. Ich trug einen gestreiften Pulli von Miriam und fühlte mich nicht wirklich kostümiert, was ein großer Bonus war. Wir hatten uns gegen das Audrey-Hepburn-Kostüm entschieden. Schon allein, weil ich wusste, dass ich ihr niemals gerecht werden würde. Sie war meine Ikone.

»Miriii«, rief Phuong und kurz darauf erschien meine Mitbewohnerin im Türrahmen.

»Oh, dein Gesicht sieht total anders aus«, sagte sie und trat noch näher an mich heran, um Phuongs Werk besser begutachten zu können. Während man mein Kostüm, wenn überhaupt, nur erkannte, solange ich neben Miri stand, konnte man sie direkt zuordnen. Sie sah völlig verändert aus, was vor allem an der Perücke lag. Ich hatte sie seit unserer Jugend immer nur mit langen Haaren gesehen. Nun trug sie eine schulterlange blonde Perücke, die etwas heller als ihr Naturblond war.

»Die perfekte Nancy zu meiner Eleven«, sagte Miri.

Miriam trug ein rosafarbenes Kleid mit weißem Kragen, weiße Sportschuhe und dazu Kniestrümpfe. Phuong hatte auch sie geschminkt und etwas Kunstblut unter ihre Nase tropfen lassen. Dafür, dass sie anfangs gar nicht hatte mitkommen wollen, war sie nun von uns dreien die, deren Kostüm auch am ehesten nach einem aussah.

»Du siehst echt aus wie aus *Stranger Things*. Nur etwas größer als Eleven«, sagte ich.

»Du hast das Beste noch gar nicht gesehen«, sagte Miriam mit einem Grinsen und verschwand in ihrem Zimmer nebenan. Als sie zurückkam, hielt sie eine rechteckige Kartonpackung der Waffeln aus der Serie in der Hand. »Und das Coolste daran«, sagte sie und griff in die Packung, um kurz darauf einen Riemen hervorzuholen und sich die Verpackung wie eine Handtasche um die Schulter zu hängen. »Ich hab extra Stauraum.«

»Hast du die selbst gemacht?«, fragte ich überrascht.

Auf Miriams Nicken hin lachte Phuong auf. »Du wolltest am Anfang nicht mal mit.«

»Ich weiß, aber es hat wirklich Spaß gemacht, die Sachen zusammenzusuchen.«

Phuong stupste mich an. »Dann müssen wir nur noch Kyra in Partystimmung kriegen.«

»Ich bin in Partystimmung. Ich war nur nicht in Kostümstimmung«, protestierte ich. »Aber das hier …« Ich zeigte an mir hinunter. »… fühlt sich normal an.«

»Es ist auf jeden Fall kein sexy Hummer«, sagte Phuong. »Obwohl ich echt hoffe, dass wir einen sehen. Wir sollten eine Challenge daraus machen!«

»Oh ja!«, stimmte Miri begeistert ein.

»Wer das dämlichste Kostüm findet?«

Phuong nickte. »Jap!«

Unser Gespräch wurde von der Klingel unterbrochen. Ich sprang auf und lief zur Tür. Auf dem kleinen Display der Freisprechanlage war Lia zu sehen, die von einem Bein auf das andere tippelte. Kein Wunder, es war innerhalb der letzten Tage total kalt geworden. Ich drückte auf den Knopf, um sie schnell hineinzulassen, und wartete an der Wohnungstür, bis sie oben war.

Sie umarmte mich. »Sorry, dass ich zu spät bin. Ich hatte heute eine Schulung für ein Schnittprogramm und war danach so im Flow, dass ich die Zeit vergessen hab.«

»Kein Ding. Phuong war auch zu spät, wie immer.«

»Tu nicht so pünktlich«, rief Phuong aus meinem Zimmer. »Du warst auch nur rechtzeitig hier, weil du hier wohnst.«

Ich rollte mit den Augen und schloss die Tür hinter Lia, die sich gerade an den Knöpfen ihres Mantels zu schaffen machte. Als sie ihn an die überfüllte Garderobe hängte, fiel mir beinahe die Kinnlade hinunter. »Oh wow.«

»Too much?«, fragte Lia und biss sich auf die Unterlippe.

»Was? Nein. Ich hab dich nur nie so gesehen. Du siehst klasse aus!« Lias Haare waren leicht gelockt, sodass sie ihre Schultern nicht mehr ganz berührten. Ihr Körper steckte in einem hautengen schwarzen Anzug und an ihren Beinen waren mithilfe von schwarzen Lederholstern zwei Pistolen befestigt.

»Das Kostüm sieht wirklich aus, als hättest du es vom Marvel-Set geklaut. Aber wolltest du nicht was selbst machen?«, fragte ich. Das Kostüm sah so hochwertig aus, dass es bestimmt eine Menge Geld gekostet hatte. Und es war kein Geheimnis, dass Lia bei ihrem Praktikum gerade einmal genug verdiente, um ihre Miete in Berlin decken zu können.

»Das ist selbst gemacht«, sagte sie und ich meinte, einen Hauch Unsicherheit in ihrer Stimme zu hören. Sie zupfte am Reißverschluss ihres Kostüms herum und zog ihn etwas höher. »Also, ich hatte Hilfe. Meine Mutter arbeitet beim Theater und hat mir das Kostüm geschickt. Wir haben es damals zusammen gemacht, ich hab es nur ein wenig angepasst.«

»Du bist so kreativ und talentiert, es ist unfair.«

»Aber du magst mich trotzdem«, sagte Lia.

»Ich mag dich deswegen«, antwortete ich mit einem Lächeln. »Und weil du es gerade endlich einmal geschafft hast, ein Kompliment anzunehmen.«

Ich mochte Lia noch nicht lange kennen, aber doch gut genug, um zu wissen, dass sie damit so ihre Probleme hatte. Genau wie Miriam. Manchmal wünschte ich mir, meine Freundinnen würden sich ein einziges Mal durch meine Augen sehen.

»So, ich bin auch fertig!« Phuong trat zu uns in den Flur. Sie hatte sich zwar gegen eine Perücke entschieden, aber anhand ihres Outfits erkannte man ihre *Doctor Who*-Verkleidung trotzdem. Na ja, zumindest wenn man, wie ich, gegoogelt hatte. »Wollt ihr hier rumstehen oder können wir was trinken?«

»Willst du nichts zu Lias Kostüm sagen?«, fragte ich sie und trat einen Schritt zur Seite, damit ich ihr die Sicht nicht länger versperrte.

Phuong schüttelte den Kopf. »Ne, weil ich es schon kenne und harte Überzeugungsarbeit geleistet habe, damit sie es überhaupt anzieht.« Sie knuffte Lia in den Arm. »Und ich bin stolz auf dich, dass du's getan hast.«

Phuong entsperrte ihr Handy, tippte ein paarmal auf das Display und wenige Sekunden später erklang Musik aus unserem Wohnzimmer. Sie nickte zufrieden und packte ihr Handy zurück in die Tasche ihres grauen, fast bodenlangen Mantels. »Ich hol den Sekt.«

Lia schüttelte grinsend den Kopf. »Das erinnert mich so an diesen Sommer. Ihr Musikgeschmack hat sich kein bisschen geändert.«

»Niemand ist perfekt«, sagte ich und erwiderte Lias Grinsen. Dann ging ich voraus ins Wohnzimmer, wo Miri schon im Schneidersitz mit einer Cola auf der Couch saß, und warf mich neben sie. Kurz darauf kamen Phuong und Lia mit einer Sektflasche und drei Gläsern zu uns, wobei Phuong sich so ausgelassen zu den Spice Girls bewegte, dass der Sekt sich beim Öffnen mit Sicherheit auf unserem Fußboden verteilen würde. Sie stellte die Flasche auf dem Wohnzimmertisch ab. Dann schnappte sie sich ein Kissen vom Sofa und lehnte sich mit dem Rücken an meine Beine.

»Können wir ein Foto machen?«, fragte sie und aktivierte bereits die Selfie-Kamera ihres Handys. »Ich hab viel zu wenige von uns. Und von uns vieren gibt es noch gar keins.« Phuong sah zu Lia auf. »Also … wenn das okay ist. Ich lad es auch nirgends hoch.«

Lia lächelte. »Es ist okay. Und du kannst es meinetwegen auch hochladen.« Sie hob die Schultern. »Ich hab sogar selbst überlegt, mir wieder einen Account zu machen. Also nicht mit Fotos von mir, aber ich vermisse es schon.«

Überrascht sah ich sie an. Nach allem, was ihr passiert war, wäre das vor wenigen Monaten noch undenkbar gewesen. Als ich sie kennengelernt hatte, war Social Media ihr rotes Tuch gewesen. Bei ihren Worten breitete sich Wärme in mir aus. Vielleicht war es ja doch möglich, all den Schmerz und die Ängste zu überwinden. Vielleicht würde ich eines Tages auch an diesen Punkt gelangen.

Gedankenverloren merkte ich nicht, wie Phuong den Auslöser betätigte, aber das machte nichts. Denn das Lächeln auf dem Foto war absolut echt.

»Auf uns.«

Miriam hob ihre Coke. »Auf uns.«

»Auf uns«, wiederholten Lia und ich gleichzeitig, und während die Spice Girls im Hintergrund über Freundschaft sangen, war ich so unendlich dankbar für meine Freundinnen und dafür, dass wir uns trotz unserer zahlreichen Unterschiede stets unterstützten.

»Du bist als Eleven verkleidet, natürlich wollte er deinen Ausweis sehen«, sagte ich, als wir an der Garderobe angekommen waren und unsere Jacken abgaben.

Miriam sah mit wissendem Blick zu mir auf. »Klar. Es lag am Kostüm.« Sie seufzte. »Ich sollte mich einfach damit abfinden.«

Ich öffnete den Mund, um meine Freundin aufzumuntern, doch Miriam hielt die Hand hoch und stoppte mich, bevor ich etwas sagen konnte. »Wenn du jetzt eine Phrase à la ›Mit vierzig freust du dich, wenn dich alle für jünger halten‹ bringst, dann schrei ich.«

Ich grinste. »Okay, bin still.« Dass sie immer zu jung geschätzt wurde, war bei Miriam schon lange ein wundes Thema. Ihre ruhige Art verstärkte den Eindruck bei vielen noch.

Phuong trat neben uns und verstaute das Märkchen für die Garderobe in ihrem Portemonnaie. Als sie aufblickte, verzog sie die Augenbrauen. »Okay, hab den ersten Anwärter für das dämlichste Kostüm schon entdeckt«, sagte sie und nickte in Richtung eines Mannes, der als lebensgroße Aubergine verkleidet war.

»Meint ihr, das ist eine Anspielung auf das Emoji?«, fragte ich.

Phuong wiegte den Kopf hin und her. »Vielleicht. Dann wäre es fast schon wieder lustig.«

»Aber nur fast«, murmelte ich. Ich liebte es, auszugehen, aber an Tagen wie Halloween ging es für die meisten noch weniger ums Tanzen als sonst und umso mehr ums Betrinken und Leute-Angraben. Was ich wiederum nicht nüchtern ertrug.

»Ich geh mal zur Bar. Wollt ihr was?«, fragte ich die anderen.

Miriam schüttelte den Kopf und Phuong zog die Nase kraus. »Wollen ja, klug wär's nicht.«

Ich blickte zu Lia. Allein würde ich mich ungern anstellen. Sosehr ich die Cocktailkarte auch testen wollte.

»Ich komm mit dir«, sagte Lia, und ich lächelte ihr dankbar zu. Ich konnte mir Schöneres vorstellen, als ohne meine Freundinnen inmitten von betrunkenen Kerlen herumzustehen. Und davon gab es hier eine Menge. Trotz der Wärme im Club war ich gerade glücklich um meinen Pullover und mein recht unscheinbares Outfit. Auch wenn ich rein rational wusste, dass es eine bloße Illusion war, dass dicke, unförmige Kleidung mich schützte.

»Ich geh mit Miri schon mal nach oben. Ich hab auf Instagram gesehen, dass sie da Spiele und so 'nen Kram aufgebaut haben. Kommt ihr dann nach?«

Lia und ich nickten und schoben uns an Tanzenden, sperrigen Kostümen und künstlichen herunterhängenden Spinnweben durch das untere Stockwerk, bis wir die Bar schließlich gefunden hatten. Ich stellte mich mit Lia in die zweite Reihe und griff an zwei Frauen vorbei nach der Getränkekarte. Die Cocktails und Drinks hatten alle halloweentaugliche Namen erhalten. Neben Bloody Mary und Zombie, die man das ganze Jahr über bekam, gab es jetzt alles von Rotten Pumpkin bis hin zu Slender ManGo. Leider stand nirgends, was die Cocktails beinhalteten.

Ich reichte die Karte an Lia weiter, als die Frauen vor uns sich umdrehten und mit ihren Getränken wieder in der Menge verschwanden.

»Was darf's sein?«, fragte die Barkeeperin über den Lärm hinweg.

»Ich nehm einen Slender ManGo«, rief ich zurück. Immerhin erkannte man bei dem Namen eine der Zutaten.

»Ich einen Black Widow«, sagte Lia.

»Logische Wahl«, sagte die Barkeeperin grinsend. »Seid ihr Erstis? Dann kriegt ihr dreißig Prozent.« Ich nickte und hielt ihr meinen Studentenausweis entgegen, woraufhin sich die Barkeeperin daran machte, unsere Getränke zu mixen. Ich sah ihr eine Weile zu und spielte mit den ausgeschnittenen Fledermäusen, die überall auf der Theke verteilt lagen. Ein ausgehöhlter Kürbis stand an der Ecke des Tresens. Wenn ich mich nicht täuschte, roch es sogar leicht danach, aber das konnte auch ein Raumspray sein. Die Rohre, die an der Decke entlangliefen, waren mit Spinnweben verziert, die teilweise bis auf Kopfhöhe hinunterhingen, und die Räume wurden mal grün und mal lila beleuchtet. Vom gegenüberliegenden Dance Floor schallte uns Pop-Musik entgegen und neben der Bar stand eine Selfie-Box mit allem möglichen Equipment, vor der sich bereits eine Schlange gebildet hatte.

»So, hier eure Drinks«, sagte die Barkeeperin und reichte mir ein langes Glas mit orangefarbenem Inhalt. Darin steckte an einem Zahnstocher aufgespießt eines der augenförmigen Gummibärchen, die ich als Kind geliebt hatte. Vor Lia stellte sie ein kürzeres Glas ab. Am Boden befand sich schwarze Flüssigkeit, nach oben hin wurde das Getränk rot.

»Ich zahle«, sagte ich, bevor Lia nach ihrem Portemonnaie greifen konnte, und reichte der Barkeeperin meine Kreditkarte.

»Dann geht der Nächste auf mich«, sagte Lia. »Danke.«

»Nutz lieber aus, dass ich hier Rabatt habe«, sagte ich. Davon abgesehen würde es für mich keinen Nächsten geben. Ich hatte daheim bereits Sekt getrunken und hatte nicht vor, mich zu betrinken. Ich hasste Kontrollverlust mehr als alles andere. Er war mir bereits einmal zum Verhängnis geworden.

Lia nahm ihr Glas in die Hand und roch daran. »Will ich wissen, was das Schwarze ist?«

Ich zuckte mit den Schultern. »Schätze, es wird dich nicht töten.« Ich nahm ein Schluck von meinem Getränk, das erfrischend und erstaunlich wenig nach Alkohol schmeckte.

»Avengers Assemble!« Der Schrei erklang direkt an meinem Ohr und ließ mich so stark zusammenzucken, dass ich etwas von meinem Getränk verschüttete.

»What the …« Ich warf dem blonden Typ im Captain-America-Anzug einen bösen Blick zu und brauchte zwei Sekunden, bis ich realisierte, wen ich da vor mir hatte. Er ließ sich ohnehin nicht von meinem Blick beirren. Ohne mir Beachtung zu schenken, schob er sich neben Lia.

»Das schreit nach einem Gruppenbild!«

»Das schreit nach Flucht«, murmelte Lia, allerdings laut genug, dass auch Lukas es über die Musik hören konnte. Ich verkniff mir mein Grinsen und trank einen Schluck meines Cocktails.

Lia schien keine große Lust zu haben, sich mit ihm zu unterhalten. »Zwei Leute sind keine Gruppe«, sagte sie unbeeindruckt. Dann griff sie nach meiner Hand und zog mich von der Bar weg. »Und wir haben schon eine Gruppe, zu der wir auch leider zurückmüssen.«

Ich winkte Lukas mit zwei Fingern zu, mit den restlichen hielt ich den Cocktail. Jetzt erst spiegelte sich Erkennen in seinem Blick und er winkte zurück, sichtlich verdutzt, so abrupt abserviert worden zu sein.

Ich ließ mich von Lia durch die Menge manövrieren. Wir hatten es fast aus dem Gedränge vor der Theke herausgeschafft, als mein Blick zwei mir bereits sehr bekannte Augen streifte. Milan. Ein Schauer fuhr mir über den Nacken und die Härchen an meinen Armen stellten sich auf, was definitiv nicht an der Temperatur lag, denn in meinem Pulli war mir mittlerweile viel zu warm geworden.

Ich merkte erst, dass ich mich nicht rührte, als Lia, die weitergelaufen war, mich fast zum Stolpern brachte. Ihre Hand löste sich von meiner, und ich sah aus dem Augenwinkel, wie sie sich irritiert nach mir umdrehte.

»Hi«, sagte Milan und sah mich mit schief gelegtem Kopf an.

»Hi«, erwiderte ich. Er schwieg und musterte mich weiterhin. »Ist was?«, fragte ich, als er unverändert dastand, aber auch keinen Ton von sich gab.

Milan schüttelte den Kopf. »Ich hab keine Ahnung, als was du verkleidet bist.«

Ich sah an mir hinunter, als hätte ich vergessen, was ich trug. »Nancy Wheeler.«

Er zog fragend die Brauen zusammen.

»*Stranger Things*?«, fragte ich.

Milan schüttelte den Kopf. »Nie gesehen. Wirkt aber bequemer als mein Kostüm.«

Mit einem Schmunzeln betrachtete ich seinen Spiderman-Anzug und versuchte mich nicht davon ablenken zu lassen, wie eng er anlag und wie gut er jeden einzelnen Muskel betonte. »Ist doch niedlich.«

»Niedlich?«, fragte Milan und lachte leise. Ich hörte es durch die Musik nicht, aber es zu sehen reichte, um das tiefe Geräusch in meiner Erinnerung hervorzurufen. »So will natürlich jeder Mann bezeichnet werden. Danke.«

Lia trat wieder neben mich. »Kennt ihr euch?« Skeptisch musterte sie Milan, als überlegte sie, ob sie mich aus der Situation retten müsse.

»Vor dir steht der Raumbesetzer.«

»So so«, sagte Milan. »Du hast also von mir erzählt.«

»Mag sein«, sagte ich. »Aber geh nicht davon aus, dass es positiv war.«

»Man nimmt, was man kriegt«, sagte er mit einem Grinsen. Dann reichte er Lia die Hand. »Milan, hi.«

Lia ergriff sie nach kurzem Zögern. »Lia.«

Ein weiteres rot-blaues Kostüm schob sich in mein Sichtfeld, als Lukas wieder zu uns trat. »Hey Kyra.« Sichtlich beschämt wandte er sich dann Lia zu. »Sorry wegen eben. Das sollte echt keine Anmache sein.« Er lächelte schief. »Vielleicht sollte ich mir ein Wasser holen«, sagte er und sein Blick wanderte von seiner Bierflasche zurück zur Bar. Er nickte langsam. »Ja, ich sollte mir definitiv ein Wasser holen.« Dann ging er ohne ein weiteres Wort zurück zum Tresen.

Ich sah ihm irritiert hinterher. »Seid ihr schon so lange hier?«, fragte ich, als ich beobachtete, wie Lukas leicht wankte.

Milan schüttelte den Kopf. »Ne. Aber das Vorglühen war vielleicht doch keine so gute Idee.« Er griff sich an den Kopf. »Ich zumindest merk's grad ziemlich.«

»Du wirst es mit Sicherheit überleben«, sagte ich und tätschelte, ohne nachzudenken, seinen Arm. Meine Finger trafen zwar bloß auf den dünnen Stoff seines Kostüms, dennoch war es die erste Berührung zwischen uns. Meine Fingerspitzen kribbelten, ich zog die Hand zurück und ließ meinen Arm unbeholfen neben meinem Körper baumeln.

Gott, krieg dich wieder ein.

Ich räusperte mich, um gegen die Trockenheit in meinem Hals anzukommen. Dann deutete ich mit dem Kopf in die

Richtung, aus der Lia und ich zuvor gekommen waren. »Gut, wir … wir gehen dann mal. Unsere Freundinnen sind oben.«

Milan nickte. »Viel Spaß, Kyra. Man sieht sich.«

»Ist das ein Versprechen oder eine Drohung?«, fragte ich und war froh, dass meine Stimme wieder normal klang. Was war nur los mit mir? Ich sah diesen Kerl heute zum dritten Mal. Meine Hormone konnten sich gern einkriegen. »Wag es ja nicht, mir noch mal den Raum wegzunehmen.«

Seine Mundwinkel hoben sich. »Keine Sorge, ich hab bei der LAN-Party versprochen, dass ich das nicht tue, und ich halte meine Versprechen.« Er beugte sich leicht zu mir herunter. Oder aber er wankte ähnlich wie Lukas. Auf jeden Fall war seine Stimme viel näher und deutlicher an meinem Ohr zu vernehmen als zuvor. »Und um auf deine Frage zu antworten: Das eben war auch ein Versprechen.« Sein Blick ruhte eine Weile auf meinem Gesicht, dann wandte er sich Lia zu. »Ciao, Lia. Viel Spaß euch. Und sorry noch mal für Lukas.« Er folgte seinem Freund zur Bar und ich schob mich an Lia vorbei in Richtung des Eingangsbereichs, um zu den anderen zu gelangen. Dabei entging mir ihr fragender Blick leider nicht. Ich beschloss, ihn zu ignorieren. Allerdings hatte ich die Rechnung ohne ihre Neugierde gemacht, denn sie schloss zu mir auf. Der Eingangsbereich war deutlich leerer als der Raum mit der Theke.

»Was war das denn gerade?«

»Das war Milan. Hab euch doch von ihm erzählt.« Es war deutlich, dass Lia über die Situation reden wollte, aber ich tat ihr nicht den Gefallen, stehen zu bleiben.

»Hm«, machte Lia und hielt mit mir Schritt. »Hast du.«

Lia sagte nichts weiter. Ich warf ihr einen kurzen Blick zu und meinte, ihre Mundwinkel zucken zu sehen. »Was?«

Doch sie grinste nur und nahm die Treppe nach oben. Als

wir Phuong und Miri schließlich fanden, verlor sie zum Glück kein Wort über die Begegnung. Nicht dass ich nicht wollte, dass meine Freundinnen davon erfuhren, aber ich wusste selbst noch nicht, wie ich das Ganze einordnen sollte.

»Da seid ihr ja endlich«, sagte Phuong und schob den Stuhl neben sich ein Stück nach hinten, damit ich mich setzen konnte. Die beiden hatten an einem runden Tisch Platz genommen und saßen über Miriams Handy gebeugt da. Die Musik war in diesem Raum deutlich leiser als in den anderen, sodass wir nicht einmal brüllen mussten, um uns zu unterhalten.

»Was macht ihr da?«, fragte Lia und setzte sich auf den noch freien Stuhl gegenüber von Phuong.

»Quizzen. Beeilt euch, gleich beginnt die nächste Runde.« Phuong antwortete, ohne den Blick von Miris Handy abzuwenden. Ich stellte meinen Mango-Cocktail ab und musste ähnlich verwirrt wie Lia geschaut haben, denn Miriam hob wie zur Verteidigung die Hände.

»WLAN-Quiz«, erklärte sie. »Man tritt gegen die anderen Teams hier an und kann was gewinnen. Ich hab es eigentlich nur vorgeschlagen, weil ich mich vorm Tanzen drücken wollte, aber Phuong ist jetzt Feuer und Flamme.«

Das erklärte, warum alle in Grüppchen an ihren Tischen saßen. Einige sehr angetrunken, andere genauso konzentriert wie meine Freundin.

»Und wie läuft es?«, fragte ich.

Phuong warf mir einen düsteren Blick zu. »Nicht gut«, sagte sie. »Bisher kamen nur Fragen zu Horrorfilmen und anderem grusligen Zeug. Wir sind nur nicht rausgeflogen, weil zwei andere Tische noch schlechter waren.«

»Zeig mal«, sagte Lia und rutschte mit ihrem Stuhl etwas um den Tisch herum, um besser sehen zu können. »Ich guck Horrorfilme eigentlich ganz gern.«

»Echt?« Phuong sah sie irritiert an. »Wieso tut man sich das freiwillig an?«

»Oh, es geht los«, rief Miriam, als ein als Pennywise kostümierter Mann die Bühne betrat und das nächste Quiz anmoderierte. Er verlas die einzelnen Teams.

»Auf Platz fünf sind die Dads by Daylight, auf der sechs haben wir Demogorgon ate my homework.« Pennywise deutete auf einen Tisch weiter vorne. »Und auf Platz sieben MiKyLiPh.« Er zeigte mit den Kärtchen in seiner Hand in unsere Richtung.

»Das sind wir!«, rief Miri im selben Moment.

»MiKyLiPh?«, erwiderte ich lachend. »Das klingt wie eine Krankheit.«

»Uns ist auf die Schnelle nichts anderes eingefallen.« Phuong schoss mir einen beleidigten Blick zu.

»Und das Thema der neuen Runde«, verlas der Moderator, »ist True Crime! Verbrechen, die euch die Zehennägel aufrollen, ungelöste Fälle und unheimliche Begebenheiten. Die erste Frage erscheint in drei, zwei, eins …«

»Ha!«, rief ich und drehte Miris Handy zu mir um. »Noah hört die Dinger seit Jahren und schickt mir dann ewig lange Sprachnachrichten dazu.«

Die erste Frage war kinderleicht und ich tippte nach wenigen Sekunden bereits auf B. Ich mochte nicht der größte Fan des Verkleidungsparts sein, aber ich musste zugeben, dass das hier Spaß machte. Die Veranstalter hatten sich wirklich ins Zeug gelegt.

»Go, Kyra«, feuerte Phuong mich an. »Vielleicht haben wir ja doch noch eine Chance. Zumindest auf einen Trostpreis.«

12. KAPITEL

Milan

Was ich neben den Toilettengängen ebenfalls nicht bei der Kostümwahl bedacht hatte? Wie verdammt warm es in diesem Anzug werden würde. Es mochte zwar Ende Oktober sein, aber ich hatte die Rechnung ohne die durchschnittlich gut belüfteten Räume und die Musikauswahl des DJs gemacht. Meine trockene Kehle brauchte dringend etwas zu trinken. Ich wandte den Kopf umher, um die anderen zu finden, und registrierte erleichtert, dass der Raum sich nicht mehr seltsam bewegte. Ein Gutes hatte das Schwitzen also doch: Ich war fast wieder nüchtern. Ich fand Basti, der gerade ziemlich heftig von einer Harley Quinn angetanzt wurde.

»Hältst du schon wieder nach Kyra Ausschau?«, ertönte eine Stimme laut an meinem Ohr. Damit hatte sich dann auch die Suche nach Lukas erledigt. Ich ignorierte seine sich auf und ab bewegenden Augenbrauen.

»Eigentlich hab ich nach dir gesucht«, sagte ich und beobachtete Lukas mit einem Grinsen dabei, wie er ausgelassen tanzte. »Ich wollte mir was zu trinken holen. Magst du mit?«

»Kannst du mir noch ein Bier mitbringen?«

»Das darf eh nicht mit auf die Tanzfläche«, rief ich ihm zu.

Er zeigte nach links, wobei er dem Mann neben sich fast eine verpasste. »Ich tanz am Rand. Das merken die nie.«

Kritisch betrachtete ich meinen besten Freund. Er hatte eigentlich schon einen über den Durst getrunken und würde diese Entscheidung morgen sicher bereuten. Andererseits … so wie er sich auf der Tanzfläche bewegte, würde die Hälfte sowieso auf dem Boden landen. Ich zuckte mit den Schultern. »Bis gleich, Cap.«

Ich schob mich zwischen den Feiernden hindurch und atmete erleichtert auf, als ich den Rand der Tanzfläche endlich erreichte. Ich umrundete eine der Boxen, auf denen ebenfalls ein Paar tanzte, und ging zur Bar, die nah genug am Außenbereich war, dass ein leichter Luftzug sie umwehte. Gott, tat das gut. Für einen Moment schloss ich die Augen, sodass ich umso mehr erschrak, als eine sanfte Stimme neben mir erklang.

»Schwächelst du?«

Mein Mund verzog sich wie von selbst zu einem Grinsen, bevor ich die Augen öffnete und mich zu Kyra umdrehte. »Niemals. Ich hab nur genossen, dass ich für 'ne Sekunde nicht das Gefühl habe zu schmelzen.«

»Wem sagst du das«, sagte Kyra und deutete auf ihren Pulli, den sie sich mittlerweile um die Hüfte gebunden hatte. Darunter trug sie ein schwarzes Tanktop, sodass ihre langen Haare ihr nun über die Schultern fielen. Sie drehte sich kurz nach hinten um und wandte den Blick suchend über die Menge.

»Alles okay?«

»Ja«, sagte sie. »Hab nur nach den anderen geschaut, damit ich sie nicht verliere.«

»Magst du was trinken?«, fragte ich. »Geht auf mich. Als Entschuldigung für die Doppelbuchung des Raums.«

»Doppelbuchung? Das war keine …« Sie grinste. »Ist auch egal. Plagt dich das schlechte Gewissen?«

»Vielleicht ein wenig«, sagte ich. »Aber es ging ja noch mal alles gut, oder?«

»Ja, alles online«, gab Kyra zurück.

»Online? Man kann sich das Ganze anhören? Singst du?«

»Manchmal, aber das willst du nicht hören«, entgegnete Kyra lachend. Aber wenn mich nicht alles täuschte, klang das Lachen etwas verkrampft.

»Ich muss dir übrigens was gestehen.«

Kyra schenkte mir einen fragenden Blick.

»Ich hab deine Aufzeichnungen im Raum gefunden.«

Ihre hellen Augen weiteten sich leicht. »Du meinst meine Zettel?«

Ich nickte. »Ich hab sie in deine Tasche getan und wollte dich im Spiel nicht stören.«

Kyra zögerte sichtbar und wirkte plötzlich nervös. »Okay, aber du hast sie nicht gelesen?«

Ihre Nachfrage machte im Gegenzug nun mich nervös. Sollte ich lügen? Lügen wäre die einfachste Variante, denn ich mochte Kyra und wollte, dass das auf Gegenseitigkeit beruhte. Und ihr war daran gelegen, dass niemand erfuhr, was sie in dem Raum getan hatte. Aber gerade, weil ich sie mochte …

»Ich hab den Anfang gelesen«, gab ich zu und sprach schnell weiter, als ich ihr Schnauben vernahm. »Es tut mir leid, ich weiß, dass ich das nicht hätte tun sollen. Aber das erste Blatt lag offen auf dem Ordner und …« Ich machte eine Pause, in der ich die Schultern hob. »… das ist keine Entschuldigung, aber dein Text war wirklich richtig gut. Ein ganz kleines bisschen bist du also selbst schuld, dass ich ihn nicht nach dem ersten Satz zur Seite gelegt hab.«

Lachend schüttelte Kyra den Kopf. »Du hast recht, das war wirklich keine Entschuldigung. Zumindest keine gute.«

Ich erwiderte ihr Grinsen. »Ich bin sonst so unfehlbar, deshalb hab ich da keine Übung.«

»Ist klar«, erwiderte Kyra. Dann verschwand ihr Lächeln und sie wurde ernster. »Du erzählst es niemandem, oder?«

»Was genau? Dass du einen Text geschrieben hast, der anderen Frauen Mut machen soll?« Ich runzelte die Stirn. »Warum darf das niemand wissen?«

»Weil …« Erneut zögerte Kyra und sah sich um, als ob uns bei der Lautstärke jemand zuhören könnte. Sie erwiderte meinen Blick nicht, als sie weitersprach. »Weil ich den Text aufgenommen und online gestellt habe und mein Dozent darin nicht so gut wegkam.«

»Deshalb der falsche Name«, schlussfolgerte ich.

Das flimmernde Diskolicht spiegelte sich in ihren Augen, als sie nickte. »Deshalb der falsche Name. Und weil ich gerade erst zu studieren begonnen habe und es mir nicht gleich mit der Hälfte der Belegschaft und den anderen Studierenden verscherzen will.«

Plötzlich erinnerte ich mich an das Gespräch in der Küche der WG. »Warte, du hast diesen Podcast gestartet?«

Kyras Blick fixierte mich, bevor sie erneut nickte.

»Der zieht aber ganz schöne Kreise. Yannick, ein Freund von mir, hat heute davon erzählt.«

»Ja, und genau deshalb wäre es toll, wenn du das Ganze für dich behältst«, sagte Kyra mit Nachdruck. Ihr Blick lag skeptisch auf mir und ihr Mund war zusammengepresst, als bereute sie schon, das Ganze zugegeben zu haben.

»Ich hab damals versprochen, nichts zu sagen. Daran ändert sich nichts. Außerdem tust du da was Gutes.«

Irgendetwas huschte bei diesen Worten über ihr Gesicht, aber es war so schnell weg, wie es gekommen war.

»Gut«, sagte sie stattdessen bloß.

»Wieso hast du es mir überhaupt erzählt?«, wollte ich wissen. Denn von selbst wäre ich wohl kaum darauf gekommen.

Jetzt jedoch konnte ich es nicht erwarten, mir diesen Podcast anzuhören, sobald ich zu Hause war. Mir Kyras Gedanken anzuhören. Zu gern hätte ich sie auch in diesem Moment gewusst, denn für ein paar Augenblicke musterte sie mich bloß. Dann räusperte sie sich und nickte zur Seite.

»Vielleicht sollten wir langsam mal bestellen?«

»Vielleicht«, stimmte ich zu. Dabei hatte ich ehrlicherweise gar keine Eile, zu den Jungs zurückzukehren. Und mir war nicht entgangen, dass sie meiner Frage ausgewichen war. Aber ich wollte sie auch nicht drängen. *Dass* sie es mir erzählt hatte, war ohnehin ein Vertrauensbeweis, von dem ich mir nicht ganz sicher war, womit ich ihn verdient hatte.

»Hey«, sagte ich und berührte Kyra, die sich gerade zur Bar umgedreht hatte, leicht am Arm. Ihr Blick folgte meinen Fingern, bevor sie ihn wieder auf mein Gesicht richtete. Ich rechnete fast damit, dass sie ihren Arm wegziehen würde – doch sie tat es nicht. Für einen Moment brachte mich das Gefühl ihrer Haut so aus dem Konzept, dass ich vergaß, was ich hatte sagen wollen. Was zur Hölle war nur los mit mir? Ich ließ meine Hand wieder neben meinen Körper gleiten und zwang mich, mich zu konzentrieren. Was schwer war, da ich genau wusste, dass nicht der Alkohol Schuld an meiner Zerstreutheit trug, sondern die Frau vor mir.

»Ich sag wirklich nichts, okay? Außerdem würde ich mit meiner Aktion weitaus mehr Ärger bekommen als du, falls dir das deine Sorgen ein bisschen nimmt.«

Kyra nickte langsam, und so wie ihre Schultern nach unten sanken, schien sie sich bei meinen Worten endlich wieder zu entspannen.

»Danke«, sagte sie.

»Also, was magst du trinken?«

»Du musst nicht …«

»Möchte ich aber, wenn ich darf«, unterbrach ich Kyra, bevor sie weiter protestieren konnte.

»Na gut«, antwortete sie und deutete mit dem Zeigefinger auf die Karte am Tresen. »Dann noch eines von diesen Mango-Dingern. Die sind gefährlich, aber echt gut.«

Ich bestellte für uns und lehnte mich dann an die Theke, sodass ich bessere Sicht auf Kyra hatte.

»Danke«, sagte Kyra.

»Nichts lieber als das. Das ist das Mindeste.« Mein Blick wanderte über ihr Gesicht. Die getuschten Wimpern umrahmten ihre Augen und ließen sie dunkler wirken als beim letzten Mal.

»Du siehst wirklich toll aus«, sagte ich, bevor mein Kopf die Worte zurückhalten konnte.

Kyras linke Augenbraue schoss in die Höhe. Von der vorherigen Verunsicherung lag nun nichts mehr in ihrem Blick. »Milan … flirtest du mit mir?«

Ich konnte nicht anders, ich musste lachen. »Du bist ganz schön direkt, weißt du das?«

»Ja, und du bist meiner Frage ausgewichen.«

»So, bitte schön ihr beiden.« Die Barkeeperin schob uns unsere Drinks über den Tresen entgegen und rettete mich so vor einer Antwort. Vor einer Antwort, die Ja hätte lauten müssen. Ich flirtete mit Kyra. Und dass nicht nur, weil sie umwerfend aussah.

Kyra blickte mich noch einen Augenblick lang abwartend an, dann nahm sie ihren Drink und hielt ihn in die Höhe.

»Cheers«, sagte sie, als ich mit meinem Glas gegen ihres stieß. »Dann bis zum nächsten Mal, schätze ich.«

Ich nickte bloß, da alles, was ich noch zu sagen hätte, definitiv geflirtet gewesen wäre. Denn am liebsten würde ich unsere nächste Begegnung nicht dem Zufall überlassen. Gleichzeitig wusste ich jedoch, dass übermorgen das Training wieder begann. Und dass Dates und Ähnliches mich von dem abhalten würden, was ich am meisten im Leben wollte. Denn das hatten sie schon einmal getan. Also beließ ich es bei dem Nicken und redete mir ein, dass es das Richtige war. Es war das Richtige, oder?

Kyra trank einen kleinen Schluck ab und winkte mir noch einmal zu, dann drehte sie sich um und machte sich auf den Weg zurück zur Tanzfläche.

Ich ließ die Atemluft entweichen, von der ich nicht wusste, dass ich sie angehalten hatte.

»Kyra?«, rief ich, bevor sie von der Menschenmenge verschluckt wurde. Ich hatte Glück, dass das Lied gerade wechselte, denn sie hörte mich und drehte sich zu mir um.

»Kann ich vielleicht deine Nummer haben?«

Mein Herz schlug mir bis zum Hals, und auch wenn dies vielleicht nicht das Richtige sein mochte, so fühlte es sich in diesem Moment verdammt richtig an.

13. KAPITEL

Kyra

Ich wurde von einem zaghaften Klopfen an der Tür geweckt. Vorsichtig öffnete ich ein Auge und schloss es grummelnd wieder, als ich bemerkte, dass bereits Licht durch meine Jalousien drang. Ich zog die Decke enger um mich und genoss die Wärme. Es klopfte erneut, diesmal etwas lauter.

»Ich schlafe noch«, rief ich, woraufhin die Tür zu meinem Zimmer geöffnet wurde.

»Tust du nicht«, sagte Miriam sachlich und brachte durch die geöffnete Tür leider noch mehr Helligkeit mit sich. Ich drehte den Kopf, sodass das Kissen das hereinfallende Licht abhielt.

»Wieso bist du schon wach?«, nuschelte ich in den Stoff.

»Weil ich im Gegensatz zu euch nichts getrunken habe?«, mutmaßte Miriam.

»Ich hab auch so gut wie nichts getrunken. Ich bin einfach nur ein normaler Mensch und mag Schlaf.«

»Ich hab Pancakes gemacht.«

Ich schnellte aus dem Kissen hoch. »Du kämpfst mit unfairen Mitteln.«

»Ich bin einfach nur ein normaler Mensch und mag Pancakes«, sagte Miriam mit einem Grinsen.

»Die kann man auch ganz toll im Bett essen.«

»Du hast heute eine Vorlesung, also nein. Raus mit dir.«

»Ja, Mama«, stöhnte ich und reckte mich ausgiebig, bevor ich mich aufrichtete und verschlafen in meinem Zimmer umsah.

Miriam beobachtete mich kopfschüttelnd. »Ich mach dir mal Kaffee.«

»Du bist die Beste, weißt du das?«

Meine Füße trafen auf den kalten Holzboden und ich ging schlaftrunken zu meinem Kleiderschrank, um ein Paar Socken herauszusuchen. Dann öffnete ich die Rollos an meinem Fenster, wobei ich beinahe über einen Stapel Schallplatten stolperte. Ich hatte keine Ahnung, wie sich in der kurzen Zeit schon wieder so viele hatten ansammeln können, aber mein Regal war voll. Und da aussortieren nicht infrage kam, lagen sie nun zwischen Regal und Pflanzen vor meiner Heizung, und somit leider auch vor meinem Fenster. Ich nahm meinen Hoodie vom Schreibtischstuhl, zog ihn mir über den Schlafanzug und schlurfte in die Küche.

»Das riecht himmlisch«, sagte ich und ließ mich auf einen der Küchenstühle plumpsen. »Ich muss mich mal bei dir revanchieren.«

Miri platzierte den letzten Pfannkuchen auf dem Teller, auf dem sich bereits ein ganzer Haufen befand. »Dazu müsstest du vor mir aufstehen.«

»Ich kann mich ja mit einem Abendessen revanchieren«, sagte ich und nahm eine Banane aus der Obstschale, die ich zu kleinen Scheiben verarbeitete.

»Oder mit einem Kuchen nach dem Lernen heute?«

Oh, Mist.

»Ich glaub, ich bin heute raus. Ich wollte die neue Folge aufnehmen.«

»Okay, kein Thema. Dann nächstes Mal.«

Miriam platzierte den Teller in der Mitte und setzte sich neben mich an die lange Seite des Tischs. »Also«, begann sie und pikste mit der Gabel in einen Pancake, den sie danach mit einer dicken Schicht Schokocreme bestrich. »Was war das mit diesem Typen gestern?«

»Was meinst du?«, fragte ich möglichst beiläufig, obwohl ich natürlich genau wusste, auf wen sie anspielte.

»Du hast gestern ganz schön lang gebraucht, um die Getränke zu holen.«

»Ja, es war etwas voller in dem Club, falls du das nicht bemerkt hast.«

»Wir standen auf der gegenüberliegenden Seite. In Sichtweite. Und Lia meinte, das war derselbe Typ, auf dessen LAN-Party du warst.« Miriam lächelte wissend und schob sich eine Gabel voll Pfannkuchen in den Mund. »Außerdem«, sprach sie kauend weiter, »hat Lia auch gesagt, dass ihr ihm am Anfang des Abends schon begegnet seid und ihr da einen Moment hattet.«

»Wir hatten keinen Moment.« Das letzte Wort untermalte ich mit Anführungszeichen in der Luft.

Miriam schluckte und grinste breit. »So wie er dich angeguckt hat, hattet ihr so was von einen Moment. Nur deinen Blick konnten wir leider nicht sehen.«

Ich lachte. »Entschuldige bitte, dass wir uns nicht so unterhalten haben, dass ihr bessere Sicht hattet.«

»Entschuldigung angenommen«, sagte Miriam schmunzelnd.

»Da ist nichts«, entgegnete ich.

Zumindest versuchte ich mir das seit der LAN-Party einzureden. Blöd nur, dass mein Körper sowohl dort als auch gestern das genaue Gegenteil gesagt hatte.

»Das machte aber einen ganz anderen Eindruck.«

Ich schob mir eine große Portion des Pfannkuchens in den Mund, um nicht direkt antworten zu müssen. Das Problem war: Miriam hatte recht. Ich konnte nicht leugnen, dass ich

Milan attraktiv fand. Sein Äußeres, ja, aber auch sein gesamtes Auftreten. Und offensichtlich vertraute ich ihm, denn ich hatte ihm von dem Podcast erzählt. Einfach so. Und ich hatte ihm meine Nummer gegeben …

Aber war ich wirklich bereit, mich auf jemanden einzulassen? Wenn ich selbst auf seinen Atem in meinem Nacken so abwehrend reagierte? Andererseits … wie wollte ich auf Besserung hoffen, wenn ich mich vollkommen von diesen Gefühlen abschottete? Diesen Teil von mir nicht zuließ? Ich schluckte den Pfannkuchen hinunter und trank einen großen Schluck aus meiner Kaffeetasse.

»Falls du glaubst, dass ich nicht merke, dass du isst, um nicht antworten zu müssen … Es ist ziemlich auffällig.«

Ich stellte die Tasse neben mir ab und sah Miri an. Nicht zum ersten Mal überlegte ich, ob ich ihr nicht einfach erzählen sollte, was passiert war. Und nicht zum ersten Mal stellte ich mir ihren Blick danach vor. Den Blick, den ich auch bei Noah gesehen hatte und jetzt – ob er es wollte oder nicht – immer wieder sah. Auch wenn er versuchte, mich ganz normal zu behandeln. Das Mitleid und die Sorge waren trotzdem präsent. Und sie erinnerten mich zwangsläufig an das Geschehene. Vielleicht war das einer der Gründe, weshalb ich meine Brüder so lange nicht besucht hatte. Es war definitiv der Grund, weshalb ich es Phuong und Miriam nicht erzählte. Ich wollte ich selbst sein dürfen. Ich selbst vor allem, was passiert war. Und dazu gehörte auch, dass ich wieder offener wurde. Also warum nicht gleich hier anfangen?

Ich lächelte meine beste Freundin an. »Okay, vielleicht sieht er wirklich gut aus. Und vielleicht hab ich ihm gestern meine Handynummer gegeben.«

Miriam hob die Augenbrauen, als erwartete sie, dass ich weitersprach. »Du hast ihm deine Nummer gegeben?«

»Ist das so schwer zu glauben?«

»Nein, nur hast du in letzter Zeit mehrmals betont, dass du eine Pause vom Daten machst, und von deiner letzten Verabredung in Paris klangst du auch nicht so begeistert.« Sie schmunzelte. »Was genau ist anders an Milan?«

Dass er mich zum Lachen bringt, dass er schlagfertig ist, dass er mich spontan in seinen Freundeskreis eingeladen hat, dass er meinen Text gelesen und für gut befunden hat und dass ich ihm wirklich glaube, dass er mein Geheimnis nicht weitererzählen wird.

Doch all das sprach ich nicht aus. Stattdessen räusperte ich mich. »Was lest ihr gerade so in Literatur?«

Miriam lachte schnaubend auf. »Das war die schlechteste Überleitung der Welt, Kyra.« Sie zog ein Stück Pancake durch ihre Schokoreste. »Aber gut, dann tun wir weiterhin, als hätte dieser Milan keinerlei Eindruck auf dich gemacht. Wir lesen grad *Unterm Birnbaum* von Fontane und es ist viel besser als erwartet.« Miriam begann, mir von der Novelle zu berichten, wobei sie völlig vergaß, ihren Pancake weiterzuessen, und stattdessen wild mit der Gabel gestikulierte. Ich hörte mit halbem Ohr zu, nickte an den richtigen Stellen und fasste einen Entschluss. Ich würde weiter an mir arbeiten, mich weiter öffnen. Denn ich fühlte mich schuldig. Meinen Freundinnen gegenüber, ja, aber auch mir selbst. Ich wollte Menschen nicht wegstoßen aufgrund dessen, was passiert war. Und so wartete ich ab, bis Miriam fertigerzählt hatte, und griff dann zum Handy, um Milan zu schreiben. Ich würde nicht länger zulassen, dass ich einzelne Aspekte meines Lebens pausierte.

Ich war gerade dabei, meine Sachen nach dem Seminar zusammenzupacken, als mein Handy vibrierte. Ich verstaute den Kuli im vorderen Fach meines Rucksacks und entsperrte das Smartphone. Es zeigte eine neue Nachricht an. Von Milan. Mein Herzschlag beschleunigte sich, als ich die Mitteilung öffnete.

Hey, schön, dass du dich meldest. Ich bin auch erstaunlich fit, nur Lukas hängt hier wie ein Zombie. Ich wollte dir auch schreiben, warte …

Mit gerunzelter Stirn beobachtete ich, wie Milan tippte. Kurz darauf erschienen eine neue Nachricht und ein Foto.

Ich freu mich auf den nächsten Podcast. Hoffe, die Zeit ist okay, hab die vom letzten Mal genommen.

Ich tippte auf das Foto, um es zu vergrößern. Es war ein Screenshot der Buchung des Medienraums. Milan Nowak stand dort – er hatte mir den Raum auf seinen Namen gebucht. Ohne mein Zutun schlich sich ein Lächeln auf mein Gesicht. Nachdem immer mehr Kommentare unter dem Podcast eintrudelten und er auf Spotify mittlerweile zahlreiche Downloads hatte, hatte ich mich schon gefragt, wie lange ich die Sache mit dem Fake-Namen würde durchziehen können. So hingegen konnte ich das Equipment nutzen, ohne mir Gedanken darüber zu machen. Und was mich mindestens ebenso glücklich machte: Er freute sich auf den Podcast. Das bedeutete, er hatte die bisherigen Folgen gehört, richtig? Mein Herz schlug gleich noch ein kleines bisschen schneller.

Erst als die Dozentin sich räusperte, blickte ich auf und sah, dass alle anderen den Seminarraum bereits verlassen hatten. Gedankenverloren packte ich den Rest meiner Sachen zusammen und trat mit einer gemurmelten Entschuldigung nach draußen in den Gang. Einige Meter weiter blieb ich an die Wand gelehnt stehen und tippte eine Antwort.

Du hast ganz schön großes Vertrauen in mich. Ich könnte den Raum wie einen Saustall hinterlassen und dann würden sie es auf dich schieben.

Nur wenige Sekunden später wurde die Nachricht als gelesen markiert.

Ich wusste, da steckt mehr hinter dieser braven Fassade. Ich bin entsetzt. Aber keine Sorge, ich würde es so drehen, dass wir zusammen nachsitzen müssen.

Ich schmunzelte.

Ich glaub, an der Uni muss man nicht mehr nachsitzen.

Er tippte. Dann stoppte es. Er tippte wieder.

Schade …

Verdutzt sah ich auf mein Handy. Schade? Schade was? Dass er nicht mit mir nachsitzen musste? Flirtete er etwa schon wieder mit mir? Ich merkte, wie mein Herz erneut schneller schlug. Meine Hand fuhr wie von selbst an die Stelle über meiner Brust. Es war kein negatives Herzklopfen, ganz im Gegenteil. *Verräter.* Aber ich konnte nicht leugnen, dass ich mich freute. Und dass ich ein kleines bisschen hoffte, ihn auch wieder anzutreffen – wenngleich er versprochen hatte, mir den Raum nicht mehr streitig zu machen.

Erneut zeigte das Display an, dass Milan eine Nachricht tippte.

Hey Kyra?

Ja?

Gern geschehen. 🙃

Ich rollte mit den Augen, musste aber lachen. Es hatte keinen Sinn, es mir nicht einzugestehen: Milan faszinierte mich. Wie sehr ein erster Eindruck täuschen konnte. Hatte er da den Raum noch blockiert, hatte er mir nun einen Slot gesichert. Und: Er hatte den Podcast gehört. Nicht nur das, ganz offensichtlich hatte er sein Versprechen auch nach wie vor gehalten und mich nicht verraten.

Die Glocke zum Poet's Corner läutete wie immer und das vertraute Geräusch entlockte mir ein Lächeln. Ich war viel zu lange nicht mehr hier gewesen.

»Oh, hi!«, grüßte Lia mich. Sie hatte ihre Haare mit mehreren Haarklammern zurückgesteckt.

»Hey!«, rief ich und lief zum Tresen. »Ist Phuong hier?«

Lia nickte in Richtung der kleinen, nebenan liegenden Küche. »Ist da drin. Geh ruhig rein.«

»Alles gut, ich kann warten. Ich wollte eh ein bisschen von hier aus arbeiten. Kann ich einen Milchkaffee haben?«

»Klar«, sagte Lia. »Wieder erholt von gestern?«

»Ja, ich hatte zum Glück erst um 11 das erste Seminar.«

»Du Glückliche. Ich hatte genau zwei Stunden Schlaf«, sagte Lia, während sie eine Tasse aus dem Regal nahm. »Dann durfte ich wieder bei der Galerie auf der Matte stehen.«

»Wie läuft es denn dort?«

»Gut, es ist nur echt viel zu tun. Aber ich darf das ganze Equipment auch privat nutzen, das ist toll.«

Das Röhren der Kaffeemaschine unterbrach unser Gespräch kurz.

»Wann gibt es den nächsten Podcast?«, fragte Lia und warf mir grinsend einen Blick über die Schulter zu. Sie hatte gestern bereits gefragt, und mir war klar, dass sie nicht lockerlassen würde, bis die nächste Folge draußen war.

»Wenn alles gut geht, morgen Abend.«

Lia drehte sich ganz zu mir. »Echt? Hast du dir Equipment geholt? Oder doch noch mal einen falschen Namen genutzt?«

»Weder noch.« Ich zögerte. Lia würde mich genauso aufziehen wie gestern im Club oder wie Miriam heute Morgen beim Frühstück. Als sie mich auffordernd ansah, rutschten die Worte dennoch aus meinem Mund.

»Milan hat mir einen Raum auf seinen Namen gebucht.«

»Er hat was?«

»Der Typ von gestern?«, fragte Phuong, die mit einem Geschirrtuch in den Händen aus der Küche kam, die Theke umrundete und mich zur Begrüßung umarmte.

»Ja, der Typ von gestern«, antwortete ich und erwiderte die Umarmung.

»Er hat deine Nummer?«

»Ja, er hat meine Nummer«, wiederholte ich murmelnd.

Phuong hob und senkte die Augenbrauen mehrmals hintereinander, was ich gekonnt ignorierte.

»Deshalb bin ich aber nicht hier. Hast du kurz Zeit?«

»Klar, was gibt's?«

Lia stellte meinen Milchkaffee vor mir ab und ging dann zu einem der neu besetzten Tische, um die Bestellung aufzunehmen. Ich trug meine Tasse an den langen Tisch mit den Hockern direkt an der Fensterfront, da dort die einzigen Plätze mit Steckdosen waren. Phuong folgte mir und setzte sich neben mich auf einen grauen Hocker.

»Es geht um den Podcast. Ich will das wirklich weitermachen. Die Reaktionen sind bis auf ein paar Ausnahmen echt positiv und die Leute kommen langsam sogar in den Kommentaren ins Gespräch.«

»Ja, ich hab's gesehen«, sagte Phuong lächelnd. »Das ist toll.«

»Ja …« Ich zögerte. »Ich habe nur Angst, dass es zu eintönig wird. Zu einseitig. Unter der letzten Folge war ein Kommentar, der mich zum Nachdenken gebracht hat. Da ging es um die Darstellung in Zeitschriften und darum, dass es für nicht-weiße Frauen noch einmal schlimmer ist.« Ich machte eine Pause und schüttelte leicht den Kopf. »Ich hab daran nicht einmal gedacht, als ich die Folge aufgenommen habe.«

»Na ja, wie auch? Du erlebst es ja nicht.«

»Ja, aber genau da liegt das Problem. Ich kann nur aus meiner Perspektive berichten. Aber das reicht nicht, so schließe ich zwangsläufig Leute aus.«

Phuong schmunzelte. »Aber du wirst nie für alle sprechen können. Es ist dein Podcast. Ich denke, die Leute wissen, dass du über deine Erfahrungen sprichst.«

Ich nahm einen Schluck des Kaffees und fuhr mir mit dem Daumen über den Mund, um die Reste des Milchschaums abzuwischen. »Ich würde es gern trotzdem versuchen.«

»Okay, und wie hast du dir das vorgestellt?«

Ich sah meine Freundin an und schenkte ihr ein schiefes Lächeln, das sie erwiderte.

»Da ich weder hetero noch weiß bin, dachtest du an mich«, stellte sie fest.

Ich zog eine Grimasse. »Wenn du es so sagst, klingt es sehr doof.«

Phuong lachte. »Nein, schon okay. Ich finde es gut, dass du den Podcast ein wenig öffnen willst. Ich glaube nur nicht, dass ich die richtige Person dafür bin. Davon abgesehen, dass ich neben der Arbeit und der Vorbereitung aufs Staatsexamen auch gar keine Zeit habe.«

Ich seufzte und stützte den Kopf auf meiner Handfläche ab. Ich hatte es mir schon denken können.

»Aber ihr und Lia seid die Einzigen, die wissen, dass ich den Podcast mache. Na ja, und Milan.«

»Milan weiß von dem Podcast?«, fragte Phuong und wackelte schon wieder mit den Augenbrauen. »Das nenn ich mal einen Vertrauensbeweis.« Ich verdrehte die Augen. »Nein, im Ernst«, sprach Phuong weiter. »Ich finde es wirklich toll. Aber es gibt offensichtlich genug Leute, die etwas zu deinen Themen zu sagen haben. Warum lässt du sie nicht zu Wort kommen? Du könntest eine E-Mail-Adresse anlegen.«

Ich stutzte. Wieso war ich nicht selbst auf die Idee gekommen? Wenn ich ein Postfach anlegte, könnten andere mir nicht nur ihr Feedback dalassen, sondern eigene Erfahrungen einreichen – ohne dass sie direkte Reaktionen in den Kommentaren erwarten mussten. Das Ganze wäre anonym, würde anderen vielleicht helfen und darüber hinaus meinen Blickwinkel erweitern.

»Ich könnte jede Folge mit einer E-Mail beginnen«, überlegte ich laut. »Sie vorlesen, so andere zu Wort kommen lassen, ohne meine oder ihre Identität zu verraten, und dann ein Thema daraus aufgreifen und aufarbeiten.«

»Zum Beispiel«, bestätigte Phuong nickend. »So können die Zuhörer und Zuhörerinnen die Folgen ein wenig mitgestalten.«

Ich wiegte den Kopf langsam hin und her. Hörten überhaupt genug Menschen meinen Podcast? Und selbst wenn, würde sich überhaupt jemand melden? Ich wusste, dass die Idee gut war. Vor allem aber war sie die einzige Möglichkeit, wie ich meinen Podcast für alle öffnen, ihn inklusiver gestalten konnte, ohne meine Identität zu verraten. Leider wusste ich auch, woher meine Zweifel an dieser Idee rührten. Und sie hatten nichts mit Klickzahlen oder Ähnlichem zu tun. Langsam nahm ich einen weiteren Schluck Kaffee und sah aus dem Fenster.

Darf ich von anderen ihre Geschichte verlangen, wenn ich meine nicht einmal erzählen kann?

INTERLUDE: PODCAST

Hallo an alle und danke für eure zahlreichen Kommentare auf den unterschiedlichen Plattformen. Sie haben mich in den letzten Tagen zum Nachdenken gebracht.

Was es schwer macht, über Sexismus zu reden und letzten Endes auch, diesen Podcast aufzunehmen, ist, dass es eine völlig individuelle Erfahrung ist. Meine Erfahrung unterscheidet sich vermutlich stark von eurer.

Männer reagieren oft schockiert, wenn sie von unseren Berichten und Erzählungen hören. Sie bekommen vielleicht einmal alle paar Wochen nebenbei mit, wie einer Frau am Straßenrand etwas hinterhergerufen wird, und gehen dann ihres Weges. Während ein solches Ereignis für die Frau eines von vielen ist und etliche Ängste hervorrufen kann, mag es für den Mann auch ärgerlich und schockierend sein, aber er wird es vermutlich weniger emotional beurteilen und als eine Ausnahme wahrnehmen, nicht als alltägliche Begebenheit. Was nicht heißen soll, dass er durch Strukturen unserer Gesellschaft nicht auch tagtäglich beeinflusst wird – vielleicht wurde er von Kindheit an so erzogen, dass Tränen für ihn ein Zeichen von Schwäche sind, sodass er sich kaum noch traut, sich verletzlich zu zeigen. Nicht grundlos ist die Selbstmordrate bei Männern höher als bei Frauen.

Das Thema ist so komplex, die Probleme sind so vielseitig und tiefgehend, dass ich allein sie niemals in ihrer Gänze abdecken kann. Vor allem aber, und das haben mir eure Kommentare gezeigt, kann ich sie nicht abdecken, wenn es um mehrfache Diskriminierung geht. Damit meine ich Fälle, in denen Sexismus mit anderen Arten der Diskriminierung wie Homophobie, Transphobie oder Rassismus zusammen auftritt. Mehr noch, in meinem Alltag denke ich oft nicht einmal an sie – so wie der Mann aus meinem eben genannten Beispiel seines Weges gehen kann, ohne an die konstante Belästigung von Frauen zu denken. Wie kann das sein?

Schaut man sich den prozentualen Anteil von Frauen an – sei es in Führungspositionen, in der Politik, aber allem voran auch in den Nachrichten –, fällt auf, wie gering dieser ist. Für Frauen über fünfzig liegt er gerade einmal bei achtzehn Prozent. Dass ich keine Zahlen dazu finden konnte, wie viele von ihnen nicht-weiß sind oder ob manche vielleicht im Rollstuhl sitzen, zeigt schon, woher mein einseitig geprägter Blickwinkel kommt. Frauen, die Mehrfachdiskriminierung erfahren, erhalten – von wenigen Ausnahmen abgesehen – keine Repräsentation. Natürlich kommt es nicht nur darauf an, dass Repräsentation gelebt wird, sondern auch *wie*.

Deshalb würde ich diese Folge gerne Filmen, Serien und Büchern widmen, die das in meinen Augen gut hinbekommen und sehr viel besser darstellen können, als ich es jemals könnte …

Kommentare

FstehtfürFreunde:
Tolle Liste! Ich kann *The Bold Type* noch empfehlen, das mochte ich echt gern.

Howaboutno:
Da sind direkt ein paar Bücher auf meine Wunschliste gewandert, danke!

14. KAPITEL

Kyra

Ich atmete tief durch und merkte, wie ich vor dem nun folgenden Teil nervös wurde. Ich räusperte mich. Das würde ich später rausschneiden müssen. Meine Hände flach auf dem Tisch vor mir liegend lehnte ich mich näher ans Mikrofon heran.

»Ich weiß, dass ich niemals allen gerecht werden kann, egal wie viele Buchtipps und Ähnliches ich in diesem Format gebe. Aber ich will es zumindest versuchen. Und dafür brauche ich euch. Ich bin jedes Mal, wenn ich eure Kommentare zu den Folgen lese, begeistert, wie mutig ihr eure eigenen Geschichten erzählt. Um dem mehr Raum zu geben, habe ich ein E-Mail-Postfach eröffnet. Ich möchte ab jetzt jede Folge mit einer Geschichte von euch beginnen. Falls ihr es in eurem Text nicht bereits tut, werde ich ihn anonymisieren. Ihr findet die E-Mail-Adresse im Beschreibungstext des Podcasts.« Ich holte erneut tief Luft. »Ich weiß, wie schwierig es ist, sich seinen Erfahrungen zu stellen, und ich möchte, dass ihr wisst, dass es nichts Schlimmes ist, wenn ihr nicht über sie sprechen möchtet. Falls ihr das aber doch möchtet, freue ich mich darauf, von euch zu lesen. Außerdem möchte ich meinen Podcast zu unserem Podcast machen und ihm passend dazu endlich einen Namen geben. Ich danke euch fürs Hören der dritten Folge von *Your Story is my Story*.«

Ich hielt etwa zwei Sekunden lang die Luft an, dann beendete ich die Aufnahme und ließ sie in einem Schwall wieder entweichen. Das war geschafft. Ich trank einen Schluck Wasser aus meiner Flasche und blieb noch einige Augenblicke sitzen.

Es ist nichts Schlimmes, wenn ihr nicht darüber sprechen möchtet.

Ich glaubte diesen Worten. Ich glaubte nicht, dass irgendjemand das Recht hatte, einer Frau zu sagen, wann sie sich zu ihren Erfahrungen öffnete, wann sie darüber sprach, was ihr passiert war.

Wieso fühle ich mich dann gerade so schlecht?

Denn das tat ich. Es war nicht so, dass ich Albträume hatte, nicht einschlafen konnte oder jede wache Sekunde von meinem schlechten Gewissen geplagt wurde. Vor der Aussprache mit meinen Brüdern war das tatsächlich oft der Fall gewesen. Doch seitdem Noah Bescheid wusste und Elias und er wieder ein gutes Verhältnis hatten, fühlte es sich die meiste Zeit über völlig normal an. Aber eben nur die meiste Zeit. Denn manchmal genügten ein paar Reize, um mich wieder zu erinnern, und mit der Erinnerung kamen die Starre und die Handlungslosigkeit.

Und dann war da noch das Wissen, dass ich meinen Eltern nichts gesagt hatte. Dass ich meiner Tante in Paris nicht erzählt hatte, weshalb ich da war. Dass ich nicht zur Polizei gegangen war. Dass Christopher offensichtlich mit allem wegkam – von der Schulterverletzung, die er dank meinem Bruder hatte, einmal abgesehen.

Vielleicht war ich nicht so mutig und selbstbewusst, wie ich immer geglaubt hatte, denn auch jetzt, wenn ich darüber nachdachte, sträubte sich alles in mir, mit meinen Eltern zu reden. Ihnen den genauen Hergang des Abends zu schildern.

Du hast die Kontrolle.

Das war ein Teil des Mantras, das ich mir – vor allem zu Beginn – immer wieder vorgesagt hatte. Gerade da war es mir unglaublich wichtig gewesen, den weiteren Vorgang selbst entscheiden und lenken zu können. Doch wie es aussah, hatte ich nicht die Kontrolle über alles. Denn ich konnte nicht kontrollieren, was mich zurückwarf. Wie auch, wenn ich mich dem nie stellte?

Ich packte meine Sachen zusammen und schaltete mein Handy wieder ein. Sofort ploppten einige Benachrichtigungen aus dem Gruppenchat auf. Miriam hatte ein Selfie aus der englischen Abteilung von Dussmann geschickt und hielt stolz irgendeine Neuerscheinung in die Kamera. Ich zoomte rein, konnte aber weder Autorin noch Titel zuordnen. Das Handy in der Hand ging ich zu dem kleinen Buch am Eingang des Medienraums, in das sich alle Nutzer eintragen mussten. Ich schrieb Milans Namen, Datum und Uhrzeit und kritzelte eine Unterschrift daneben, die man unmöglich entziffern konnte. Dann holte ich mein Smartphone aus der Tasche.

Dir ist klar, dass man mich jetzt wegen Unterschriftenfälschung drankriegen könnte?

Wider Erwarten antwortete Milan bereits nach wenigen Sekunden.

Ach, kritzle einfach irgendwas rein. Man kann meine Unterschrift eh nie lesen. :D Ich hoffe, die Folge war gut?

Ich lächelte mein Display an. Trotz allem, was gerade in mir tobte, genügte diese einfache Nachfrage, um mich zum Lächeln zu bringen.

Ja, danke noch mal. :)

Ich zögerte.

Noch heute Morgen hatte ich beschlossen, dass ich mir nicht länger selbst im Weg stehen wollte. Ich las Milans Nachricht erneut und beschloss, dass dieser Tag eine weitere mutige Tat brauchte. Dass *ich* sie brauchte.

Was machst du heute noch?

Milan tippte, und es machte mich nervöser, als mir lieb war.

Das klingt, als hättest du eine Idee?

Hatte ich die? Aus irgendeinem Grund wollte ich Milan wiedersehen. Dabei konnte ich nicht einmal sagen warum. Okay, ein Teil von mir wusste das ganz genau, und Bilder der Party und des Blickes, mit dem er mich betrachtet hatte, traten mir vor Augen. *Mist.* Bevor ich antworten konnte, tippte Milan erneut.

Ich kann dich in zwanzig Minuten abholen.

»Ach, was soll's«, murmelte ich.

Alles klar, ich warte unten.

So blieben mir immerhin zwanzig Minuten Zeit, mir etwas zu überlegen. Milan schickte mir ein Daumen-Hoch-Emoji. Ich sperrte mein Handy, ließ es in der Tasche versinken und machte mich auf den Weg nach draußen – mit einem Kribbeln im Bauch und dem Gefühl, einen wichtigen Schritt nach vorn getan zu haben.

Wenige Minuten später schwang Milan sich von seinem Fahrrad und kam neben mir zum Halt. »Ich hoffe, du hast nicht lange gewartet?«

»Nein, gar nicht«, sagte ich und packte mein Handy ein, auf dem ich mich gerade durch Instagram geklickt hatte. Lia hatte sich nach unserem Gespräch gestern tatsächlich getraut und einen Account eröffnet.

»Warst du beim Friseur?«, fragte ich mit Blick auf Milans Haare, die an den Seiten deutlich kürzer waren als gestern.

»Ja, heute Morgen vor der Arbeit.«

»Du warst beim Friseur *und* arbeiten?«

»Und in der Vorlesung«, erwiderte Milan mit einem Grinsen.

»Bist du überhaupt ein Mensch? Ich kam heute kaum in die Gänge.«

Er hob die Schultern. »Aber du hast deinen Podcast aufgenommen, das ist doch super.«

»Ja, danke noch einmal für die Buchung.«

»Das ist das Mindeste«, erwiderte Milan und sah dabei beinahe verlegen aus. »Tut mir leid wegen damals.« Kurz entstand Schweigen zwischen uns, bevor er weitersprach. »Außerdem ist der Podcast wirklich gut. Die zweite Folge mochte ich noch lieber als die erste, glaub ich.«

Perplex starrte ich ihn an. »Du hast ihn ganz gehört?«

»Ich hab ihn sogar abonniert.«

»Das … überrascht mich jetzt.«

»Wieso?« Seine Mundwinkel zuckten. »Glaubst du, unter deinen Abonnenten sind nur Frauen? Wie viele hat er mittlerweile eigentlich?«

»Die Abonnenten seh ich nicht, aber die Folgen hören so knapp 10 000 Leute«, antwortete ich.

Milan weitete die Augen, was die langen Wimpern betonte, die sie umrahmten. »Wow, das ist eine Menge. Du kannst ganz schön stolz auf dich sein.«

Ich lächelte und ein warmes Gefühl breitete sich in meinem Bauch aus. Ich hatte den Podcast in erster Linie aus egoistischen Gründen gestartet, weil *ich* ein Ventil gebraucht hatte. Niemals hätte ich mit all dem Feedback gerechnet, und wenn ich ganz ehrlich zu mir war, dann fühlte ich, wenn ich die Kommentare las und die Klickzahlen sah, wirklich etwas wie Stolz.

»Danke«, sagte ich und bekam das Lächeln noch immer nicht aus meinem Gesicht. Milan lächelte zurück und ließ seinen Blick suchend von rechts nach links wandern.

»Was wollen wir denn machen? Und bist du mit dem Rad oder der Bahn da? Je nachdem würd ich mein Fahrrad schnell abschließen, dann muss ich es nicht die ganze Zeit rumschieben.«

»Bahn. Im Gegensatz zu dir funktioniere ich nach so wenigen Stunden Schlaf nicht.« Ich stieß mich von der kleinen Steinmauer ab, auf der ich gesessen hatte, und ging mit Milan zu den nebenan liegenden Fahrradständern. »Um ehrlich zu sein, hab ich keinen richtigen Plan gehabt, was wir machen könnten«, gab ich zu, während er sein Fahrrad abschloss.

Er richtete sich auf und verstaute den Schlüssel in seiner Hosentasche. »Sag mir drei Dinge, die du magst.«

»Was?«, fragte ich, überrascht über den abrupten Themenwechsel. »Ich mag alles Mögliche.«

»Nicht nachdenken, sag einfach, was dir als Erstes einfällt.«

»Gut«, erwiderte ich. »50er, Kickboxen, Essen.«

Milans Augenbrauen schossen in die Höhe. »50er? Haben wir uns nicht grad über deinen feministischen Podcast unterhalten? Das hätte ich jetzt nicht erwartet.«

Ich rollte mit den Augen. »Ich will ja nicht in die 50er zurück. Ich mag die Musik, die Filme und all das.«

»Deshalb die große Plattensammlung?«

Jetzt war ich es, die die Augenbrauen hob. »Woher weißt du von der Plattensammlung?«, fragte ich, denn davon hatte ich definitiv noch nichts erzählt.

Milan biss sich auf die Unterlippe, was meinen Blick automatisch der Bewegung folgen ließ.

Wie sich seine Lippen wohl anfühlen?

Im nächsten Moment hätte ich mir am liebsten eine Ohrfeige verpasst. Wo kamen diese Gedanken plötzlich her? Ich sah diesen Mann gerade zum vierten Mal, was war bitte mit meinen Hormonen los?

»Na ja, ich hab eventuell dein Instagram-Profil gesucht«, antwortete Milan und holte mich mit seinem Geständnis glücklicherweise zurück ins Hier und Jetzt. »Und das Chaos auf dem vorletzten Foto war kaum zu übersehen.«

»Das war kein Chaos«, sagte ich empört, das warme Kribbeln ignorierend, das seine Worte in mir auslösten. Denn ganz offensichtlich hatte auch ich bleibenden Eindruck bei ihm hinterlassen. »Das war einfach nur meine Musiksammlung.« Ich hatte ein Foto meiner liebsten Ecke meines Zimmers gepostet. Zugegeben, mein Plattenregal war zu voll und die Schallplatten stapelten sich sowohl davor als auch darauf, aber ich liebte sie zu sehr, um mich von ihnen zu trennen. Mittlerweile zierten Poster der Andrew Sisters, Bing Crosby und Etta James die Wand, natürlich eingerahmt von Pflanzen. Minimalistisch war sicher anders, aber ich liebte das Zimmer, so wie es war. Okay, mit ein, zwei Regalen und etwas mehr Ordnung würde ich es vielleicht noch mehr lieben, aber das band ich Milan sicher nicht auf die Nase.

»Na, dann haben wir doch einen Plan.«

»Haben wir? Wir räumen mein Zimmer auf?«, fragte ich mit einem Grinsen.

»Träum weiter«, antwortete er, holte sein Handy aus der Jeanstasche und tippte darauf herum. Dann drehte er das Display in meine Richtung. »Wir starten im Plattenladen.«

Er setzte sich in Bewegung und sah erst an sich und dann an mir herunter. »Kickboxen fällt raus, schätze ich. Es sei denn, du magst dich noch umziehen.«

Ich hob abwehrend die Hände. »Ich würde heute sowieso nur umfallen.«

»Okay. Also Plattenladen, dann was essen … Was magst du sonst noch?«

Ich hob die Schultern und umrundete eine Pfütze auf dem Gehweg, was mich kurz so nah bei Milan laufen ließ, dass mein Arm seinen streifte. Ich spürte es zwar nur durch die Jacke, die Berührung ließ mich trotzdem stutzen und zu ihm aufschauen. Sein Blick begegnete meinem und er nickte mir auffordernd zu. Jetzt, da ich ihn so nah im Hellen sah, bemerkte ich, dass seine Augen nicht richtig braun waren, sondern vielmehr mit grünen Tönen gemischt. Ich blinzelte ein paarmal, als könnte ich wieder klarere Gedanken fassen, wenn ich diesen Blickwechsel unterbrach.

»Französisch und Frankreich, Pflanzen, Flohmärkte und sonst das Übliche: meine Freundinnen, meine Brüder …«

»Woah«, sagte Milan. »Ein bisschen früh, die Familie kennenzulernen, meinst du nicht?«

Diesmal traf mein Ellbogen ihn fester und absichtlich am Arm, was ihn zum Grinsen brachte.

»Gut. Ich hab einen Plan: Wir gehen zum Plattenladen und suchen dann eine französische Pâtisserie. Dann hast du Frankreich und Essen direkt kombiniert.«

Ich schmunzelte. »Das wäre aber ein bisschen einseitig,

wenn wir nur machen, was ich mag, oder? Was sind denn – abgesehen von Videospielen und Spiderman – deine Interessen?«

»Ich wusste, Spiderman würde mich noch verfolgen.« Milan dachte nach, bevor er weitersprach. »Auf die Gefahr hin, echt langweilig zu klingen«, antwortete er schließlich, »mein Alltag dreht sich hauptsächlich um Sport. Im Studium, auf der Arbeit und in der Freizeit. Und wenn von der was übrig ist, bin ich bouldern oder fahr zu meinen Eltern und geh mit meinem Bruder mountainbiken.«

»Bouldern ist eigentlich auch Sport«, gab ich mit einem Grinsen zurück. »Kleiner oder großer Bruder?«

»Kleiner«, sagte Milan. Dann hob er die Schultern. »Also weder eine Sprache noch ein Instrument.«

»Ist doch nicht schlimm«, sagte ich und winkte ab. Wir plauderten weiter über Milans WG, die LAN-Party, die Anmache im Fitnessstudio, die ich mitbekommen hatte, und über unsere zuletzt gesehenen Serien – wobei Milan echt Nachholbedarf hatte.

Etwa zwanzig Minuten später standen wir vor dem Plattenladen, den er herausgesucht hatte. Vor der breiten Fensterfront befanden sich rote und blaue Plastikkisten auf einer langen Biergarnitur. Die Kisten waren bereits bis zum Bersten mit Platten gefüllt und ein Blick durchs Fenster verriet, dass es drinnen ähnlich weiterging. Milan hielt mir die Tür auf und wir betraten den Laden. Aus den Lautsprechern begrüßte uns *Girl* von den Beatles und ein mittelalter Mann sah lächelnd von der Kasse auf. Ansonsten war der Laden leer. Er war wesentlich größer, als von außen zu erkennen gewesen war. Die komplette Decke war mit schwarzen Platten dekoriert, an den Wänden hingen vereinzelt Bilderrahmen, und als wäre das noch nicht genug, baumelten weitere Vinyls an Bändern von der Decke. Milan duckte sich gerade unter einem hindurch, als er zur Ecke mit der Rock-Musik ging.

»Dir ist klar, was du angerichtet hast?«, fragte ich Milan, der mir einen verwirrten Blick zuwarf. »Ich werde Stunden hier drin verbringen können.«

»Voll okay«, sagte er grinsend. »Für mich ist's eine Premiere.«

Ich ging zum erstbesten Tisch, auf dem die Sonderangebote aufgereiht waren. Meine Finger blätterten durch die abgegriffenen Verpackungen der Vinylplatten, und ich scannte die Titel. Es gab für mich kaum etwas Besseres als das Stöbern in diesen Läden. Es beruhigte mich, und auch ohne etwas zu kaufen war es wie eine Flucht aus dem Alltag. Ich schnippte eine Pappverpackung nach der anderen weiter und konzentrierte mich auf nichts als die Namen der Alben, Bands und Sänger – wobei ich die meisten aus dieser Kiste nicht einmal kannte.

Ich wusste nicht, wie viel Zeit verging, während ich mich durch die Kisten arbeitete, die Musik aus den Boxen in den Ohren und den Geruch des Ladens in der Nase. Aber irgendwann schob sich Milan neben mich und zwang mich somit, meinen Blick zu heben.

»Wieso grinst du so?«, fragte ich skeptisch, als ich sein Gesicht sah.

Er hielt die Arme hinter seinem Rücken versteckt. »Ich hab die perfekte Platte für dich gefunden«, sagte er und seine Augen funkelten.

»Ach ja?«

Er streckte die rechte Hand aus. Damit hielt er eine Papiertüte des Ladens umklammert.

»Du hast sie gekauft?«, fragte ich überrascht und sah von der Tüte zur Kasse. Wann hatte er das bitte getan? Und vor allem: Wieso?

»Ja, ich musste sie dir holen«, sagte er. Ich nahm ihm die Tüte ab und holte mit der freien Hand die Platte hervor. »Wenn du sie siehst, weißt du, wieso.«

Als mein Blick auf den Titel fiel, musste ich lachen. »Okay, die ist perfekt.«

Milan hatte nicht nur eine Platte von Bing Crosby und den Andrew Sisters gefunden, die ich liebte, sie trug auch den Titel *Pistol Packin' Mama.*

»Nachdem Deniz auf der LAN-Party so begeistert von deinem Talent war …«, sagte Milan mit einem Schmunzeln.

»Du etwa nicht?«

»Ich durfte ja nicht einmal zuschauen«, verteidigte er sich.

»Weil du mich komplett aus der Fassung gebracht hast«, sagte ich und merkte noch im selben Moment, dass ich das besser nicht getan hätte, denn ein schiefes Lächeln schlich sich auf Milans Gesicht. »Bild dir nichts drauf ein«, schob ich murmelnd hinterher.

Er hob die Schultern. »Zu spät.«

Ich schüttelte grinsend den Kopf und sah mir die Schallplatte noch einmal an, bevor ich sie wieder in die Tüte sinken ließ. »Danke, Milan«, sagte ich.

»Ich hoffe, du hast sie noch nicht.«

Ich schüttelte den Kopf. Und selbst wenn, wäre es mir in diesem Moment egal gewesen, da mich diese Platte und das Lied von jetzt an an heute und den Abend mit Deniz, Asya, Milan und den anderen erinnern würde.

»Willst du noch was kaufen oder bist du bereit für Teil zwei des Plans?«

»Gib mir eine Minute«, sagte ich und deutete auf die Platte von Lewis Capaldi, die ich auf der Kiste zu meiner Rechten abgelegt hatte.

Milan schmunzelte. »Wenn das so weitergeht, können wir

IKEA mit auf den Plan schreiben, denn dann brauchst du ein neues Regal.«

»Du klingst wie mein Bruder«, erwiderte ich und trug meine Errungenschaft zur Kasse, um zu bezahlen.

»Da du eben meintest, dass du deine Brüder magst, bilde ich mir auch darauf was ein.«

Ich war froh, dass ich mich bereits zum Gehen gewandt hatte und Milan somit meine zuckenden Mundwinkel nicht sah. Denn er hatte mich in der Stunde, die wir gerade zusammen verbracht hatten, schon viel zu oft zum Lachen gebracht – und darauf konnte er sich definitiv etwas einbilden.

»Ich dachte, du willst französisches Gebäck?«, fragte Milan neben mir und deutete auf die Tartelettes und Éclairs, die hinter der Vitrine auf filigranen Tellern und Etageren lagen. Ich stand etwas weiter rechts und beäugte gerade mit wässrigem Mund die Pancake-Karte.

»Ja«, sagte ich gedehnt. »Aber Pancakes.«

Milan lachte leise. »Okay, wie wär es mit Gebäck *und* Pancakes?«

Ich nickte langsam und wandte meinen Blick von der Karte zu ihm. »Ich mag, wie du denkst.«

»Ich glaub, so viel Lob und Komplimente an einem Tag verkrafte ich nicht.«

»Ich lass noch ein paar Beleidigungen einfließen, keine Sorge.«

»Gut. So hab ich dich kennengelernt, ich wäre enttäuscht, wenn sich das jetzt ändert.«

Lachend bestellte ich einen Pancake mit Äpfeln, Zimt, Toffifee und Vanillesoße und wählte ein Éclair dazu, auch wenn ich mir ziemlich sicher war, dass ich mindestens die Hälfte davon würde einpacken lassen müssen. »Oh und kann ich noch eine Zitronen-Tarte zum Mitnehmen haben?«, fügte ich hinzu nachdem die Bedienung mein Schoko-Éclair auf einen mintgrünen Teller gepackt hatte.

Milan sah mich mit hochgezogenen Augenbrauen an.

»Für Miriam, meine Mitbewohnerin«, sagte ich, bevor er einen Kommentar loslassen konnte. Miriam und ich hatten in den letzten Tagen kaum gemeinsame Zeit in der WG gehabt, obwohl wir uns vor dem Einzug vorgenommen hatten, regelmäßig DVD-Abende zu machen. Entweder war ich beim Sport, saß zu lange in der Unibibliothek oder Miriam war bis zum Ende der Besuchszeit bei ihrer Großmutter im Krankenhaus. Wir beide hatten uns den Unieinstieg wohl etwas zu leicht vorgestellt. Aber Kuchen half bekanntlich bei allem.

»Ich bring euch den Pancake gleich an den Tisch«, sagte die Bedienung mit einem Lächeln, wobei mir nicht entging, wie ihr Blick länger auf Milan verweilte, als nötig gewesen wäre. *Kein Wunder.*

Meine Aufmerksamkeit wanderte von der Bedienung zu Milan, der seinen Kuchen und mein Éclair mit zwei Gläsern Wasser auf ein Tablett stellte. Nicht nur sein Äußeres, auch die Art, wie er auftrat und sich bewegte, zog Aufmerksamkeit auf sich. Umso mehr freute es mich, dass er mir seine schenkte, denn er erwiderte meinen Blick und lächelte.

Verdammt. Du magst ihn.

Milan zwinkerte mir kurz zu und ging dann zu einem der freien Tische, wo er das Tablett abstellte. Ich schüttelte den Kopf, um mich aus meiner Starre zu befreien, und setzte mich ihm gegenüber. Während er die Getränke verteilte, musterte ich sein Gesicht. Seinen markanten Kiefer, die langen Wimpern, die die braungrünen Augen umrahmten, die dunklen Augenbrauen und die hohen Wangenknochen, die geschwungenen Lippen. Ich wusste, dass sich Grübchen in seinen Wangen formten, wenn er schmunzelte. Ich wusste nicht, warum ich es wusste, denn ich hatte nie bewusst darauf geachtet. Aber ich tat es. Mein Blick wanderte zu den breiten Schultern, die unter seinem schwarzen Strickpulli verborgen lagen.

Mist.

Okay, Milan war offensichtlich mein Typ. Aber was war schon dabei? Ich fand viele Leute attraktiv.

Aber du findest ihn auch nett.

Ich schluckte. Meine innere Stimme hatte recht. Milan war nicht bloß schön, ich fühlte mich wohl bei ihm. Und wann war das zuletzt bei einem Mann der Fall gewesen?

Ich hatte in den letzten Monaten alle Avancen, alles, was in die Richtung ging, auf Abstand gehalten. Aus Selbstschutz. Aber war es wirklich Selbstschutz gewesen oder nur das Verdrängen meines eigentlichen Problems? Auf jeden Fall merkte ich, dass ich Milan nicht auf Abstand halten wollte, ganz im Gegenteil.

»Ähm, ist was?«

Meine Augen fokussierten und ich registrierte, dass ich Milan nach wie vor angestarrt hatte. Mit zusammengezogenen Brauen erwiderte er meinen Blick.

»Nein, alles gut, ich hab nur nachgedacht.«

»Über? Die Podcastfolge von heute?«

Ich nickte, dankbar, dass er mir eine Ausrede lieferte. Als die Bedienung meinen Pancake brachte, erzählte ich ihm von meinem Entschluss, das Postfach für andere Hörer und Hörerinnen zu öffnen.

»Aber genug von mir«, unterbrach ich mich selbst, als ich meinen Redeschwall bemerkte, auch wenn Milan mir zu keiner Zeit das Gefühl gegeben hatte, zu viel zu reden. Er hatte sogar Nachfragen gestellt und schien sich ernsthaft für den Podcast und das Thema zu interessieren.

»Gibt's irgendeinen Sport, für den du besonders brennst?«, wollte ich wissen.

»Handball«, antwortete Milan, ohne auch nur den Hauch einer Sekunde nachzudenken. In seinen Augen blitzte etwas auf, das mir bekannt vorkam. Ich hatte es bei Elias gesehen, wenn er vom Boxen erzählte, und zuletzt an meinem eigenen Spiegelbild am Morgen nach der Podcastfolge. Leidenschaft.

»Ich spiele in einem Team hier in Berlin, wir sind aktuell in der dritten Liga.«

Ich hatte mir gerade das letzte Stück meines Pancakes in den Mund geschoben, hielt nun aber mitten im Kauen inne.

»Wir haben die Tage wieder ein Spiel, generell steht grad viel an, deshalb hab ich so oft Training.«

Ich hörte Milan mit halbem Ohr zu und schluckte den Pancake hinunter, der trocken, beinahe schmerzhaft meine Kehle entlangwanderte.

»Für welches Team?«, fragte ich, auch wenn mein viel zu heftig klopfendes Herz die Antwort bereits ahnte. So viele professionelle Teams gab es hier schließlich nicht.

»Die Berlin Bats«, sagte Milan. »Kennst du dich mit Handball aus?«

Mit einem Mal war alles wie ausgelöscht. Der Zimtgeschmack des Pancakes auf meiner Zunge, Milans Worte, als er weiter über den Handball sprach, das Kribbeln in meinem Bauch, das da gewesen war, seit er mich von der Aufnahme abgeholt hatte.

Milan spielte in Christophers Team. Die beiden kannten sich. Nein, schlimmer noch: Sie verbrachten beinahe täglich Zeit miteinander, waren vermutlich befreundet.

In meinem Magen zog sich alles zusammen und mir wurde flau. Milans strahlendes Gesicht, als er weiter vom vergangenen Match berichtete, trug nicht gerade dazu bei, dass ich mich beruhigte. Er liebte das nicht nur, er brannte dafür. Ich schluckte und in meinem Hals kratzte es so stark, dass ich husten musste. Meine Hand wanderte zu meinem Bauch, in dem sich das flaue Gefühl weiter ausbreitete.

»Alles okay?«, fragte Milan schließlich, als ich immer noch nichts sagte.

Ich nickte langsam, dabei war ganz und gar nichts okay. Warum ausgerechnet er? Warum der eine Mann, an dem ich nach so langer Zeit, vielleicht sogar zum ersten Mal, aufrichtiges Interesse hatte?

»Ich muss nur …«, begann ich, während ich meine Finger notdürftig an der Serviette abwischte. »Ich muss leider los«, sagte ich.

»Ist dir schlecht?«, fragte Milan, als ich nach meiner Tasche griff und aufstand. Er erhob sich ebenfalls und in seinen Augen lag ein sorgenvoller Ausdruck. »Soll ich dich heimbringen?«

Ich schüttelte den Kopf, unfähig, einen klaren Gedanken zu fassen und mir eine plausible Ausrede einfallen zu lassen.

»Ich … hab nur was vergessen«, stotterte ich und versuchte mich an einem Lächeln. Sonderlich überzeugend war es wohl nicht, denn Milan standen die Fragezeichen ins Gesicht geschrieben.

»Okay«, sagte er gedehnt und betrachtete mich mit fragendem Blick.

»Ich meld mich«, versprach ich, während ich mir die Jacke überzog. Ich wusste, dass ich überreagierte. Aber mein Körper hatte auf Autopilot geschaltet und nur ein Ziel: Flucht. Also nahm ich meine Sachen und floh. Und ließ einen sehr verwirrten Milan am Tisch zurück, bei dessen Anblick sich meine Brust zusammenzog.

Was sollte ich jetzt tun?

Zwei Stunden später lag ich auf dem Bett und hörte das Lied, das Milan mir geholt hatte. Es war viel zu fröhlich für meine Stimmung. In mir tobten Zweifel, ob meine Reaktion überstürzt gewesen war, das schlechte Gewissen, ihn sitzen gelassen zu haben, aber auch ein Hauch Erleichterung, als wäre eine brenzlige Situation gerade noch gut ausgegangen.

Eigentlich sollte ich am Schreibtisch sitzen und die Podcastfolge schneiden, damit sie bis heute Abend online gehen konnte. Stattdessen lag ich hier und tat nichts.

Ich nahm mein Handy vom Nachttisch und ignorierte Milans Nachrichten. Schon direkt nach meinem peinlichen Abgang hatte er sich erkundigt, wie es mir ging. Anstatt zu antworten, öffnete ich Instagram. Als ich Milan Nowak in das Suchfeld eingab, erschien sein Profil sofort: NowakNr8. Es hatte einen blauen Haken neben dem Accountnamen. Ich tippte darauf. Sofort sprang mir Milans Grinsen auf etlichen Fotos ins Auge, und in meinem Bauch flatterte etwas. Und so stark wie dieses Flattern war … war es wirklich die richtige Entscheidung, ihn nicht in mein Leben zu lassen?

Ich atmete tief ein. Es war besser so. Ganz sicher war es besser so.

Ich konzentrierte mich wieder auf das Profil vor mir. Milan hatte knapp 11 000 Follower und etliche Likes auf jedem Foto. Auch eines mit Lukas war dabei. Ich scrollte nach unten und wünschte mir noch im selben Moment, ich hätte es nicht getan. Denn jetzt lenkte mich Milans Gesicht nicht länger vom restlichen Inhalt der Bilder ab: Handball. Mit klopfendem Herzen scrollte ich weiter, bis ich fand, wonach ich gesucht hatte. Christopher.

Ich klickte auf das Foto und sah kurz darauf Milan direkt neben Christopher. Erst als sich das Bild verwandelte, merkte ich, dass es sich um ein Video handelte. Es musste auf einer Art Sommerfest aufgenommen worden sein. Die beiden brachten Kindern die Grundkenntnisse des Handballs bei, klatschten die Kids ab und lachten. Milan *lachte* neben Christopher. Die beiden kannten sich also nicht bloß, sie waren Freunde. Ich scrollte mich tiefer durch Milans Profil und fand weitere Aufnahmen, die die beiden zeigten. Sie spielten im selben Team. Sie waren befreundet. Milan war mit Christopher befreundet.

Ich presste die Lider zusammen.

»Warum?«, murmelte ich. Warum konnte Milan nicht Basketball spielen? Oder Tennis? Sich für Dressurreiten interessieren? Irgendein anderes Hobby außer Handball haben? Ich sperrte mein Handy wieder und warf es von mir auf die Decke.

Ich kannte ihn kaum. Es sollte also ein Leichtes sein, ihn nicht weiter zu treffen. Aber irgendwie fühlte es sich alles andere als leicht an.

Doch wie sollte das Ganze funktionieren? Milan war die Brücke, die mich zwangsläufig zu Christopher führte. Besser, ich brannte sie hier und jetzt nieder, als auch nur einen Fuß darauf zu setzen.

Denn ganz egal, wie sehr ich mich zu diesem Zeitpunkt unter Kontrolle haben mochte – ich konnte Christopher nicht wieder in mein Leben lassen, geschweige denn, ihn aktiv in dieses holen. Doch wenn es rational gesehen das einzig Richtige war, wieso fiel es mir dann so schwer? Wieso wollte alles in mir es doch probieren? Hatte ich ein wenig Glück nach all dem Mist nicht sogar verdient?

Mein Kopf schnellte hoch, als jemand zweimal an meiner Tür klopfte.

»Komm rein«, rief ich und kurz darauf betrat Miriam das Zimmer. Sie sah müde aus und hielt einen Teller mit dem Kuchenstück in der Hand, das ich ihr in die Küche gestellt hatte.

»Du bist die Beste«, seufzte sie und ließ sich neben mich aufs Bett fallen. Ich drehte die Musik etwas leiser und setzte mich dann neben Miriam mit dem Rücken an die Wand.

»Harter Tag?«, fragte ich.

Da Miri sich gerade ein Stück des Kuchens in den Mund geschoben hatte, nickte sie nur.

»Warst du bei deiner Oma?«

Wieder nickte sie und schluckte dann, bevor sie antwortete. »Ja. Sie hatte heute einen guten Tag. Aber Herr Wiegand nicht, also war ich danach noch länger bei ihm. Und die Uni nervt auch gerade.«

»Herr Wiegand?«

»Der ältere Herr, von dem ich dir mal erzählt hab. Er liegt im Zimmer neben meiner Oma. Ich lese ihm auch manchmal vor.«

»Bei wie vielen Leuten machst du das momentan eigentlich?«, fragte ich. Denn wann immer Miriam über die Besuche im Krankenhaus sprach, tauchten neue Namen in ihren Erzählungen auf.

Sie winkte, die Gabel in der Hand, ab. »Nur bei ein paar. Das ist wirklich nicht das Problem, und es macht echt Spaß.« Sie lächelte, zog kurz darauf aber eine Grimasse. »Was dafür gar keinen Spaß macht, sind Referate. Wieso hat mir keiner gesagt, dass man in Literatur so viele Referate halten muss? Ich dachte, ich kann einfach lesen und interpretieren.«

Ich schmunzelte leicht. »Dir ist klar, dass du Lehramt studierst und später jeden Tag vor einer Klasse sprechen musst?«

Miri ließ den Kopf nach hinten fallen und stöhnte auf. »Ja, aber ich angle mir 'ne fünfte Klasse, die sind alle zwei, drei Köpfe kleiner als ich. Und unwissender.«

Obwohl mir gar nicht nach Lachen zumute war, konnte ich bei Miriams Worten nicht anders. Es verebbte jedoch so schnell, wie es aus mir herausgebrochen war.

»Alles okay?«, fragte sie kauend und warf mir einen skeptischen Blick zu. »Du wirkst niedergeschlagen. War die Aufnahme nicht gut?«

»Dir entgeht auch nichts, oder?« Ich wiegte den Kopf hin und her. »Die Aufnahme war super …«

»Aber?«

»Aber ich hab Milan danach gefragt, ob er was unternehmen will.«

Miriam legte die Gabel auf dem Teller ab. »Und er hat Nein gesagt?«

»Er hat Ja gesagt.«

»Und wieso bist du dann niedergeschlagen? War es so schlecht?«

Es war zu gut. Bis es das nicht mehr war.

»Ich glaube, wir passen einfach nicht zusammen«, sagte ich in der Hoffnung, mich nicht weiter erklären zu müssen. Denn wie sollte ich? Alles, was Miriam wusste, war, dass Christopher und mein Bruder aneinandergeraten waren. Grund genug, Christopher nicht zu mögen, aber definitiv nicht Grund genug für meinen überstürzten Aufbruch und meine Reaktion.

»Oh«, sagte Miriam und schenkte mir ein mitleidiges Lächeln. »Hey, aber so was passiert. Ich erspar dir die ganzen Andere-Mütter-Hübsche-Söhne-Sprüche.«

»Danke«, warf ich ein.

»Sieh es mal so: Wenn wir schlechte Dates haben, ist es nur ein schlechtes Date. Wenn du schlechte Dates hast, ist es gleichzeitig neues Material für den Podcast.«

Ich bemühte mich um ein Lächeln, doch es fühlte sich so unecht an, wie es vermutlich aussah. Denn trotz meiner Entscheidung hatte ich nur ein Bild vor Augen: Milans Gesicht, als ich einfach aufgestanden und gegangen war.

15. KAPITEL

Milan

Und er war drin! Endlich. Ich gab Chris ein High Five, als dieser mir seine Handfläche entgegenstreckte.

»Sauber, Nowak!«, rief Yannick mir zu und selbst Ben erlaubte sich ein Lächeln, obwohl er derjenige war, der den Ball nicht gehalten hatte. Die Aufmunterungsversuche waren süß, aber es war offensichtlich, dass ich heute keine Glanzleistung ablegte. Ich reihte mich hinten ein und hüpfte auf und ab, um meine Muskeln warm zu halten.

»Wieder bessere Laune?«, fragte Lukas, der sich kurz darauf hinter mich in die kurze Schlange stellte.

»Geht«, antwortete ich knapp. Ich war die letzten Tage nicht gerade der wandelnde Sonnenschein unserer WG gewesen, sondern hatte mich vielmehr mit den nachzuarbeitenden Seminaren in meinem Zimmer verkrochen und darauf gehofft, dass Kyra antwortete.

»Dafür war das aber grad echt gut.«

Ja, aber die davor ganz und gar nicht. Denn seit Kyras abruptem Aufbruch war ich ziemlich durch den Wind, selbst Tage später noch. Und jetzt war genau das passiert, was ich nie wieder hatte geschehen lassen wollen: Eine Frau brachte mich und meine Gedanken so durcheinander, dass ich mich nicht mehr auf das Wesentliche konzentrieren konnte. Wie es bei den etlichen Streits mit Sophie der Fall gewesen war. Nur dass ich mit ihr wenigstens in einer Beziehung gewesen war. Mit Kyra war ich weit davon entfernt, dennoch nahm sie so viel Raum in meinem Kopf ein. Ganz toll. Ich hatte ihr mehrmals geschrieben und gefragt, was los war, doch bisher keine Antwort erhalten, obwohl sie die Nachrichten gelesen hatte. Auch im Fitnessstudio war sie nicht gewesen.

Rico pfiff einmal laut und klatschte dann in die Hände. »Gute Arbeit! Als Nächstes kreuzen. Erst Mitte, Rückraum links. Mit Tipppass nach hinten. Aber trinkt gern erst 'nen Schluck.«

»Meine Chance fürs Klo«, sagte Lukas und klatschte mir auf die Schulter, bevor er zu den Umkleidekabinen lief.

Ich joggte zum Hallenrand und meiner Wasserflasche, und noch während ich die ersten Schlucke nahm, checkte ich mein Handy. Der Coach war zum Glück mit den anderen beschäftigt, eigentlich herrschte in der Halle striktes Handyverbot. Dennoch griff ich in jeder Trinkpause danach, obwohl ich genau wusste, dass mich, wie die letzten Tage auch, gähnende Leere erwarten würde. Dann hielt ich inne. Ich hatte eine neue Nachricht. Von Kyra. Mein Herzschlag beschleunigte sich wie von selbst, doch als ich ihre Worte las, verflogen meine Vorfreude und mein Lächeln.

Hey. Tut mir leid, dass ich nicht geantwortet habe. Ich hab ein bisschen Zeit für mich gebraucht.

Verdutzt starrte ich auf die Worte und las den kurzen Text noch einmal. Ich wartete darauf, dass Kyra noch etwas schrieb, aber da kam nichts mehr. Bloß diese beiden Sätze. Was bedeutete das? Hatte sie kein Interesse? Hatte ich das Ganze so falsch eingeschätzt? Nein, das konnte unmöglich alles eingebildet sein. Ich mochte lange nicht mehr gedatet haben, aber ich hatte normalerweise eine ganz gute Menschenkenntnis, und selbst wenn Kyra kein romantisches Interesse an mir hatte, konnten wir doch Zeit miteinander verbringen. Ganz davon abgesehen, dass der letzte Kontakt von ihr ausgegangen war.

Ist etwas passiert? Hab ich was falsch gemacht?

In meinem Kopf ging ich das Gespräch in der Pâtisserie noch einmal durch. Wir hatten uns über den Podcast unterhalten, eine lebhafte Diskussion darüber geführt, ob Pokémon oder Digimon besser war – Pokémon, ganz eindeutig –, und hatten dann über Sport und den Handball geredet. Ich konnte mich beim besten Willen nicht erinnern, dass unser Gespräch eine unangenehme Wendung genommen hätte. War mein Geschenk davor im Plattenladen zu überstürzt gewesen? Vielleicht hatte es auch gar nichts mit mir zu tun, und sie hatte eine Nachricht erhalten und heimgemusst. Aber Kyra hatte während unseres Gesprächs nicht einmal aufs Handy geschaut und das erklärte ihre Nachricht an mich auch nicht …

»Ich hab mich getäuscht.« Lukas kam neben mir zum Stehen und nahm einen Schluck aus seiner Wasserflasche.

»Hm?«, machte ich.

»Du kannst doch noch frustrierter dreinschauen als heute morgen.«

Ich wollte gerade antworten, als mein Handy vibrierte.

Nein, hast du nicht.

Wirklich nicht.

Mehr nicht. Ich starrte auf die beiden Nachrichten. Keine Erklärung, rein gar nichts. Vor allem kein Entgegenkommen.

Was, wenn sie eine schlechte Phase durchmachte und es ihr nicht gut ging? Das Seufzen, das meiner Kehle entwich, bevor ich es zurückhalten konnte, bescherte mir einen weiteren fragenden Blick von Lukas.

Können wir reden?

Ich klickte auf Senden und legte mein Handy wieder an die Wand auf den Hallenboden, doch mein Blick verweilte auf dem Display, als könnte ich es beschwören, mir eine weitere Nachricht anzuzeigen.

»Wenn das Rico sieht …«

»Wenn du mich verpetzt, sag ich ihm, dass du letzte Woche Klopapier mitgehen lassen hast«, erwiderte ich in bemüht lockerem Tonfall.

Lukas schnaubte. »Das war ein Notfall.«

»Das war ein Fall von ›zu faul zum Einkaufen‹.«

»Jammer nicht, du hast auch davon profitiert«, beendete Lukas die Diskussion und nickte zu meinem Handy. »Was ist denn so wichtig, dass es nicht bis nach dem Training warten kann?« Er hob die Augenbrauen. »Oder sollte ich fragen: wer?«

»Oh schade, Training geht weiter«, sagte ich, was Lukas mit einem Grinsen quittierte.

»Hat sie lange braune Haare und wurde zufällig von dir zu der LAN-Party eingeladen?«

Ich schwieg und ging zurück in Richtung Tor, wo sich die anderen langsam wieder versammelten.

»Hey, ich dachte, ich bin dein bester Freund. Ich erzähl dir auch immer alles.«

»Ja, und bei dir kommt man kaum mit.«

Lukas holte zu mir auf und zuckte mit den Schultern. »Mag sein. Aber deshalb ist es doch umso interessanter, wenn du endlich mal Interesse an jemandem hast. Komm schon, du wolltest auf der LAN schon nicht damit rausrücken, woher ihr euch kennt und wie es kommt, dass du sie eingeladen hast.«

Ich seufzte. Dass ich ihren Aufnahmeraum blockiert hatte und es eher Zufall gewesen war, dass sie auf Sebastians LAN-Party zugegen gewesen war, hatte ich bisher wohlwissend nicht erwähnt. Denn dann hätte ich unter Umständen den Podcast erwähnen müssen. Allerdings konnte ich jetzt wirklich jemanden gebrauchen, der mir dabei half, ihr Verhalten zu verstehen. Wenn sie kein Interesse hatte, wollte ich sie auf keinen Fall zu etwas drängen. Wenn sie jedoch andere Gründe hatte …

»Dein Schweigen macht mich nur noch neugieriger, das ist dir klar, oder?«

Ich blickte kurz über die Schulter, aber Serçan, der hinter uns stand, war selbst in ein Gespräch vertieft.

»Ich hatte …« Ich überlegte, wie ich unser Treffen bezeichnen sollte. »… eine Art Date mit Kyra. Und dann ist sie plötzlich aufgesprungen und gegangen.«

»Mittendrin?«

Ich nickte.

Lukas' helle Augen weiteten sich. »Was hast du getan?«

»Nichts!«, sagte ich mit Nachdruck. »Zumindest nicht bewusst. Und als ich gefragt hab, meinte Kyra auch, dass ich nichts falsch gemacht hätte.«

Lukas runzelte die Stirn. »Aber wieso sollte sie dann einfach gehen?«

Ich hob die Schultern. »Ich hab wirklich keine Ahnung.«

»Frag sie nach einem Treffen und redet. Selbst wenn sie dich danach nicht mehr sehen will.«

»Ja«, erwiderte ich gedehnt, auch wenn mir die Vorstellung, dass Kyra mich womöglich wirklich nicht weiter kennenlernen wollte, ganz und gar nicht gefiel.

Mein Blick wanderte auf die digitale Uhr am anderen Ende der Halle. Noch knapp vierzig Minuten. Zu gern wäre ich zurück zu meinem Handy gelaufen, um zu schauen, ob sie geantwortet hatte. Ob sie reden wollte.

Rico hinderte mich jedoch daran. Er pfiff den Rest der Mannschaft zusammen und wies uns an, uns in Zweierteams vorm Tor aufzureihen, in dem Ben bereits stand.

»Wir reden auf dem Heimweg, ja?«, raunte Lukas mir zu. Ich nickte, reihte mich neben Chris ein und ließ die Arme kreisen, um meine Muskeln und Gelenke aufzuwärmen.

»Nicht dein Tag heute?«, fragte Chris und stieß leicht gegen meinen Arm, bevor er den Ball von Ben fing und wir gemeinsam das Training fortsetzten. Er hatte recht. Es war absolut nicht mein Tag. Ich war unkonzentriert, gereizt und nicht auf der Höhe, obwohl das nächste Spiel bald anfing. Und deshalb *musste* ich mit Kyra reden. Um die Situation mit ihr zu retten, ja. Aber umso mehr, um zu meiner üblichen Leistung zurückzufinden – denn die war gerade, ganz unbeabsichtigt, viel zu sehr mit Kyra verknüpft.

»Danke noch einmal. Haben Sie ein schönes Wochenende!«

Ich winkte der älteren Dame hinterher, die gerade das Studio verließ, und ließ mich, als sie außer Sichtweite war, seufzend gegen die hellblaue Wand in meinem Rücken fallen. Kurz blickte ich nach unten auf meine Uhr. Noch dreißig Minuten und ich hatte es endlich geschafft. Sonntage waren immer die anstrengendsten auf der Arbeit, weil das Studio komplett voll war, alle in Gruppen herkamen und die Liste mit den Probetrainings lückenlos ausgefüllt war. Außerdem gab es am Wochenende mehr Kurse, was gleichzeitig auch mehr Kundschaft bedeutete. Das wiederum bedeutete, dass ich seit gut zwei Stunden keinen Blick mehr auf mein Handy hatte werfen können. Dafür nutzte ich die kurze Verschnaufpause jetzt, um mein Smartphone auf neue Nachrichten von Kyra zu überprüfen. Zuvor hatte nur Lukas mir etliche Memes geschickt – nicht gerade das, was ich brauchte, aber ich wusste seinen Versuch, mich aufzumuntern, zu schätzen. Zumal auch er sich nicht hatte erklären können, was vorgefallen war, was mein Gewissen immerhin ein bisschen beruhigte. Vielleicht hatte das alles ja wirklich weniger mit mir zu tun oder ließe sich zumindest fixen – wenn Kyra reden wollte.

Ich entsperrte mein Handy und klickte auf WhatsApp. Eine neue Nachricht von Kyra.

Okay.

Ein einzelnes Wort, aber es reichte, um ein wenig Hoffnung in mir aufkeimen zu lassen. Immerhin wollte sie mich sehen.

»Okay«, murmelte ich. Ich überlegte, welchen Ort ich vorschlagen sollte. Wäre ein öffentlicher besser? Oder fühlte sich das für Kyra zu sehr nach einem Date an?

Dann kam mir eine Idee. Ich öffnete ihr Instagram-Profil. Unweigerlich streifte mein Blick wieder ihr letztes Foto, mit dem ich sie vorgestern aufgezogen hatte. Der Anblick ihres wirklich viel zu überfüllten Plattenregals brachte mich auch jetzt zum Schmunzeln.

Kannst du heute?

Es dauerte nur wenige Sekunden, bis meine Nachricht als gelesen markiert wurde. Dann begann Kyra zu tippen. Das war ein gutes Zeichen, oder?

Ja, die neue Folge geht gleich online, danach passt es.

Ich sah erneut auf die Uhr. Meine Schicht ging nur bis vier Uhr. Das würde genug Zeit lassen.

Kann ich gegen halb sechs/sechs vorbeikommen?

Kurz nachdem ich auf Senden gedrückt hatte, kamen mir Zweifel an meinen Worten. War das zu aufdringlich? So wie unser letztes Treffen geendet hatte, war ihre Wohnung sicher der letzte Ort, an dem sie mich sehen wollte. Mein Einfall hin oder her. Ich war echt raus aus diesem Dating-Ding.

Kyra tippte, stoppte, tippte. Ich merkte, wie ich nervöser wurde.

Wir können auch in ein Café!

Schnell drückte ich auf Senden, bevor sie mir erneut eine Abfuhr erteilen musste. Das Tippen stoppte und setzte erneut ein. Dann vibrierte mein Handy in meiner Hand. Kyra hatte mir ihre Adresse geschickt.

Ist das wirklich okay für dich?

Auf keinen Fall wollte ich sie zu etwas drängen, was sie eigentlich nicht wollte und nur aus schlechtem Gewissen mir gegenüber tat. Gleichzeitig war es schwer, mir keine Hoffnungen zu machen, wenn sie zu reden bereit und sogar damit einverstanden war, dass ich in ihrer WG aufkreuzte.

Die Adresse ist sowieso in meiner Anmeldung im Studio drin. Du hast sie also eh schon.

Davon abgesehen, dass ich dann meinen Job los wäre … das ist mega creepy.
Oder brauchst du so dringend Material für deinen Podcast?

Diesmal dauerte es eine Weile, bis Kyra antwortete.

Klingel einfach bei Seger.

Okay, autsch. Auf meinen Versuch, das Ganze lockerer zu gestalten, war sie nicht eingegangen, aber immerhin hatten wir einen Gesprächstermin. Allerdings war ich nun noch nervöser als zuvor und plötzlich ganz und gar nicht mehr sicher, ob meine Idee so gut war, wie ich bis eben geglaubt hatte. Der Blick auf die Uhr zeigte mir, dass ich noch knapp zwanzig Minuten zu arbeiten hatte. Ich beschloss, einen letzten Rundgang zu drehen, Papierhandtücher und Desinfektionsmittel aufzufüllen, bevor ich meine Kollegen allein lassen würde, und ging dabei im Kopf schon einmal alles durch, was ich für mein Vorhaben benötigte.

Etwa zwei Stunden später stand ich mit vor Nervosität pochendem Herzen mitten in Kreuzberg vor Kyras Haustür und betete, dass diese sich gleich öffnete, damit der Stapel, den ich in meinen Händen und unter meinen Arm geklemmt balancierte, nicht doch noch kippte und zu Boden fiel. Ich hatte länger gebraucht als geplant, weil zum einen meine Mutter angerufen hatte, als ich gerade das Studio verlassen hatte, und ich zum anderen mit der Bahn hatte fahren müssen, statt mein Fahrrad nehmen zu können. Der Öffner summte, ich stieß die Tür mit einem Fuß auf und betrat das Treppenhaus.

»Hi!«, erklang Kyras Stimme. »Vierter Stock.«

Ich stöhnte innerlich auf und verfluchte die Altbauten. Nach dem Training heute morgen würden meine Arme und Beine sich bedanken.

Oben angekommen stand Kyra bereits im Türrahmen. Sie trug eine schwarze Sporthose und ein locker sitzendes dunkelrotes Shirt. Als ihr Blick meinen traf, schossen ihre Augenbrauen in die Höhe.

»Was soll das denn werden?«

»Das«, sagte ich und ließ die Holzplatten, die ich unter meinen Arm geklemmt hatte, endlich gegen die Wand sinken, »wird dein Regal.«

»Mein Regal?«, fragte sie und nahm mir die Tüte mit den Schrauben und den Akkuschrauber ab, den ich noch bei uns geholt hatte.

»Den hätte ich sogar hier gehabt«, murmelte Kyra, bevor ihr Blick von dem Akkuschrauber in ihrer Hand zu dem Holz wanderte, das ich gerade abgestellt hatte. »Ich dachte, du willst reden?«

»Multi-Tasking?«, erwiderte ich mit einem schiefen Lächeln und hoffte inständig, dass meine Aktion nicht vollkommen daneben war.

Kyra legte den Kopf schief und ließ ihren Blick von mir zu den Holzbrettern wandern. »Das ist sogar die gleiche Farbe, glaub ich.«

»Ich weiß. Die Maße müssten auch passen, ich hab es zuschneiden lassen.«

Sie musterte mich und ihr Ausdruck lag irgendwo zwischen amüsiert und verwundert. Dann trat sie zur Seite und hielt mir die Tür zur Wohnung auf. »Magst du was trinken? Die Treppen schaffen einen total.«

»Wasser wär toll.«

Kyra deutete auf die offene Tür zu ihrem Zimmer, legte die Tüte und den Akkuschrauber auf ihren Schreibtisch und verschwand in der Küche, von wo aus kurz darauf Wasserrauschen zu hören war. Ich trug die Bretter aus dem Flur in Kyras Zimmer und lehnte sie vor ihre Plattenregale. Sie hatte recht, ich hatte die Farbe zum Glück wirklich getroffen. Ich war mit Kyras Foto auf dem Handy durch die Regale des Baumarkts gewandert und hatte schließlich dunkles Holz aus Nussbaum gefunden, das ihren Regalen am nächsten kam. Kurz ließ ich meine Schultern kreisen, dabei waren meine Muskeln weniger vom Tragen verspannt als vielmehr wegen des mir bevorstehenden Gesprächs.

»Ich hab mit vielem gerechnet, aber wirklich nicht damit«, sagt Kyra, als sie in ihr Zimmer kam. Sie drückte mir ein Glas Wasser in die Hand, das ich mit wenigen Schlucken bis zur Hälfte leerte.

Ich zuckte mit den Schultern. »Aufräumen stand ja quasi noch auf der Liste von gestern.«

»Hey, ich habe extra aufgeräumt. Der Rest ist geordnetes und kreatives Chaos«, entgegnete Kyra.

Ich sah mich in dem Zimmer um. Es war gemütlich eingerichtet und glich zum Fenster hin einem kleinen Dschungel, weil sich dort etliche Pflanzen türmten. Über dem Bett hingen verschiedene Fotos, die von einer Lichterkette umrahmt wurden, die jedoch ausgeschaltet war. Licht spendete die Stehlampe neben den Plattenregalen, über denen eingerahmte Poster hingen.

»Das sind die von der Schallplatte, oder?«, fragte ich mit Blick auf die Schwarz-Weiß-Fotografie der drei uniformierten Frauen, die in die Kamera blickten und salutierten.

Kyra trat neben mich und nickte. »Die Andrew Sisters, ja.«

»Wie kommt's, dass du so ein 50er-Fan bist?«

Kyra runzelte die Stirn und ließ den Blick über die Poster wandern, bevor sie sich mir zuwandte und antwortete.

»Ich weiß es gar nicht so genau. Ich mag die Musik und die Filme der Zeit. Nicht nur die 50er, auch alles aus den 60ern bis zu den Beatles. Ich glaube, das kommt ein bisschen durch meine Tante. Ich hab, als ich jünger war, viel Zeit bei ihr verbracht. Sie unterrichtet Gesang in Paris, und ihre großen Idole waren schon immer Etta James, Marvin Gaye, Nina Simone …« Kyra hob die Schultern. »Ich glaub, ich verbinde die Musik immer auch mit ihr und Frankreich. Ich war den Sommer über gerade erst wieder bei ihr.« Sie hielt inne und wandte ihren Blick wieder ab. Ich wartete, dass sie weitersprach, doch das tat sie nicht. Auf ihrer Stirn hatten sich Falten gebildet und sie blickte nachdenklich geradeaus, schien die Wand mit den Postern jedoch nicht zu fokussieren. Sie räusperte sich kurz, bevor sie mir wieder zulächelte.

»Na ja, daher kommt das auf jeden Fall. Die Musik und die Filme machen mich einfach glücklich.« Kyra hob erneut die Schultern, als wäre diese Erklärung nicht ausreichend. »Aber deswegen bist du nicht hier …«, sagte sie und ließ den Satz im Raum stehen.

»Das, was du gerade über die 50er gesagt hast …«, begann ich, ohne auf ihren letzten Satz einzugehen, »das ist für mich Handball. Bevor ich in irgendeiner Halle oder B-Jugend oder sonst was gespielt habe, hab ich immer mit meinem Vater geübt. Ich hab, seit ich klein war, nur gute Erinnerungen daran. Also klar gab's auch mal Stress oder der Druck wurde groß, aber ich hatte nicht einen Tag, an dem ich es nicht geliebt habe. Es macht mich einfach glücklich«, wiederholte ich Kyras Worte.

Sie nickte langsam, erwiderte jedoch nichts. Für einen Moment taten wir nichts anderes. Wir standen in ihrem Zimmer inmitten von Holzplatten und schwiegen uns an. Und obwohl der Gedanke an sie mich den ganzen Tag über abgelenkt hatte, so sehr, dass ich am Ende von mir selbst genervt war, konnte ich jetzt nicht anders, als mich wieder zu ihr hingezogen zu fühlen. Kyra war wunderschön, aber das war es nicht, was sie für mich so anziehend machte. Nicht nur zumindest. Was mich seit der ersten Begegnung an ihr begeisterte, waren ihre offene Art, ihr loses Mundwerk, dass sie aussprach, was sie dachte. Die Weise, wie sie eine Augenbraue hob, wenn sie mit etwas nicht übereinstimmte. Dass sie sich für die Dinge einsetzte, die ihr wichtig waren. Ich kannte sie kaum und doch bekam ich sie nicht mehr aus meinen Gedanken.

Weil ich sie gar nicht daraus fernhalten will.

»Okay, was muss ich tun?«, fragte Kyra, unterbrach den Blickkontakt und die Stille und zeigte auf die dunklen Holzbretter.

»Es geht eigentlich echt leicht und schnell. Erst einmal bohren wir Löcher vor.« Ich nahm eines der Bretter, kniete mich auf den Boden und steckte es zwischen meine Beine, um es aufrecht zu halten. »Hast du Zeitung oder so zum Unterlegen?«

»Ich glaube nicht, aber wir könnten auf den Balkon oder ich hole einen Staubsauger.«

»Dann Staubsauger«, entschied ich. »Es hat vorhin erst geregnet. Bevor der Holzleim drüber ist, sollte da kein Wasser dran.«

»Kommt sofort«, erwiderte Kyra, blieb auf dem Weg nach draußen in der Tür stehen und drehte sich noch einmal um. »Und, Milan?«

»Hm?« Ich blickte zu ihr auf.

»Du bist okay.«

Ohne eine Antwort meinerseits abzuwarten, ging Kyra in den Flur hinaus und ließ mich verblüfft in ihrem Zimmer zurück.

16. KAPITEL

Kyra

Ich stellte eine Pflanze auf das fertige Regal, rückte sie zurecht und schob die zwei übrigen Platten, die noch am Spieler lagen, zu den restlichen. Dann trat ich einen Schritt zurück, um das Ganze zu begutachten.

»Fertig.«

»Zufrieden?«, fragte Milan und ich nickte.

»Es ist perfekt.« Den Kopf noch immer von ihm abgewandt, betrachtete ich unser Werk. Mein Herz klopfte verräterisch, wie es das die letzte Stunde durchgehend getan hatte. Der Grund, aus dem Milan eigentlich hier war, stand noch unausgesprochen zwischen uns im Raum, aber während es sich am Anfang drückend und schwer angefühlt hatte, war es mit jeder Minute etwas Leichterem gewichen. Es war die gleiche Leichtigkeit, die ich bei Milan schon relativ schnell empfunden hatte und die dafür sorgte, dass ich mich in seiner Gegenwart so wohlfühlte.

Langsam drehte ich mich zu ihm um. Der Blick seiner grünbraunen Augen war auf mich gerichtet. »Danke, Milan.«

»Kein Thema.«

Wir standen uns genau gegenüber, und der Ausdruck, mit dem er mich ansah, rief in mir wieder dieses wohlige Gefühl hervor. Wollte ich es wirklich aufgeben? Diese Ruhe, die ich in seiner Nähe spürte? Das Kribbeln, wenn er mich so ansah?

Wollte ich mir auch das von Christopher nehmen lassen? Ich wusste, dass ich hier und jetzt eine Wahl treffen musste. Ich hatte nur geglaubt, dass ich mich zwischen meinem eigenen Wohlbefinden und der Möglichkeit, Milan zu sehen, entscheiden müsste. In Wahrheit jedoch ging es viel tiefer, war viel essenzieller. Vielmehr musste die Frage lauten: Wollte ich zulassen, dass Christopher einen weiteren Aspekt meines Lebens beeinflusste, mir weiterhin die Kontrolle über etwas nahm? Oder wollte ich mich meiner Angst und möglichen Konsequenzen stellen und für mich und das, was ich wollte – oder glaubte zu wollen –, einstehen, mich nicht einschüchtern lassen?

Mein Blick wanderte von Milans Augen über seine Nase zu seinem Mund, dem Kinn, den Wangenknochen. In diesem Moment lag die Antwort auf der Hand. Und wenn ich ehrlich zu mir selbst war, kannte ich sie schon länger – immerhin war sie auch Grund dafür gewesen, wieso ich Milan überhaupt meine Adresse gegeben und ihn hatte wiedersehen wollen. Die restliche Schwere zwischen uns löste sich auf wie der verklingende Ton meiner Schallplatte: immer leiser werdend, bis die feinen Vibrationen alles einnehmender Stille wichen. Es war so still, dass ich Milans Schlucken nicht nur an seinem Hals sehen, sondern beinahe hören konnte. Ein nachdenklicher Ausdruck lag auf seinem Gesicht, während er mich betrachtete. Ich wusste nicht, wer die Distanz zwischen uns überbrückte, aber im nächsten Augenblick standen wir einander so nahe, dass ich Milans Atem an meiner Wange spürte. Im Hintergrund startete irgendein neues Lied von Leon Bridges, dessen Platte ich beim Aufbauen eingelegt hatte. Milan strich über meine Wange und zog meinen Kopf sanft näher in seine Richtung. Ich stützte meine Hand auf seine Brust und spürte seinen Herzschlag als stark pochendes Echo meines eigenen darunter.

Milans dichte Wimpern schlugen nach unten, als er die Augen schloss. Ich bewegte mich näher auf ihn zu, gab mich ihm und seinem Duft hin – und es klingelte. Das schrille Geräusch der Türklingel ließ uns zusammenzucken und katapultierte mich jäh ins Hier und Jetzt zurück.

»Fuck«, murmelte ich, als ich die Augen wieder aufschlug. Milan löste seine Hand von meinem Gesicht und ich warf ihm ein entschuldigendes Lächeln zu. »Timing. Tut mir echt leid.«

Er schmunzelte. »Alles gut.«

»Bin gleich zurück«, sagte ich, strich mir eine Haarsträhne hinters Ohr, die sich durch Milans Berührung aus meinem Zopf gelöst hatte, und verließ das Zimmer, um die Tür zu öffnen.

»Hallo?«

»Hey, Ky, ich bin's«, erklang die Stimme meines Bruders aus der Freisprechanlage. Innerlich stöhnte ich auf. Nicht dass ich mich nicht freute, Noah zu sehen, aber es war der denkbar ungünstigste Zeitpunkt dafür. Dennoch drückte ich auf den Öffner und lief dann zurück in mein Zimmer.

»Mein Bruder. Wirklich gutes Timing.«

»Dabei meinte ich letztens noch, dass es etwas früh ist, deine Familie kennenzulernen«, zog Milan mich auf.

»Glaub mir, das war nicht geplant. Ich würde gerade auch lieber andere Dinge tun.«

»So?« Er hob die Brauen und ich quittierte sein Grinsen mit einem Schnauben. »Ich sollte wohl besser gehen.«

Ich schüttelte den Kopf. »Quatsch, Noah war sicher nur in der Nähe und wollte kurz vorbeischauen.«

Schritte näherten sich und wenige Sekunden später stand mein Bruder in der Tür. Sein Blick fiel an mir vorbei auf Milan, bevor er mich umarmte. »Oh, sorry. Wusste nicht, dass du Besuch hast. Wir hatten dir geschrieben, aber die Nachricht war noch ungelesen.«

»Wir?«, fragte Kyra.

Noah nickte. »Jap, Elias ist auch auf dem Weg hierher. Sonst bekommen wir dich ja gar nicht mehr zu Gesicht.«

Er stellte eine schwarzblaue Sporttasche in die Ecke, bevor er auf Milan zuging und ihm die Hand schüttelte.

»Ich bin Noah, hi.«

»Milan.«

Mein Bruder starrte Milan unangenehm lang in die Augen und hielt auch seine Hand länger als nötig fest.

Bitte nicht.

Die Große-Bruder-Nummer konnte ich gerade wirklich nicht gebrauchen. Es war gerade endlich wieder alles normal mit Milan.

»Und was verschafft mir die Ehre?«, fragte ich, damit sich Noah wieder mir zuwandte.

Tatsächlich ließ er von Milan ab und verschränkte die Arme vor der Brust. »Was, dürfen wir dich nicht einfach besuchen?«

»Doch, das tut ihr nur normalerweise nicht. Ich bin sonst diejenige, die zu dir nach Schöneberg fährt oder bei Elias auf der Matte steht.«

»Wenn du wüsstest, Elias hat sogar gebacken.«

»Er backt jetzt auch noch? Ich dachte, er tobt sich nur beim Kochen aus.«

Mein Bruder hob die Schultern. »Solange ich davon profitiere, hinterfrag ich das sicher nicht.«

Neben mir verlagerte Milan sein Gewicht von einem Bein aufs andere. Er räusperte sich. »Ich glaub, ich pack mal meine Sachen und gehe los.«

»Nein, bleib ruhig«, sagte ich an ihn gewandt. Milan wollte etwas erwidern, wurde jedoch von dem Geräusch eines sich im

Schloss drehenden Schlüssels unterbrochen. Noah trat weiter in den Flur hinein, als die Tür sich nach innen öffnete und Miriam dahinter erschien. Sie sah sich erstaunt im Flur um.

»Hallo, ihr alle. Hab ich irgendetwas verpasst?«

»Unangekündigter Besuch«, kommentierte Noah. »Sorry. Aber Elias kommt gleich mit Kuchen zur Entschädigung.«

»Oh«, sagte Miriam und strich sich durch die leicht nassen Haare. Anscheinend hatte es wieder zu regnen begonnen. »Cool.« Sie zog ihre Jacke aus und hängte sie an die Garderobe neben der Tür. Ihr Blick streifte Milan, der ihr wie auf Kommando die Hand entgegenstreckte. Die beiden stellten sich einander vor, wobei mein Bruder ihn weiter kritisch von der Seite musterte. Am liebsten hätte ich ihm einen Tritt gegen das Schienbein verpasst.

Miriams Gesichtsausdruck hingegen hätte sich nicht deutlicher von dem meines Bruders unterscheiden können. »Freut mich«, sagte sie grinsend. »Ich hab schon viel von dir gehört. Sehr viel.«

Ungläubig sah ich sie an. Hatte sie in der Tat. Vor allem davon, dass ich den Kontakt zu ihm abgebrochen hatte. Doch das schien sie in diesem Moment weder zu irritieren noch zu stören, denn sie lächelte erst ihn und dann mich an.

»Ich zieh mich mal um. Soll ich den Tisch im Wohnzimmer für fünf decken?« Sie wandte sich Milan zu.

Dieser schüttelte den Kopf. »Das ist lieb, aber ich wollte gerade los. Danke trotzdem.«

»Dann nur für vier, schade«, sagte Miriam mit einem Schulterzucken.

»Ich helf dir.« Noah nickte Milan zu. »Hat mich gefreut.« Mit einem letzten Blick in unsere Richtung ging er in die Küche. Kurz darauf ertönte das Rauschen des Wasserkochers.

»Sorry«, sagte ich erneut. »Du kannst wirklich bleiben. Meine Brüder sind entspannt.« Auch wenn Noah gerade ganz und gar nicht diesen Eindruck vermittelte.

»Es ist alles in Ordnung«, antwortete Milan und trat in mein Zimmer, wo er die übrig gebliebenen Schrauben zurück in die kleine Plastiktüte warf. »Ich bin sowieso seit heute Morgen nur unterwegs. Außerdem ist morgen früh wieder Training, und ich hab ein paar Vorlesungen nachzuarbeiten.«

Ich schluckte. Training. Handball. Christopher. Dennoch zwang ich mich zu einem Lächeln.

»Morgen früh? Schon wieder? Habt ihr bald ein Spiel?«

»Ja, nächste Woche gegen Kiel«, antwortete Milan und knotete die Tüte zu. Dann sah er mich an. »Wirklich zum Reden kamen wir jetzt nicht. Wenn das mit dem Regal eine dumme Idee war, dann …«

Ich schüttelte den Kopf. »War es nicht, wirklich nicht.«

»Gut«, erwiderte Milan mit einem leichten Lächeln. »Trotzdem … wenn dir das zu schnell ging mit der Schallplatte oder den Treffen oder sonst was … Ich kann das verstehen.« Sein Blick huschte einmal über mein Gesicht, als suchte er etwas darin. »Aber ich fände es wirklich schade, wenn wir uns nicht näher kennenlernen. Ich mag dich.«

Seine Worte lösten etwas in mir aus, ohne dass ich es definieren konnte. Es war eine Mischung aus Glücksgefühlen und Vermissen, dabei stand er genau vor mir.

»Es tut mir leid, dass ich so schnell aufgebrochen bin.« Ich stieß ein Seufzen aus, weil ich absolut keine Ahnung hatte, wie ich es ihm erklären sollte, ohne ihm alles von mir zu zeigen. Das hatte die Tage nicht einmal bei Miriam geklappt, wie sollte ich da bei ihm auf Verständnis treffen? »Ich würde dich auch gern besser kennenlernen. Tut mir leid, wenn ich bei ein paar Dingen seltsam reagiere, das hat nichts mit dir zu tun.«

Milans Blick hielt meinen gefangen, bis er langsam nickte. »Das ist okay und muss dir nicht leidtun.«

Er stand gegen das neue Regal gelehnt da und knetete die Tüte in seinen Fingern. »Also, wenn du magst …« Plötzlich lag eine Unsicherheit in seinem Blick, die ich so nicht von ihm kannte. »Vielleicht hast du ja Lust, zum Spiel gegen Kiel mitzukommen? Es ist ein Heimspiel hier in Berlin. Dann würdest du mich definitiv besser kennenlernen«, schob er mit einem schiefen Grinsen hinterher. »Ich verbring ziemlich viel Zeit auf diesem Feld, wie du vielleicht gemerkt hast.«

Mein Blick folgte der Bewegung seiner Finger, die genauso ruhelos wirkten, wie ich mich nach seiner Frage fühlte. Ich schluckte. Wenn ich zusagte, würde ich mit ziemlicher Sicherheit Christopher sehen. Ich wusste nicht, ob er nach seiner Schulterverletzung, die ihm Elias zugefügt hatte, bereits auf dem Spielfeld stand, aber selbst wenn nicht: Er war Mannschaftskapitän und würde dem Spiel beiwohnen. War ich bereit dazu, ihm gegenüberzutreten? Selbst wenn es nur aus der Ferne war?

Ich horchte in mich hinein, suchte meine Gedanken nach den Bildern der Nacht ab, nach Christophers Gesicht und nach meiner Angst. Sie waren da, aber nicht so lähmend, wie ich erwartet hatte.

Als ich nicht antwortete, verlagerte Milan sein Gewicht von einem Bein aufs andere.

»Es ist okay, wenn du keine Lust hast. Wir können auch was anderes machen. Ich dachte nur, das wäre vielleicht ganz cool, weil …« Er hob die Schultern. »Na ja, das ist ein großer Teil von mir. Der größte.«

Langsam nickte ich. Ich hatte heute eine Entscheidung getroffen. Eigentlich hatte ich diese Entscheidung schon viel früher getroffen, aber nun war es an der Zeit zu beweisen, wie sehr ich hinter ihr stand und wie ernst mir mein Mantra wirklich war.

Ich habe die Kontrolle.

»Ich würde mich freuen«, sagte ich. »Ich hab keine Ahnung von Handball, aber ich würd es mir gern mal anschauen.«

Ich lächelte ihm zu und seine Finger verharrten in der Bewegung, als hätte er diese Zustimmung gebraucht, um sich entspannen zu können. Dass ich mich freute, war nicht einmal gelogen. Ich wollte diesen Teil von Milan besser kennenlernen. Auf das, was zwangsläufig damit einherging, freute ich mich nicht, aber wenn es das notwendige Übel war, würde ich das schaffen. Ich würde nicht nur Milan besser kennenlernen, sondern letzten Endes auch mich selbst, denn auf meine Worte der letzten Monate würden endlich Taten folgen: Ich würde mich meiner Angst stellen und Christopher nicht länger Macht über mich geben.

Milan erwiderte mein Lächeln, sodass die Grübchen in seinen Wangen zum Vorschein kamen, und in dem Moment hätte ich am liebsten da weitergemacht, wo wir aufgehört hatten, als die Klingel uns unterbrochen hatte. Aber ich war mir der Geräusche, die aus der Küche drangen, nur zu bewusst.

»Das wäre toll, wirklich.«

»Gut, dann bin ich da«, sagte ich.

»Ich kann dir Tickets besorgen. Du kannst ja Miriam mitbringen, wenn du magst. Sonst ist es allein sicher ein bisschen langweilig.«

»Ich frag sie.« Ich ging voraus in den Flur, wo Milan seine Schuhe anzog und seine Jacke von der Garderobe nahm.

»Danke, dass ich so spontan vorbeischauen durfte.«

»Danke für das Regal«, antwortete ich lächelnd. »Schreibst du mir noch, wann ich wo sein soll für das Spiel?«

»Klar.« Er nickte. »Dann bis nächste Woche?«

Wider Erwarten merkte ich, wie die Vorfreude auf unser Wiedersehen ein wohliges Kribbeln in meinem Bauch auslöste. Ich war stärker als meine Angst. Das Wissen hob meine Mundwinkel noch ein Stückchen mehr nach oben.

»Tschüss, Miriam«, rief Milan einmal durch die Wohnung. »Bis nächste Woche.«

»Wieso bis nächste Woche?« Mit verwirrtem Gesichtsausdruck trat Miriam aus dem Flur. Milan jedoch war mit einem letzten Grinsen in meine Richtung bereits rückwärts ins Treppenhaus verschwunden und zog die Tür hinter sich zu.

INTERLUDE: PODCAST

Willkommen zurück bei *Your Story is my Story* und gleich vorab ein riesengroßes Dankeschön für all die E-Mails, die ihr mir geschrieben habt. Ich habe jede einzelne gelesen und werde auch auf jede einzelne noch antworten. Aber bevor ich weiterspreche, möchte ich, wie letztes Mal schon erwähnt, mit einem eurer Briefe einsteigen. Bitte beachtet, dass die Verfasserin des Briefs folgende Triggerwarnungen vorangesetzt hat: Outing, Konversionstherapie und Queerfeindlichkeit. Die Verfasserin möchte anonym bleiben und ich will den Brief gar nicht groß in einen Kontext einbetten, da er sehr gut für sich stehen und sprechen kann, mir Denkanstöße gegeben hat und ich aus ihm viel lernen konnte – vor allem, *dass* ich noch viel zu lernen habe.

Hallo, liebe »Your Story is My Story«-Podcasterin,
ich höre deinen Podcast gern und schätze es sehr, dass du auch andere Menschen mit unterschiedlichen Lebensrealitäten zu Wort kommen lässt. Das ist leider noch nicht selbstverständlich.
Etwas, das mich momentan persönlich viel beschäftigt, ist das Thema Coming Out und das richtige Label finden, welches einen selbst am besten beschreibt. Viele in der queeren Community verwenden das Wort »queer« als Überbegriff sowie als Selbstbezeichnung. Aber nicht alle, weil queer auch als Beleidigung verwendet wurde bzw. noch immer wird. Daher bezeichnen sich viele nur als lgbtq+. Diese Bezeichnung

wird auch in der Regel von nicht queeren Menschen, den Medien und Politiker:innen verwendet. Es ist ein Akronym und steht für lesbian, gay, bisexual, trans, queer/questioning und das Plus als Zeichen, dass es noch sehr viele weitere Labels gibt. Natürlich erwartet niemand, dass jede Person alle Labels kennt. Ich würde behaupten, das ist unmöglich. Die eigene Identität kann viel komplexer sein, als dass das ein Label vollkommen beschreiben und reflektieren könnte. Deswegen denken sich viele queere Menschen auch ihre eigenen Labels aus oder nutzen Mikrolabels und das Split-Attraction-Model und das hat alles seine Berechtigung. Denn Menschen existieren nicht für Kategorien, sondern Kategorien für Menschen. Sie können helfen, einen Menschen besser zu beschreiben und kennenzulernen, ein Gefühl in Worte fassen, Zugehörigkeit und Gemeinschaft schaffen, wo vorher keine war. Genauso berechtigt und respektiert werden sollte auch die Entscheidung, keine Labels zu verwenden.

Aber mit dem Respekt und der Akzeptanz ist das so eine Sache. Als queere Person muss man leider nicht nur ein Coming Out gegenüber nicht queeren Menschen abwägen, sondern auch gegenüber der eigenen Community. Denn ja, auch im 21. Jahrhundert kann ein Coming Out bedeuten, dass man von der eigenen Familie und den eigenen Freund:innen abgelehnt und verstoßen wird, dass man den Job verliert, man bedroht wird und Gewalt erlebt. Auch in Ländern wie Deutschland ist das nicht selten.

Meine Eltern zum Beispiel sind sehr religiös und haben sich in der Vergangenheit schon oft queerfeindlich geäußert. Als ich mich gegenüber meiner Mutter geoutet hatte, riet sie mir, ich solle mich auch äußerst bald meinem Vater gegenüber outen, denn alles andere sei lügen. Das ist übergriffig, manipulativ und absolut deplatziert. Auch erzählte sie mir, dass sie und

mein Vater in einer ehemaligen christlichen Gemeinde Frauen halfen, die aufgrund von Missbrauch durch Männer dachten, sie seien lesbisch, mit ihrer Sexualität und dem Trauma ins Reine zu kommen. Ich kenne keine Details, weil ich nie genauer nachgefragt habe, einfach weil ich zu große Angst habe, dass es sich dabei um Konversionstherapien handelte.
Offen über die Komplexität meiner sexuellen und romantischen Orientierung sowie meiner Geschlechtsidentität zu sprechen würde bedeuten, dass ich vieles meinen Eltern erklären, mich aber auch auf Anfeindungen, Relativierungen und queerfeindliche Bemerkungen vorbereiten und mich selbst rechtfertigen müsste. Das ist nicht nur anstrengend, sondern kann verletzen und traumatisieren und macht schlicht Angst.
Und als sei das nicht genug, erleben ich und viele andere queere Menschen innerhalb der queeren Community Ausgrenzungen und Anfeindungen. Queere cis Menschen, die trans Menschen ausschließen und diskriminieren. Bisexuelle Menschen, denen vorgeworfen wird, dass sie eigentlich nur lesbisch oder schwul seien, aber zu feige seien, das zuzugeben, und fremdgehen würden. Asexuelle und aromantische Menschen, denen ihre Diskriminierungserfahrungen und die Fähigkeit, tiefe emotionale und enge Beziehungen einzugehen, abgesprochen werden und denen vorgeworfen wird, sie seien kaputt und/oder krank.
Oder auch eher kürzlichere »Diskussionen«, in denen Menschen, die sich als bi/pan Lesben und/oder nicht-binäre Lesben identifizieren, ihre Selbstbezeichnungen abgesprochen wurden und die dafür angefeindet wurden. Dabei hat niemand das Recht, anderen vorzuschreiben, wie man sich selbst zu bezeichnen oder zu identifizieren hat. Man muss Identitäten und Labels nicht verstehen, um sie zu akzeptieren. Ein Beispiel von dem ich gelesen habe, war, dass man zum Beispiel Spa-

nisch oder Russisch nicht verstehen muss, um zu wissen, dass es Sprachen sind, die existieren und von Menschen gesprochen werden. Auch sind sexuelle und romantische Orientierungen und Geschlechter anderer Menschen etwas, das man nicht zu diskutieren hat. Das ist übergriffig und respektlos.
Dieses Phänomen, bestimmen zu wollen, wer sich wie als queer oder welches Label auch immer bezeichnen kann oder zur lgbtq+ Community dazugehört, wird im Englischen als »Gatekeeping« bezeichnet. Dabei werden Menschen nicht nur beschimpft, sondern ihnen wird auch mit Gewalt und teilweise sogar mit Mord gedroht. Die Ausmaße, die es annehmen kann, sind sehr beängstigend, und der Grund, warum ich eigentlich ungern offen darüber spreche, dass ich auf dem aro-ace Spektrum bin, aber gleichzeitig panromantisch bin und manchmal kein Geschlecht habe.
Es vereinsamt und ist verletzend zu lesen, wie Menschen aus der eigenen Community mit ähnlichen Erfahrungen einen ausschließen und bedrohen. So findet man nur schwierig Zugehörigkeit und Gemeinschaft in der Gesellschaft allgemein, aber auch innerhalb der queeren Community.
In einem offenen und inklusiven, feministischen Diskurs sollte Gatekeeping daher Thema sein. Respekt, Akzeptanz und eine menschenwürdige Behandlung sind mehr als ein Gesetz, das zwar Diskriminierung aufgrund der sexuellen Orientierung und des Geschlechts verbietet, aber in der Umsetzung queere Menschen traumatisiert und mit Gewalt und Ausgrenzung begegnet.
Vielen Dank dafür, dass du mir eine Möglichkeit und eine Plattform gibst, darüber zu sprechen.
Ganz liebe Grüße …

Kommentare

Felix_s:
Danke für deinen Mut! Ich hoffe, da kommen noch mehr Briefe!

FstehtfürFreunde:
Das mit den Leserbriefen ist eine tolle Idee!

Howaboutno:
Toller Beitrag. Das mit der Diskriminierung innerhalb der queeren Szene stimmt leider. Ich bin eine bisexuelle Frau und hab das, als ich noch einen Partner statt einer Partnerin hatte, auch schon erlebt.

17. KAPITEL

Kyra

Ich klappte den Laptop zu und rieb mir über die Augen. Meine Hand griff wie von selbst zu der Kaffeetasse auf meinem Schreibtisch. Als ich einen Schluck daraus nahm, verzog ich angewidert das Gesicht. Der Kaffee war mittlerweile auf Zimmertemperatur abgekühlt. Bäh. Wieso schmeckte er eigentlich nur heiß oder eisgekühlt so richtig gut? Ich stellte die Tasse ab und streckte mich ausgiebig. Dabei fiel mein Blick auf die Uhr an meinem Arm. Es war gerade einmal kurz nach acht. Ich hatte meinen Wecker auf sechs Uhr gestellt, obwohl meine erste Veranstaltung erst um elf losging. Denn Elias und Noah hatten mich am Samstag nicht nur mit Kuchen überrascht, sie hatten auch mein Raumproblem des Podcasts gelöst. Als Elias die Wohnung betreten hatte, hielt er nicht nur eine Kuchenform in der Hand, sondern auch ein kleines, in Geschenkpapier gewickeltes Päckchen. Während ich ein schlechtes Gewissen gehabt hatte, weil ich Noah seit Wochen nicht gesehen hatte und Elias nur kurz, um ihm den Comic zu geben, den ich auf dem Flohmarkt ergattert hatte, hatten die beiden jede Folge meines Podcasts gehört und mir ein wirklich gutes Mikrofon geholt.

Wie sich eben beim Schneiden herausgestellt hatte, stand die Aufnahme der im Medienraum technisch in nichts nach. Ich würde mir also weder neue Pseudonyme ausdenken müssen noch auf Milan angewiesen sein.

Ich griff nach meinem Smartphone, um zu checken, ob Milan auf meine letzte Nachricht geantwortet hatte, doch vermutlich schlief er noch. Was kein Wunder war, denn wir hatten gestern die halbe Nacht lang miteinander geschrieben, einander unsere liebsten Songs gezeigt und über alles Mögliche von Politik bis hin zu Actionfilmen gesprochen. Mein Blick wanderte zu meiner Mail-App und dem kleinen roten Kreis, in dessen Mitte sich eine weiße Fünf befand. Schon wieder waren fünf neue Mails eingegangen, dabei hatte ich sie letzte Nacht erst abgearbeitet. Eigentlich hatte ich den Podcast gestern schon schneiden wollen, aber was mich aufgehalten hatte, war die schiere Flut an E-Mails seit der letzten Aufnahme gewesen. Der Podcast gewann trotz seiner wenigen Folgen täglich neue Hörer und Hörerinnen, und als ich am Sonntagmittag in mein Postfach geschaut hatte, war ich schlicht und ergreifend überwältigt gewesen. Ich hatte mir jede einzelne E-Mail durchgelesen und es war alles andere als einfach gewesen, die auszuwählen, mit der ich starten wollte. Ich hätte am liebsten jede vorgelesen, weil sie alle so wichtig waren. Manche waren Mut machend, andere schockierend. Ich hatte mich letztendlich für eine der Mails entschieden, die in erster Linie weiterbildeten und hoffentlich für ein Thema sensibilisierten, das zu häufig übersehen wurde. Diese Themen gab es zuhauf, wie mein Posteingang zeigte – und alle waren auf ihre eigene Art wichtig. Am liebsten hätte ich all diesen Worten Raum gegeben.

Ich wandte den Kopf nach links, um aus dem Fenster zu sehen, durch das nun die ersten Strahlen der Sonne drangen. Mit unruhigen Fingern drehte ich das Handy von links nach rechts. Was, wenn es eine Möglichkeit gab, den Stimmen Raum zu geben? Wieso sollte ich mich auf ein Medium beschränken?

Ich entsperrte mein Handy erneut und öffnete wieder Instagram. Wenige Klicks später hatte ich mir einen zweiten Account erstellt: *your.story.is.my.story.* Etwas umständlich, aber das hatte ich bei der Wahl des Podcast-Namens vor wenigen Tagen nicht bedacht. Plötzlich voller neuer Energie, ganz ohne Kaffee, klappte ich meinen Laptop wieder auf, um die ersten Personen anzuschreiben und zu fragen, ob ich ihre Worte in gekürzter Version auf Instagram teilen durfte. Ich wusste nicht, wann mich ein Projekt zum letzten Mal so begeistert hatte.

»Entschuldigung«, murmelte ich, als ich das Seminar mit fünf Minuten Verspätung betrat, und setzte mich auf einen freien Platz in der ersten Reihe. Natürlich waren alle Stühle in den hinteren Reihen schon belegt. Wie schon auf dem Weg hierher verfluchte ich mich innerlich dafür, dass ich so spät losgefahren war. Aber ich hatte die Zeit völlig aus den Augen verloren, so sehr hatte ich mich im Erstellen der ersten Grafiken und der Einrichtung des neuen Kanals verloren. Es sah mir überhaupt nicht ähnlich, zu spät zu einem Seminar zu kommen, ich war sonst immer eher eine Streberin, aber der Podcast und die Stimme, die ich durch ihn hatte, veränderten etwas in mir. Nicht dass ich vorher schwach gewesen wäre, aber ich hatte das Gefühl, neue Stärke gewonnen zu haben. Mir Gehör zu verschaffen, wo ich wegen der einen Sache, die mir ein Gefühl von Schwäche gab, doch schwieg.

Die Dozentin nickte mir knapp zu, ich kramte meine Utensilien hervor und versuchte, ihren Ausführungen zur biologischen Psychologie zu folgen. Was mir mehr als schwer fiel, da ich am liebsten mein Handy herausgeholt und weitergemacht hätte. Oder Milan geschrieben. Diese Woche fand bereits sein Spiel statt und ich konnte es kaum erwarten, ihn wiederzusehen.

»In der letzten Stunde haben wir uns mit der dualistischen und der monastischen Theorie beschäftigt. Als Hausaufgabe sollten sie einen Auszug aus der Philosophie von Descartes lesen, der Dualist war. Wissen Sie noch, welches Organ Descartes für die Steuerung der Hydraulik verantwortlich machte?«, fragte Frau Pfeiffer und ließ ihren Blick nach einer Weile auch über mich schweifen, was nicht verwunderlich war, da ich mich sonst fast immer meldete.

Shit. Ich hatte völlig vergessen, den Text zu lesen. Dabei hatte ich die Stelle im Reader vor mir sogar mit einem Post-it markiert. Milan, der Podcast, Sport, der Besuch meines Bruders und die Halloween-Feier letzte Woche hatten mich so abgelenkt, dass ich die Hausaufgabe vollkommen verdrängt hatte.

»Ja?«, sagte Frau Pfeiffer und deutete zum Glück auf einen Kommilitonen hinter mir.

»Die Zirbeldrüse«, antwortete dieser und ich öffnete meinen Reader, um den Text wenigstens grob überfliegen zu können.

Als meine Dozentin wenige Minuten später eine Präsentation an die Wand warf, nutzte ich die Gelegenheit, doch noch einmal mein Handy zu checken. Milan hatte mir bislang nicht gesagt, wo das Spiel stattfand, also schickte ich ihm schnell eine Nachricht.

Hey 😌
Ich hab Miriam überredet. Wann sollen wir wo sein?

Ich drückte auf Senden und versuchte, Frau Pfeiffer weiter zu folgen, aber es fiel mir unglaublich schwer, mich zu konzentrieren. Zwei Arten von Aufregung kämpften in meinem Bauch um die Oberhand: die positive, Milan auf dem Feld zu sehen, und die weitaus negativere, besorgte, Christopher auf dem Feld zu sehen. Aber ich würde das schaffen. Ich schüttelte den Kopf, um meine Gedanken auf den Unterricht zu lenken, aber es war vergebens. Da war eine Unruhe in mir, die ich einfach nicht loswurde. Im Notfall könnte ich mir die Folien sicher auch zu Hause anschauen. Das Vibrieren in meiner Hand lenkte mich ab und zwang mich, wieder aufs Handy zu sehen.

Ich verkniff mir ein Lächeln. Milan.

Selber Hey! Sorry, hab voll verpennt und wurde gerade nur wach, weil Basti die Musik aufgedreht hat. Das Spiel ist am Donnerstagabend. Ich schick dir zwei Tickets per Mail. An die vom Podcast, ja?

Ich vergewisserte mich kurz, dass Frau Pfeiffer noch mit ihrer Präsentation beschäftigt war, dann antwortete ich Milan unter dem Tisch.

Klar, gern.

Ich zögerte. Es juckte mich in den Fingern, ihn nach dem Podcast zu fragen. Nach seiner Meinung. Noch ein bisschen mehr juckte es mich in den Fingern, ihn zu fragen, ob wir uns schon früher wiedersehen wollten. *Was soll's*, sprach ich mir in Gedanken Mut zu und tippte die nächsten Worte, bevor ich es mir anders überlegen konnte.

Hast du Lust, vorher was zu machen? Ich hab morgen nur zwei Vorlesungen. 😊

Milan tippte, aber Frau Pfeiffer ging zwei komplette Folien durch, bis seine Antwort auf meinem Display erschien.

Ich glaub, das wird eng. Muss immer noch Vorlesungen nachholen, die ich verpasst hab, und hab Training und so. Tut mir leid!

Ich konnte nichts dagegen tun, dass mir seine Antwort einen kleinen Stich versetzte. Gleichzeitig wusste ich, dass es dafür keinen Grund gab. Natürlich hatte er zu tun, wenn ein großes Spiel anstand – und Vorlesungen nacharbeiten sollte ich auch. Am liebsten hätte ich über mich selbst die Augen verdreht. Ich kannte mich so nicht. Weder derart unsicher noch so, dass ich jedes einzelne Wort auf die Waagschale legte. Ich schob die lästigen Gedanken beiseite und beschloss, dem Rat zu folgen, den ich sonst meinen Freundinnen gegeben hatte: nichts überzuinterpretieren und vor allem Fehler nicht immer bei sich selbst zu suchen.

Alles klar, das versteh ich. Dann sehen wir uns beim Spiel. Wir werden dich anfeuern!

Für ein oder zwei Minuten starrte ich aufs Display, wo meine Nachricht bereits als gelesen angezeigt wurde, allerdings folgte keine weitere von Milan.

Reiß dich verdammt noch mal zusammen, ermahnte ich mich, sperrte das Handy und ließ es unter dem Tisch in meine Tasche sinken. Es konnte doch nicht wahr sein, dass mich erst der Podcast und jetzt ein Typ so sehr von der Uni ablenkten. Ich zwang meinen Blick nach vorn, wo meine Dozentin gerade anhand eines Graphen etwas erläuterte, und versuchte, ihr zu folgen. Leider kreisten meine Gedanken trotz ihrer anschaulichen Folien immer wieder zu Milan zurück. Zu dem Moment in meinem Zimmer, als er mir gefährlich nah gekommen war. Dem Ausdruck in seinen braunen Augen, als er seinen Blick über mein Gesicht hatte wandern lassen …

Oh Mann. Ich war so was von verloren.

18. KAPITEL

Milan

»Gut«, sagte Rico und nickte einmal in die Runde. »Dann geht noch was trinken, vertretet euch die Beine, sagt euren Eltern Hallo, was auch immer. Wir treffen uns in dreißig Minuten wieder hier.«

»Ich glaub, ich hol mir noch 'ne Brezel«, sagte Lukas neben mir.

»So kurz vorm Spiel?«, fragte Serçan und sah Lukas von seinem Platz auf der Bank aus kritisch an.

Dieser zuckte nur mit den Schultern. »Ich verdaue schnell.«

Serçans Blick wanderte zu mir, sodass auch ich die Schultern hob. »Er ist alt genug, ich bin nicht seine Mum. Außerdem muss ich selbst noch mal los.« Ich schnappte mir mein Handy aus der Tasche, die neben Serçan stand, und winkte ihm zu. »Bis gleich.«

Lukas sah mich neugierig von der Seite an, als er sein Portemonnaie nahm und mich in Richtung Flur begleitete.

»Was?«, fragte ich, als er den Blick abwandte.

»Na ja, du bist sonst immer viel zu angespannt, um noch draußen rumzulaufen, gehst allen anderen mit letzten Tipps auf die Nerven und fachsimpelst mit Chris …«

Lukas' Stimmlage schoss nach oben, sodass sein Satz wie eine Frage klang. Früher oder später würde er es ohnehin mitbekommen, also konnte ich auch gleich sagen, was Sache war.

»Kyra ist hier und ich wollte wenigstens schnell Hallo sagen.«

»Sie schaut sich das Spiel an?«

»Ne, sie ist hier, weil die überteuerten Getränke so toll sind.«

»Ist ja interessant«, sagte Lukas. Er wusste von meinem Besuch bei ihr, aber ich hatte ihm nicht erzählt, dass ich sie zum Spiel eingeladen hatte. Vielleicht weil ich selbst nicht genau wusste, in welche Richtung sich das entwickelte, und für mich – so bescheuert es von außen betrachtet wirken mochte – viel von dem heutigen Tag abhing. Sophie war nie ein Fan der Spiele gewesen, was für mich kein Problem dargestellt hatte, sich im Laufe unserer Beziehung aber immer mehr zu einem entwickelt hatte. Da war kein Verständnis für meine Abwesenheit an Wochenenden auf Auswärtsspielen gewesen, lange Trainingszeiten oder Fachsimpeln mit den Teamkollegen. Ich wusste, dass es nicht ganz fair war, Kyra auf diese Art zu testen, aber ich wollte keine Energie auf etwas verwenden, was von vornherein zum Scheitern verurteilt war. Und wenn sie diesen Teil von mir nicht akzeptieren konnte, wollte ich es dieses Mal lieber früher als später wissen. Immerhin hatte sie darauf, dass ich durch das Training keine Zeit vor dem Spiel hatte, positiv reagiert.

»Ich mag sie«, antwortete ich. »Das ist ja nicht verboten, oder?«

Lukas verzog den Mund zu einem breiten Grinsen. »Milan, du bist der Einzige, der zu glauben scheint, dass das in irgendeiner Weise ein Problem darstellen könnte.« Er stupste mir mit dem Ellbogen in den Oberarm, als ich nicht auf seine Worte reagierte. »Und?«

»Was und?«

»Wie sehr magst du sie?«

Ich rollte mit den Augen und bog um die Ecke in Richtung Eingang Ost, wo wir uns in der Nähe des Getränkestands treffen wollten.

»Magst du sie so sehr, dass du Brokkoli essen würdest?«

Gegen meinen Willen musste ich lachen. »Was?«

»Na ja, du hasst Brokkoli. Würdest du?«

»Du hast einen Schaden.« Ich nickte nach links. »Hier sind deine Brezeln. Bis später.«

»Spielverderber«, rief Lukas mir hinterher und zog mit seinem Gebrüll so viel Aufmerksamkeit auf sich, dass er kurz darauf von drei Jungs belagert wurde, die ihn in seiner Trainingsjacke natürlich direkt erkannt hatten. Er posierte mit ihnen für ein Foto und ich wandte mich kopfschüttelnd ab und machte mich auf die Suche nach Kyra.

Ich erkannte sie direkt, und obwohl sie mit dem Rücken zu mir stand, merkte ich, wie sich mein Herzschlag beschleunigte. Schon witzig, dass ich vor dem Treffen mit ihr aufgeregter war als vor dem Spiel gegen Kiel, das in knapp einer Stunde begann.

»Du bist echt gekommen.«

Kyra drehte sich um und grinste mich an. Dann umarmte sie mich. »Hast du wirklich so wenig Vertrauen in mich?«

Ich vermisste das Gefühl ihrer Arme um meinen Hals im selben Moment, in dem sie sich von mir löste. »Ist Miriam nicht da?«

»Doch. Sie ist schon auf der Tribüne und hält unsere Plätze frei.«

»Du musstest sie also nicht bestechen, mitzukommen?«

Kyra schmunzelte. »Nein, das war ein Scherz. Sie ist meine beste Freundin.«

Ich hob eine Augenbraue. »Das ist ja wohl kein Argument.

Du erinnerst dich, dass meine besten Freunde mich mit allen Tricks zur LAN-Party überredet haben?«

»Schon mal drüber nachgedacht, dass ihr vielleicht einfach keine gesunde Beziehung zueinander habt?«, erwiderte Kyra immer noch mit einem Lächeln im Gesicht. »Aber das Erpressen hat sich gelohnt.« Sie zuckte mit den Schultern. »Sonst würden wir uns gar nicht kennen und ich wäre jetzt nicht hier.«

Ich versuchte erst gar nicht, das Lächeln zu unterdrücken, das diese Worte automatisch bei mir auslösten. »Danke auf jeden Fall, dass du gekommen bist.«

»Bist du nervös?«

Ich nickte. Ich war nervös. Aber nicht, wie Kyra dachte, wegen des Spiels an sich. Ich war nervös, weil sie zusah. Der Rest des Publikums war mir egal und ich wusste, dass ich mich so gut wie möglich vorbereitet hatte. Doch ich wollte sie nicht enttäuschen. Ich wollte, dass sie verstand, wie viel mir hieran lag. Dass sie nachempfinden konnte, wieso ich so für Handball brannte. Und dass ein kleiner Teil des Feuers vielleicht auf sie übergehen würde.

»Du schaffst das schon«, sagte Kyra mit einem Lächeln, das zeigte, dass sie all diese Gedanken und Zweifel in meinem Kopf nicht einmal ansatzweise erahnte.

Ich blickte an ihr vorbei zu der digitalen Zeitanzeige über dem Eingangsbereich. So voll wie es gerade wurde, musste ich langsam zurück zur Garderobe.

Kyras Blick folgte meinem. »Musst du los?«

»Ja, wenn ich nicht zur Strafe auf der Ersatzbank landen will.«

Einige Augenblicke standen wir uns bloß gegenüber, dann machte sie plötzlich einen Schritt auf mich zu, stellte sich auf die Zehenspitzen, stützte eine Hand an meiner Schulter ab –

und im nächsten Moment trafen ihre Lippen sanft auf meine rechte Wange.

»Dann viel Glück«, sagte Kyra noch so nah an meinem Ohr, dass ihr Atem meine Haut streifte.

Die Berührung sandte ein pulsierendes Kribbeln von meiner Wange in meinen gesamten Körper und für einen Moment stand ich einfach da. Mir war jegliche Schlagfertigkeit abhandengekommen.

Was machst du nur mit mir?

Kyra verlagerte das Gewicht zurück auf ihre Fußballen und lächelte mich leicht an. Beinahe wirkte sie verlegen.

»Hast du Lust …«, begann ich, bevor der rationale Part in mir überlegen konnte, ob es sich um eine gute Idee handelte. »Hast du Lust, nachher mit uns auf den Sieg anzustoßen? Miriam natürlich auch. Wir gehen bei einem Teamkollegen feiern. Lukas ist auch dabei, den kennst du ja schon.«

»Auf euren Sieg? Dafür, dass du nervös bist, bist du dir da aber ganz schön sicher.«

»Na ja, wenn wir verlieren, gehen wir auch hin und trinken was. Dann nur aus Frust.«

Kyra befeuchtete ihre Lippen und zögerte sichtlich. »Ist denn die gesamte Mannschaft da?«

Ich hob die Schultern. »Keine Ahnung, ehrlich gesagt. Ich denke, die meisten entscheiden spontan. Wenn dir das zu viel Trubel ist, ist das voll okay. Ich dachte nur, es wäre schön, danach noch was zu machen.«

Kyras Brauen fuhren zusammen und ließen sie nachdenklich wirken. Dann nickte sie zu meiner Erleichterung. »Ja, fände ich auch. Ich hab nur … ich weiß nicht, ob Miriam Lust hat. Ich geb dir Bescheid, ja? Und hoffe natürlich, dass ihr was zu feiern habt und nicht aus Frust trinken müsst.«

»Ich auch«, sagte ich mit einem Schmunzeln.

»Dann lass ich dich mal wieder zu den anderen und geh zu Miri, bevor sie es sich doch noch anders überlegt und abhaut«, sagte Kyra.

»Siehst du, das ist der Vorteil an Wettschulden: Aus denen kommt man nicht so leicht raus.«

»Viel Glück, Milan«, sagte Kyra lachend und winkte mir ein letztes Mal zu, bevor sie in der Menge verschwand. Ich sah ihr nach, bis sie um die Ecke bog, und ging dann zurück zu meinem Team, während ich mich innerlich schon für Lukas' fragenden Blick wappnete.

19. KAPITEL

Kyra

»Naaa?«, fragte Miriam gedehnt, als ich mich auf den Platz neben ihr fallen ließ. Sie wackelte zweimal mit den hellen Augenbrauen und sah mich abwartend an.

Ich seufzte. »Ich mag kein Fan von Handball sein, aber ab jetzt bin ich definitiv Fan von Trikots.«

Miriam lachte.

Ich hingegen seufzte. »Konnte ja keiner wissen, dass er nett ist, Regale bauen kann und auch noch gut in Trikots aussieht«, grummelte ich in den Kragen meines Pullovers hinein, was Miriam nur noch mehr zum Lachen brachte. Dabei war sie es gewesen, die ins Schwärmen geraten war, nachdem Milan die WG verlassen hatte. Nicht dass ich ihr widersprochen hätte.

»Ich freu mich auf jeden Fall für dich. Ich hab dich noch nie so erlebt. Du kamst heute Morgen vor lauter Aufregung sogar pünktlich aus dem Bett. Ich glaube, er tut dir gut.«

»Ich kam aus dem Bett, weil ich mir einen Wecker gestellt habe. Damit hat Milan gar nichts zu tun.«

»Das hält dich normalerweise nicht davon ab, hundertmal auf Snooze zu drücken.«

Ich schnaubte. Okay, vielleicht war ich heute Morgen ein kleines bisschen nervös gewesen.

»Ich meine das nicht negativ. Ich hätte so was auch mal wieder gern. Ich find es gut, dass du ihm noch eine Chance gegeben hast«, sagte Miriam schulterzuckend. »Das mit dem Regal war wirklich romantisch! Und das mit der Platte auch.«

»Du guckst zu viel Disney«, sagte ich. »Aber wenn du wirklich magst … Milan hat uns auf die Feier danach eingeladen. Lukas ist auch da. Und etliche andere Handballspieler, von denen sicher einige single sind.«

Meine Freundin schüttelte schon den Kopf, bevor ich weitersprechen konnte. Und aus irgendeinem Grund erleichterte es mich. »Kein Interesse. Aber du solltest auf die Feier gehen.« Sie grinste. »Ich wäre euch beiden sowieso nur im Weg.«

Wenn Miriam nicht mitkäme, würde ich ganz sicher nicht gehen. Zwar glaubte ich kaum, dass Christopher sich schon wieder auf Partys rumtrieb, so schlimm wie seine Schulterverletzungen klangen, aber das war mir das Risiko nicht wert. Ich war bereit, ihn hier mit Sicherheitsabstand aus der Ferne zu sehen. Ich war bereit, es zu probieren. Aber ich würde mich nicht wieder in eine solche Situation mit alkoholisierter Feierstimmung begeben. Nicht mit ihm.

Miriam tippte auf dem Handy eine Nachricht an ihre Schwester und ich ließ den Blick über die Tribünen gleiten, die sich mittlerweile richtig gefüllt hatten.

Ich hatte erwartet, dass es mir schwerer fallen würde, hier zu sein. Aber tatsächlich hatte Miriam recht und ich war vor freudiger Nervosität so früh wach gewesen. Weil ich mich gefreut hatte, Milan wiederzusehen. Ich merkte, wie ich lächelte. Auf der Tribüne inmitten all der Handballfans, Plakate und Hallendurchsagen zu sitzen, brachte nicht die erwartete Panik mit sich. Ich musste zwar an Christopher und die Nacht denken, die alles losgetreten hatte – aber nur, weil ich meine Gedanken dorthin lenkte. Weil ich in mich hineinhorchte, um die Angst früh genug spüren zu können. Nicht weil alles über mich hereinbrach wie in den ersten Wochen nach der Feier.

Kurz lief mir ein Schauder über die Arme, als ich an die Nacht dachte. An Chris' Hand unter meinem Kleid. Ich drängte die Gedanken beiseite und entspannte die Finger, die ich unweigerlich zur Faust geballt hatte. Es war nur noch das. Ein Gedanke. In den ersten Tagen und Wochen war es wie ein Phantomschmerz gewesen. Als könnte ich die Berührungen immer noch spüren, obwohl nichts mehr auf meiner Haut lag. Nichts, was ich hätte wegwaschen können – und das hatte ich wirklich versucht. Doch jetzt waren es nur noch Gedanken. Und sie verloren von Mal zu Mal an Emotionen. Ich konnte sie hervorrufen und wieder wegschieben. So wie jetzt.

Ich hatte ihn nicht wiedersehen müssen und ich hatte die Kontrolle. Für einen Augenblick hatte ich auch überlegt, Noah und Elias zu fragen, ob sie mitkommen wollten. Letzten Endes war meine Wahl aber auf Miriam gefallen. Ich wollte nicht allein herkommen, und auch wenn meine Brüder im Gegensatz zu Miriam wussten, was geschehen war, wollte ich mir und ihnen beweisen, dass alles wieder in Ordnung war.

»Oh, da ist Lukas, oder? Der von Milans Fotos?«

Ich folgte ihrem ausgestreckten Zeigefinger mit dem Blick, bis er auf den großen, blonden Mann fiel, der am Rande des Felds halb im Schatten stand.

Ich nickte. »Ja, es geht bestimmt gleich los.«

Meine Worte waren gerade verklungen, als eine Männerstimme durch die Boxen alle auf ihre Plätze bat. Sie begrüßte das Publikum und las anschließend die Sponsoren vor, die ohnehin mit Bannern die Banden und Absperrungen zierten.

»Danke, dass du mitgekommen bist«, flüsterte ich Miriam zu.

»Klar«, erwiderte sie und schob das Handy in ihre Tasche. Im nächsten Moment verdunkelte sich die Halle und die Logos der beiden Mannschaften wurden auf den Boden projiziert. Um uns herum erhoben sich alle und begannen, Beifall zu klatschen und zu jubeln, als die ersten Spieler einliefen.

»Ich hätte nicht gedacht, dass sie so eine Show daraus machen«, sagte ich und stand ebenfalls auf. Die aufgeladene Stimmung auf der Tribüne hatte etwas Elektrisierendes an sich und meine Hände klatschten wie von selbst im Rhythmus mit.

»Unsere Nummer 22: Lukas Krüger«, rief die Stimme durch die Boxen und neben mir pfiff ein Mann laut durch die Finger. Einzelne Personen im Publikum riefen die Namen der Spieler, die der Moderator ansagte. »Im Rechtsaußen die Nummer 8 Milan Nowak.« Miriams Ellbogen traf mich in der Seite und ich schob mich auf die Zehenspitzen, um besser sehen zu können. Milans Gesicht erkannte ich von hier aus nicht richtig, aber er wirkte nicht nervös. An seiner Stelle wäre ich wohl vor Aufregung gestorben. Ich sah zu, wie er die Spieler des gegnerischen Teams abklatschte, und achtete gar nicht auf die weiteren Namen, die vorgelesen wurden. So lange zumindest, bis einer durch alles andere drang, was ich wahrnahm. Er überlagerte die Geräusche auf der Tribüne, Miriams Klatschen neben mir, nahm mir den Fokus auf Milans Gesicht.

»Linksaußen und endlich wieder voll dabei: Christopher Rothe mit der Nummer 14.«

Wie durch einen Schleier nahm ich wahr, dass meine Handflächen kribbelten, als ich aufhörte zu klatschen und meine Arme wie leblos neben meinen Körper fielen. Mein Blick wanderte zu dem von blonden Haaren umrahmten Gesicht und obwohl ich es von hier aus unmöglich sehen konnte, hatte ich seine eisblauen Augen und das spöttische Lächeln genau vor mir. Seinen herben, anwidernden Geruch in der Nase. Seine raue Stimme in meinem Ohr. Mein Herz setzte einen Schlag aus, bevor es trommelnd in meiner Brust raste. Es pumpte

Adrenalin durch meine Adern, als wollte es mich anflehen, im Takt seines Schlags wegzurennen. Aber ich stand einfach da wie gelähmt. Mein Kopf verarbeitete die Information nicht, sandte den Fluchtbefehl nicht an meine Beine. Ich stand da und starrte. Starrte auf das Gesicht, das mir zu nah gekommen war. Die kräftigen Oberarme, deren Muskelkraft ich nicht nur sehen konnte, sondern am eigenen Leib zu spüren bekommen hatte. Die mich genauso bewegungsunfähig gemacht hatten, wie ich mich jetzt fühlte.

Du willst es doch auch. Komm schon.

Er schlug mit dem gegnerischen Kapitän ein. Seine Handfläche berührte die des anderen Handballers.

Seine Handfläche, die er über meinen Mund geschoben hatte, als ich nach Hilfe hatte rufen wollen.

Ich meinte das Blut in meinem Mund zu schmecken, den widerlichen Geschmack nach Eisen zu spüren wie damals, als ich mir vor lauter Anspannung und Verzweiflung auf die Lippe gebissen hatte. Oder auf die Zunge. Ich wusste es nicht.

Mein Atem kam stoßweise und rasselnd aus meinem Mund. Ich hätte mir am liebsten die Ohren zugehalten, so sehr erinnerte mich das Geräusch an seinen erregten Atem an meinem Ohr.

Ich hab doch genau gesehen, wie du mich den ganzen Abend über angeguckt hast.

Sein Atem und der Geruch nach Gin. Seine raue Handfläche, die mein Bein entlangfuhr.

Christopher drehte sich einmal winkend im Kreis und sein Blick traf meinen. Vielleicht ließ er ihn auch nur allgemein über die Tribüne wandern, denn um mich herum verstärkte sich der Jubel. Leuchtende Punkte schoben sich über das Bild, als versuchten sie, mir die Sicht auf das nehmen, was ich nicht sehen wollte. Mir wurde kotzübel. Und endlich, gefühlte Minuten später, die nur Sekunden sein konnten, schickte mein Kopf den Befehl meines Herzens an meine Beine.

Ohne ein Wort, ohne weitere Überlegung, rannte ich los.

Ein Klopfen durchbrach mein unterdrücktes Schluchzen.

Ich hatte gedacht, ich wäre stark genug. Wie hatte ich nur so dumm sein können?

Ich saß auf der zugeklappten Toilettenschüssel, die Beine eng an meinen Körper gedrückt, die Füße auf dem weißen Porzellan. Ich hielt die Luft an und versuchte krampfhaft, mich unter Kontrolle zu kriegen.

»Ky?«, erklang Miriams zarte Stimme von außen. Erneut klopfte sie leicht an meine Tür. Vermutlich war es die einzige besetzte Kabine. Alle anderen Zuschauenden wohnten dem Beginn des Spiels bei.

Ich biss meine Zähne zusammen und atmete einmal tief durch, bis ich sicher war, meine Stimme einigermaßen unter Kontrolle zu haben. »Sorry, mir wurde schwindlig und schlecht«, sagte ich. Immerhin war es keine Lüge.

»Kann ich reinkommen?«

»Es geht gleich wieder, versprochen«, gab ich zurück und räusperte mich, damit meine Stimme fester wurde. Hastig fuhr ich mir mit den Fingern unter den Augen entlang, um die Tränenreste wegzuwischen, und strich meine Haare glatt. Ich hatte weder einen Spiegel noch mein Handy griffbereit, um zu überprüfen, ob ich so beschissen aussah, wie ich mich fühlte. Ich setzte meine Füße auf dem Boden ab und schob mich in den Stand. Kurz zitterten meine Knie und ich stützte mich an der Wand der mit Filzstiften bemalten Toilettenkabine ab, um mir Halt zu verschaffen. Zwei langsame Atemzüge später jedoch schienen sich meine Muskeln wieder beruhigt zu haben. Ich straffte die Schultern und warf einen letzten prüfenden Blick auf meine Haarspitzen und das Shirt. Ich hatte mich nicht richtig übergeben müssen, aber nachdem ich vor wenigen Minuten noch auf dem Boden der öffentlichen Toilette gekniet hatte, hätte es mich nicht gewundert, wenn sich trotzdem Dreck auf meine Kleidung und in meine Strähnen verirrt hätte. Der Gedanke widerte mich weit weniger an als der an Christopher, der wenige Meter von mir entfernt gerade Handball spielte. Mit Milan. Bei dem Gedanken fingen meine Finger wieder zu zittern an. Ich mochte Milan. Aber ich mochte mich wesentlich mehr. Zu sehr, um zu riskieren, mich jemals wieder so schwach und hilflos zu fühlen. Ein kehliger Laut drang durch meine geschlossenen Lippen und Miriams Schuhspitzen erschienen am unteren Rand der Toilettenkabine.

»Kyra, bitte, ich mach mir Sorgen.«

Ich drehte das Schloss herum und trat zurück, als ich die Tür nach innen öffnete. Noch bevor ich zu Miriam hinaustreten konnte und mein Blick auf die gegenüberliegenden Spiegel fiel, verriet mir ihr Gesichtsausdruck, dass ich nicht so beschissen aussah, wie ich mich fühlte. Ich musste noch sehr viel beschissener aussehen.

»Alles okay? Was ist passiert? Du bist einfach weggerannt«, sagte Miriam. Ich war dankbar, dass in ihrer Stimme kein Vorwurf zu hören war, bloß Sorge. Auch wenn ich genauso wenig wollte, dass sie sich um mich sorgte. Aus dem Grund hatte ich ihr nie erzählt, was passiert war. Es reichte, wenn meine Brüder mich mit Samthandschuhen anpackten. Ich wollte dieselbe Behandlung nicht auch noch von meinen Freundinnen. Ich wollte einfach Normalität. War das wirklich zu viel verlangt?

Ich trat an Miriam vorbei ans Waschbecken, krempelte die Ärmel meines Pullovers hoch und ließ das kalte Wasser über meine Handgelenke laufen. Am liebsten hätte ich geseufzt, weil es so guttat. Im Spiegel sah ich, wie Miriam langsam näher herantrat und schließlich kurz hinter mir zum Stehen kam. Ich begegnete dem Spiegelbild ihrer hellbraunen Augen und versuchte mich an einem Lächeln. Aus dem Augenwinkel sah ich, dass mir das ziemlich misslang.

»Ich weiß auch nicht, was los ist, mir wurde auf einmal total schlecht. Tut mir echt leid.«

»Dir muss nichts leidtun«, widersprach sie. Sie wartete, bis ich meine Hände getrocknet hatte, und drückte mir dann meine Jacke und Handtasche in die Hand. »Heute Morgen ging es dir doch noch gut, oder? Meinst du, du hast dir was eingefangen?« Sie schob die Augenbrauen kritisch zusammen und ließ ihren Blick prüfend über mein Gesicht wandern. »Du bist kreidebleich.«

»Keine Ahnung, vielleicht hab ich was Falsches gegessen.«

»Wir haben heute genau das Gleiche gegessen«, gab Miriam zu bedenken. »Nicht dass du eine Magen-Darm-Grippe hast oder so. Das würde erklären, warum es so plötzlich kam.«

Ich nickte und beschloss, mit ihrer Erklärung mitzugehen. Ich war zu sehr durch den Wind, um mir eine plausible Ausrede einfallen zu lassen. Und Magen-Darm würde bedeuten, dass ich mich die nächsten zwei Tage im Bett verkriechen durfte. Gerade klang das wie der Himmel auf Erden. »Vielleicht hast du recht«, murmelte ich.

»Dann sollten wir heimfahren. Ich ruf ein Taxi.«

»Wir können die U-Bahn nehmen.«

Miriam schüttelte den Kopf. »Glaub mir, wenn es eine Magen-Darm-Grippe ist, willst du nicht U-Bahn fahren.« Ohne auf eine Antwort zu warten, zog Miri ihr Handy aus der Tasche und bestellte ein Taxi per App. Dann legte sie mir meine Jacke über und führte mich am Arm nach draußen. Uns begegnete abgesehen von Mitarbeitern und ein paar hungrigen Fans zum Glück niemand und ich ließ mich von Miriam aus dem

Gebäude schieben. Die kühle Luft traf angenehm auf mein Gesicht und ich schloss die Augen. Leider hielt auch das nicht die Bilder zurück, die nun ununterbrochen über meine Netzhaut liefen.

Ich dachte, ich wäre über alles hinweg.

Ich dachte, ich könnte das.

Ich dachte, ich wäre stärker als meine Angst.

Wie hatte ich mich nur so täuschen können?

20. KAPITEL

Milan

»Reiß dich zusammen, Nowak!«, zischte Serçan mir zu, und Chris' wütender Blick machte mir nur zu deutlich, dass ich das wirklich musste, wenn ich nicht wollte, dass man mich auswechselte. Dabei hatte das Spiel für mich so gut angefangen. Ich war dank Kyra auf einem richtigen Hoch gewesen und hatte uns gleich mit mehreren Toren einen ordentlichen Vorsprung verschaffen können. Die Pässe waren super und das Hochgefühl in mir wurde sowohl von meiner Leistung als auch von dem Wissen ausgelöst, dass Kyra im Publikum saß. Ich hatte zum ersten Mal das Gefühl, dass mein Interesse an jemandem mich nicht aufhielt, sondern sogar weiterbrachte. Nun ja, bis eben. Denn als Ben einen gegnerischen Angriff auf das Tor abgefangen hatte, hatte ich mir erlaubt, zur Tribüne zu sehen. Nur für einen Augenblick. Doch dieser hatte gereicht, um ihren leeren Sitzplatz zu bemerken. Auch Miriams Platz war leer gewesen. Verunsichert hatte es mich jedoch erst, als das beim zweiten, dritten und vierten Hinsehen immer noch der Fall war. Ich brauchte mir nicht länger etwas vormachen: Kyra war einfach gegangen.

Ich fing den Pass, den Yannick mir zuspielte, ließ den Ball einmal auf dem Boden aufkommen, setzte zum Wurf an – und scheiterte komplett an der gegnerischen Raumdeckung. Zu spät hatte ich gesehen, dass Chris freistand.

Fuck.

Genau das war es, was ich hatte verhindern wollen. Ich wollte nicht das gleiche Dilemma wie damals mit Sophie. Ich wollte das hier. Ohne Ablenkungen, die meine Leistung sabotierten. Wieso ließ ich mich nur so schnell aus der Ruhe bringen? Erst beim Training nach ihrem plötzlichen Abgang und jetzt sogar in einem Spiel.

Den nächsten Ball gab ich an Chris ab, der ihn zum Glück links oben im Tor versenkte. Beifall schallte zu uns herunter. Ich zwang mich, nicht erneut zu den leeren Plätzen zu schauen. Es war egal. Es sollte mir zumindest egal sein. Ich kannte Kyra erst wenige Wochen.

Ich lächelte Chris verkniffen zu und brachte mich wieder in Position. Vielleicht gab es ja eine völlig normale Erklärung, und ich reagierte komplett über. Sehr wahrscheinlich sogar. Ein wichtiger Anruf beispielsweise. Ich beschloss, das für den Moment zu glauben, und zwang mich, die nagenden Zweifel beiseitezuschieben. Es blieben nur noch wenige Minuten bis zur Halbzeit. Wenn ich keinen Anschiss von Rico und Chris riskieren wollte, musste ich mich konzentrieren. Wenige Sekunden später fing ich Chris' Pass, schaffte es an der Verteidigung vorbei, setzte zum Sprungwurf nach vorn an und warf den Ball vom Torraum aus mit voller Kraft ins Netz. Erneut brandete Jubel von der linken Tribüne auf.

Immerhin. Ich würde das nicht aufs Spiel setzen. Für nichts und niemanden.

Lukas drückte mir kommentarlos ein Bier in die Hand, klopfte mir auf die Schulter und ließ sich auf die Couch in Chris' Wohnzimmer fallen. Ich nahm einen Schluck und lehnte mich gegen die Wand. Ich war zu unruhig, um mich zu Lukas zu setzen. Und ich hatte keine Lust auf seine Fragen, denn er hatte natürlich gleich gemerkt, dass etwas nicht stimmte. Yannick trat zu mir und schlug mit mir ein.

»Richtig gut heute!«

»Ja«, pflichtete Chris ihm bei. »Auch wenn ich zwischenzeitlich dachte, wir hätten dich verloren.« Yannick und er lachten und ich stimmte mit ein, obwohl mir nicht richtig danach zumute war. Im Moment wollte ich nur heim. Das Hochgefühl, das ich sonst nach einem Sieg hatte, wollte sich nicht einstellen.

Irgendein amerikanischer Rap-Song dröhnte aus der Box auf dem Sideboard und Yannick wippte neben mir mit dem Fuß zum Takt mit. Thomas packte den Sessel neben dem Sofa an der Lehne und drehte ihn in unsere Richtung, bevor er sich darauf fallen ließ.

»Wenn wir so weitermachen, schaffen wir es diese Saison echt«, sagte er mit einem breiten Grinsen.

Chris nahm einen Schluck von seinem Bier, die andere Hand steckte in der Tasche seiner Jogginghose. »Ich red mal mit Rico, ob wir donnerstags auch trainieren können.«

Zum Glück bemerkte Chris den kritischen Blick nicht, den ich ihm zuwarf, da auch Yannick ihn mit erhobenen Augenbrauen ansah. Nicht zum ersten Mal hatte ich den Verdacht, dass er bei dem Tempo nicht mehr lange dabei sein würde. Nicht, dass ich es ihm verübelte. Er hatte so viel für sein Medizinstudium geopfert, dass ich eh keine Ahnung hatte, wie er es schaffte, jetzt seine Arbeit im Krankenhaus und den Sport zu vereinen. Wie es wohl war, für zwei Dinge so sehr zu brennen? Ich hatte immer nur diese eine Sache gehabt.

»Guck mich nicht so an. Ich weiß, dass das nicht für alle drin ist.« Er machte eine wegwerfende Handbewegung. »Und nimm's mir nicht übel, aber …« Er zögerte, dabei kannten wir ihn alle gut genug, um zu wissen, dass er sowieso kein Blatt vor den Mund nahm. Und hatten Sätze, die mit »Nimm's mir nicht übel« starteten, jemals gut geendet? »Mit Ende zwanzig ist eh die Frage, ob sich der Aufstieg für dich noch groß lohnt. Die zweite Liga kannst du theoretisch noch mitmachen, aber für die Bundesliga bist du sowieso zu alt. Wirklich nicht böse gemeint, Mann, aber du hast ja eh deinen Job noch.«

Wie konnte man mit der emotionalen Intelligenz eines Toastbrots eigentlich Kapitän werden? Chris war ein guter Spieler, keine Frage. Aber nicht zum ersten Mal fragte ich mich, wieso gerade er unser Mannschaftskapitän war, denn Empathie war nun wirklich nicht seine Stärke. Vielleicht lag es an Yannicks Alter, aber er reagierte wesentlich gelassener, als ich es an seiner Stelle getan hätte, und lächelte nur müde.

Bevor er anfangen konnte, sich zu rechtfertigen, ergriff ich das Wort. »Yannick ist nicht der Einzige, für den das nicht machbar wäre«, warf ich ein. »Ich verpass so schon echt viele Vorlesungen. Du weißt, dass ich am liebsten auch in jeder freien Minute üben würde, aber das ist einfach nicht drin.«

Chris nahm einen Schluck aus seiner Bierflasche und sah mich mit schief gelegtem Kopf an.

»Ich verstehe eh nicht, wieso du nebenbei noch studierst *und* so viel jobbst. Wenn du das hier wirklich willst, dann lass es. Sobald wir in der zweiten Liga sind, kannst du es eh vergessen. Und wenn wir da hinwollen, müssen wir noch mehr üben.« Er zuckte mit den Schultern, als wäre das Thema so leicht erledigt.

»Weil nicht jeder Daddys Kohle hat«, schoss Lukas von der Couch aus zurück. Ich verkniff mir mein Grinsen und bemühte mich um einen gleichgültigen Gesichtsausdruck. Ich liebte diesen Jungen. Lukas war so ziemlich der Einzige, der Chris öffentlich Kontra gab. Wie bei allem anderen im Leben sah er die Dinge sehr viel lockerer als ich und bangte nicht um seine Position in der Mannschaft, wenn er Chris die Stirn bot. Und er mochte ihn wirklich nicht, was ganz sicher half.

Chris verdrehte leicht die Augen, sagte aber nichts mehr, sodass das Thema erledigt war. Zum bestimmt zehnten Mal, seit ich hier war, checkte ich mein Handy. Immer noch keine Nachricht von Kyra. Weder auf Instagram noch auf WhatsApp, dabei hatte ich ihr auf beiden Kanälen geschrieben. Meine anfängliche Wut war mittlerweile komplett in Sorge umgeschlagen. Ihren Platz leer zu sehen hatte mich so irritiert und verletzt, dass ich dem Gedanken, ihr könnte etwas Schlimmes passiert sein, gar keinen Raum gegeben hatte.

Kannst du wenigstens kurz schreiben, ob alles okay ist?

Meine Nachricht blieb – so wie die davor – ungelesen. Dafür ploppte eine andere Benachrichtigung auf und teilte mir mit, dass mein Handy nur noch zehn Prozent Akku hatte.

»Mist«, murmelte ich. Kurz überlegte ich, nach einem Ladekabel herumzufragen, verwarf den Gedanken aber wieder. Ich hatte keine Lust, von weiteren Leuten darauf angesprochen zu werden, was im Spiel mit mir los gewesen war. Stattdessen schickte ich Chris' Adresse an Kyra.

Falls du doch noch kommen magst. Wir sind bei Chris, einem meiner Teamkollegen. Ich weiß nicht, was los ist, aber vielleicht hilft Ablenkung ja?

Ich drückte auf Senden, wartete wider besseres Wissen, dass die zwei grünen Haken unter meiner Nachricht blau wurden, und schob dann mein Handy wieder in die vordere Tasche meiner Sporthose. Ich fing Lukas' Blick auf. Fragend nickte er mir zu und deutete dann auf den freien Platz auf dem Sofa. Ich seufzte und ließ mich kurz darauf neben ihn fallen.

Er zog ein Bein auf die Couch, sodass er halb gegen die Lehne gestützt dalag, und sah mich an. »Kyra?«, fragte er.

»Ja«, antwortete ich gedehnt. »Aber ich mag nicht drüber reden.«

Denn entweder war etwas passiert, und dann führte ich mich gerade wie der letzte Arsch auf. Oder aber Kyra war einfach gegangen, weil sie entschieden hatte, dass all das nichts für sie war. Dann war es wirklich genau wie bei Sophie. Bei ihr war ebenfalls alles erst in Ordnung gewesen. Sie hatte mich unterstützt, auf die Spiele begleitet – bis dem nicht mehr so gewesen war. Und zu dem Zeitpunkt war ich bereits zu verliebt gewesen, um zu erkennen, wie sehr mich ihr Verhalten beeinflusste und zurückhielt. Dass Kyra nun gegangen war … Meinem Vater hatte eine Verletzung den Sport genommen, ich würde garantiert nicht zulassen, dass es bei mir Gefühle waren. Ich trank einen weiteren Schluck Bier, hielt Lukas' skeptischem Blick stand und widerstand dem Drang, schon wieder mein Handy zu checken.

21. KAPITEL

Kyra

Ich war mir ziemlich sicher, dass Miriam Verdacht schöpfte. Zwar hatte ich die ganze Nacht wach gelegen und keinen Appetit gehabt, aber für eine Magen-Darm-Grippe war ich gesundheitlich doch zu stabil – und hatte zu wenig Zeit im Badezimmer verbracht. Zum Glück hatte Miriam aber keine Fragen gestellt, sondern mir Tee und Salzstangen gebracht und mich dann allein gelassen. Ich lag apathisch in meinem Bett und hasste mich selbst dafür. Eigentlich müsste ich in einer halben Stunde zur Vorlesung aufbrechen, aber ich hatte einfach nicht die Kraft, mich zu bewegen. Am liebsten würde ich den ganzen Tag im Bett verbringen. Und den danach auch. Was seltsam war, denn kurz nach dem Vorfall hatte ich mich völlig gegenteilig verhalten. Ich war voller Tatendrang gewesen, ruhelos, hatte mich mit allem Möglichen abgelenkt und war letztendlich sogar zu meiner Tante nach Paris geflogen.

Ich drehte mich um und zog die Decke noch näher an meine Nase. Wo war dieser Tatendrang jetzt? Ich wusste, dass ich früher oder später aus meinem Kokon herausmusste. Aber gerade klang später sehr viel verlockender.

Was hast du bitte erwartet? Dass du ihn siehst und alles okay ist?

Diese gehässige Stimme in meinem Kopf sorgte dafür, dass ich mich klein und naiv fühlte. Aber ich hatte wirklich geglaubt, dem standhalten zu können. Immerhin war unser Aufeinandertreffen dieses Mal nicht unerwartet geschehen. Mir war von Anfang an klar gewesen, dass ich Christopher beim Spiel wiedersehen würde. Gut, ich hatte nicht damit gerechnet, dass er schon spielte, aber ich hatte gewusst, dass er da sein würde. Und selbst wenn nicht: Sein Vater arbeitete eng mit meinen Eltern zusammen. Wir lebten in derselben Stadt. Waren im selben Alter. Und mit dem Wissen, dass diese Möglichkeit bestand, hatte ich mich dafür entschieden, trotzdem in Berlin zu studieren. Also wieso warf mich das Ganze jetzt so aus der Bahn? Wieso war ich nicht darauf vorbereitet gewesen? Wieso nahm es mich Monate später noch so mit? Ich hatte nie zulassen wollen, dass das, was mir passiert war, mich definierte. Hatte die Gedanken daran verdrängt. Und jetzt war es doch geschehen.

Ich schüttelte den Kopf, so gut das zwischen Kissen und Decke eingeklemmt ging.

Nein, es definierte mich nicht. Ich hatte einen kleinen Rückschlag erlitten, ja. Aber genau wie im Sommer würde ich mich davon nicht unterkriegen lassen.

Als jemand an meiner Tür klopfte, hob ich leicht den Kopf. Miriams zarte Statur schob sich durch den schmalen Spalt ins Zimmer herein.

»Hey. Brauchst du noch was? Kann ich dir irgendwas bringen? Ich muss leider gleich zur Uni.«

»Nein, alles gut«, sagte ich und räusperte mich, als ich merkte, wie rau meine Stimme klang. Ich sollte etwas trinken. Oder weniger weinen. Oder beides.

»Sei mir nicht böse, aber ich hab Elias auf Instagram Bescheid gegeben, dass es dir nicht gut geht.«

»Was?«, krächzte ich. Meinen Brüdern noch mehr Sorgen zu bereiten war nun wirklich das Letzte, wonach mir der Sinn stand. »Das ist nicht nötig. Mir geht es schon besser.«

Über Miriams Nase bildete sich eine dünne Falte, so sehr zog sie die Augenbrauen zusammen. Ich wappnete mich für die Fragen, die unweigerlich folgen würden, und suchte fieberhaft nach neuen Ausreden.

Doch Miriam lächelte leicht. »Mir geht's aber nicht gut bei dem Gedanken, dich so allein zu lassen. Okay?«

Ich nickte und merkte, wie meine Augen wieder zu brennen begannen. Diesmal jedoch vor Rührung.

»Bis später. Ruh dich aus und schreib mir, wenn was ist.« Miriam winkte noch einmal und schloss leise die Tür hinter sich.

Ich stützte mich auf die Ellbogen und ließ den Blick durch den Raum wandern. Wo war mein Handy überhaupt? Nicht dass ich vorhatte, Miriams Angebot anzunehmen und sie von der Uni abzulenken, aber ich hatte es seit dem Spiel gestern Abend nicht mehr gesehen. Mühsam schob ich mich aus dem Bett und suchte alle Oberflächen in meinem Zimmer ab.

Letztendlich fand ich es in der Tasche meiner Jacke, die ich über den Schreibtischstuhl geworfen hatte. Ich zog die Vorhänge des Fensters auf – nicht weil mir nach Tageslicht zumute war, aber ich wollte nicht, dass meine Pflanzen unter meiner Stimmung litten. Dann ließ ich mich wieder aufs Bett fallen und schloss mein Handy an den Strom an. Etwa eine Minute später, als das Smartphone wieder Akku hatte, leuchtete das Display auf. Mit einem Mal gingen sicher zwei Dutzend Benachrichtigungen ein, wobei die Hälfte davon von Instagram war. Ich lehnte mich halb aus dem Bett, um das Handy auch am Ladekabel hängend nutzen zu können.

Als ich die restlichen Mitteilungen registrierte, bekam ich ein flaues Gefühl im Magen. Denn auch Milan hatte mir mehrmals geschrieben. Ich öffnete seine Nachrichten und zu dem flauen Gefühl mischte sich ein schlechtes Gewissen. Kurz überlegte ich, auf seine Nachricht zu antworten, dass es mir gut ging und er sich keine Sorgen zu machen brauchte. Aber davon abgesehen, dass das eine Lüge war, wusste ich nicht, ob ich überhaupt antworten wollte. Er hatte nichts mit der Sache zu tun, das war mir klar. Er hatte nichts falsch gemacht und ich machte ihm auch keinen Vorwurf. Aber nichtsdestotrotz hatte meine Reaktion auf der Tribüne mehr als deutlich gezeigt, dass ich nicht bereit für dieses Umfeld war. Zumal die letzte Nachricht, die er mir geschickt hatte, es noch einmal bestätigte: Er war mit Chris befreundet. Und beinahe wäre ich nach dem Spiel unwissentlich mit in dessen Wohnung gegangen.

Beim bloßen Gedanken an diese Möglichkeit wurde mir wieder schlecht. Ich hätte auf meine anfängliche Skepsis und mein Bauchgefühl vertrauen sollen. Stattdessen hatte ich beides ignoriert und mich auf Milan eingelassen. Vielleicht war ich einfach naiv gewesen und hatte die Augen vor allem verschlossen, weil er mich geblendet hatte.

Ich schloss seine Nachrichten wieder. Ich hatte sowieso keine Ahnung, was ich hätte antworten sollen, um mein Verhalten zu erklären.

Stattdessen öffnete ich Instagram und wechselte direkt von meinem Privataccount zu dem des Podcasts. Ich hatte elf neue Nachrichten, etliche Likes auf die ersten Posts – ich stutzte. Und über 4000 Follower. Die Mitteilungen zeigten an, dass mein zweiter Feed-Post von einer etwas größeren Instagrammerin geteilt worden war.

»Wow«, flüsterte ich und spürte zum ersten Mal seit gestern etwas anderes als dieses einengende, beklemmende Gefühl in Brust und Magen. Nie hatte ich damit gerechnet, so schnell solch eine Reichweite zu generieren. Ich las die Nachrichten durch und antwortete denjenigen, die sich nur bedankten oder ihr Feedback daließen. Ich hatte auch zwei Einsendungen von persönlichen Erfahrungen erhalten, die ich jedoch in Ruhe lesen wollte.

Ich drehte mich auf den Rücken und scrollte durch den Feed, bis mein Finger wie von selbst auf das Suchfeld klickte und Chris' Instagram-Kanal öffnete. Mit meinem Account hatte ich ihn blockiert, sodass ich seine Posts seit Ewigkeiten nicht mehr gesehen hatte. Ich scrollte durch seinen Feed und stoppte, als sich mein Herz schmerzhaft zusammenzog.

Da war Milan. Das Foto war mehrere Monate alt und stammte somit von vor der Feier. Ich klickte auf den Beitrag. Es war ein Foto der beiden beim Spiel. Ein Throwback Thursday, und wenn man der Caption glauben durfte, waren die beiden ein »Dream Team«. Mir wurde schlecht. Wie konnte er mit so jemandem befreundet sein? Wie konnte er lachend neben ihm posieren, ihm den Arm um die Schulter legen? Wie konnte er seine freie Zeit mit ihm verbringen und eine berufliche Laufbahn mit ihm anstreben? Ich umklammerte mein Smartphone mit solcher Kraft, dass das Weiß unter meinen Nägeln hervortrat.

Das Klingeln riss mich so aus meinen Gedanken, dass ich zusammenzuckte. Ich quälte mich aus dem Bett, schlurfte zur Wohnungstür und betätigte die Freisprechanlage.

»Ja?«

»Hey, Schwesterherz«, sagte Elias. »Ich hab Noah und Frühstück mitgebracht.«

Ich drückte auf den Öffner und drehte direkt ins Bad um. Ich hatte vier Stockwerke Zeit, um mich von meinem verwahrlosten zurück auf einen normalen Zustand zu bringen.

»Miri hat nicht übertrieben«, begrüßte Elias mich trotz meiner Bemühungen, als ich ihnen kurz darauf die Tür öffnete. Er drückte mich und trat in den Flur, um Noah reinzulassen, der mich ebenfalls umarmte.

»Es ist auch schön, euch zu sehen«, erwiderte ich.

»Ich mach dir erst mal Frühstück«, sagte Elias und ging, ohne eine Antwort abzuwarten, in die Küche vor. Noah und ich folgten ihm, wobei Noah mir bedeutete, mich hinzusetzen, während er Kaffee kochte.

»Musst du nicht gerade auf der Arbeit sein?«

Noah winkte ab. »Ich kann die Stunden nachholen.«

Ich hatte nie gefragt, wie es für ihn war, nun so eng mit Christophers Vater zusammenzuarbeiten. Musste er sich zusammenreißen, ihm nicht um die Ohren zu hauen, was für ein Arschloch sein Sohn war? Oder konnte er die beiden voneinander trennen? Und wenn ja, wieso gelang mir das mit Milan nicht?

Elias füllte Brötchen in einen Korb, holte Marmelade und Margarine aus dem Kühlschrank und stellte alles auf den Küchentisch. Appetit hatte ich allerdings immer noch nicht. Selbst der Kaffeegeruch konnte mich nicht begeistern.

»Danke euch. Aber so richtig Hunger hab ich nicht. Ich glaub, ich hab mir was eingefangen.« Ich zuckte mit den Schultern, als wäre das halb so wild, und strengte mich an, dabei möglichst überzeugend zu lächeln. Keine Ahnung, ob es mir gelang, denn keiner der beiden antwortete mir. Zumindest so lange, bis sie sich zu mir an den gedeckten Tisch setzten.

»Du bist nicht krank«, sagte Elias und ließ seine Worte wie die Tatsache klingen, die sie waren.

»Warum glaubst du das?«, hakte ich nach. Ich wollte wirklich nicht, dass sie sich noch mehr um mich sorgten. Ich hatte das Gefühl, dass sich unser Verhältnis, seit beide wussten, was passiert war, verändert hatte. Es war angespannter geworden – vorsichtiger. Ich hasste es, mit Samthandschuhen angefasst zu werden. Umso schlimmer, dass ich gestern auf die harte Tour gelernt hatte, dass ich wohl doch nicht so stark war, wie ich gedacht hatte.

»Ich glaube es nicht, ich weiß es.« Elias lächelte zaghaft. »Miri sagte, dir sei bei einem Handballspiel schlecht geworden …«

Er führte den Satz nicht weiter aus, aber das brauchte er auch gar nicht. Natürlich hatten Noah und er die richtigen Schlüsse gezogen. Noahs Kiefer mahlten, und als ich nichts sagte, sondern nur mit dem Finger den Rand des Tellers nachfuhr, ergriff er das Wort.

»Er war da, oder? Christopher?«

Ich nickte. »Ich hätte nicht gedacht, dass ich so … überreagiere.«

»Du hast nicht überreagiert«, sagte Noah bestimmt. »Dieser Typ sollte überhaupt nicht mehr das Recht haben, draußen rumzulaufen.«

»Ich dachte nur, ich hätte mich besser unter Kontrolle.«

»Wieso warst du überhaupt dort?«, fragte Elias.

Ich seufzte und ließ meinen Kopf in die Handfläche sinken. »Ich hab jemanden kennengelernt, der Handball spielt. Leider mag ich ihn. Und glaubt mir, ich hab versucht, ihn nicht zu mögen.«

Elias hob leicht die Mundwinkel, während Noah die Stirn in Falten legte. »Der Kerl, der letztens hier war?«

»Ja«, bestätigte ich.

Für einen kurzen Moment vertieften sich die Furchen an Noahs Stirn, dann rieb er sich mit der Hand übers Gesicht. »Na klar. Daher kenne ich ihn.«

»Du kennst ihn?«, fragte ich überrascht.

Noah nickte, blickte dabei aber nicht gerade erfreut drein. »Erinnerst du dich noch, als ich im Sommer diese Schlägerei im Club angefangen habe? Weil der eine Kerl was über dich gesagt hat?«

»Wie könnte ich das vergessen? Ich bin deinetwegen aus Paris zurückgekommen.« Ich faltete die Hände vor meinem Oberkörper auf dem Tisch, um mich davon abzuhalten, weiter nervös mit dem Teller zu spielen. »Warum?«

Bitte sag nicht, dass Milan damit etwas zu tun hatte.

»Der Kerl war aus Christophers Handballmannschaft. Ben hieß er. Und sein Freund Thomas war auch dabei.« Noah zögerte kurz. »Und Milan eben auch.«

Das erklärte also Noahs eindringlichen Blick, als er Milan in meinem Flur über den Weg gelaufen war. Im ersten Moment war ich erleichtert, dass Milan nicht derjenige war, mit dem sich Noah geschlagen hatte – auch wenn der Gedanke abwegig war, denn dann hätten sich die beiden bei ihrem letzten Aufeinandertreffen sofort erkannt. Dann jedoch sorgten Noahs Worte dafür, dass sich mein Herzschlag unangenehm beschleunigte. Diesmal vor Wut anstatt aus Angst.

»Also wusste er es«, sagte ich. Denn ich konnte mir kaum vorstellen, dass Milan eins und eins nicht schon längst zusammengezählt hatte.

Noah warf mir einen fragenden Blick zu.

»Er wusste, dass ich eure Schwester bin. Dass Elias, mein Bruder, seinen ach so tollen Kapitän spielunfähig gemacht hat.« Ich schüttelte den Kopf. »Deshalb wollte er auch so schnell aufbrechen, als ihr zu Besuch kamt.«

»Na ja, vielleicht stand er ähnlich auf dem Schlauch wie ich«, sagte Noah, doch ich schüttelte den Kopf.

»Sie haben mit Sicherheit über uns geredet. Besser gesagt über dich.« Ich sah Elias an. »Milan arbeitet in dem Fitnessstudio, das ich besuche. Er war hier. Er kennt meinen vollen Namen also definitiv.«

Das betretene Schweigen, das auf meine Worte folgte, war mir Bestätigung genug. Wieso hatte ich nicht einfach auf mein erstes Bauchgefühl gehört? Wieso hatte ich mich von meinen Gefühlen mitreißen lassen?

»Vielleicht war es ihm einfach egal«, warf Elias in den Raum. Er streckte mir ein Croissant entgegen, und ich war so in meinen Gedanken verloren, dass ich es nahm, das Endstück abzupfte und in meinen Mund schob, bevor mir einfiel, dass ich gar keinen Appetit hatte.

»Aber selbst wenn«, sagte ich kauend, »kann er doch nicht wissen, ob es mir egal ist.« Ich schluckte. »Meine Familie steckt da drin.«

Ich schüttelte den Kopf. »Es ist auch völlig gleich, ob er es wusste oder nicht. Ich bin froh, dass ich es jetzt weiß, denn damit hat sich die Sache ein für alle Mal erledigt.«

Ich spürte die Blicke der beiden auf mir ruhen, konzentrierte mich aber auf mein Frühstück. Das Croissant schmeckte nach nichts, und als ich schluckte, wanderte es viel zu trocken meine Kehle hinunter. Immerhin hatte sich die Apathie nun in Wut gewandelt. Nicht einmal Wut auf Milan, auch wenn die ebenfalls unter der Decke brodelte. Der größte Teil meiner Wut richtete sich gegen Christopher. Gegen ihn als Person und gegen all das, was er repräsentierte. Gegen Männer, die glaubten, sich nehmen zu können, was sie wollten. Und dann damit ungeschoren davonzukommen.

Sein Grinsen, als er die Halle betreten hatte, kam mir wieder überdeutlich vor Augen, und ich trank schnell einen Schluck Wasser nach, um sicherzugehen, dass das Croissant blieb, wo es hingehörte.

Ich war es so leid. Ich war es leid, hier zu sitzen und nichts tun zu können. Das Glas noch in der Hand, hielt ich inne.

Aber ich kann etwas tun.

Es gab eine Möglichkeit, wie ich andere vor Christopher und auch vor Leuten wie Ben und Thomas warnen konnte, ohne erzählen zu müssen, was mir passiert war. Ich hatte diese Möglichkeit selbst geschaffen. Ich stellte das Glas endlich ab – mit so viel Elan, dass Elias und Noah mich bei dem Geräusch, das es auf dem Tisch verursachte, irritiert anblickten.

»Alles okay?«, fragte Noah.

»Ja«, sagte ich. Das mochte nicht stimmen, aber ich würde dafür sorgen, dass es wieder okay wurde. Ich musste mich zusammenreißen, um nicht direkt vom Tisch aufzuspringen und zurück in mein Zimmer zu laufen. Stattdessen lauschte ich Elias, der nach einer Weile ein Gespräch übers Boxen anfing, und versuchte, an den richtigen Stellen zu nicken. In Wahrheit hörte ich nur mit halbem Ohr zu und plante die Folge, die ich aufnehmen würde, sobald die beiden gegangen waren.

Es hatte zwei Stunden gedauert, Elias und Noah zu überzeugen, dass ich in Ordnung war und sie mich guten Gewissens allein lassen konnten. Sie hatten keine Fragen mehr zu Christopher und dem Spiel gestellt und ich hatte das Thema von mir aus nicht mehr angeschnitten, sodass wir uns einfach auf den neusten Stand der Dinge gebracht hatten. Beziehungsweise hatten mir die beiden Updates gegeben. Über Elias' Job im Box-Studio, der ihm unglaublich viel Spaß machte, und Noahs Doppelbelastung durch Arbeit und Uni, die ihn jedoch wesentlich weniger zu stören schien als Elias und mich. Ich hatte ein bisschen über die Uni erzählt, ansonsten aber wenig gesagt. Denn ich wusste, dass sie mir das, was ich nun vorhatte, ausgeredet hätten.

Ich schloss das Fenster in meinem Zimmer, damit kein Lärm hereindrang, dann schaltete ich meinen Laptop an. Mein Handy lag vor mir, der Ordner mit all den Screenshots war geöffnet. Mein Herz trommelte in meiner Brust. Keine Ahnung, ob das, was ich hier tat, eine gute Idee war. Vielleicht nicht.

Ich versuchte, mich mit dem Gedanken zu beruhigen, dass niemand wusste, von wem der Podcast stammte. Ich war anonym. Ein letztes Mal scrollte ich Christophers Instagram-Feed hinunter. Die Wut war direkt wieder da und gab mir den nötigen Schubs, um die Aufnahme zu starten.

INTERLUDE: PODCAST

Herzlich willkommen an alle neuen Zuhörer und Zuhörerinnen und willkommen zurück an alle anderen. Danke für das positive Feedback zur letzten Folge. Das Postfach bleibt weiterhin für alle geöffnet, die ihre Erfahrungen teilen möchten. Ich war und bin überrumpelt von der Flut an E-Mails, die mich erreicht hat. Da jede Geschichte Aufmerksamkeit verdient und gehört werden sollte, hat unser Podcast nun auch ein Instagram-Profil. Den Link findet ihr im Beschreibungstext der heutigen Folge. Ich freue mich, wenn ihr vorbeischaut, es lohnt sich.

Heute starte ich leider nicht wie angedacht mit einem Brief, da sie ungeplant war. Denn ich war zum ersten Mal in meinem Leben bei einem Handballspiel und habe Redebedarf.

Habt ihr schon einmal von Wischer-Girls gehört? Ich bis gestern nicht. Als Wischer-Girl hat man – Achtung, ich zitiere – einen der schönsten und heißesten Nebenjobs der Welt. Zumindest, wenn man einschlägige Sportmagazine befragt. Es handelt sich hierbei um Frauen, die in knappen Outfits und vor allem im Dienst der Männer die Halle bei Handballspielen wischen, damit die Herren der Schöpfung nicht auf dem schweißbedeckten Boden ausrutschen und sich womöglich verletzen. Ist das ein Problem? Ist das nicht den Frauen überlassen, die diesen Job auswählen?

Mag alles sein. Was aber ein Problem ist, ist die Wahrnehmung ihrer Stellung. Über alle Maßen sexualisiert. So sehr, dass selbst Stars der Handballszene ihre Machtposition nutzen und das Rollenbild festigen. Bei den Berlin Bats posiert man beispielsweise gern mit den Frauen und betitelt diese Bilder dann mit glorreichen Captions wie »Die Mädels wischen und wir holen den Sieg!«, gefolgt von dem Kommentar »Haha, da ist die Welt noch in Ordnung«, was wiederum vom Handballer selbst geliked und mit Lach-Emojis kommentiert wurde. Ist euch dabei wirklich so zum Lachen, liebes Team?

Ich möchte darauf hinweisen, dass dieses Team nur stellvertretend ausgewählt wurde. Natürlich hätte ich auch ein Team aus einer anderen Stadt aufgreifen können. Oder den Fußball. Aber die Profile der Berliner Handballer geben so wunderbar viel her, dass es ein Leichtes war, Material für diese Folge zu sammeln. Und das habe ich getan und für euch zusammengetragen. Also lehnt euch zurück und macht euch einen Kaffee. Oder vielleicht sogar etwas Stärkeres. Es geht los …

BerlinNagundTacht:
Wurde wahrscheinlich von einem von denen abserviert. Lächerlich

Patrickstar:
»Die heutige Folge war ungeplant« – ja merkt man. Sonst hättest du dich mal belesen, dass das mit den Wischer-Girls Tradition hat. Aber hab grad in die alten Folgen reingehört du willst ja eh überall Sexismus sehen

Halll.12:
Find's auch ein bisschen krass. Und ich mochte die anderen Folgen echt. Aber das ist halt kein Problem des Handballs, das begegnet dir überall. Klar musst du irgendwo anfangen, aber 🤷‍♀️

22. KAPITEL

Milan

Ich gab Lukas seine Kopfhörer und ließ mich so heftig in meinen Stuhl fallen, dass er ein Stück zurückrollte.

»Fuck.«

»Jap«, bestätigte Lukas. »Wie viele hören den Podcast mittlerweile? Können wir ihn melden?«

Kyra hatte etwas von 10 000 gesagt, aber das war schon eine Weile her, und ich wusste nicht, ob sie sich auf eine einzelne Folge oder den gesamten Podcast bezogen hatte. So oder so waren es einige Tausend zu viel.

Er hob die Schultern. »Ich seh hier keine Views oder Downloadzahlen. Aber ich hab ihn vorhin gegoogelt und er wurde auf einigen Seiten verlinkt, und auf Instagram sind es schon über 4000 Follower, dabei existiert die Seite noch kürzere Zeit als der Podcast selbst. Und melden …« Er schüttelte den Kopf. »… kannst du vergessen, glaub ich. Wieso auch? Die Person hat ja nur öffentlich zugängliche Infos verwendet.«

»Was postet Ben auch so einen Mist, ganz im Ernst.«

»Ben halt. Er ist ein Vollpfosten.«

Ich lehnte den Kopf nach hinten und fuhr mit den Händen über mein Gesicht. »Scheiße, Mann. Meinst du, Rico und Chris bekommen Wind davon?«

»Ich glaub nicht, dass Chris sich freiwillig einen feministischen Podcast anhört. Aber ja, schon möglich.«

»Ich kann nicht glauben, dass sie das gemacht hat.«

Lukas verengte die Augen. »Was?«

»Was?«, fragte ich zurück, woraufhin sich Lukas auf mein Bett setzte. Ich drehte den Stuhl herum, damit ich nicht mit dem Rücken zu ihm saß.

»Dass wer das gemacht hat?«

Fuck.

»Du weißt, von wem der Podcast ist, oder?« Lukas mochte es als Frage formuliert haben, aber ihm war anzusehen, dass er die Antwort schon kannte. Dennoch nickte ich.

»Du musst versprechen, dass du es niemandem sagst«, schob ich direkt hinterher.

Lukas fuhr sich mit der flachen Hand übers Gesicht. »Kyra?«

»Niemandem«, betonte ich.

»Oh Mann, Milan. In was hast du dich da bitte verrannt?«

Ich musterte ihn so lange, bis er nickte. »Ich sag nichts, versprochen.« Kurz darauf zuckten seine Mundwinkel.

»Magst du mir sagen, was daran zum Lachen ist? Bitte? Ich nehme jede Aufmunterung, die ich kriegen kann.«

»Zum Lachen nicht direkt«, antwortete Lukas. »Ich freu mich nur, dass du jemanden so sehr magst, dass du für sie Geheimnisse vorm Team hast. Tut dir vielleicht mal gut. Nur schade, dass sie dein Team zu hassen scheint.«

»Danke, Lukas. Das ist echt superwitzig«, erwiderte ich trocken.

»Was ist denn überhaupt vorgefallen?«

Wenn ich das nur wüsste. Ich wusste, das Kyra impulsiv war. Dass sie für ihre Ideale einstand und dafür brannte. Das war überhaupt erst der Grund, dass ich mich so zu ihr hingezogen fühlte. Aber das hier? Ich fand nicht nur keine Erklärung für ihr Verhalten, es war auch absolut unter der Gürtellinie. Keine Ahnung, ob sie sauer auf mich war. Nichts rechtfertigte, was sie getan hatte. Das war Rufmord auf ganzer Linie. Und so anders als ihre vorherigen Folgen. Klar, die erste war auch aus Wut entstanden. Aber sie war fundiert, ruhig vorgetragen gewesen und hatte, wie die Folgeepisoden auch, versucht, Wissen zu vermitteln und für Offenheit zu plädieren. Das hier war ein bloßer Angriff. Eine Spitze nach der anderen. Es war emotional und gemein auf einer Ebene, die für Ben und vielleicht auch das gesamte Team wirklich Folgen haben könnte. Klar, wir hatten nichts verbrochen. Aber ich hatte genug Zeit auf Twitter und in Facebook-Kommentarspalten verbracht, um zu wissen, dass es nicht viel brauchte, um einen Shitstorm auszulösen. Und Kyra hatte alle dafür benötigten Materialen bereitwillig zusammengetragen und geteilt.

»Fuck«, sagte ich erneut. Und obwohl das gerade zweitrangig war, spürte ich neben meiner Fassungslosigkeit, dass ich verletzt war. Wieso war sie einfach abgehauen, hatte sich den gesamten gestrigen Tag nicht gemeldet und stellte jetzt so eine Folge online, obwohl sie genau wusste, wie viel mir mein Team bedeutete? Wieso redete sie nicht mit mir?

Lukas hob die Augenbrauen. »Wie sehr hast du es bitte verkackt, dass sie so eskaliert?«

»Wieso gehst du gleich davon aus, dass ich was damit zu tun habe?«

»Du hast gestern alle fünf Minuten aufs Handy geguckt und trotz des Siegs Trübsal geblasen.«

»Sie ist mitten im Spiel einfach gegangen.«

»Aber warum?«, fragte Lukas mit gerunzelter Stirn.

»Keine Ahnung. Weil sie Handball hasst?«

Lukas hob die Augenbrauen. »Und das war ihr nicht klar, bevor sie zum Spiel gekommen ist? Unwahrscheinlich.«

Ich hob die Schultern. »Ich bin genauso ratlos wie du.«

»Okay, was wissen wir über Kyra? Außer dass sie auf die Humboldt geht, einen Podcast aufnimmt und offensichtlich keinen Handball mag.«

»Kyra Seger, neunzehn Jahre alt, studiert Psychologie, hat eine Mitbewohnerin …«

Ich hielt inne, als ich Lukas' erhobene Hand sah. »Was?«

»Seger?«, fragte Lukas.

»Ja, wieso?«

»Hat sie zufällig einen großen Bruder?«

»Zwei sogar. Noah und …« Ich dachte nach. »Elias. Aber ich hab nur Noah kurz kennengelernt. Was?«, fragte ich erneut, denn die tiefen Furchen auf Lukas' Stirn waren alles andere als beruhigend.

»Na, da hast du's.«

»Hab ich was?«

»Gott, du hast echt ein Händchen für Frauen. Bei Elias Seger klingelt bei dir nichts?«

Ich ließ mir den Namen durch den Kopf gehen. Hatte ich ihn schon einmal gehört? Er kam mir bekannt vor, aber ich konnte beim besten Willen nicht sagen, woher.

»Das ist der Typ, der Chris die Schulter ausgerenkt und das Jochbein gebrochen hat.«

»Oh«, war alles, was ich sagte. Denn das erklärte Kyras Verhalten. Wieso sie gegangen war. Die zögernden Momente vorab. Gleichzeitig bedeutete es auch, dass sie es gewusst hatte. Denn sie hatte mein Handballteam sicher direkt zuordnen können. Sie wusste es und sie hatte es nicht für nötig gehalten, mir etwas zu sagen. Noch schlimmer war nur der Gedanke, dass sie es vielleicht mit völliger Absicht getan hatte. War ich ein soziales Experiment für ihren Podcast gewesen? Eine Chance, irgendeine Familienstreitigkeit weiter anzustacheln?

Deshalb war mir auch ihr Bruder so bekannt vorgekommen. Denn Noah Seger war der Mann, der in diesem Sommer beim Feiern unseren Torwart Ben geschlagen hatte – zugegeben, Ben war nicht ganz unschuldig an der Aktion gewesen, aber das änderte nichts an der Tatsache. Und Elias Seger war der Grund, weshalb wir wochenlang ohne unseren Kapitän hatten spielen müssen.

»Ja, ›oh‹ trifft es ganz gut«, gab Lukas zurück.

Ohne ein weiteres Wort stand ich auf und nahm mein Portemonnaie und meinen Schlüssel vom Schreibtisch. »Ich fahr zu ihr.«

Lukas schaute auf die Uhr an seinem Handy. »Jetzt?«

»Ja, sie hat freitags keine Veranstaltungen. Und ich hab keinen Bock, hier zu sitzen und zu grübeln, was der ganze Mist soll, wenn ich sie einfach fragen kann.« Kopfschüttelnd ging ich zur Tür. »Und ich hab genauso wenig Bock darauf, dass sie noch so eine Folge raushaut.«

Es dauerte eine Weile, bis das Knacken in der Türsprechanlage ertönte.

»Ja?«

»Milan hier, mach auf.«

Durch die Anlage war deutlich zu hören, wie Kyra den Hörer auflegte. Dann herrschte mehrere Sekunden lang Stille. Ich wollte gerade erneut klingeln, als der Türöffner endlich summte. Die vier Stockwerke schaffte ich in Rekordschnelle und klopfte oben angekommen an die noch verschlossene Tür.

Ich war auf dem Weg hierher mehrere Szenarien in meinem Kopf durchgegangen, hatte nach Gesprächsanfängen gesucht, aber als Kyra öffnete, waren diese Überlegungen wie weggeblasen. Sie ging einen Schritt zur Seite, damit ich eintreten konnte, dann stand sie, die Arme abwehrend vor der Brust verschränkt, einfach da und sah mich an. Dabei musste sie genau wissen, weshalb ich hier war.

Also starrte ich zurück. Und wurde mit jeder stillen, verstreichenden Sekunde wütender. An ihrer Schulter vorbei erhaschte ich durch die halb geöffnete Tür einen Blick in ihr Zimmer und auf die Plattenregale, was meine Stimmung weiter sinken ließ. Hatte ihr das Ganze nichts bedeutet? Wie hatte sie das Wissen um Elias und Christopher für sich behalten können? Wieso richtete sie ihre Wut auf Christopher gegen mich und wieso empfand sie diese überhaupt, wenn er der Leidtragende in dem ganzen Szenario war?

»Was machst du hier?«, fragte Kyra endlich und ich wandte den Blick wieder auf ihr Gesicht. Jetzt erst fiel mir auf, wie müde sie aussah. Unter ihren Augen lagen dunkle Schatten.

Kein Wunder, wahrscheinlich hat sie ihren Schlaf dafür geopfert, Bens und Chris' Instagram-Kanäle durchzugehen und diese bescheuerte Folge aufzunehmen.

War es ihr wirklich egal, dass sie mit dieser Aktion Existenzen zerstören konnte?

»Ich bin hier, weil ich wissen will, was zur Hölle du gemacht hast«, antwortete ich. »Was hast du dir bitte dabei gedacht?«

Kyras Augen weiteten sich leicht, als würden meine Worte sie überraschen. »Weil ich plötzlich weg war?«

Beinahe hätte ich gelacht. »Nein, aber lass uns gern damit anfangen. Du bist mitten im Spiel einfach gegangen – okay, dann magst du Handball eben nicht. Mir egal. Aber eine kurze Nachricht, damit ich mir keine Sorgen mache, wäre nicht zu viel verlangt gewesen.« Ich schnaubte. »Aber nein, deshalb bin ich nicht hier. Denn anscheinend ist es ja schon zu viel verlangt, dass du den Ruf meines Teams nicht komplett zerstörst.«

Jetzt stemmte Kyra die Hände in die Hüfte. »Ich hab den

Ruf deines Teams nicht zerstört. Ich hab nur genommen, was da war.«

»Und weil ein Arschloch ein solches Foto postet, ziehst du mein gesamtes Team ins Lächerliche? Recherchier wenigstens anständig. Wischer-Boys gibt es mittlerweile genauso wie Wischer-Girls.« Mit den Fingern ahmte ich Anführungszeichen nach, weil auch die Begriffe veraltet waren. Nicht dass Kyra das groß zu interessieren schien. »Und bei uns gehören die zum Team und sind keine Deko. Der Verein, der mit diesen Kommentaren in Verruf gekommen ist, stammt nicht einmal aus Berlin.«

»Hast du den Beitrag überhaupt gehört? Es ging um viel mehr als das.«

»Wenn es um so viel mehr geht, warum dann mein Team? Hm?«

Ich wollte es von ihr hören. Ich wollte einen Grund hören, denn ich wollte nicht glauben, dass alles kalkuliert war und auf irgendeinem familiären Zwist beruhte. Doch sie schüttelte bloß den Kopf und schwieg.

»Du weißt ganz genau, wie viel mir das bedeutet«, schob ich hinterher, woraufhin Kyra schluckte.

»Du findest es also super, wenn ich auf Missstände aufmerksam mache. Aber nur so lange, wie es dich nicht betrifft. Dann soll ich lieber die Klappe halten.«

Ich lachte trocken auf. »Du bist echt eine gute Schauspielerin.«

»Schauspielerin?«

»Erzähl mir nicht, dass du nicht wusstest, dass Christopher in meinem Team spielt.«

»Was ist mit Christopher?«, fragte Kyra und ihre Stimme war plötzlich bar jeder Emotion. Brauchte ich mehr Bestätigung, dass sie sich ertappt fühlte?

»Der Name sagt dir also etwas. Aber du hast es nicht für nötig gehalten, mir zu sagen, dass dein Bruder daran schuld ist, dass wir die Saison ohne unseren Kapitän spielen durften?«

Kyra lachte, aber es klang völlig freudlos. »Ich bin also die Schauspielerin? *Du* hast gewusst, wer mein Bruder ist, wer ich bin, und hast nicht einmal daran gedacht, mich drauf anzusprechen. Und erzähl mir nicht, dass der Name Seger dir nichts sagt, wenn ihr wirklich ein so tolles Team seid, das dir alles bedeutet. Spätestens in dem Moment, als du meinem Bruder hier begegnet bist, hast du es wissen müssen. Ich wusste, bis ich deinen Instagram-Account entdeckt habe, nicht einmal, dass du Christopher kennst.« Sie schüttelte den Kopf. »Außerdem geht es hierbei gar nicht darum.«

»Stimmt. Hier geht es nicht um deinen Bruder. Hier geht es darum, dass du meine Mannschaft öffentlich auseinandernimmst.«

An ihrem Hals konnte ich rötliche Flecken ausmachen. Immerhin schien sie das Ganze nicht komplett kalt zu lassen.

»Was ist dein Problem?«, fragte ich geradeheraus.

»Mein Problem?«

»Ich dachte echt, du hast verstanden, wie wichtig mir all das ist. Ich war sogar so dumm zu glauben, dass du es womöglich unterstützt.« Ich schluckte. »Und ich dachte, du magst mich.«

In diesem Moment war mir egal, wie erbärmlich die letzten Worte klangen. Ich wollte eine Erklärung. Ich konnte nicht glauben, dass Kyra so etwas grundlos tun würde. Nicht mit dem Wissen, dass meine gesamte Zukunft auf dieser Mannschaft aufbaute. Ich mochte sie nicht besonders gut oder lange kennen, aber konnte mein Eindruck von ihr mich wirklich so sehr getäuscht haben?

»Hier geht es nicht darum, ob ich dich mag«, entgegnete Kyra. »Hier geht es um Richtig oder Falsch. Und ich will auf der richtigen Seite stehen und bei Ungerechtigkeit nicht einfach wegsehen.« Sie zuckte mit den Schultern, als wäre das Thema damit erledigt.

»Du kannst die Welt nicht so in Schwarz und Weiß unterteilen. Du gehst doch sonst total durchdacht an die Dinge heran.«

Erneut verschränkte Kyra die Arme vor der Brust. »Du könntest auch zugeben, dass ihr nicht im Recht seid.«

Ich seufzte und rieb mir die Schläfe, unter der es zu pochen begann. Genau deshalb war ich single und machte für gewöhnlich einen großen Bogen um alles, was in eine festere Richtung führen konnte. Es lenkte mich vom Wesentlichen ab. Und das Wesentliche waren mein Sport und meine Zukunft.

»Ich hab mich echt in dir getäuscht«, sagte ich.

»Und ich mich in dir, wenn dein Erfolg so über allem steht.«

Ich schüttelte den Kopf. Das ganze Szenario erinnerte mich an das Gespräch, das ich mit Sophie geführt hatte. Auslöser mochten zwei völlig unterschiedliche Dinge gewesen sein, aber das Endergebnis war dasselbe.

»Du hast dich nicht getäuscht, Handball kommt bei mir an erster Stelle. Ich hätte einfach nie gedacht, dass du so kopflos um dich schlägst, nur weil du das Gefühl hast, dir hätte jemand ans Bein gepinkelt.«

Kyra verzog die Mundwinkel nach unten und ich sah, wie sie die Finger heftiger um ihre verschränkten Arme krallte. »Ans Bein gepinkelt?« Fassungslosigkeit lag in ihrem Blick, und obwohl sie ein gutes Stück kleiner war als ich, wirkte es, als würde sie mich von oben herab betrachten. »Anscheinend haben wir uns beide ineinander getäuscht, denn ich hätte nie gedacht, dass du so ein Arschloch bist.«

Ich schluckte jegliche Erwiderung hinunter. Ich würde mich nicht provozieren lassen und ihre Worte bekräftigen, indem ich mich auf das Niveau begab. Stattdessen ließ ich meinen Blick über Kyras versteinerte Miene wandern. Ihre Augen funkelten und ihr Körper wirkte in der defensiven Haltung völlig verkrampft. Sollte ich sie wirklich vollkommen falsch eingeschätzt haben? Offensichtlich. Und ich war selbst dran schuld. Ich hätte es besser wissen müssen. Wie gut konnte man einen Menschen nach so kurzer Zeit schon kennen? Das hatte ich nun davon, dass ich meine Prinzipien über Bord geworfen hatte und bereit gewesen war, mich auf uns einzulassen.

Ich ließ einmal die Schultern kreisen und nickte Kyra knapp zu. »Gut, dann geh ich wohl besser.«

Sie bewegte sich keinen Millimeter, dabei hatte ein Teil von mir gehofft, dass all das ein Missverständnis war und sie sich gleich erklären würde. Aber das tat sie nicht. Also drehte ich mich um und ging die zwei Schritte zur Tür zurück. Als meine Finger gerade die Klinke umschlossen, erklang ihre Stimme doch noch einmal.

»Du sagst es ihnen, oder?«

»Was?«, fragte ich und blickte über die Schulter zu Kyra, die immer noch an der Wand neben ihrer Zimmertür stand.

»Dass es mein Podcast ist und die Folge von mir stammt.«

Ein ungläubiges Schnauben entwich mir. Für wen hielt sie mich, dass sie so von mir dachte? Ohne ein weiteres Wort wandte ich den Blick ab und verließ Kyras Wohnung.

23. KAPITEL

Kyra

»Jab, Punch, Uppercut und Round!«

Elias' Stimme bellte durch das Studio, obwohl er direkt neben mir stand. Meine Fäuste trafen auf den schwarzen Boxsack, die weißen Handschuhe hinterließen bei jedem Aufprall dumpfe Geräusche. Ansonsten waren nur die leise Musik aus den Boxen und mein Keuchen zu hören.

»Punch, Haken, Round!«

Ich vollführte die Kombination und ging zurück in Deckung.

»Noch mal und Bein höher«, rief Elias neben mir. Ich schlug frontal und kurz darauf seitlich gegen den Sandsack und zog mein rechtes Bein hoch.

»Besser«, kommentierte mein Bruder. »Noch mal.«

Ich wiederholte das Ganze so lange, bis Elias zufrieden die Hand hob.

»Trink mal was.«

Ich zog die Handschuhe aus und ließ sie zu Boden fallen. Schwer atmend nahm ich meine Wasserflasche und trank in gierigen Schlucken. Elias kam neben mir zum Stehen und beobachtete mich aus zusammengekniffenen Augen.

»Was?«, fragte ich und wischte mir über den Mund, bevor ich die Flasche wieder zuschraubte.

»Ist noch irgendwas vorgefallen?«

Das Problem daran, sich so gut mit seinen Geschwistern zu verstehen? Ihnen entging nie etwas.

Ich schüttelte den Kopf. »Ne, ich wollte mich einfach nur abreagieren. Du hast gestern selbst vorgeschlagen, dass ich mal wieder ins Studio kommen könnte.«

»Ja, und du hast abgelehnt. Dachte, dass vielleicht irgendwas deine Meinung geändert hat.«

Erneut schüttelte ich den Kopf, obwohl Elias natürlich recht hatte. Milans Besuch hatte mich mehr aufgewühlt, als mir lieb war.

Er warf mir noch einen kritischen Blick zu, dann zuckte er mit den Schultern. »Wie du meinst. Ich muss jetzt los, den Kurs vorbereiten. Bleib, solange du magst.«

»Marc lässt dich die Kurse wirklich allein durchführen?«, fragte ich überrascht. »Wo ist er überhaupt?«

Marc gehörte dieses Studio, und manchmal hatte ich den Verdacht, dass er hier wohnte. Ich hatte ihn zumindest nie außerhalb dieser Hallen getroffen. Umso seltsamer war es, dass ich ihn heute noch nicht gesehen hatte.

»Er hat frei«, sagte Elias mit einem Grinsen. »Ich weiß, total untypisch. Und ja, er hat mir ein paar Kurse übergeben.«

»Wow, dann musst du echt gute Arbeit leisten.«

»Ich geb mein Bestes.«

Ich merkte, wie sich ein Teil der Anspannung löste, senkte die Schultern und musste lächeln. Immerhin um Elias brauchte ich mir im Moment keine Sorgen zu machen. Dass er meinetwegen aus dem Familienbetrieb geflogen war, begleitete mich stets im Hinterkopf und ließ mich schuldig fühlen – auch wenn er mir natürlich nie die Schuld gegeben hatte. Umso besser tat es jetzt, ihn bei etwas zu sehen, das er nicht nur gut konnte, sondern das ihm offensichtlich Freude bereitete.

»Viel Spaß«, sagte ich noch, bevor er ging. Dann zog ich mir die Handschuhe über und wandte mich wieder dem Sandsack zu. Sport hatte mir immer geholfen, meine Gedanken zu sortieren. Und nach dem heutigen Morgen waren diese ein einziges Chaos. Denn Milan gehen zu sehen, hatte wehgetan. Und das war das Letzte, womit ich gerechnet hatte.

Ich verstand, dass er sich angegriffen fühlte. Aber nicht, wie er mit Christopher zusammenarbeiten und sogar befreundet sein konnte. Ich kannte die Abgründe, die hinter dem lauerten, was er so liebte. Ich kannte sie besser, als mir lieb war.

Bevor sich die Gedanken an die Premierenfeier, Christopher und das eklige Gefühl seiner Haut auf meiner wieder einschleichen konnten, vollführte ich in schnellem Wechsel Schläge und Haken auf dem Boxsack.

Ich konnte nichts tun, als abzuwarten, dass das Unausweichliche geschah: dass Milan zu Christopher ging und ihm verriet, wer hinter der Folge steckte. Dann hätte ich nicht nur Milan gegen mich aufgebracht, sondern seine gesamte Mannschaft. Inklusive Christopher. Und diese Vorstellung machte mir mehr Angst als die, eine Gruppe von Profisportlern gegen mich zu haben. Denn Christopher hatte mir und meiner Familie bereits so viel genommen. Und ich hatte keine Ahnung, wie weit er gehen würde, um seinen Ruf und seinen Status zu schützen. Ob er versuchen würde, das Verhältnis zwischen meinen Eltern und seinem Vater zu sabotieren, oder ob er Noah die Arbeit erschweren würde. Ob er alles daran setzen würde, eine Rückkehr für Elias undenkbar zu machen. Oder aber, ob er direkt gegen mich vorgehen würde. Wenn Milan sein Versprechen brach – und wieso sollte er es noch halten? –, hatte ich keine Ahnung, was geschehen würde.

Die Zeit in der S-Bahn nutzte ich, um die Kommentare unter der letzten Folge sowie auf Instagram zu checken. Sie waren schon direkt nach der Veröffentlichung nicht alle positiv gewesen. Wie die Klickzahlen zeigten, hatte die Episode nun jedoch weitere Kreise gezogen. Das wirkte sich auch auf das Feedback aus. Offensichtlich waren die ersten Handballfans auf den Podcast gestoßen. Ich überflog die nun sehr viel höhere Zahl an negativen Kommentaren.

Die Bitch hat doch keine Ahnung …

… ist bestimmt untervögelt …

Wird Zeit, dass sie mal jemand ordentlich …

… solltet froh sein, dass wir euch überhaupt wählen lassen!

Ich war mit dem Internet aufgewachsen und seit Jahren auf Social Media aktiv, sodass ich mit so etwas gerechnet hatte. Mit einem müden Lächeln löschte ich die schlimmsten Beleidigungen und Direktnachrichten und las mir dann die restlichen durch. Mein Beitrag hatte auf jeden Fall für mehr Wirbel gesorgt als die vorherigen. Mein Instagram-Post bezog sich auf allgemeine Statistiken aus dem Sport, sodass es hier einigermaßen sachlich zuging. Unter dem Podcast jedoch, in dem ich mich fast ausschließlich auf die Berlin Bats konzentriert hatte, sah es mittlerweile ganz anders aus. Auf meiner Unterlippe kauend las ich die Kommentare durch. Ich hatte mich nicht gerade beliebt gemacht.

Bei dem Gedanken, dass Milan genau in diesem Moment bei Christopher sein und ihm die Folge zeigen könnte, wurde mir mulmig zumute.

Bleib stark.

Ich durfte mich davon nicht einschüchtern lassen. Kein weiteres Mal. Diesmal würde ich mich nicht kleinkriegen lassen. Ich würde den Podcast fortführen, ich musste. Zum einen, weil er mein Ventil geworden war, zum anderen, weil er auch anderen half und eine Stimme gab.

Ich öffnete das E-Mail-Postfach und las in den Einsendungen der Zuhörerinnen, um den Brief für die nächste Folge auszuwählen. Ein Teil von mir wusste, dass es nicht meine klügste Entscheidung gewesen war, die letzte Folge so emotional zu gestalten und dadurch nicht sachlich genug an das Thema heranzugehen. Jetzt, mit Abstand zum Handballspiel, Abstand zu Christopher, war mir klar, dass es eine Kurzschlussreaktion gewesen war. Leider hieß das auch, dass Milan nicht mit allem, was er gesagt hatte, im Unrecht lag. Denn es stimmte: Ich hätte unter normalen Umständen fundierter gearbeitet. Ich hatte mir nicht einmal die Mühe gemacht, zu recherchieren, wer bei den Matches der Bats den Boden wischte. Ich hatte einen Standpunkt vertreten wollen und nach Artikeln und Beiträgen gesucht, die diesen untermauerten. Das war weder journalistisch klug noch eine Herangehensweise, die ich sonst wählen würde.

Dennoch bereute ich es nicht, die Folge aufgenommen zu haben. Etwas musste sich ändern. Dass der Podcast Milan schadete, war nie meine Absicht gewesen, und auch wenn ich mich deshalb schuldig fühlen sollte – alles, an was ich denken konnte, war, dass er vielleicht auch Christopher schadete.

Ist es dir das wirklich wert?

Ich dachte wieder an Milans enttäuschten Blick, als er heute Morgen in meinem Flur gestanden und mich zur Rede gestellt hatte. Er hatte verletzt ausgesehen. Aber ich hatte es tun müssen. Ich war mindestens genauso verletzt und wütend gewesen, dass er seine Mannschaft von vornherein in Schutz nahm, anstatt sich zu fragen, ob ihr Verhalten nicht wirklich falsch war. Was unterschied ihn von den anderen?

Nein, ich würde mich nicht schuldig fühlen. Ich konnte nicht zulassen, dass meine Familie und ich immer noch unter dem litten, was geschehen war, während Christopher normal weitermachte. Selbst seine Schulter schien vollständig geheilt zu sein. Wieso sollte er ohne Konsequenzen Match um Match gewinnen, womöglich eine Liga aufsteigen, während ich all der Ballast zu tragen hatte? Und war es nicht sogar meine Pflicht, auf Bens und sein Fehlverhalten aufmerksam zu machen? Wer sagte denn, dass er es nicht noch einmal tun würde? Bei einer anderen Frau? An einem anderen Tag? Wenn ich etwas dazu beitragen konnte, das zu verhindern, musste ich das tun.

Wieso machst du dann nicht einfach den Mund auf?

Krampfhaft klammerte ich die Finger um mein Smartphone. Ich hatte diese Frage in den letzten Wochen erfolgreich aus meinem Kopf verdrängt. Wieso war sie jetzt wieder da? Ich hatte den ganzen Sommer über mit Schuldgefühlen zu kämpfen gehabt und mir diese Frage immer und immer wieder gestellt.

Wieso ließ ich zu, dass Elias aus der Firma flog, anstatt etwas zu sagen?

Wieso ließ ich Christopher davonkommen, anstatt ihn anzuzeigen?

Wieso ließ ich meine Eltern in dem Glauben, dass Elias gewalttätig war, anstatt ihnen zu beichten, was passiert war?

Ich hatte mir vor Elias eingeredet, dass es zum Wohl der Familie und des Betriebs geschah. Dass es das Beste für uns alle war. Ich hatte es mir so oft eingeredet, dass ich es beinahe geglaubt hatte. Aber eben nur beinahe …

Das Piepen der S-Bahn-Türen riss mich aus meinen Gedanken. Ich hob den Kopf und beobachtete die Menschenmassen, die sich in letzter Sekunde in die Bahn quetschten. Eine Touristengruppe mit Kameras und Papierkarten versperrte mir die Sicht nach draußen. Ich sah zum Anzeigebildschirm. Brandenburger Tor. Verdammt. Ich war so in Gedanken verloren gewesen, dass ich meine Haltestelle völlig versäumt hatte. Ich stieg an der Friedrichstraße aus und überlegte zurückzufahren. Allerdings war ich jetzt schon einmal hier und es wäre kein alzu weiter Weg ins Poet's Corner. Freitags hatte Phuong ihre Schicht, und wenn ich eines gebrauchen konnte, dann war das Ablenkung.

Während ich die Stufen nach oben nahm, schickte ich Miriam eine Nachricht, ob sie ebenfalls kommen wollte. Ich war in den letzten Tagen nicht gerade die beste Freundin für sie gewesen. Erst hatte ich wahnsinnig viel Zeit mit dem Podcast verbracht, dann hatte ich sie mit auf das Handballspiel geschleppt, nur um kurz darauf Reißaus zu nehmen. Die Balken neben meiner Nachricht wurden blau, allerdings tippte Miri keine Antwort. Vermutlich hatte sie gerade ein Seminar.

Oben angekommen sog ich die kalte Herbstluft in meine Lunge und lief in letzter Sekunde über die grüne Ampel in Richtung unseres Lieblingscafés.

»Ein Caramel Macchiato für dich.« Phuong stellte das Glas vor mir ab und warf sich dann neben mich auf die Bank. »Und Feierabend für mich.«

»Hast du heute Abend was vor?«, fragte ich, bevor ich mir einen Löffel des süßen Milchschaums in den Mund schob.

»Lernen und schlafen. Also sorry, falls du Pläne zum Feiern hattest.«

»Lernen? An einem Freitagabend? Wer bist du und was hast du mit meiner besten Freundin gemacht?«

»Haha«, erwiderte Phuong trocken. »Völker- und Europarecht ist kompliziert, okay? Mir graut jetzt schon vor den Klausuren, dabei hab ich noch Wochen bis dahin. Keine Ahnung, wie ich das Staatsexamen schaffen soll. Ich glaub, mein Gehirn ist zu klein für so viel Stoff.«

»Ist es nicht«, sagte ich lachend.

»Wie läuft es denn bei dir?«

Ich trank einen Schluck. »Ganz okay, denke ich.«

»Denkst du?« Phuong musterte mich interessiert. »Und wie läuft der Podcast? Ich hab eben bei der Schicht die neue Folge gehört.«

»Echt gut«, sagte ich und holte mein Handy aus der Jackentasche, um Instagram zu öffnen. »Ich hab einen Account erstellt, um mehr Geschichten teilen zu können, und die Klickzahlen haben sich bei der aktuellen Folge mehr als verdoppelt.« Als ich Phuongs schiefes Lächeln sah, stoppte ich. »Was?«

»Ich hab das gesehen, Ky. Daher die Fragen.« Sie wiegte den Kopf leicht hin und her. »Es ist super, dass der Podcast so durch die Decke geht, aber …« Sie zögerte, bevor sie weitersprach. »Ist alles in Ordnung bei dir? Die Folge war anders als sonst. Aggressiver. Weißt du, was ich meine?«

Ich legte mein Handy auf dem Tisch ab und unterdrückte den Drang, direkt protestieren zu wollen. Wenn diese Kritik von Phuong kam, dann nur, weil sie sich Sorgen machte.

»Ich will damit gar nicht sagen, dass das was Schlechtes ist. Ich bin total stolz auf dich.«

Ihre Worte entlockten mir ein kleines Lächeln.

»Und ich versteh die Wut, glaub mir. Pass nur auf, wen du an den Pranger stellst, das kann auch echt nach hinten losgehen.«

»Ich hab doch niemanden an den Pranger gestellt.«

Phuong sah mich mit hochgezogenen Augenbrauen an. Okay, hatte ich vielleicht ein kleines bisschen. »Ich mach mir nur Sorgen«, sagte sie schulterzuckend. »Du weißt, ich steh hinter dir.«

Die Glocke an der Eingangstür ertönte und eine Gestalt erschien am Tisch.

»Oh! Hi, Miri«, sagte ich und stand auf, um meine Freundin zu umarmen. »Du bist total kalt.«

»Ja, ich bin noch ein Stück gelaufen.«

»Warst du bei deiner Oma?«, fragte Phuong und umarmte sie ebenfalls.

Miriam nickte und zog ihren Mantel aus. »Gleich zurück«, sagte sie und ging zur Theke, um zu bestellen.

»Du musst dir auf jeden Fall echt keine Sorgen machen«, griff ich das Gespräch wieder auf. »Die Folge war etwas … undurchdacht. Aber ich hab draus gelernt.«

»Okay«, erwiderte Phuong lächelnd. »Pass einfach auf dich auf.«

Miriam kam mit einer heißen Schokolade zurück an den Tisch und setzte sich uns gegenüber auf den Sessel. Sie umklammerte die Tasse und seufzte. »Wie kann es so schnell so kalt geworden sein?«

»Was läufst du auch?«, fragte Phuong kopfschüttelnd. »Bei den Temperaturen bin ich sogar dankbar für die müffelnde U-Bahn.«

»Hab ein bisschen Bewegung und Ablenkung gebraucht.«

»Fährst du dafür nicht sonst Motorrad?«

»Ging mir heute auch so«, sagte ich im selben Moment und trat mit dem Fuß gegen die Sporttasche, die am Tisch lehnte.

»Wegen der Kommentare unter der Folge?«, fragte Miriam.

»Indirekt. Ich hab mich mit Milan gestritten. Über die Folge.«

»Aber das war zu erwarten, oder?«

»Wie meinst du das?«

Miriam löste die Hände von ihrer Tasse und spielte mit dem Ring an ihrer rechten Hand, wie sie es immer tat, wenn sie nervös war. »Na ja«, begann sie. »Du hast seine Mannschaft ziemlich auseinandergenommen und ihn nicht vorgewarnt, oder?«

Ich gab ihr mit einem Nicken zu verstehen, dass sie weitersprechen sollte.

»Ich mein ja nur … Die Folge war anders als die davor.«

»Nicht du auch noch«, murmelte ich. Phuongs Mundwinkel zuckten, aber mir war nicht nach Lachen zumute.

Hatten die beiden recht? Wenn ja, bedeutete das, dass auch Milan in gewisser Weise recht hatte. Aber sie alle wussten nicht, was ich wusste …

Ich nahm mein Handy wieder zur Hand und überflog die neusten Kommentare. Wie es aussah, hatte ich wohl wirklich einige Leute gegen mich aufgebracht. Anscheinend musste ich einen frustrierten Laut von mir gegeben haben, denn Phuong stieß mich in die Seite.

»Mach dir nicht so einen Kopf. Die nächste Folge beginnst du wieder wie gehabt mit einer Mail, widmest dich dem Thema, und dann ist die Geschichte vergessen.«

»Hm«, machte ich. Vielleicht hatte Phuong sogar recht, aber ich würde die Geschichte nicht vergessen können. Sie war für immer ein Teil von mir, den ich akzeptieren lernen musste. Und ich dachte, der Podcast könnte mir dabei helfen. Vielleicht tat ich einfach nicht genug.

Erneut scrollte ich durch die eingesendeten E-Mails auf der Suche nach dem nächsten Thema, während Phuong und Miriam ein Gespräch begannen. Ich hörte ihnen nur mit halbem Ohr zu und gab an den Stellen, an denen es mir richtig erschien, zustimmende Laute von mir. Ich würde mich nicht unterkriegen lassen. Getroffene Hunde bellten bekanntlich am lautesten. Und das bedeutete nur, dass ich mit meiner Arbeit einen wunden Punkt getroffen hatte.

24. KAPITEL

Milan

»Auch eins?«, fragte Basti und hielt mir ein Bier entgegen, das ich kopfschüttelnd ablehnte.

»Morgen früh ist Training.«

Bastis Blick wanderte zu Lukas, der gerade seine Flasche zum Mund führte und in der Bewegung innehielt. »Was?«

Obwohl mir nicht danach zumute war, musste ich lachen. »Lukas zählt nicht, der hört sowieso nie.«

»Ich höre auf den Ruf des Lebens. Und der sagt: Entspann dich.«

»Du bist bescheuert.«

Lukas hob die Schultern. »Du liebst mich trotzdem.«

Basti brachte das ungeöffnete Bier zurück in die Küche und ließ sich kurz darauf stöhnend neben mich aufs Sofa fallen.

»Langer Tag?«

»Eher ’ne lange Nacht. Ich muss eine Projektarbeit fertig kriegen. Weißt du, was das Schlimmste am Programmieren ist? Es ist nicht mal, dass was nicht funktioniert und du nicht weißt, warum. Noch schlimmer ist nämlich, wenn es plötzlich funktioniert und du genauso wenig weißt, warum.«

»Ist das nicht egal?«

»Ne, ist wie bei Mathe früher. Ohne Lösungsweg bringt dir das richtige Ergebnis wenig.« Er hob die Schultern. »Aber ich glaub, dein Tag war wesentlich anstrengender.«

Fragend blickte ich ihn an, obwohl ich ahnte, worauf er hinauswollte.

Basti zog die Augenbrauen zusammen. »Du hast ihn doch gehört, oder?«

Seufzend ließ ich meinen Kopf auf die Sofalehne sinken. Mit »ihn« meinte Basti offensichtlich den Podcast. »Ja, hab ich.«

Lukas lachte leise. »Du, ich glaub mittlerweile hat das ganze Team ihn gehört. Der Link war heute Morgen in der Gruppe.«

»Ich hab immer noch nicht reingeguckt.« Nach dem Besuch bei Kyra war ich an der Uni gewesen und hatte versucht, für meine Hausarbeit in Sportmedizin zu recherchieren. Die Betonung lag auf *versucht*, denn an Konzentration war dank des Streits mit Kyra gar nicht zu denken gewesen. »Will ich reingucken?«

Lukas wiegte den Kopf hin und her. »Ich sag's mal so: Es fielen ein paar unschöne Worte, alle regen sich auf und Chris und Thomas wollen unbedingt herausfinden, von wem der Podcast ist.«

Mein Kopf schnellte hoch. »Wissen sie schon was?«

Lukas verneinte, und erst als ich die Schultern senkte, merkte ich, wie angespannt ich bei dem Gedanken geworden war.

»Wie auch. Man weiß ja nur, wo sie studiert. Und die Stimme ist auch nachbearbeitet.«

Wieso sorgte ich mich überhaupt um sie? Es war nicht so, als würden die Jungs auf sie losgehen. Außerdem hatte sie mehr als deutlich gemacht, dass sie meine Hilfe nicht wollte. Dass sie *mich* nicht wollte.

»Aber wieso nimmt dich das so mit?«, fragte Basti.

»Hast du dir das Ding komplett angehört?«, fragte Lukas. »Wie soll er denn sonst gucken?«

»Ja, aber euch betrifft es doch gar nicht. Und du mochtest Thomas und Chris eh nie«, sagte er an Lukas gewandt. Ich betete, dass dieser dichthielt und nicht verriet, dass Kyra hinter dem Podcast steckte. Auch wenn ich Basti vollkommen vertraute, ich hatte es ihr versprochen.

»Jap, aber egal wie Milan das immer darstellt: Ich mag Handball und unser Team.« Er hob die Schultern. »Und das war echt hart.«

Ich ließ den Kopf wieder nach hinten sinken und starrte an die Decke. Zu gern hätte ich mit ihnen über den Streit mit Kyra geredet. Aber dann hätte Basti erfahren, was ihn ausgelöst hatte. Also war es wohl besser, wenn er dachte, meine schlechte Stimmung rührte nur von der Folge her und meiner Sorge ums Team. Denn auch wenn wir uns gestritten hatten, ich hatte Kyra versprochen, sie nicht zu verraten. Entgegen ihrer Worte hatte ich das nicht vor. Dass sie genau das Gegenteil erwartete, versetzte mir nach wie vor einen Stich.

Ich wusste in dem Moment, als ich die Umkleide betrat, dass etwas nicht stimmte. Das lag in erster Linie daran, dass fast alle Gespräche verstummten, als ich hinter Lukas durch die Tür lief. Und da alle mich ansahen, war es ziemlich offensichtlich, dass nicht Lukas der Grund für den Stimmungswandel war.

»Milan«, begrüßte mich Chris und nickte zur Hallentür, bevor er genau in diese Richtung ging. Tja, damit erübrigte sich wohl die Frage, ob er den Podcast kannte.

»Awkwaaaaard«, gab Ben mit einem amüsierten Gesichtsausdruck von sich, als ich an ihm vorbeilief.

Ich verkniff mir mein Augenrollen und lehnte mich bei Chris angekommen an die Wand. Dieser saß auf dem Mattenwagen und ließ die Beine baumeln.

»Ich nehme an, du hast diesen Podcast auch gehört? In dem so ein Mist über Ben, Thomas, mich und ein paar der anderen verbreitet wird?«

Ich nickte und merkte an der steifen Bewegung, wie angespannt ich war.

»Dann ahnst du sicher, wieso ich mit dir reden will?«

Stirnrunzelnd sah ich Chris an. »Hilf mir auf die Sprünge.«

»Ben hat dich vor dem Spiel mit Kyra Seger gesehen.«

Mein Herz setzte einen Schlag aus. Er konnte es unmöglich wissen. Hatte Lukas nicht gestern noch gesagt, dass keiner einen blassen Schimmer hatte, von wem der Podcast stammte? Ich beschloss, mich unwissend zu stellen. Chris hob abwartend die Augenbrauen, als ich nicht direkt antwortete.

»Ja, wieso? Sie wollte sich das Spiel anschauen.«

Ich meinte, einen spöttischen Zug um Chris' Mund zu erkennen. »Aha«, sagte er bloß.

»Bist du sauer wegen der Sache mit ihrem Bruder?« Ich hob beschwichtigend die Hände. »Ich wusste nicht, dass sie seine Schwester ist. Das hab ich erst die Tage erfahren.«

»Und wann hast du erfahren, dass sie einen Podcast betreibt?«, fragte er und ich bemühte mich auf Teufel komm raus um einen neutralen Gesichtsausdruck.

»Du meinst, dass …«

»Oh, Milan, komm schon. Du bist nicht dumm.« Chris sprang vom Mattenwagen und verschränkte die Arme vor der Brust. »Wusstest du, was für eine Folge sie aufnehmen würde?«

Den Unglauben, den ich zum Ausdruck brachte, musste ich nicht spielen. »Bitte? Glaubst du ernsthaft, ich würde euch so ins offene Messer laufen lassen? Du weißt, wie viel mir das hier bedeutet.«

»Ja«, erwiderte Chris gedehnt, »das ist mir aufgefallen. So viel, dass du dich direkt als meine Vertretung gemeldet hast, obwohl Ben Co-Kapitän ist.« Die Unterstellung war deutlich in seinen Worten zu hören.

»Ja, weil du krank warst«, rechtfertigte ich mich und musste mich zusammenreißen, nicht genervt aufzustöhnen. Mir hätte klar sein müssen, dass das Konsequenzen haben würde. Lukas hatte mich gleich gewarnt, aber ich hatte nicht hören wollen.

»Wieso bist du dir überhaupt so sicher, dass Kyra dahintersteckt?«

»War nicht so schwer, eins und eins zusammenzuzählen. Geht auf die Humboldt, studiert Psychologie, war in der Einführungsveranstaltung, also Erstsemester, war pünktlich zu unserem letzten Match zum ersten Mal bei einem Handballspiel – trifft alles auf Kyra zu. Außerdem kenn ich sie gut genug, dass so ein bisschen Stimme verzerren nicht mehr viel reißt. Die Frage ist nur, wieso *du* es nicht wusstest.«

»Chris, komm schon. Ich würde nichts tun, um das Team zu sabotieren. Ich habe Kyra gerade erst kennengelernt.«

Chris starrte mich einige Augenblicke weiterhin skeptisch an, aber ich hielt seinem Blick stand. »Du wusstest also echt gar nichts von der Sache?«

»Wirklich nicht, versprochen«, log ich, ohne mit der Wimper zu zucken. Das Wort »Sache« war eine Frage der Interpretation, und von der letzten Folge hatte ich wirklich keinen blassen Schimmer gehabt.

»Okay«, sagte Chris und ließ die Arme wieder neben den Körper sinken. »Aber ich möchte, dass du den Kontakt zu Kyra abbrichst.« Er hob die Schultern kurz an. »Ich weiß, dass mich das nichts angeht, aber du solltest zeigen, wo deine Loyalität liegt. Und wenn das trotz der Scheiße über mich und die anderen weitergeht, kannst du dir die nächsten Spiele vielleicht von der Ersatzbank aus ansehen. Was schade wäre, weil du einer unserer besten Spieler bist. Aber ohne Zusammenhalt haben wir noch weniger Chancen auf den Sieg als ohne dich.«

Arschloch.

»Deal«, sagte ich, ohne zu zögern. »Ich werd sie nicht mehr treffen.«

Die Worte versetzten mir einen Stich, obwohl nicht ich es war, der diese Entscheidung traf. Kyra selbst hatte das zwischen uns beendet, bevor es überhaupt angefangen hatte.

Ich nahm mein Handy aus meiner Jackentasche, öffnete ihr Instagram-Profil und blockierte sie vor Chris' Augen, um meine Worte zu untermauern. Das Letzte, was ich gebrauchen konnte, war auch noch Stress im Team zu haben. Wie erhofft, schien das Chris' restliche Zweifel wegzuwischen, denn seine Gesichtszüge entspannten sich und er nickte mir zu. »Gut.«

Ich nickte ebenfalls und drehte mich gerade um, um zurück in die Kabine zu gehen, als Chris mich noch einmal zurückrief.

»Hey. Sorry ...« Er lächelte schief. »... ich wollte dir nichts unterstellen. Ich bin nur ziemlich durch den Wind und will nicht, dass es weiter eskaliert. Es schlägt so schon viel größere Wellen, als nötig wäre, dafür, dass überhaupt nichts passiert ist.«

Er klopfte mir einmal auf die Schulter, ging voraus zu den anderen und ließ mich mit einem beklemmenden Gefühl in der Halle zurück.

INTERLUDE: PODCAST

Willkommen zurück bei *Your Story is my Story* – und an alle, die neu dazugekommen sind: Hallo und schön, dass ihr hier seid. Wie schon in der vorletzten Folge habe ich für die heutige wieder einen Leserbrief herausgesucht. Er eignet sich thematisch gut zu dem vorherigen. Mir haben mehrere queere Zuhörerinnen geschrieben, doch eine E-Mail stach mir besonders ins Auge, da auch unsere Stadt Berlin eine größere Rolle in ihr spielt. Aber hört einfach selbst. Vielen Dank auf jeden Fall schon einmal für eure Einsendungen und euren Mut!

> *Hey, liebe »Your Story is My Story«-Podcasterin,*
> *ich habe deine neue Podcastfolge gehört und wollte dir einfach eine Nachricht schreiben.*
> *Ich bin zwanzig und identifiziere mich als Frau.*
> *Mit sechzehn Jahren habe ich mein ganzes Leben in fünf Kisten gepackt und bin von einer Kleinstadt in Bayern nach Berlin gezogen.*
> *Auf der Autofahrt hat mich meine Mom gefragt, wen wir mitnehmen. Nur das Mädchen oder auch den genetischen Teil in mir. Damals meinte ich noch ja, auch der Teil soll mit – aber als ich während der Fahrt aus dem Autofenster geschaut habe, ist mir eigentlich schon bewusst gewesen, dass er gar nicht mitgekommen ist.*
> *Ein paar Stunden später war ich in Berlin – und ganz ehrlich, erst mal restlos überfordert. Aber ich war immer gut im*

Beobachten, und das Gewusel in Berlin hat mich mit der Zeit gelehrt, auf die wesentlichen Dinge zu achten. Es war für mich ein Neuanfang in einer Stadt voll Diversität und Anonymität, quasi vom Präsentierteller in ein riesiges Meer. Es gab schöne und schlaue, böse und freundliche Fische. Und vor allem war es ungewohnt, denn so geborgen man sich in einer Kleinstadt fühlt, so sehr steht man auch unter Beobachtung.
In Berlin no one gives a fuck. Das zu erkennen und festzustellen, wie unwichtig die Meinung anderer Leute ist, war das Wichtigste für meine Adoleszenz und den Weg zu mir selbst.

Bei einer Freundin habe ich immer den Eindruck, dass alles perfekt läuft. Wenn sie etwas möchte, macht sie es. Sie erwischt immer den richtigen Ast in ihrem Leben. Das wollte ich für mich auch, und Berlin gab mir mit diesem Neuanfang eine Chance. Aber aller Anfang ist schwer.
Ich war eingeschüchtert von den Mädchen in meiner neuen Schule. Sie führten aus meiner damaligen Sicht alle ein »Main Character Life«: ein Leben, das dem einer Hauptfigur eines Films glich. Ich fühlte mich daneben wie ein Kind. Und ich war trotz aller positiven Veränderungen dieses Lebensabschnittes an meiner neuen Schule anfangs eine Exotin.
An meinem ersten Schultag wollte ich nicht auf die Toilette gehen. Natürlich habe ich es irgendwann nicht mehr ausgehalten und bin doch gegangen. Ein Junge aus meinem Jahrgang hat mich schon den ganzen Tag über beobachtet und sich zu dem Zeitpunkt in der Nähe der Toiletten aufgehalten. Ich dachte schon: Okay, was passiert jetzt? Denn er lief mir hinterher.
Ich habe ihn gefragt: »Ist was?«
Er meinte: »Nein.«

Ich: »Cool.«
Das war für mich ein einschneidendes Erlebnis, weil ich das Gefühl hatte, wenn der coole Dude aus meiner neuen Klasse mich akzeptiert, können es andere Mitschüler und Mitschülerinnen auch. Ein paar Tage später lernte ich meine ersten Freunde kennen. Ich habe einfach mehr und mehr zu mir selbst gefunden und quasi meine Pubertät in einem Jahr erlebt, unglaublich viel ausprobiert – inklusive verschiedener modischer Trends.
Von da an kannte ich nur Vollgas, und die Selbstzweifel wurden immer weniger, umso mehr ich Finja wurde.

Ein großer Schritt auf meinem Weg war auch meine medizinische Behandlung. Mein Körper sollte sich nicht länger wie ein Fremdkörper anfühlen. An dem Tag, als ich die erste Östrogenpille genommen habe, war ich einfach voller Vorfreude.

Und falls du dir je die Frage gestellt hast, ob es innerhalb der LGBTQ+-Community auch zu Diskriminierung kommt: ja, tut es. Da kann ich der Verfasserin des letzten Leserbriefs leider zustimmen.
Ein Erlebnis bei einer Berliner Organisation der LGBTQ+-Community, die ich im Rahmen meiner Therapie besuchen musste, war wenig rosig. Ehrlich, es war der toxischste Ort, an dem ich je gewesen bin. Es ging an dem Tag nur darum, wer am erfolgreichsten und schönsten ist. Wer wird am seltensten geclocked – also wer ist erfolgreich darin, von außen als das Geschlecht wahrgenommen zu werden, mit dem die Person sich identifiziert.
Unter den homosexuellen Menschen, die da waren, wurde permanent verglichen, wer den attraktivsten Partner oder die attraktivste Partnerin hat.
Ich war relativ jung im Vergleich zu den anderen, und meine

Behandlung mit Hormonen hat gut angeschlagen. Deshalb musste ich mir anhören, in was für einer privilegierten Situation ich sei, da man mir nicht ansehe, dass ich Trans bin. Und das kann ja auch sein, aber das äußere Erscheinungsbild ist eben nicht das Entscheidende.*

Abschließend kann ich sagen: Trans sein macht mich nicht aus, sondern ist nur ein Teil meines Lebens und meiner Person.*

Finja

Kommentare

Halll. 12.
Die Folge ist viel besser als die letzte. Ich bin froh, dass du das mit den Briefen weitermachst!

Yoko:
Ich finde es unglaublich schön, dass du Außenstehenden mit deinem Brief einen Einblick in deine Gefühlswelt gibst und dich auch traust, Punkte dabei anzusprechen, die andere vielleicht verschweigen würden. Richtig mutig und bewundernswert. <3

karmachamäleon:
Der letzte Satz ist sooo schön!

nailshairhipsheels:
Es ist eh längst überfällig, dass es auch Unisex-Toiletten in öffentlichen Gebäuden gibt!

Grillpander:
Ich finde Finjas Geschichte inspirierend und bin mir sicher, dass viele Personen, die sich aktuell in einer ähnlichen Situation befinden, wie sie es tat, viel Mut daraus schöpfen können. Es ist wundervoll, dass Finja uns teilhaben lässt und ich hoffe, dass wir noch mehr queere Perspektiven zu hören bekommen. Vielen Dank dafür!

25. KAPITEL

Kyra

»Und Upload«, murmelte ich, während ich die Maustaste drückte. Wie immer schlug mein Herz heftig in meiner Brust. Es machte mich noch nervöser, wenn es in der Folge nicht um mich ging. Wenn ich angegriffen wurde, war das eine Sache. Wenn Menschen angegriffen wurden, die sich öffneten und mir genug vertrauten, ihre Geschichte aufzugreifen, war das eine völlig andere. Doch der Brief hatte mich so berührt und er war so wichtig, ich hatte ihn einfach wählen müssen.

Ich kaute auf dem Daumennagel, während ich beobachtete, wie der Upload-Balken der Datei immer weiter voranschritt. Als ich bemerkte, was ich tat, setzte ich mich auf meine Handflächen. Ich war unruhiger als sonst und hoffte, der Hass, der mir nach der Handballfolge entgegengeschlagen war, erledigte sich hiermit endgültig. Bei den ersten Folgen hatte mich stets ein Triumphgefühl durchflutet, und auch wenn ich aufgeregt gewesen war, war es doch eine positive Art gewesen. Ich hatte mein Handy gecheckt, um zu sehen, ob schon jemand kommentiert hatte, hatte mich auf das Antworten gefreut, auf die entstehenden Diskussionen. Jetzt jedoch schlug mein Herz schneller und ich fühlte mich rastlos. Hätten meine Arme mich nicht Tage später noch für die letzte Session bestraft, wäre ich ins Boxstudio gefahren, um die Anspannung loszuwerden. Aber selbst vier Tage später fühlten sie sich noch wie Pudding an. Außerdem leitete Elias neuerdings zweimal die Woche die Kurse für Jugendliche im Studio – unter anderem heute –, und ich hatte keine Lust auf seine besorgten Fragen. Nein, ich würde das schon aushalten.

Ich wollte ja nicht einmal, dass das Interesse abebbte. Die stetig wachsende Zuhörerschaft war toll. Ich wollte nur, dass all die negativen Meinungen zurückgingen. Aber vielleicht war das auch etwas, an das ich mich einfach gewöhnen musste.

Keiner von denen weiß, wer du bist.

Diesen Satz hatte ich mir seit der letzten Folge immer und immer wieder vorgesagt und er schaffte es, mich zu beruhigen. Das, was dort passierte, war nur online. Es berührte mich nicht direkt.

Der blaue Ladebalken verschwand. Die Episode war online. Ich nahm mein Handy und postete mein vorbereitetes Bild sowie die Story zur Folge auf Instagram. Dann legte ich das Smartphone zur Seite und durchforstete mein Plattenregal nach einem Song, der mich zur Ruhe bringen würde. Meine Finger verweilten für einen kurzen Augenblick auf der Platte, die Milan mir geschenkt hatte. Ich schluckte.

Was, wenn er es ihnen gesagt hat? Was, wenn doch alle ganz genau Bescheid wissen?

Würde er das wirklich tun? Ich hatte ihn nicht so eingeschätzt, aber wenn er zwischen seinem Team und mir wählen müsste – ich kannte die Antwort, ob ich sie mir eingestehen wollte oder nicht. Ich rang die Emotionen, die sich verdammt stark nach Traurigkeit und verletztem Stolz anfühlten, nieder und entschied mich schließlich für Lewis Capaldi. Ich warf mich aufs Bett und lauschte seiner vollen, samtigen Stimme, aber heute beruhigte mich seine Musik nicht. Vielleicht, weil es die Platte war, die ich bei meinem Date mit Milan gekauft hatte. Nach zwei weiteren rastlosen Minuten sprang ich auf und holte mein Handy vom Schreibtisch. Ich zwang mich, nicht schon wieder Instagram zu checken, und schrieb stattdessen eine Nachricht an Miriam. Heute Morgen hatte ich in aller Frühe gehört, wie sie das Haus verlassen hatte, dabei war sie sonntags für gewöhnlich nicht im Krankenhaus. Eine Nachricht hatte sie nicht hinterlassen.

Alles okay bei dir? Wo bist du?

Es dauerte keine fünf Sekunden, bis Miriam als online und meine Nachricht als gelesen angezeigt wurden.

Bei meinen Eltern. Sorry, falls ich dich geweckt hab, hatte es eilig.

Ich runzelte die Stirn. Miriam hatte ein gutes Verhältnis zu ihren Eltern, aber sie hatte nicht erwähnt, dass sie sie besuchen wollte.

Kein Ding, bist du nur heute da oder bleibst du länger?

Miriams Antwort folgte sofort.

Weiß noch nicht.

Ich sah an der Anzeige, wie sie tippte und tippte und tippte. In der Erwartung einer langen Nachricht ließ ich mich aufs Bett sinken und klickte auf das Display, damit es nicht schwarz wurde. Es folgten jedoch nur vier Worte.

Meine Oma ist gestorben.

»Fuck«, entfuhr es mir, was über die Musik hinweg jedoch kaum zu hören war. Ich drückte den Hörer in der oberen Ecke des Chat-Fensters und presste mir das Handy ans Ohr.

Bitte geh ran.

Mein Herz zog sich zusammen, um kurz darauf schneller zu schlagen. Was für eine Freundin war ich eigentlich? Ich hatte Miri in den letzten Tagen nicht einmal danach gefragt, wie es ihrer Großmutter ging. Seit Wochen sagte ich, dass ich sie ins Krankenhaus begleiten, sie in der WG entlasten würde. Und was hatte ich getan? Nichts. Kommentare auf Instagram gelesen und mich über Menschen aufgeregt, die nichts Besseres zu tun hatten, als sie zu verfassen. Währenddessen hatte Miriam ihre Zeit sinnvoll genutzt – und offensichtlich das Gefühl gehabt, nicht mit mir reden zu können. Ich biss mir auf die Lippe.

»Komm schon, Miri, geh ran.«

Kurz danach stoppte das Freizeichen und ich hörte, wie im Hintergrund eine Tür geschlossen wurde. »Hey«, sagte Miriam leise, und mir schnürte sich bei ihrem Tonfall die Brust zusammen. *Shit.*

»Es tut mir so leid«, sagte ich und merkte, wie sich meine Augen mit Tränen füllten.

Miriam atmete geräuschvoll aus. »Danke.«

»Wie geht es dir? Nein, dumme Frage. Kann ich vorbeikommen?«

»Nach Brandenburg?« Ich konnte förmlich sehen, wie Miriam den Kopf schüttelte. »Schon okay. Wir fahren morgen gemeinsam zu ihr. Also … ins Krankenhaus. Meine Schwester ist auf dem Weg hierher. Sie wollte eigentlich in den Urlaub und war schon auf halber Strecke. Wir hätten nicht gedacht, dass es so schnell geht.«

»Wie ist es mit deinen Eltern? Bleibst du noch eine Weile?«

Ich stand auf und begann, ein paar Dinge in meinen Rucksack zu werfen. Ein frisches Shirt, mein Portemonnaie, Ladekabel und ein Set Unterwäsche und Socken.

»Geht so. Meine Tante ist da und sie haben eben gestritten. Über total belangloses Zeug, als ob das jetzt wichtig wäre. Mein Onkel kommt später auch noch und giert bestimmt schon auf ihr Testament.« Ihre Stimme brach, als sie das letzte Wort aussprach, und ich hätte in diesem Moment nichts lieber getan, als mich zu ihr zu teleportieren und sie fest in den Arm zu nehmen. Wieso zum Teufel war ich nicht bei ihr gewesen? Wieso hatte ich sie nicht begleitet? Meine Haarbürste landete ebenfalls im Rucksack.

»Bis morgen bleib ich schon noch hier, denk ich. Aber ich will die Seminare am Dienstag nicht verpassen.«

»Du gehst nicht zur Uni«, sagte ich bestimmt. »Nicht morgen und auch nicht übermorgen. Nimm dir etwas Zeit, ich bin sicher, du kannst Mitschriften bekommen.«

»Ich weiß nicht«, erwiderte Miriam zögerlich. »Vielleicht tut mir die Ablenkung ja gut.«

»Ablenkung finden wir auch anders.«

»Wir?«, fragte Miriam und es tat mir mehr weh, als ich gedacht hätte, dass sie das überhaupt infrage stellte.

»Natürlich wir«, sagte ich und klappte meinen Laptop auf, um nach dem nächsten Zug zu gucken. »Ich bin schon unterwegs.«

Das Geräusch am anderen Ende des Hörers war eine Mischung aus Schluchzen und Lachen.

»Danke, Kyra. Du bist die Beste.«

»Bis gleich«, sagte ich und legte auf. Ihre Worte sorgten nur dafür, dass ich mich noch schlechter fühlte. Denn ich war weit davon entfernt, ihr eine gute Freundin zu sein. Aber ich würde alles dafür tun, es wieder zu werden.

26. KAPITEL

Kyra

Miriam drehte die Scheibe in der Mitte des Sitzkarussells von links nach rechts, sodass wir uns leicht hin und her bewegten. Seit zehn Minuten unterbrach kein Geräusch die Stille außer dem leisen Quietschen des Karussells und dem gelegentlichen Rauschen eines vorbeifahrenden Autos.

Schaukel, Klettergerüst, Rutsche. Miriam drehte uns wieder nach links. Rutsche, Klettergerüst, Schaukel, diesmal ein Stück des nassen Sandkastens. Dann umgriff sie die Scheibe und die Umgebung kam zum Stehen. Mit einem Seufzen, das Atemweiß in der Luft hinterließ, lehnte Miriam sich nach hinten und ließ ihre Hände langsam in ihren Schoß sinken.

»Hier waren wir früher oft.« Ihre Stimme klang so sanft und zerbrechlich, dass ich sie am liebsten noch einmal in den Arm genommen hätte. Aber das war der erste richtige Satz, den sie seit meiner Ankunft an mich gerichtet hatte, und als könnte eine falsche Bewegung das zunichtemachen, blieb ich starr sitzen und neigte den Kopf leicht in ihre Richtung.

Ich hatte feuchte Augen erwartet, doch sie lächelte. Miriam hob den Kopf und ließ ihren Blick über den Spielplatz wandern. »Oma hat immer gesagt, dass sie mit uns spazieren oder auf den Spielplatz geht. Das haben wir auch gemacht, aber danach waren wir im Supermarkt und ich durfte mir irgendwas aussuchen. Meine Mutter war total streng, was Zucker angeht, aber einmal die Woche hat meine Oma mich einfach mitgenommen und mir etwas geholt, was ich haben wollte. Auf dem Heimweg habe ich es gegessen und musste versprechen, meiner Mutter nichts zu verraten.« Ihr Lächeln verstärkte sich bei dem Gedanken.

»Das klingt schön. Hat deine Mutter es irgendwann rausbekommen?«

Miriam schüttelte den Kopf. »Nein, nie. Glaube ich zumindest.«

Wieder kehrte Schweigen ein, aber ich wollte nicht, dass Miriam aufhörte zu reden. Ich wollte mehr von ihrer Oma wissen – wenn ich es schon nicht geschafft hatte, sie gemeinsam mit Miri zu besuchen.

»Hast du irgendwas von ihr? Also charakterlich, meine ich?«

Miriams Blick wanderte gen Himmel, während sie nachdachte. »Sie hat Monty Python geliebt. Ich bin also mit dem britischen Humor groß geworden. Ich glaube, deshalb mag ich England und die Sprache so. Und wir sind beide sehr viel geduldiger als der Rest der Familie.« Miriam sah zu mir. »Oder du.«

»Hey, es geht hier nicht um mich«, erwiderte ich schmunzelnd.

»Sie war auch mit mir so viel geduldiger als meine Eltern. Sie hat mich nie mit meiner Schwester verglichen. Als ich beim ersten Mal durch die Motorradprüfung gefallen bin, war sie einfach für mich da, hat mich heimlich mit Opas alter Yamaha üben lassen und dafür gesorgt, dass es beim nächsten Mal besser klappte.«

Miriams Unterlippe begann zu zittern, und ich rutschte ein Stück näher zu ihr und zog sie an mich.

»Ich werde sie so vermissen. Ich vermisse sie jetzt schon.«

»Ich weiß«, sagte ich und legte meinen Arm enger um ihre Schulter. »Es tut mir so leid.«

»Die Sache ist … ich weiß, dass es besser für sie ist. Ihr ging es nicht mehr gut. Aber ich bin einfach nicht bereit, sie gehen zu lassen. Mich mit meiner Familie allein rumzuschlagen. Sie nicht mehr anrufen zu können. Ihr Lachen nicht mehr zu hören.« Miriam schluchzte und ihre Stimme brach am Ende des Satzes.

»Es tut mir so leid, dass ich nicht mehr für dich da war«, sagte ich.

»Muss es nicht.«

»Doch«, widersprach ich. »Ich hab die letzten Wochen total in meiner eigenen Welt gelebt, dabei hätte ich dir beistehen müssen. Aber jetzt tue ich es, versprochen.«

Miriam ließ ihren Kopf auf meine Schulter sinken und ich lehnte meinen im Gegenzug an ihren. Eine ganze Weile saßen wir einfach so da.

»Warum bist du bei dem Spiel weggelaufen?«, durchbrach ihre Stimme die Stille. Sie sprach leise, aber sie hätte den Satz genauso gut in mein Ohr schreien können, denn er überlagerte alles andere sofort. »Ich weiß, dass dir nicht grundlos schlecht wurde … Du warst nicht krank, aber irgendwas war los danach. Magst du darüber reden?«

Ich schluckte, und trotz der feuchten Luft um uns herum fühlte sich meine Kehle plötzlich staubtrocken an. *Nein*, war der erste Gedanke, der mir durch den Kopf schoss. Gleichzeitig war da etwas in mir, das Miriam gern alles erzählen würde, das sie nicht weiter belügen wollte. Nicht dass ich alles damit würde entschuldigen können, aber ich wollte nicht, dass sie dachte, ich hätte sie und ihre Oma einfach vergessen oder es wäre mir nicht wichtig gewesen. Hätte Miriam weitergesprochen, hätte ich das Thema mit ziemlicher Sicherheit unter den Tisch fallen lassen. Aber sie sprach nicht. Ich hörte nichts außer ihrem sanften Atem in der Nähe meines Ohrs.

Wovor hast du Angst?

Ich wusste es nicht, konnte es wirklich nicht sagen. Da waren keinerlei Zweifel daran, dass Miriam mich nicht verurteilen würde. Nicht für das, was passiert war, zumindest. Aber …

Ich atmete tief ein und wieder aus. Was wenn sie mich dafür verurteilte, nicht zur Polizei gegangen zu sein? Es meinen Eltern nicht gesagt zu haben?

Aber wenn nicht jetzt, wann dann?

Irgendwann musste ich es ihr sagen. Sie war meine beste Freundin. Und sosehr ich mir einredete, dass mich das Ganze nicht mehr beeinflusste, dass ich mein Leben normal weiterführen konnte – es schien doch Spuren hinterlassen zu haben.

Ich nahm all meinen Mut zusammen und fühlte mich daran erinnert, wie ich es Noah diesen Sommer gesagt hatte. Seine Reaktion, Elias' und seine Unterstützung gaben mir den nötigen Mut und den Schubs, den ich brauchte.

»Der Kapitän des Handballteams, Christopher, hat diesen Sommer versucht, mich zu vergewaltigen.«

Es waren so wenige Wörter, doch jedes einzelne, jeder Buchstabe rollte quälend langsam über meine Zunge und schien zentnerschwer auf meine Brust zu fallen. Der Buchstabenhaufen, der den Satz ergab, den ich immer noch nicht wahrhaben wollte, lag nun dort und drückte mir erneut die Luft ab mit seiner Schwere und Tragweite. Miriams Arm und Bein, die meine rechte Seite berührten, verkrampften sich so sehr, dass ich es selbst durch unsere Winterjacken spüren konnte. Langsam hob sie den Kopf und drehte sich zu mir um. Dass sie mir nun ins Gesicht sah, machte das Ganze so viel schwieriger.

»Was?« Es war beinahe ein Flüstern, so leise sprach sie. Ihre Augen waren geweitet.

»Es tut mir leid, dass ich es nicht eher gesagt habe.«

Miriam schüttelte, ohne zu zögern, den Kopf. »Nein, mir

tut es leid. Ich hatte keine Ahnung, ich … Warst du deshalb in Paris?«

Ich nickte. »Ja, ich wollte einfach nur weg. Und nicht daran denken.«

Miriam zog die Brauen zusammen und kaute auf ihrer Unterlippe. »Ich weiß nicht, was ich sagen soll, Kyra.« Sie legte ihre Hand auf meine. »Es tut mir so unendlich leid. Weiß noch jemand davon? Wie …« Miriam stoppte sich mitten im Satz und schüttelte dann leicht den Kopf. »Wir müssen nicht darüber sprechen, wenn du nicht magst. Ich wollte dich nicht drängen. Aber wenn du reden magst, bin ich immer für dich da, ja?«

Wort für Wort nahm Miriam mir ein Stück von der Last, die auf meiner Brust gelegen hatte. Kein »Wieso läuft er noch auf freiem Fuß?«, kein »Was hast du danach getan?«, kein »Warst du betrunken?« und auch kein »Wieso bist du einfach abgehauen, anstatt dich dem zu stellen?«.

»Ich hab es meinen Brüdern erzählt«, sagte ich. »Na ja, Noah hab ich es erzählt. Elias hat es mitbekommen, er ist dazwischengegangen.«

Miriam blinzelte und brauchte nur eine Sekunde, um eins und eins zusammenzuzählen. »Deshalb ist Elias aus der Firma geflogen.« Es war keine Frage, also antwortete ich nicht darauf. »Was für eine Scheiße«, sagte Miriam, und unpassenderweise musste ich lächeln. Ich konnte mich nicht einmal daran erinnern, wann ich Miriam zuletzt fluchen gehört hatte.

»Du weißt, dass ich dich nie verurteilen würde, ja?«

Ich nickte. »Es hat nichts damit zu tun, dass ich es nicht gesagt habe.« Meine Hände wanderten wie von selbst an die Drehscheibe, und nun war ich diejenige, die unser kleines Karussell von rechts nach links drehte. »Ich dachte, ich bin stark genug, das einfach durchzustehen. Elias kam und hat das Schlimmste verhindert. Andere Frauen schreiben Blogposts über ihre Geschichte, reden offen darüber oder gründen Organisationen, um anderen zu helfen. Und ich hab nicht einmal geschafft, es meinen Eltern zu sagen. Ich habe mich immer für stärker gehalten.«

»Kyra, du bist stark. Du sitzt neben mir, du ziehst dein Studium durch, du warst sogar auf einem Date mit Milan, was nicht leicht gewesen sein kann. Du bist stark. Lass nicht zu, dass irgendwer dir jemals etwas anderes einredet. Erst recht nicht du selbst.« In ihrem Blick lag Unsicherheit. »Darf ich dich umarmen?«

Ich schmunzelte leicht. »Da musst du nicht fragen«, antwortete ich und zog sie an mich. »Ich wollte nicht, dass es sich jetzt um mich dreht. Es geht um dich«, nuschelte ich in ihre blonden Haare.

»Alles gut. Ich bin froh, dass du es mir gesagt hast. Du musst da nicht allein durch.«

»Und du nicht durch die Trauer«, erwiderte ich, und als Miriam mich noch ein bisschen fester drückte, hatte ich zum ersten Mal seit dem Spiel das Gefühl, dass alles wieder okay werden würde.

Am nächsten Morgen saß ich, für mein Empfinden viel zu früh, im Regio zurück nach Berlin. Ich wäre gern länger bei Miriam geblieben, aber ich hatte nicht noch mehr Stoff verpassen wollen, und die Familie hatte bereits begonnen, sich um die Vorbereitung der Beerdigung zu kümmern. Also war ich nur für eine Nacht geblieben und Miriam würde Ende der Woche nachkommen.

Ich kramte das Ladekabel aus meiner Tasche und schloss mein Handy am Strom an, bevor mein Akku versagte, wenn die Fahrkartenkontrolle kam. Ich hatte das Smartphone in den letzten Stunden nicht in der Hand gehabt, und erst jetzt, da ich es tat, merkte ich, wie sehr ich diese kleine Auszeit gebraucht hatte. Ich hatte keine Nachrichten beantwortet, keine eingesandte Mail gelesen, keine Kommentare geliked oder mich über negative aufgeregt. Als ich es jetzt entsperrte, entdeckte ich eine neue Nachricht von Elias, der fragte, wie es Miriam ging. Ich schickte ihm schnell ein Update und wollte das Handy gerade wieder sperren, als mein Finger wie von selbst auf das Instagram-Symbol tippte. Ich loggte mich in mein privates Profil ein. Doch auch hier keine Nachricht von Milan. Frustriert ließ ich mich in meinem Sitz zurücksinken und betrachtete die am Fenster vorbeifliegende Landschaft. Wieso machte mir das so viel aus? Wieso sollte er sich melden? Die Sache zwischen uns hatte sich erledigt.

Seufzend und mit einer kleinen Spur von Selbsthass, weil ich es nun doch tat, öffnete ich sein Profil. Ich zog die Augenbrauen zusammen und blickte verwirrt auf den Bildschirm.

Milan hatte mich blockiert. Ich ließ die übrige Luft aus meinen Lungen entweichen.

Fuck. Das tat mehr weh, als ich mir eingestehen wollte. Aber immerhin hatte ich so Klarheit.

Obwohl ich wusste, dass es dumm war und ich die Sache auf sich beruhen lassen sollte, wechselte ich zurück auf das Profil meines Podcasts. Hier war ich nicht blockiert. Milan hatte ein neues Foto gepostet, auf dem er mit Lukas zu sehen war. Das Foto musste von einem Spiel stammen, denn die beiden trugen ihre Trikots und es war professionell aufgenommen.

Ich traute mich nicht, auf Milans Story zu klicken. Zwar würde er bei der Anzahl an Followern sicher nicht überprüfen, wer sie anschaute – aber falls doch, wollte ich mir die Blöße nicht geben. Seufzend legte ich das Handy zurück auf den Tisch und ließ meinen Kopf kurz darauf auf die Arme sinken.

Wenn es besser für uns beide war, dass wir uns nicht mehr sahen, wieso ging er mir einfach nicht aus dem Kopf?

27. KAPITEL

Milan

Die letzten Tage waren eine Mischung aus Training, der Arbeit im Fitnessstudio und Uniprojekten gewesen. Denn obwohl Lukas seine Seite des Deals eingehalten und das Referat vorbereitet hatte, hatten wir es heute Morgen gemeinsam vortragen und vorab üben müssen. Gemessen an der Zeit, die ich reingesteckt hatte, war die Leistung wirklich solide gewesen. Und die Tatsache, dass Kyra nach wie vor in meinen Gedanken herumkreiste, auch wenn ich immerhin nicht mehr ständig ihre Social-Media-Kanäle checkte, half nicht gerade.

Kyras privates Profil war, sehr zu meiner Erleichterung, komplett still. Ich hatte es trotz meines Versprechens an Chris einmal auf dem Browser angerufen. Nur weil ich wissen musste, ob es ihr gut ging. Anscheinend war dem so. Chris mochte darauf gekommen sein, dass Kyra hinter dem Podcast steckte, aber er hatte weder seine Follower auf sie gejagt, noch schien er sonst etwas unternommen zu haben. Obwohl ich mir immer und immer wieder einredete, dass die Sache zwischen uns Geschichte war, merkte ich, wie mich der Gedanke, dass Chris sie in Ruhe ließ, entspannte.

»Erde an Milan.« Lukas winkte einmal vor meinem Gesicht auf und ab. Beinahe wäre ich gegen seine Hand gelaufen.

»Ja?«

Lukas sah mich mit hochgezogenen Augenbrauen an.

»Sorry«, murmelte ich. »Hast du was gesagt?«

»Ich hab gefragt, ob du Lust auf einen Döner hast. Basti hat geschrieben, dass wir ihm einen Hähnchendöner mitbringen sollen.«

»Oh, klar«, erwiderte ich. Bei der Erwähnung von Essen merkte ich, dass ich tatsächlich Hunger hatte. Kein Wunder, ich hatte seit dem Frühstück nichts mehr gegessen und beim Training gerade massig Kalorien verbrannt.

»Halten wir bei dem Laden im Hansaviertel?« Wir waren gerade bei unseren Fahrrädern angekommen und Lukas zog den Regenschutz vom Sattel. Ich nickte und griff in meine Hosentasche, um den Schlüssel für mein Fahrradschloss rauszuholen. Nur dass dieser nicht da war. Ich probierte es mit der anderen Hosentasche, den Jackentaschen. Als ich sogar im Portemonnaie nachsah, blickte Lukas, der sein Fahrrad mittlerweile befreit hatte, mich fragend an.

»Alles okay?«

»Ich glaub, ich muss noch mal zurück.« Ich stöhnte. »Mir ist mein Schlüssel bestimmt beim Umziehen aus der Tasche gefallen.«

»Der eine Tag, an dem du mal Jeans trägst.«

»Ich sag doch, das ist 'ne dumme Idee.«

»Du bist heute einfach total neben der Spur.« Lukas warf mir erneut einen skeptischen Blick zu, bedrängte mich aber zum Glück nicht mit Fragen. Ich hatte ihm immer noch nichts von dem Streit mit Kyra erzählt, auch wenn er sich sicher seinen Teil denken konnte.

»Ich hoffe, es ist überhaupt noch jemand in der Halle.« Ich fuhr mir durch die Haare. »Ich beeil mich besser.«

»Dann lass mich schon mal das Essen holen, wir treffen uns daheim. Wie immer?«

Ich nickte. »Jap. Danke.«

Lukas schwang sich aufs Rad und winkte mir noch einmal zu, bevor er losfuhr. Ich machte mich bei leichtem Nieselregen auf den Weg zurück in unsere Sporthalle. Heute war echt nicht mein Tag.

»Keine Ahnung, aber ich muss irgendwie dafür sorgen, dass sie die Klappe hält.«

»Wie heißt das? Hunde, die bellen, beißen nicht? Ist bei Kyra bestimmt auch so. Sie hat doch bis jetzt gar nichts gesagt.«

Ich hatte die Turnhalle gerade betreten und mich gefreut, dass tatsächlich noch jemand hier war, hielt bei diesen Worten jedoch inne. Gerade so schaffte ich es, meinen Fuß in den Türspalt zu schieben, damit die Tür nicht hinter mir zufiel und mich verriet. Wie es aussah, waren Chris und Ben nach dem Training noch geblieben. Ihre Stimmen drangen leise aus der Umkleidekabine auf der linken Seite des Gangs. Licht schien von dort in den breiten Gang und sie sprachen laut genug über Kyra, dass ich sie verstand. Ich schloss die Tür so vorsichtig wie möglich, dann ging ich langsam auf die Garderobe zu, deren Tür einen großen Spalt weit offen stand. Ich blieb einige Schritte entfernt stehen, damit die beiden mich nicht sahen. Zum Glück hatte ich den vorderen Eingang genommen, um auch hier den Boden nach dem Schlüssel abzusuchen, statt direkt von der Seite in die Umkleide zu gehen.

»Nichts behauptet, meinst du.« Chris' Stimme wurde eine Spur eindringlicher. »Du glaubst mir, oder?«

»Was? Klar tu ich das. Ich kenn dich doch.« Ein abschätziges Schnauben von Ben. »Also bitte. Aber vielleicht macht den Podcast ja doch jemand anderes.«

»Ne, das ist sie. Wetten, sie will mir eins auswischen wegen der Sache mit ihrem Bruder. Als ob die Verletzung nicht schlimm genug war. Stell dir vor, das wäre nie wieder geheilt.«

Ein zustimmendes Brummen von Ben. »Vielleicht belässt sie es ja dabei. Sie hat eh genug Kontra bekommen. Außerdem hab ich viel mehr abgekriegt als du. Rico meinte sogar, ich soll den Post löschen.«

»Rico weiß davon?« Chris klang nun ernsthaft aufgebracht. Das schien auch Ben nicht zu entgehen, denn bei seinen nächsten Worten nahm seine Stimme einen beruhigenden Ton an.

»Ja, aber wenn er nichts zu dir gesagt hat, passt das schon. Mich hat er direkt zur Seite gepfiffen. Also mach dir keinen Kopf. In der letzten Folge ging es wieder um was ganz anderes.«

Kurz herrschte Schweigen und ich wagte kaum zu atmen. Gleichzeitig merkte ich, wie mein Herz in meiner Brust hämmerte. Denn wenn sie jetzt in den Gang kämen, wäre absolut klar, dass ich gelauscht hatte.

Doch dann hörte ich, wie einer der beiden die Luft ausstieß.

»Das ist mir trotzdem zu riskant. Wenn sie etwas sagt, wer weiß, wie sie es dann darstellt? Wie sie das, was passiert ist, zu ihrem Vorteil verdreht? Wahrscheinlich ist sie mittlerweile so geil auf die Klicks und Likes, dass sie sich irgendwas ausdenkt. Da wäre sie ja nicht die erste Frau …« Erneut kurzes Schweigen. »Ich überleg mir was.«

»Das wird schon, Mann. Aber ich muss jetzt echt los. Muss heute auf meine kleine Schwester aufpassen.«

Shit.

»Kein Ding, ich sollte auch langsam los.«

Für einen Moment überlegte ich, noch in die Kabine zu platzen, aber nachdem Chris mich vorhin so in die Mangel genommen hatte, war das wohl keine schlaue Idee. Die Frauenumkleiden lagen weiter hinten im Gang und kamen nicht infrage. Also bewegte ich mich so schnell und leise wie möglich zur Tür, durch die ich hereingekommen war, und ging wieder nach draußen. Ich bog um die Ecke der Halle und wartete dort an der Wand. Kurz darauf hörte ich die Tür ins Schloss fallen und wie Chris den Schlüssel herumdrehte. Das war's dann mit der Chance auf meinen eigenen Schlüssel, aber die Art, wie die beiden miteinander gesprochen hatten, sagte mir, dass sie dabei lieber kein Publikum haben wollten. Ich wartete bestimmt drei Minuten, bis ich mir ganz sicher war, dass die Luft rein war und die beiden sich weit genug entfernt hatten. Dann holte ich mein Handy aus der Tasche und öffnete WhatsApp, um Lukas zu schreiben.

Hey, fangt ohne mich an. Mir ist was dazwischengekommen.

Aber ich hab dir extra Falafel dazu geholt. 😭
Und süß, dass du denkst, wir würden warten.

Dann pack's in den Kühlschrank, esse es nachher. Danke!

Lukas tippte wieder, aber ich packte das Handy weg, da ich keine Zeit verlieren wollte. Ich musste zu Kyra. Denn über was auch immer die beiden gesprochen hatten, es war nicht zu überhören gewesen, dass etwas nicht stimmte. Was es auch war, ich hatte kein gutes Gefühl dabei. Und entgegen all meinen Beteuerungen mir selbst gegenüber war es mir doch ganz und gar nicht egal, was mit Kyra passierte.

Denn in der Sekunde, in der Chris ihren Namen gesprochen hatte, hatte sich alles in mir angespannt, und ich hatte nur eines gewollt: bei ihr zu sein und sicherzugehen, dass es ihr gut ging.

28. KAPITEL

Kyra

Was zum …

Ich beschleunigte meine Schritte und kam kurz vor der Tür zu unserem Haus zum Stehen.

»Was machst du hier?«

Milan saß auf dem Stromkasten an der Straße und winkte mir leicht zu.

»Ich wollte zu dir.«

»Ja, das dachte ich mir. Aber wieso?« Ich verschränkte die Arme vor der Brust. Keine Ahnung warum, aber obwohl ich eben in der Bahn noch verletzt gewesen war, überwog nun wieder die Wut. Milan sprang vom Stromkasten und wirkte deutlich verunsicherter als sonst. Gut so, vielleicht hatte er mittlerweile doch ein schlechtes Gewissen.

»Können wir reingehen?«

Ich wollte erst verneinen, aber er sah mich so nachdrücklich an, dass ich nachgab und nickte. Vielleicht wollte er sich ja entschuldigen. Ohne ein weiteres Wort schloss ich die Tür auf und lief ihm voraus die Treppe nach oben. Ich hörte Milans Schritte auf den Stufen hinter mir, drehte mich aber erst zu ihm um, als wir angekommen waren.

»Ich kann nur eine halbe Stunde bleiben. Ich muss gleich zur Uni und wollte eigentlich nur meine Sachen abstellen.«

Milan nickte. »Ist okay. Ich brauch nicht lange.«

Ich ging in den Flur und hängte meine Jacke an die Garderobe, bevor ich mir an meinen Stiefeln zu schaffen machte. Beinahe wäre ich vor lauter Gewohnheit in mein Zimmer gegangen, doch als ich durch die offen stehende Tür die Plattenregale sah, entschied ich mich um. Das Wohnzimmer wäre ein neutralerer Ort. Ich erinnerte mich noch zu genau an die Stimmung zwischen uns, als wir in meinem Zimmer gestanden hatten. Also stellte ich nur den Rucksack neben meinem Schreibtisch ab und schloss dann die Tür, damit Milan erst gar nicht auf die Idee kam, hineinzugehen.

»Magst du was trinken?«

Er schüttelte den Kopf und folgte mir ins Wohnzimmer. Ich ließ mich auf den Sessel fallen, denn wenn ich eines gerade nicht wollte, dann war es, direkt neben ihm auf der Couch zu sitzen. Alles zwischen uns fühlte sich angespannt und verändert an.

Milan nahm auf dem Sofa Platz, saß jedoch so gerade und nah an der Kante, als wolle er jeden Moment aufspringen und die Wohnung verlassen. Also fühlte nicht nur ich diese Barriere zwischen uns. Er räusperte sich.

Bitte sei nicht hier, um mir zu sagen, dass du es ihnen verraten hast.

Ich hatte felsenfest damit gerechnet, dass er seinem Team sagen würde, dass ich die Gründerin des Podcasts war. Dass Christopher sich bei mir oder Elias meldete. Dass etwas passierte, irgendetwas. Aber bis auf die kritischen Stimmen, die mich seit Veröffentlichung der Folge begleiteten, war es völlig ruhig geblieben.

Milan blickte zur Seite, als könne er dort etwas finden, das ihm beim Gespräch helfen würde. »Keine Ahnung, wie ich anfangen soll. Ist wahrscheinlich eh egal.« Er drehte seinen Kopf wieder mir zu. »Chris weiß, dass es dein Podcast ist.«

Mein Herz setzte einen Schlag aus, nur um danach mit voller Intensität in meiner Brust zu trommeln. »Was? Wie? Hast du …?«

Milan schnaubte. »Wirklich, Kyra? Meinst du, ich säße dann hier?«

War er wütend? Angewidert, dass ich ihn verdächtigt hatte? Sein Blick sprach Bände, aber ich hatte keine Kraft, mir darüber Gedanken zu machen.

Christopher wusste, dass der Podcast von mir stammte. Dass ich die Folge über ihn und sein Team aufgenommen hatte. Und wenn Milan schon sauer gewesen war, obwohl er mich gemocht und unterstützt hatte, wollte ich nicht wissen, wie es mit Christopher aussah.

Aber woher?

»Warum weiß er es dann?«, sprach ich die Worte aus, die ich gerade gedacht hatte. Hatte ich nicht gut genug aufgepasst?

»Er hat einfach die einzelnen Kleinigkeiten zusammengezählt. Und ein Kollege hat dich beim Spiel gesehen und wohl erkannt. Beim Training hat er mich dann auf dich angesprochen und wusste bereits, dass es dein Podcast ist.«

Shit. Shit shit shit.

Die Stimme in meinem Kopf war definitiv angewidert von mir und meiner Naivität. Wieso war ich so unachtsam gewesen? Ich hatte nicht damit gerechnet, dass Christopher den Podcast jemals hören würde, und das hätte er vermutlich nie – hätte ich nicht diese eine blöde Folge aufgenommen. Wieso war ich so impulsiv gewesen? Wieso hatte ich nicht über die möglichen Konsequenzen nachgedacht?

Christopher hatte mich seit dem Abend des Übergriffs kein einziges Mal kontaktiert. Elias und ich vermuteten, dass er sich darauf verließ, dass wir nicht gegen ihn vorgingen – und natürlich tat er das, immerhin hatte ich es so weit kommen lassen, dass mein Bruder seine komplette Lebensgrundlage verloren hatte. Aber selbst dann: Musste er nicht auch Angst mit sich herumtragen? Angst, dass sich mit der Zeit meine Entscheidung ändern würde? Wenn ihm Handball nur halb so wichtig war wie Milan, war diese Angst ganz sicher da. Denn ich könnte seine Karriere zerstören, wenn ich wollte.

Bei diesem Gedanken spürte ich zum ersten Mal, seitdem alles passiert war, das Gefühl von Macht und Kontrolle in mir auflodern. Leider versiegte es ebenso schnell, wie es gekommen war, und wurde von der Angst begraben, dass Christopher mich kontaktieren würde.

»Kyra?«

Ich fokussierte mich wieder auf Milan, der mich irritiert ansah. Hatte er gerade gesprochen? Jetzt erst bemerkte ich, wie verkrampft meine Muskeln waren und wie stark ich die Zähne aufeinandergebissen hatte. Ich rollte einmal die Schultern und nickte Milan zu.

»Okay, du hast es ihm also nicht gesagt«, wiederholte ich, woraufhin sich die Falten auf Milans Stirn noch vertieften.

»Hast du irgendwas von dem, was ich gerade gesagt hab, mitbekommen?«

Ich wollte mir nicht die Blöße geben, den Kopf zu schütteln, also sah ich ihn nur abwartend an.

Er seufzte leicht. »Also wohl nicht«, sagte er. Er fuhr sich mit zwei Fingern den Nasenrücken entlang, als würde es ihn Kraft kosten, mir zu sagen, weshalb er hier war. Die Geste machte mich nervös und ich zwang mich zur Konzentration. Wenn er trotz unseres Streits hier war, musste etwas Wichtiges vorgefallen sein.

»Ich bin heute nach dem Training noch einmal zurück in die Halle gegangen, weil ich meinen Schlüssel vergessen habe. Als ich ankam, waren Chris und Ben noch dort. Die beiden haben mich nicht gehört. Sie haben über dich gesprochen.«

Er sah mich an, als sollte ich bereits wissen, was Inhalt ihrer Unterhaltung gewesen war. Vielleicht wollte er aber auch nur sichergehen, dass ich dieses Mal wirklich zuhörte. Ich nickte leicht, um ihm zu verstehen zu geben, dass er weitersprechen sollte.

Ob es so schlimm war wie das, was ich mir langsam ausmalte? Ich versuchte, ruhig zu atmen, als ich ihm zuhörte, und unterdrückte den Drang, zum Handy zu greifen und meinem Bruder Bescheid zu geben.

Ich konnte das. Ich war stärker.

Es geht dir gut. Du bist in Sicherheit. Du hast die Kontrolle.

Aber hatte ich die wirklich?

»Die beiden haben darüber gesprochen, dass sie hoffen, dass du die Klappe hältst. Chris klang nervös.« Milan sah mich erneut abwartend an, als hoffte er, dass ich ihn unterbrach. Als ich es nicht tat, nickte er mir leicht zu. »Weißt du etwas darüber?«

»Worüber?«, fragte ich, auch wenn ich nicht glaubte, dass er mir meine Unwissenheit abkaufte.

»Warum will Chris, dass du die Klappe hältst? Worüber sollst du schweigen? Was hast du gegen ihn in der Hand?« Milans Stimme wurde nachdrücklicher. »Er hat Angst, dass du …« Er hob beide Hände in die Luft, um Anführungszeichen nachzuahmen. »… die Geschichte zu deinem Vorteil verdrehst. Was meint er damit?«

Mittlerweile war Milan noch weiter auf der Couch vorgerutscht, sodass sein Knie fast meines berührte. Ich lehnte mich weiter in meinem Sessel zurück. Nicht, weil ich die Berührung scheute, sondern weil Milans intensiver Blick, seine Worte und die unterschwellige Bedeutung, die in ihnen lag und sich ihm niemals erschließen konnte, mich in die Ecke drängten.

Fuck.

Wenn Chris wirklich Angst um seine Position bekäme, wie weit würde er gehen? Was könnte er tun? Konnte er überhaupt etwas tun?

»Kyra?« In Milans Augen lag nun Sorge, und beinahe wünschte ich mir, dass die Wut von unserem letzten Treffen zurückkehrte. Mit Wut konnte ich umgehen. Ich hatte Konfrontationen nie gescheut. Aber dass er sich sorgte, dass er trotz allem, was passiert war, hier war …

Ich schluckte, und die Bewegung kratzte in meinem trockenen Hals.

»Warum erzählst du mir das?«

Da war wieder dieser verletzte Ausdruck, wie nach unserem Streit vor ein paar Tagen. Er stieß die Luft aus und sein Blick wanderte zur Seite, bevor er mich wieder ansah. Jetzt rückte er wirklich so nah zu mir, dass der Stoff seiner Jeans meine berührte. Wärme strahlte von dem Punkt ausgehend in meinen gesamten Körper aus.

»Weil ich mich um dich sorge«, sagte er, und da war etwas in seinem Ton, das ich nicht genau definieren konnte. »Weil ich dich mag.«

Er lächelte zaghaft und dieses Lächeln stellte etwas mit meinem Bauch an, obwohl ich bis eben noch ganz andere Sorgen gehabt hatte. Immer noch hatte. Wieso schaffte Milan es immer, mich davon abzulenken?

»Es tut mir wirklich leid, wenn ich überreagiert habe. Wenn du Gründe für all das hast. Aber falls dem so ist … wie hätte ich das wissen sollen?«

Sein Blick wanderte über mein Gesicht, als suchte er die Antwort darin, wenn ich sie ihm schon nicht direkt gab. Ich konnte es ihm nicht sagen, oder? Ich hatte es Miriam erzählt, aber Miriam war meine beste Freundin. Milan hingegen war mit Chris befreundet.

»Ich …« Ich stoppte. »Ich weiß nicht genau, warum ich die Folge aufgenommen habe. Also, ich weiß es schon, aber ich weiß nicht, was ich mir dadurch erhofft habe.«

Ich zog die Brauen zusammen. Er hatte sich bei mir entschuldigt. Ich hatte ihm nicht einmal gesagt, was mich geritten hatte, dennoch hatte er sich entschuldigt. Mir war bekannt, dass ich impulsiv war, aber dass ich Probleme hatte, anderen zu vertrauen, und gleich vom Schlimmsten ausging, war definitiv neu.

»Mir tut es auch leid. Wie ich mich dir gegenüber verhalten habe.« Ich zog die Ärmel meines Pullovers über meine Hände. »Von außen betrachtet muss das komplett bescheuert wirken. Aber ich bleibe bei meiner Meinung: Thomas, Ben, Christopher … Sie sind Arschlöcher. Ich weiß, dass sie deine Freunde sind, aber das ändert nichts daran.«

Milan schmunzelte schief. »Das ist nichts, worin ich dir widersprechen würde.« Er lehnte sich vor auf seine Knie und seine Fingerspitzen waren meinem Bein so nah, dass ich den Kontakt beinahe spüren konnte, obwohl keiner herrschte. »Aber deshalb bin ich nicht hier. Ich will nicht den Streit noch einmal aufleben lassen.« Wieder seufzte er. »Wir würden nicht auf einen Nenner kommen, und du hast auch gar nicht mehr viel Zeit, du musst bald los zur Uni. Ich wollte dir nur Bescheid sagen, dich …« Er zuckte mit den Schultern. »Keine Ahnung, warnen, falls man das so sagen kann. Ich weiß nicht, was für ein Problem du und Chris habt, was wirklich mit deinem Bruder los ist, aber er klang nicht gerade begeistert.«

Ich nickte. »Danke. War sonst noch etwas?« Die Worte klangen harscher als beabsichtigt, was auch Milan nicht zu entgehen schien, denn er biss sich auf die Lippe, als überlegte er, noch etwas zu sagen, schüttelte dann aber den Kopf. »Nein.«

Mit diesem Wort stand er auf und ging in Richtung Flur, wohin ich ihm folgte. Beinahe wäre ich gegen seine Brust gelaufen, als er sich an der Wohnzimmertür noch einmal umdrehte. Ich wich einen Schritt zurück und sah zu ihm auf. In seinen Augen standen etliche Fragen, doch ich kam ihm mit meiner zuvor.

»Wieso hast du mich geblockt?« Vielleicht war es kindisch, aber es war die erste Frage, die mir in den Sinn kam, und es stand immer noch so viel Ungeklärtes zwischen uns.

»Weil Chris mich konfrontiert hat und ich dich nicht verraten wollte.« Milan rieb sich übers Gesicht. »Ich dachte, es wäre am einfachsten und würde am wenigsten Stress bedeuten. Außerdem klang es nicht, als hättest du groß Interesse daran, mich weiter kennenzulernen.« Er seufzte. »Kyra, ich habe Chris wirklich nichts gesagt. Halte von mir und den anderen, was du willst. Aber glaub mir wenigstens so viel.« Sein Adamsapfel bewegte sich, als er schluckte. »Ich mag dich wirklich.« Er hob die Schultern. »Ich weiß, dass es nichts bringt und wir andere Prioritäten haben, das ist okay. Vielleicht war es von Anfang an eine dumme Idee.« Er atmete so tief ein und aus, dass es mich an der Nase und Wange kitzelte und ich seinen herben Duft wahrnahm. Ich wünschte, ich hätte es nicht, denn plötzlich war es egal, dass ich ins Wohnzimmer anstatt in mein Zimmer gegangen war. Ich erinnerte mich trotzdem nur zu gut an den Moment, den wir gehabt hatten.

»Aber nur weil es zwischen uns nicht passt, wünsche ich dir nichts Schlechtes«, endete Milan. Seine Pupillen waren im Halbdunkel des Zimmers geweitet und er blickte direkt in meine.

Scheiß drauf. Scheiß auf all die Differenzen und scheiß auf all die Probleme, die ich mir eingehandelt hatte.

Ich stellte mich auf die Zehenspitzen und zog Milan am Kragen seines Pullovers zu mir herunter. Bevor ich die Augen schloss, sah ich, wie er seine für einen kurzen Moment überrascht weitete. Doch als meine Lippen seine im nächsten Augenblick berührten, umfasste er mein Gesicht mit beiden Händen und zog meinen Kopf zu sich. Mit dem Daumen streichelte er meine Wange. Seine Finger waren rauer als erwartet. Meine Lippen umschlossen seine, erst sanft, dann drängender. Wie schon zuvor schaffte es seine Gegenwart, meine Gedanken beiseitezudrängen. Die Berührung seiner weichen Lippen sandte Schauer durch meinen ganzen Körper und ich vertiefte den Kuss, bis er nichts Zärtliches mehr hatte. Jede Faser meines Körpers drängte mich enger an ihn. Vielleicht weil ich wusste, dass es das erste und letzte Mal war, dass ich Milan so nah sein würde. So nah sein konnte.

Ich öffnete den Mund, und ohne ein Zögern erkundete Milans Zunge meine. Ein Seufzen unterdrückend fuhr ich mit der Hand in seine Haare und strich über die kurzen Seiten. Ich wollte mehr, ich …

Bevor ich den Gedanken zu Ende führen konnte, unterbrach Milan den Kuss und senkte seine Hände von meinem Gesicht auf meine Schultern. Ich öffnete die Augen, um zu sehen, ob etwas nicht stimmte, aber seine waren weiterhin geschlossen und eine Falte hatte sich oberhalb seiner Nase gebildet. Er ließ die restliche Luft aus seinen Lungen entweichen, dann erst sah er mich an. Seine Zunge fuhr über seine Lippen, und ich sah, wie die Muskeln unter seiner Haut arbeiteten, als er die Zähne zusammenbiss.

»Tut mir leid«, stieß er noch immer atemlos hervor. »Ich gehe jetzt besser.«

»Aber …«, begann ich, doch er brachte mich mit einem kurzen Kopfschütteln zum Schweigen.

»Wir wissen beide, dass das zu nichts führt. Ich hätte das nicht ausnutzen sollen. Pass auf dich auf, ja?«

Ohne eine Antwort abzuwarten, trat er in den Flur, nahm seine Jacke von der Garderobe und ging. Ich blieb zurück mit dem Hall der zufallenden Tür, Milans Geschmack auf meinen Lippen und all den Gedanken, die innerhalb weniger Sekunden auf mich hereinprasselten.

29. KAPITEL

Kyra

Ich hatte die Vorlesung ausfallen lassen. Meine Gedanken waren wie Rauch: Sie verbreiteten sich immer weiter und waren ebenso schwer zu fassen. Es hätte rein gar nichts gebracht, mich in den Hörsaal zu setzen. Stattdessen saß ich nun am Schreibtisch vorm Mikrofon, das Dokument mit den Notizen am Laptop geöffnet, und eigentlich musste ich nur sprechen, den Brief vorlesen, den Einstieg in den Podcast finden – aber ich blieb stumm. Die Aufnahme lief bereits seit zwölf Minuten. Ich drückte auf Stopp und lehnte mich in meinem Stuhl zurück. Ein frustriertes Stöhnen entwich meinen Lippen.

Milans Besuch hatte mich komplett durcheinandergebracht. Wieso nur hatte ich ihn geküsst? Oder war es gar nicht der Kuss, der mich verunsicherte? Denn tatsächlich war das die eine Sache am heutigen Tag, die sich richtig angefühlt hatte. Nein, etwas anderes war für diese innere Unruhe verantwortlich. Aber was?

Ich klappte den Laptop zu und drehte meinen Stuhl so, dass ich die Füße auf die warme Heizung stellen und aus dem Fenster sehen konnte. Der Himmel war von grauen Wolken verhangen und es sah aus, als würde es jeden Moment zu regnen beginnen. Wie passend.

Meine Hand bewegte sich wie automatisch zum Schreibtisch und tastete nach dem Handy. Ich drückte auf Phuongs

Namen und wartete darauf, dass das Freizeichen ertönte. Ich musste mit jemandem reden. Meine Gedanken sortieren. Außerdem war mir spätestens in dem Moment auf dem Spielplatz, als ich es Miri erzählt hatte, klar gewesen, dass ich es auch Phuong sagen wollte.

»Hey Süße«, erklang die Stimme meiner besten Freundin nur wenige Sekunden später.

»Hey«, sagte ich. »Musst du gerade arbeiten?«

»Ne, ich hab heut frei. Warum, magst du was machen?«

»Könntest du vielleicht vorbeikommen? Ich würd gern mit dir reden.«

Nicht dass ich jemals an Phuongs Freundschaft gezweifelt hätte, aber ihre nächste Reaktion bewies einmal mehr, weshalb wir beste Freundinnen waren. Sie machte keine Scherze, sie zögerte nicht einmal.

»Klar, bin unterwegs. Soll ich was zu essen mitbringen?«

Ich schmunzelte. »Ne, alles gut. Mir geht's nicht schlecht, mein Kopf ist nur voll.«

»Bis gleich, Ky.«

Phuong musste gerast sein, denn nur wenige Minuten später klingelte es bereits an der Tür und sie drückte mich an sich.

Ich ließ mich auf mein Bett sinken, lehnte für Phuong eines der zahlreichen Kissen an die Wand und klopfte neben mich auf die Decke. Sie setzte sich im Schneidersitz neben mich, nahm das Kissen aber nicht, sondern drehte sich so, dass sie mich direkt ansehen konnte. Ihren Blick auf mich gerichtet zu wissen machte es nicht einfacher, zu sagen, was ich zu sagen hatte. Aber der Moment war gekommen, daran zweifelte ich keine Sekunde. Denn wenn Miriam meine Geschichte kannte, sollte ich sie meiner anderen besten Freundin nicht länger verschweigen. Und ich war bereit. Seltsamerweise war ich wirklich bereit. Keine Ahnung, ob es mit jedem Mal einfach leichter wurde, oder ob es daran lag, dass ich dieser Frau voll und ganz vertraute.

Also erzählte ich zum dritten Mal, was passiert war. Was Chris mir angetan hatte. Wie sich all das auf mich ausgewirkt hatte. Phuong war, während ich sprach, näher zu mir herangerutscht und hatte den Arm um mich gelegt, aber diesmal hatte ich es nicht gebraucht; die Berührung, den Beistand, das Mitleid.

»Ich hab keine Lust mehr darauf«, schloss ich meine Erzählung, bevor sie viel dazu sagen konnte.

»Worauf?«, fragte Phuong vorsichtig nach.

Ich nickte in Richtung ihrer Hand, die immer noch auf meinem Unterarm ruhte. Sofort zog Phuong sie weg, was mich beinahe zum Lachen brachte.

»Das meinte ich nicht. Ich meine auf all das. Es jedes Mal wieder zu erzählen und doch nichts ausrichten zu können.«

Ich ließ mich nach hinten sinken und sah aus dem Fenster in den wolkenverhangenen Himmel. Wie viel Uhr es wohl war? Wie lange hatte ich gesprochen?

»Ich frag mich einfach, ob es jetzt immer so weitergeht. Wird mich das mein Leben lang beschäftigen? Werde ich es immer und immer wieder erzählen müssen? Oder hört es irgendwann auf und es wird mir egal? Wenn ja, wann? Nach der Uni? Ich dachte, das würde es schon mit Beginn des Studiums.« Ich zog die Beine enger an meinen Körper und umklammerte sie mit meinen Armen. »Aber was, wenn es gar nicht aufhört? Wenn Elias nicht zurück in die Firma kann, meine Eltern weiterhin denken, er sei an allem schuld? Wenn Noah mit den Rothes zusammenarbeiten muss? Was dann?«

Ich drehte meinen Kopf zur Seite, um Phuong anzusehen. Diese zuckte mit den Schultern. »Ich wünschte, ich hätte die Antworten für dich«, sagte sie leise. »Also wenn ich es richtig verstehe, sind die akutesten Probleme, dass Christopher es weiß und Milan es nicht weiß und deshalb völlig zwischen den Stühlen steht.«

Ich nickte. »Denke schon.«

Phuong kaute auf ihrer Lippe rum.

»Hm?«, fragte ich, als ich merkte, wie sie mich ansah.

»Kann es sein …« Sie stoppte. »Versteh mich nicht falsch, aber kann es sein, dass du indirekt wolltest, dass Christopher davon Wind bekommt?«

Ich runzelte die Stirn. »Wie meinst du das? Dass ich den Podcast seinetwegen gestartet hab?«

Sie schüttelte den Kopf. »Diese eine Folge, meine ich. Klar, es war eine Kurzschlussreaktion. Aber es kam ja nicht überraschend, dass er oder jemand aus seinem Team davon Wind bekommt, oder?«

Erst wollte ich protestieren. Dann jedoch ließ ich mir Phuongs Worte durch den Kopf gehen. Hätte es mir klar sein müssen? Wenn ich ganz ehrlich mit mir war, dann ja. Ich war nicht dumm. Und für gewöhnlich handelte ich auch nicht so unbedacht, dass ich die Konsequenzen nicht abwog.

»Vielleicht hast du all das einfach viel zu lange mit dir herumgetragen?«, fragte Phuong vorsichtig. »Vielleicht wollte es raus und das war ein Schubs zu viel?«

Hatte Phuong recht und da war etwas in mir, das eben genau das wollte – entdeckt werden?

Ja.

Die Stimme war leise, aber sie drang durch das Gedankenchaos hervor. Ja, ich hatte es gewollt. Weil ich keine Lust mehr hatte, mich zu verstecken. Ich hatte zugelassen, dass mein Schweigen meinem Bruder schadete, dass meine Eltern weiterhin Geschäfte mit Christophers Vater tätigten, dass er sein Leben weiterlebte, während ich nach Frankreich geflohen war.

Und jetzt las ich Woche für Woche Texte anderer Betroffener vor, ermutigte junge Frauen, für sich einzustehen, während ich selbst – ja, was? Mich hinter ihren Worten versteckte, anstatt meine eigene Stimme zu nutzen?

»Ich fühle mich einfach so schuldig.«

»Schuldig? Warum das denn?« Phuong sah mich mit schief gelegtem Kopf an.

»Weil ich es nicht erzählt habe und … immer noch nicht kann.« Ich erwiderte ihren Blick. »Ich kann es nicht. Was ich kann, ist, meinen Alltag einigermaßen normal zu leben. Meine Gedanken so zu steuern, dass sie nicht zu dem Abend zurückdriften. Aber weiter reicht die Kontrolle nicht. Dann kommt irgendwas, was mich aus der Bahn wirft, und alles scheint zunichtegemacht. Und ich weiß einfach nicht, wie ich das beheben soll. Wie ich mich selbst über diesen einen Punkt hinaus pushen soll, diese unsichtbare Linie, die ich überwinden muss, damit alles wieder normal wird. Also ja …« Ich holte tief Luft. »Vielleicht wollte ich unbewusst wirklich, dass sich irgendetwas verändert. Vielleicht wollte ich irgendetwas Radikaleres tun.« Ich hob die Schultern und lächelte missmutig. »Und jetzt? Was hat es mir gebracht?«

Phuong lehnte ihren Kopf an meine Schulter und legte den Arm um meinen Bauch. »Du hast es mir erzählt. Und Miri. Deine Brüder wissen Bescheid. Du bist nicht mehr allein. Und wann immer dich deine Gedanken einholen, sind wir da, sie mit dir zu entwirren, okay?«

»Und was mach ich wegen Christopher? Ich glaub, er hält eher die Füße ruhig. Milan sagte ja, er hätte Angst … Aber aus Angst tut man dumme Dinge. Was, wenn er versucht, Kontakt aufzunehmen?«

»Auch dann sind wir da«, sagte Phuong, und ihre Stimme klang faktisch und beruhigend. Sie drückte mich und richtete sich so vor mir auf, dass sie mir ins Gesicht sehen konnte. »Aber ganz davon abgesehen, glaube ich, dass du mit jemandem reden solltest.«

»Milan?«, fragte ich, woraufhin sie die Augenbrauen zusammenzog.

»Willst du das denn?«

Ich sah hinab auf meine Finger. Wollte ich, dass Milan Bescheid wusste? Ich mochte nicht bereit sein, es mit der Welt zu teilen, aber ich konnte es mit einer weiteren Person teilen, die mir wichtig war. Die mir bewiesen hatte, dass ich ihr vertrauen konnte.

»Ich glaube schon«, erwiderte ich.

»Dann rede mit ihm. Aber eigentlich meinte ich etwas ganz anderes. Hast du noch gar nicht überlegt, dir jemand Professionellen zum Reden zu suchen?«

Langsam nickte ich. »Doch, schon. Ganz am Anfang hab ich mit anderen in einem Forum drüber geredet. Aber ich studiere Psychologie und weiß, wie knapp die Plätze sind.«

»Du studierst Psychologie und solltest wissen, dass jedes Problem es wert ist, gehört und aufgearbeitet zu werden.«

»Ich weiß, aber will ich das? Will ich mit einem Menschen reden, mit dem ich die ganze Sache womöglich von vorn bis hinten durchkauen muss, immer und immer wieder, sie von allen Seiten beleuchten muss? Den ich noch tiefer blicken lassen muss?«

Jetzt bildete sich ein Lächeln auf Phuongs Gesicht. »Du weißt, dass du genau diese Person für andere Menschen sein willst?«

Ich seufzte. »Du hast ja recht. Denkst du, es ist feige, wenn ich erst den kleineren Schritt gehe und es Milan erzähle?«

»Nichts, was du jemals tun könntest, ist feige, Kyra«, erwiderte sie. »Vielleicht ist das ein ganz guter Schlachtplan …

Du redest mit Milan und schaffst dieses Missverständnis aus der Welt, und dann, wenn du magst, suchen wir dir jemanden, mit dem du das aufarbeiten kannst. Alles Weitere folgt.«

Obwohl mir vorhin so gar nicht danach zumute gewesen war, musste ich lächeln. Weil Phuong *wir* gesagt hatte. Und weil sich der Nebel in meinem Kopf lichtete und ich zumindest über diese kleinen Schritte Kontrolle haben könnte.

Es war bereits dunkel, als ich am Fitnessstudio ankam. Ich hatte keine Ahnung, ob Milan heute Abend Schicht hatte, aber es war einen Versuch wert. Denn ich wusste weder, wo er wohnte, noch wollte ich die Aufnahme per Mail schicken. Ich wollte ihn sehen, und das hier war der einzige Anhaltspunkt, den ich hatte.

Die Schiebetüren des Studios öffneten sich und mein Herz schlug aufgeregt einen Takt schneller, als ich ihn in seinem hellblauen Arbeitsshirt erblickte. Er saß hinter der Theke und hatte die Arme auf die weiße Oberfläche gestützt. Als ich eintrat, hob er den Kopf und ein verwirrter Ausdruck huschte über seine Miene.

Bevor ich es mir anders überlegen und einen Rückzieher machen konnte, überbrückte ich die Distanz zwischen uns und legte den kleinen schwarzen USB-Stick auf die Theke. Stirnrunzelnd nahm er ihn in die Hand, dann richtete er den fragenden Blick wieder auf mich. Nachdem Phuong gegangen war, hatte ich mich an den Laptop gesetzt und eine neue Aufnahme gestartet. Ich hatte einfach drauflos gesprochen: ohne Skript, ohne meine Stimme zu verstellen, ohne viel über meine Worte nachzudenken.

»Hör es dir nach der Arbeit an«, sagte ich und stolperte beinahe über die Worte. Es war einfach gewesen, Miriam zu erzählen, was passiert war – beinahe friedlich. Es hatte mir eine unsagbar schwere Last von den Schultern genommen. Bei Phuong war es mir noch leichter gefallen, vielleicht, weil ich das Ganze bereits durchgespielt hatte. Jetzt jedoch waren Zweifel in mir und ich verschränkte die Hände vor meinem Körper, um nicht in letzter Sekunde nach dem Stick zu greifen und aus dem Studio zu laufen.

Milan stellte keine Fragen und machte auch keine Witze darüber, dass ich ihm einen Stick gebracht hatte, anstatt ihm einen Link zu senden oder einfach persönlich mit ihm zu reden. Er nickte nur. Er hatte noch kein einziges Wort zu mir gesagt, aber er sah müde aus. Ob das am vielen Training, der Uni und Arbeit lag? Oder ob ich etwas damit zu tun hatte? Falls ja, würde es ihm nach dem Anhören der Folge definitiv nicht besser gehen. Mein schlechtes Gewissen machte sich als Unwohlsein in meinem Bauch bemerkbar. Ich wollte bei ihm sein und gleichzeitig am liebsten wegrennen.

»Okay, dann gehe ich besser mal wieder.«

»Ich kann auch kurz Pause machen und wir reden?«, fragte er, und die Unsicherheit in seiner Stimme war deutlich zu hören.

»Nein, ich wollte dir nur hier das geben.« Ich hob die Schultern. »Vielleicht verstehst du es dann ein bisschen besser.« Oder auch nicht, aber immerhin hatte ich es versucht.

Milan lächelte leicht und drehte den Stick zwischen seinen Fingern hin und her. »Danke«, sagte er und sein Lächeln schwand, als sich seine Mundwinkel nach unten verzogen.

Ich nickte. »Hör es dir einfach an.«

Dann ging ich. Denn er hatte recht. Das mit uns hätte gut werden können – vielleicht war dafür zu viel passiert. Was mir jetzt blieb, war die Hoffnung, dass er mich zumindest verstand.

30. KAPITEL

Milan

Ich zog mir die Kopfhörer aus den Ohren und ließ mich nach hinten an die Wand sinken. Mein Zimmer wurde nur von der Schreibtischlampe beleuchtet, ich saß auf meinem Bett und der Laptop lag warm auf meinen Beinen. Mit einem dumpfen Laut klappte ich ihn zu und legte ihn zur Seite. Ich hatte mit vielem gerechnet, aber nicht damit. Und das Schlimmste: Es gab mit Sicherheit nichts, was ich tun oder sagen konnte, um es besser zu machen. Es gab nur Dinge, die ich tun oder sagen konnte, um es für Kyra nicht noch schlimmer zu machen.

»Scheiße«, sagte ich in die Leere meines Zimmers. Dieses Wort vermochte nicht einmal ansatzweise auszudrücken, was in mir vorging. Mit beiden Händen fuhr ich mir über das Gesicht und hätte am liebsten laut gebrüllt. Aber dann wäre Basti im Zimmer nebenan auf mich aufmerksam geworden, und es war offensichtlich, dass Kyra nicht wollte, dass noch mehr Leute erfuhren, was ihr passiert war. Auch wenn es eine absolute Ungerechtigkeit war, dass sie das Gefühl hatte, nicht darüber sprechen zu können.

Alles ergab plötzlich Sinn. Und obwohl ich mir die ganze Zeit über eine Erklärung gewünscht hatte, hätte ich diese Erkenntnis jetzt am liebsten eingetauscht, um all das ungeschehen zu machen. Nicht weil ich unwissend sein wollte, sondern weil ich mir nicht vorstellen konnte, was Kyra durchgemacht hatte. Und dann war ich in ihr Leben gekommen und hatte sie unweigerlich dem näher gebracht, was sie eigentlich hatte vergessen wollen.

Ich stieß meinen Hinterkopf gegen die Wand. *Fuck.*

Und jetzt? Es gab tausend Dinge, die ich gern tun würde. Chris zur Rede stellen, mit Rico sprechen, dafür sorgen, dass Chris ein für alle Mal aus der Mannschaft flog, und vor allem aber dafür sorgen, dass er nie wieder Hand an Kyra legte. Aber all das war egal. Denn es gab eine Sache, die ich mehr wollte, die wichtiger war als alles andere: bei Kyra sein. Mich entschuldigen. Sie in den Arm nehmen und sichergehen, dass mit ihr alles in Ordnung war. Im nächsten Moment schüttelte ich den Kopf und verwarf den Gedanken wieder. Wie konnte alles in Ordnung sein?

Der Podcast, den sie aufgenommen hatte, klang so sachlich. Sogar weniger emotional als die erste Folge, in der sie sich über ihren Dozenten ausgelassen hatte. Er klang wie ein Bericht, eine Auflistung von Tatsachen, und das machte das Ganze noch schlimmer. Ich wusste nicht, ob sie die Worte nur für mich aufgenommen hatte, oder ob sie vorhatte, die Folge zu posten. Nicht dass das relevant wäre.

Was konnte ich tun, um ihr zu helfen? Würde Kyra überhaupt wollen, dass ich zu ihr kam? Oder hatte sie mich diesmal nur warnen wollen, bevor die Folge online ging, sodass ich vorab Schadensbegrenzung betreiben konnte? Ich hoffte, dass das nicht der Fall war.

Seit Jahren lagen mir alle in den Ohren, wie wichtig mir der Sport war. Natürlich hatten sie recht. Meine Eltern, Lukas, Basti, alle. Aber ich wollte nicht, dass Kyra dachte, dass ich deshalb die Augen verschloss. Dass ich keine Prinzipien hatte.

Wieso sollte sie das Gegenteil glauben? Ich hatte ihr nicht viel Anlass gegeben, mir in dieser Hinsicht zu vertrauen. Ich hatte deutlich gemacht, dass Handball bei mir an erster Stelle stand. Hätte ich damit rechnen können, dass Kyra mir innerhalb kürzester Zeit auch unglaublich wichtig werden würde?

Ich wollte nicht, dass sie …

Im nächsten Moment stand ich auf und fuhr mir mit den Händen durch die Haare. Es ging nicht darum, was ich wollte. All diese Gedanken waren unwichtig.

Ich nahm mein Portemonnaie und meinen Schlüssel vom Tisch, schnappte mir mein Handy und eilte, zwei Stufen auf einmal nehmend, nach draußen.

Als ich bei Kyra ankam, war ich völlig außer Puste. Ich war den Weg von der Station bis zu ihrer Wohnung gerannt, als ob das irgendetwas brachte und ich ihr hätte helfen können, wenn ich schneller da war.

Sie öffnete die Tür und sah wesentlich fitter aus als ich. Eigentlich sah sie aus wie immer. Sie trug eine lockere, dunkle Trainingshose und ein weißes Shirt. Und sie lächelte, als sie mich sah. Bei diesem Lächeln fiel mir ein riesiger Stein vom Herzen. Keine Ahnung, wieso ich gedacht hatte, dass sie mitgenommen aussehen würde. Das war natürlich Quatsch. Aber ihre Aufnahme hatte mich so aufgewühlt, dass ich mit allem gerechnet hatte, nur nicht damit, sie so normal vorzufinden.

»Hi«, sagte ich immer noch außer Atem.

»Hey«, antwortete sie, »du warst ganz schön schnell hier.« Sie wedelte mit dem Handy in ihrer Hand. »Ich hab deine Nachricht gerade erst gesehen.«

»Ja, hab mein Fahrrad nicht und hab die U-Bahn …« Ich hielt mitten im Satz inne, machte einen Schritt auf Kyra zu und zog sie in meine Arme. Die Bewegung überraschte mich genauso wie sie, aber in dem Moment, in dem sie ihre Arme um mich legte und ihre Haare meiner Nase so nah waren, dass ich sie roch, fühlte sich alles genau richtig an. Dann erst kamen mir Zweifel. Ich ließ sie los und sah sie unsicher an. »Sorry, ich hätte fragen sollen.«

Kyra holte Luft, um etwas zu erwidern, schien es sich aber im letzten Moment anders zu überlegen. Stattdessen strich sie sich die dunklen Haare hinter die Ohren und ließ ihren Blick über mein Gesicht wandern.

»Magst du reinkommen?«, fragte sie dann. Sie öffnete die Tür ein Stückchen weiter und ich trat in den Flur. Meine Jacke hängte ich an den Haken, meine Schuhe landeten auf dem Boden.

Kyra ging, ohne zu zögern, voraus in ihr Zimmer. Mir entging nicht, dass sie dieses Mal nicht das Wohnzimmer wählte. Wie schon beim letzten Mal war der Raum ordentlich und alles lag an seinem Platz. Mein Blick fiel auf das Plattenregal, das wir vor Kurzem zusammen aufgebaut hatten. Wie lange war das her? Drei Tage? Eine Woche? Mehr? Wie hatte sich seitdem so viel verändern können?

Kyra ließ sich auf ihr Bett fallen und ich wählte den Schreibtischstuhl. Sie kaute auf ihrer Unterlippe, die Hände hatte sie in den Ärmeln ihres Pullovers versteckt.

»Können wir reden?« Meine Stimme klang genauso unsicher, wie Kyra aussah.

Sie hob die Schultern. »Na ja, eigentlich weißt du alles.« Ihr linker Mundwinkel hob sich leicht, aber es wirkte nicht glücklich.

Ich zog die Beine an, sodass ich im Schneidersitz dasaß. »Mag sein, aber … Es geht nicht darum, dass ich mehr wissen möchte.« Ich blickte sie geradewegs an. »Was kann ich tun?«

Kyras Miene spiegelte Verwirrung wider. »Was meinst du? Du musst nichts tun. Ich wollte nur, dass du es weißt. Nein, das stimmt nicht. Eigentlich wollte ich nicht unbedingt, dass du es weißt. Vielmehr wollte ich, dass du weißt, warum ich gehandelt habe, wie ich es getan habe.«

Sie rutschte ein Stückchen vor. »Du hast nichts falsch gemacht. Selbst Phuong und Miriam waren der Ansicht, dass ich es mit der einen Folge etwas übertrieben habe. Aber ich musste irgendetwas tun. Der ganze Podcast …« Sie hielt inne. Dann zuckte sie wieder mit den Schultern. »Ich glaube, ich mach alles nur deswegen. Nicht wegen irgendeines Dozenten, der Mist gebaut hat. Auch wenn es echt gutgetan hat, ihm das vorzuhalten und darauf aufmerksam zu machen.«

»Du hast in der Aufnahme gesagt, dass du nicht zur Polizei gegangen bist. Dass du es niemandem gesagt hast. Wieso?«

Kyra atmete tief ein und wieder aus. »Ich kann dir gar nicht genau sagen, wieso. In dem Moment war ich in einer Starre. Ich wollte nur weg. Und im nächsten Moment scharten sich schon alle um Elias.« Sie blickte hinab auf ihre Hände. »Was denkst du, wie oft ich mir vorgenommen habe, mich für Elias einzusetzen, so wie er es für mich getan hat? Aber danach … Es ist seltsam, und wäre ich die außenstehende Person, würde ich mich selbst dafür verurteilen, nicht direkt zur Polizei gegangen zu sein. Nicht mehr getan zu haben. Aber im ersten Moment war da diese Starre, und kurz darauf folgten die Fragen. Hab ich überreagiert? Hab ich mir einen Teil eingebildet? Ist es wirklich so abgelaufen, wie ich es im Nachhinein vor Augen habe? Was passiert mit der Firma meiner Eltern? Mit Elias' und Noahs Zukunft? Und was würden alle sagen? Ich hatte getrunken. Er hatte getrunken. Nicht dass ich seine Tat rechtfertigen möchte, überhaupt nicht.« Sie sah wieder mich an und der Blick aus ihren blauen Augen war eindringlich. »Ich bin wirklich die letzte Person, die Ausreden für ihn suchen würde. Da gibt es keine. Aber die Nacht und die Szenen haben sich trotzdem immer und immer wieder in meinem Kopf abgespielt. Und irgendwann habe ich mich gefragt, ob es das Drama überhaupt wert ist, wenn ich sage, was geschehen ist. Wer hätte mir so spät noch geglaubt? Elias hatte das Schlimmste verhindert, wäre es das überhaupt wert?« Kyra malte mit den Fingern Muster auf ihre Sporthose und schwieg, bis sie den Kopf schüttelte. »Ich weiß, dass sich das alles schwach anhört, nach lahmen Ausreden. Aber in dem Moment war es das Richtige.«

Ich rollte mit dem Stuhl näher zu ihr und legte sanft eine Hand auf ihre. Ich wusste nicht, wie ich anders für sie da sein sollte. »Hey«, sagte ich, und meine Stimme war beinahe ein Flüstern. »Ich bin nicht hier, um dich zu verurteilen, okay?«

Ihr Mund formte ein schiefes Lächeln, und ich glaubte, ihre Augen glänzen zu sehen, doch sie richtete den Kopf weiter nach unten.

»Ich halte mich normalerweise für so stark, aber als es darauf ankam, war ich das nicht. Ich konnte nicht durch das ganze Prozedere gehen. Ich konnte es einfach nicht.«

»Hast du es deinen Eltern gesagt?«

»Nein. Die würden wollen, dass ich zur Polizei gehe.«

Mir fiel ein Stein vom Herzen, denn zumindest beinhaltete dieser Satz, dass Kyra auf die Unterstützung ihrer Eltern zählen konnte und nicht daran zweifelte, dass sie ihr glaubten.

»Willst du denn zur Polizei gehen? Jetzt, da Zeit vergangen ist?«

»Was meinst du, wie hoch wäre die Chance, dass Christopher weggesperrt wird? Wie oft liest man davon, dass überhaupt nichts unternommen wird? Und das sogar bei Vergewaltigungen.« Sie schüttelte kurz den Kopf und sah plötzlich unglaublich müde aus. In meinem Kopf war der Gang zur Polizei der naheliegende Schritt – aber ich hatte auch nie in Kyras Situation gesteckt. War einem solchen Übergriff mein ganzes Leben lang nicht einmal ansatzweise nahegekommen. Was für ein Recht hatte ich also, ihre Entscheidung zu verurteilen?

»Was kann ich tun?«, fragte ich stattdessen erneut.

Nun sah Kyra endlich zu mir auf. »Nichts. Du musst nichts tun. Ich hab das nicht gemacht, um Mitleid zu bekommen und dich auf meine Seite zu ziehen. Ich wollte nur, dass du es verstehst.« Sie atmete zitternd aus. »Und ich kann dir nicht einmal sagen, wieso mir das so wichtig ist.«

»Kam denn bisher irgendwas von Chris?« Ich musste an das Gespräch zwischen ihm und Ben denken, das ich belauscht hatte. Alles ergab so viel mehr Sinn. Aber wusste Ben, was geschehen war? Er war ein Arsch, ja. Aber würde er so weit gehen, so etwas geheim zu halten? Andererseits hatte das Gespräch nicht geklungen, als wäre er über alles im Bilde.

Kyra schüttelte den Kopf. »Nicht bei mir. Elias wollte ich nicht fragen, weil er direkt wieder auf hundertachtzig gewesen wäre, aber ich schätze, ich würde mitbekommen, wenn Christopher in die Richtung was versucht. Aber was nicht ist …« Sie ließ den Satz unvollendet im Raum stehen.

Ich hatte keine Ahnung, wie ich Chris normal gegenübertreten sollte. Übermorgen war das nächste Spiel, aber wie sollte ich bitte antreten und tun, als wäre alles in Ordnung? Sollte ich normal mit ihm reden? Ich wünschte, ich könnte Lukas davon erzählen und ihn um Rat fragen. Aber diese Option fiel flach. Und ich wusste, dass ich die Situation für Kyra nicht besser machen würde, wenn ich auf Christopher losginge, ihn zur Rede stellte oder sonst wie offenlegte, dass ich von allem wusste. Auch wenn ich all das liebend gern getan hätte. Aber ich konnte nichts tun. Außer für Kyra da zu sein, wenn sie mich brauchte. Also würde ich genau das machen.

»Magst du was gucken?«

»Einen Film?« Kyra runzelte die Stirn, und trotz der Schwere des Gesprächs musste ich lachen.

»Ja, gewöhnlich kann man Filme gucken.« Ich nickte in Richtung der Audrey-Hepburn-Kollektion, die dekorativ auf dem Regal stand. »Ich hab noch nie etwas von ihr gesehen.«

Kyra stand vom Bett auf und ging zu der roten Verpackung, auf der Audrey mit einem Hut abgebildet war. »Dann, lieber Milan, mach dich auf was gefasst.«

Sehr viel energiegeladener als die Minuten zuvor bedeutete sie mir, ihr ins Wohnzimmer zu folgen. Sie schob eine DVD in den Player im Sideboard, schaltete den Fernseher ein und ließ sich auf die Couch fallen. Mit der rechten Hand klopfte sie auf den Platz neben ihr. »Wir starten mit *Breakfast at Tiffany's*.«

31. KAPITEL

Kyra

Es war schwer, mich auf den Film zu fokussieren. Milan sah aus, als wäre er hoch konzentriert und könnte sich nichts Schöneres vorstellen, als Audrey Hepburn und George Peppard zuzusehen. Ich zog die Decke, die ich eben vom Sessel genommen hatte, etwas enger um meinen Körper. Auf dem Fernseher flüchtete Audrey gerade auf die Feuerleiter ihres Hauses.

Ich warf Milan erneut einen verstohlenen Blick von der Seite zu. Wirkte er angespannt? Verhielt er sich anders? Ohne bewusstes Zutun suchte ich nach Anzeichen, dass das Erlebte die Dynamik zwischen uns verändert hatte. Genau das war das, was ich nicht gewollt hatte. Ich hasste es, anders behandelt zu werden. Als wäre das die eine Sache, die mich fortan definierte. Denn das tat sie nicht. Selbst bei Noah und Elias, die mich mein ganzes Leben lang kannten und mit denen ich wieder und wieder über alles gesprochen hatte, hatte es gedauert, bis sich alles normal anfühlte. Andererseits wollte ich auch niemandem einen Vorwurf machen, denn ich wusste nicht, wie ich in der Situation reagiert hätte.

Aber ich glaubte nicht, dass ich mir diese Angespanntheit zwischen Milan und mir einbildete. Sein Blick war starr geradeaus gerichtet. Während ich unter die Decke gekuschelt auf der Couch saß, war seine Haltung so gerade, als säße er immer noch auf dem Schreibtischstuhl in meinem Zimmer. Zwischen uns hätte eine weitere Person gepasst. Ich zog die Beine an meinen Körper und lehnte mich weiter zurück. Plötzlich traf Milans Blick auf meinen.

»Wenn du mein Gesicht so genau musterst, erwarte ich wenigstens Komplimente.«

Zum ersten Mal an diesem Tag musste ich lachen, und es fühlte sich so gut an, dass sich der Knoten in meiner Brust ein wenig löste.

Auch Milan lächelte leicht und sein Blick wurde sanfter, als er mein Lachen hörte.

»Du hast auf mich bis jetzt nicht gewirkt, als hättest du Komplimente nötig, um dein Selbstbewusstsein zu stärken«, merkte ich an.

»Schadet trotzdem nicht.« Milan nickte mir auffordernd zu. »Also?«

Ich grinste. »Ist das dein Ernst?«

Er sagte nichts, sondern sah mich nur geradewegs an. Als ich bloß den Kopf schüttelte und amüsiert lächelte, ergriff er das Wort. »Gut, dann fange ich eben an.« Er ließ den Blick über mein Gesicht wandern. »Ich mag, dass du so schlagfertig bist. Dass du im Medienraum schon kein Blatt vor den Mund genommen und mir Kontra gegeben hast.«

Bei seinen Worten und seinem Blick begann etwas in meinem Bauch zu kribbeln. Ich hatte mit vielem gerechnet, aber bestimmt nicht damit, dass der Abend so endete.

»Ich mag, dass du dich für die Dinge einsetzt, die dir wichtig sind. Keine Ahnung, ob du einfach nur keinen Sinn für Furcht verspürst, oder einer der mutigsten Menschen bist, die ich kenne.«

Milan setzte sich leicht auf der Couch um, sodass er den Kopf beim Sprechen nicht mehr so stark drehen musste. Mein Herz schlug sehr viel schneller, als es eben noch der Fall gewesen war. Mir war nicht entgangen, dass er mir bisher nur Komplimente für mich gemacht hatte. Komplimente, die sich nicht auf mein Äußeres und meinen Körper bezogen, sondern wirklich auf mich. Es tat unfassbar gut, so gesehen zu werden.

»Ich mag es, wie spontan du bist. Dass du einfach auf der LAN-Party geblieben bist, obwohl du keinen kanntest.«

Der Platz zwischen uns hatte sich ohne mein bewusstes Zutun verringert. Als hätte ich mich auf seine Worte zubewegt. Milans Blick wanderte von meinen Augen zu meinem Mund und wieder zurück nach oben, und es fühlte sich an, als könnte ich den Weg heiß auf meiner Haut spüren.

»Ich mag es, wie ehrgeizig du bist. Ich mag es, dass du über deinen Schatten springst. Dass du Sport auch so liebst.« Er zögerte. Ich war mir nicht sicher, ob er aufhörte zu sprechen, weil er Sorge hatte, dass sein letzter Punkt Erinnerungen an das Handballspiel und an Christopher in mir an die Oberfläche brachte. Aber dem war nicht so. Momentan wollte ich nur, dass er weitersprach. Als hätte er meine Gedanken gelesen, tat er das auch.

»Und auf die Gefahr hin, jetzt wirklich oberflächlich rüberzukommen und alles kaputtzumachen: Ich mag deine Augen. Ich mag das kleine Grübchen in deiner linken Wange, wenn du lachst. Und ich mag, wie du riechst, weil es mich an Sommerurlaub erinnert.« Milan verzog das Gesicht. »Wow. Ich verspreche, in meinem Kopf klang es weniger kitschig.« Er fuhr sich durchs Haar, und die Geste wirkte trotz seiner selbstbewusst vorgetragenen Worte verlegen.

Ich hingegen fand es gar nicht kitschig. Okay, vielleicht war es kitschig. Aber wir hatten im Hintergrund einen Audrey-Hepburn-Film laufen, also war ich vielleicht auch kein gesunder Maßstab für Kitsch.

»Ich mag dich.« Der Satz war mir herausgerutscht, bevor ich darüber nachdenken konnte. Aber er war wahr. Also bemühte ich mich nicht, ihn zurückzunehmen oder zu relativieren. Ich sah Milan genau in die Augen und versuchte stattdessen, seine Reaktion abzuschätzen. Für einen kurzen Augenblick wirkte er überrascht, doch dann wurde seine Miene weicher.

»Ich mag dich auch. Und ich hab sogar versucht, es nicht zu tun.«

Ich lachte leise auf, weil mir das zu bekannt vorkam. Doch jetzt saß er hier. In meiner WG, neben mir auf der Couch. Nur wenige Zentimeter von mir entfernt. Wenn ich wollte, könnte ich die Distanz zwischen uns innerhalb einer Sekunde überbrücken.

Will ich?

Ich senkte den Blick auf Milans Lippen und dachte an unseren Kuss zurück. Er hatte ihn unterbrochen und war gegangen. Weil alles zwischen uns zu stehen schien. Doch war das jetzt anders? Er war nach wie vor Teil von Christophers Handballteam. Die beiden würden weiterhin zusammen auf dem Feld stehen, Kontakt zueinander haben. Christopher würde Teil von Milans Leben sein, und ich war mir nicht sicher, wie sich das auf mich auswirken würde, wenn Milan Teil meines Lebens wurde. Gleichzeitig wusste er Bescheid. Er wusste Bescheid und war dennoch hier. Er hatte mir geglaubt, hatte nicht mit einem Wort infrage gestellt, was ich gesagt hatte. Obwohl er Christopher viel länger kannte als mich, und obwohl der Handball bei ihm stets an erster Stelle stand. Er war hier. Er glaubte mir.

Mein Herzschlag beschleunigte sich. Ohne mich umzudrehen, erkannte ich anhand der Geräusche, dass auf dem Bildschirm gerade die Party-Szene bei Holly Golightly zu sehen sein musste. Aber Milan, der eigentlich freie Sicht auf den

Fernseher hatte, sah trotzdem nicht hin. Weil er immer noch mich betrachtete.

Seine Lippen öffneten sich leicht, als wollte er etwas sagen. Aber er tat es nicht, und so stand sein *Ich mag dich* weiterhin im Raum, ohne dass einer von uns weiter darauf reagiert hätte. Ich fuhr mir mit der Zunge über die Lippen.

Was soll's. Was habe ich zu verlieren?

Bei meinem Kuss in Paris war ich von einer Dringlichkeit getrieben gewesen. Ich hatte vergessen wollen. Mir beweisen wollen, dass ich über alles hinweg war. Jetzt war es anders. Hier ging es nicht darum, etwas vergessen zu wollen, von dem ich eigentlich wusste, dass ich es niemals würde vergessen können. Vielleicht ging es auch gar nicht darum, ob das mit uns beiden funktionieren könnte oder nicht.

Ich drehte mich weiter zu Milan um und lehnte meinen Oberkörper nach vorn. Die Decke glitt auf meine Beine, und als ich mein Gesicht seinem näherte, umfasste er sanft meine Wange. Hier ging es nur um das. Um Milan und mich. Er zog meinen Kopf näher an seinen heran und ich schloss die Augen. Nun nahm ich seinen Geruch umso intensiver wahr. Er war herb und erinnerte mich an Regen, aber das konnte auch der Geruch von draußen sein. Und eigentlich war es egal. Denn als im nächsten Moment meine Lippen auf seine trafen, wichen alle Gedanken aus meinem Kopf. Da war nur noch seine Berührung, der sanfte Druck seiner Finger in meinem Nacken.

Ich schob mich, die linke Hand auf Sofa gestützt, näher an ihn heran, mit der rechten umklammerte ich seinen Hinterkopf. Ich wollte mehr. Als könnte Milan die Sprache meines Körpers verstehen, öffnete er seine Lippen. Einen Augenblick später traf seine Zunge auf meine und ich hätte am liebsten aufgeseufzt. Das hatte nichts von dem süßen, unschuldigen

Kuss kurz vor dem Spiel. Es hatte auch nichts von dem impulsiven Kuss inmitten unseres Streits. Dieser Kuss war zwar sanft, aber es lag so viel mehr in ihm. Die Vertrautheit war völlig neu. Diese Gefühle waren völlig neu.

Milan strich mit dem Daumen rau über meine Wange. Meine Zunge spielte mit seiner und ich gab mich dem Gefühl und seiner Nähe vollkommen hin. Ich fühlte seinen Atem an meinem Gesicht, die leichten Bartstoppeln an meiner Wange und war so unbeschwert wie seit Ewigkeiten nicht mehr. Ich wollte nicht, dass es aufhörte. Dennoch lösten wir uns nach einigen Sekunden voneinander und sahen uns schwer atmend an. Milans Pupillen waren geweitet und sein Gesicht war meinem so nah, dass ich die einzelnen dunklen Wimpern, die seine Augen umrahmten, hätte zählen können.

»Das war …«

»Nicht schlecht«, beendete ich seinen Satz.

»Kann man so sagen, ja«, bestätigte er mit einem Grinsen. Seine Hand lag noch an meinem Gesicht und er streichelte es sanft an meinen Wangenknochen entlang. Einen wunderschönen Moment lang lächelten wir uns nur an, dann kehrten meine Gedanken zurück. Leider.

»Es ist nicht gerade einfacher geworden, oder?«, fragte ich.

Milan legte den Kopf schief. »Das hier?«, erwiderte er und deutete mit dem Finger von mir zu ihm. Sofort vermisste ich seine Berührung, aber zu meinem Unmut ließ er die Hand nun auf seinem Schoß liegen.

Ich nickte. »Ich werde auf keines deiner Spiele gehen können oder besser gesagt wollen. Und Christopher wird nicht begeistert sein, wenn er erfährt, dass du Kontakt zu mir hast.«

Milan nickte langsam. »Du hast recht. Und was machen wir jetzt?«

Ich lächelte müde. Wenn ich das nur wüsste … Aber ich

hatte keine Antwort. Also hob ich wieder die Schultern und sah ihn entschuldigend an.

Ich hatte halb damit gerechnet, dass er vorschlagen würde, dass ich alles aufklären sollte. Dass ich zur Polizei gehen sollte, damit Christopher nicht länger ein Problem darstellte. Dass es das Richtige wäre. Aber er tat es nicht.

»Vielleicht …«, begann ich, »… vielleicht sollten wir einfach erst einmal sehen, wo das Ganze hinführt. Ich will dich gern weiterhin treffen. Wenn das okay ist? Aber zu den Spielen würde ich wirklich nicht mitkommen. Ich weiß, das ist alles nicht ideal, aber …«

»Natürlich ist das okay.« Milan legte seine Hand auf meine und stoppte somit meine Erklärung. Seine Finger malten sanfte Kreise auf meiner Haut. Kurz zogen sich seine Augenbrauen zusammen, als bekäme er doch Zweifel an seiner Aussage, aber er sagte nichts dazu, und nach einem Augenblick verschwand der Ausdruck wieder.

»Du hast recht«, fuhr er fort. »Lass uns einfach sehen, wohin es führt.« Er stupste mit seinem Knie gegen meins und nickte dann in Richtung Fernseher. »Und jetzt sollten wir vielleicht weiterschauen, sonst verpasse ich wirklich alles vom Film. Und ich hab mir sagen lassen, dass das eine absolute Bildungslücke wäre.«

Ich rollte mit den Augen. »Ist es auch, okay?«

Dann drehte ich mich wieder um, sodass ich eine bessere Sicht auf den Fernseher hatte. Ich hatte mich gerade aufrecht hingesetzt, als Milan mich ein Stück näher zu sich zog, nach der Decke griff und sie wieder über mich legte. Ich biss mir auf die Unterlippe, um das Lächeln, das auf meinem Gesicht erschien, nicht zu breit werden zu lassen.

Dennoch konnte ich es nicht leugnen: Ich war glücklich. Wer hätte gedacht, dass die Aufnahme, die ich Milan gegeben hatte, hierzu führen würde? Ich hatte mir nur von der Seele reden wollen, was mich bedrückte, hatte nicht gewollt, dass er dachte, ich würde grundlos handeln und ihn verurteilen. Und gerade war ich verdammt froh, dass ich mich getraut hatte, etwas zu sagen.

32. KAPITEL

Milan

Keine Ahnung, wie ich das Match durchstehen sollte.

Ich saß auf der Bank neben Lukas und hatte den Blick starr nach unten gerichtet, damit ich nicht in Christophers Fresse gucken musste.

In nur zehn Minuten begann das Spiel. Und alles, woran ich denken konnte, war Kyra. Unser DVD-Abend war schon einige Tage her, aber egal, was ich seitdem getan hatte, meine Gedanken drifteten immer wieder dahin zurück. Zu dem Abend, unserem Kuss, aber eben auch zu dem, was sie mir erzählt hatte. Ich hatte gedacht, ich könnte es. Hier sitzen und Chris zuhören, mir nichts anmerken lassen. Kyra zuliebe. Da hatte ich mich wohl gewaltig geirrt. Wie konnte er hier stehen nach alldem? Wieso war er Kapitän, wieso war er so kurz vor dem Aufstieg, wieso verwandelte sich alles, was er anfasste, in Gold? Wieso war Kyra diejenige, die zurückstecken musste? Wieso war ihr Bruder derjenige, dem Chris' Verhalten einen Knick in der Karriere beschert hatte? Wieso litten sie alle, während er hier stand und motivierende Worte an uns, sein Team, richtete?

Es war so scheiße unfair. Und ich konnte nichts tun. Denn wenn ich etwas täte, würde Kyra noch weiter leiden. Es bräuchte nicht viel, damit Chris eins und eins zusammenzählte und begriff, dass Kyra mir alles gesagt hatte. Er wusste bereits, dass wir uns getroffen hatten, und er wusste, dass sie hinter dem Podcast steckte. Und genau wie ich wusste er, was er ihr angetan hatte. Als er mir meinen vergessenen Schlüssel vorbeigebracht hatte, hatte es schon alles an Selbstbeherrschung erfordert, diesen bloß dankend anzunehmen, während es sich angefühlt hatte, als würde ich innerlich brennen. Aber es war nicht an mir, zu entscheiden, wann der Zeitpunkt gekommen war, etwas gegen Christopher auszurichten. Also saß ich hier und richtete den Kopf nach unten, während ich Lukas' fragenden Blick auf mir spürte. Er wusste nach wie vor nicht Bescheid.

Das Einzige, was ich erzählt hatte, war, dass Christopher herausgefunden hatte, was wir wussten: dass ich mit Kyra ausging, dass sie den Podcast führte und die Schwester des Mannes war, dessentwegen er im Krankenhaus gelandet war. Das war Lukas bereits genug Drama gewesen, um meine schlechte Stimmung zu verstehen. *Wenn er wüsste …*

»Also Jungs, wir holen uns das Ding!«

Ich hielt den Kopf weiterhin unten, richtete meinen Blick jedoch nach oben. Chris klatschte gerade einmal in die Hände und trug ein selbstzufriedenes Lächeln zur Schau. Was auch immer er für eine motivierende Rede vorbereitet hatte, er war endlich fertig. Lukas stieß die Schulter leicht gegen meine.

»Versuch mal links und rechts die Mundwinkel gaaanz leicht zu heben, dann wirkt das fast so, als hättest du Lust aufs Spiel.« Ich rollte mit den Augen, was Lukas mit einem weiteren Stoß gegen meinen Arm quittierte. »Heb dir den Blick für das Spielfeld auf, dann haben wir alle freie Bahn, weil das gegnerische Team vor Angst zurück in die Kabine flüchtet.«

»Haha«, erwiderte ich trocken, denn mir war alles andere als zum Lachen zumute, auch wenn ich seine Aufmunterungsversuche zu schätzen wusste.

Rico betrat die Kabine, und wie auf Kommando standen wir alle auf und reihten uns schon einmal an unserem jeweiligen Platz ein. Lukas warf mir einen letzten skeptischen Blick zu, stand aber zu weit weg, um weiter auf mich einzureden.

Ich stellte mich hinter Chris und fixierte meine Augen auf die Nummer 14 auf seinem Rücken. Draußen schallte bereits die Stimme des Ansagers durch die Halle und einzelne Fans riefen Parolen. Vermutlich für das gegnerische Team. Wir hatten ein Auswärtsspiel in Dresden und die Atmosphäre war auf diesen immer deutlich anders, als wenn wir zu Hause in Berlin spielten. Aber es passte zu meiner Stimmung, denn diese als gedrückt zu bezeichnen, wäre noch die Untertreibung des Jahres.

Reiß dich zusammen. Du hast zu lange für all das gekämpft, um es jetzt zu versauen.

Ich hatte mir immer geschworen, mich nie durch Beziehungsdinge von dem Weg abbringen zu lassen, auf den ich mein Leben lang hingearbeitet hatte. Jetzt war es doch geschehen. Aber wer hätte ahnen können, dass es unter diesen Umständen geschehen würde?

»Ach Fuck«, murmelte ich. Mir war gar nicht bewusst gewesen, dass ich es laut ausgesprochen hatte, bis Chris sich zu mir umdrehte. Mit zusammengezogenen Augenbrauen musterte er mich.

»Alles in Ordnung, Nowak?«

Jetzt hielt ich mich doch an Lukas' Worte und zog einen Mundwinkel nach dem andern hoch. »Klar doch.«

Ich wusste, dass ich nicht überzeugend rüberkam, aber wen juckte das schon? Wieso hatte ich mich so lange darum bemüht, dass Chris mich mochte? Wir mussten nur zusammen spielen. Wenn ich es wirklich in die Bundesliga schaffte, wäre ich ihn vielleicht los. Ihn und seine Visage, mit der er mich immer noch irritiert anblickte. Zum Glück trat Rico genau in diesem Moment zu uns, nickte Chris zu und wir gingen nach draußen. Zweimal eine halbe Stunde aufs Spiel konzentrieren. Danach konnte ich zurückfahren. Sollte ja nicht so schwer sein.

»Pass!«, brüllte Chris mir entgegen, aber ich dachte gar nicht daran. Ich täuschte an, stieß mich vom Boden ab und warf den Ball direkt ins Netz. Jubel brandete auf, wenngleich er durch das Raunen der gegnerischen Fans kaum zu hören war. Ich quittierte Chris' Kopfschütteln mit einem herausfordernden Blick, danach brachte ich mich wieder in Position.

»Was ist dein Problem?«

Chris trat neben mich und versuchte, sich in mein Sichtfeld zu schieben.

»Ich hab kein Problem. Konzentrier dich aufs Spiel.«

Natürlich hatte ich ein Problem, wem machte ich etwas vor? Chris offensichtlich nicht, denn aus dem Augenwinkel sah ich, wie er den Kopf schüttelte, bevor er sich auf seinen Platz begab. Der Schiedsrichter stieß einen Pfiff aus und es ging weiter. Nur noch wenige Minuten bis zur Halbzeit. Dann noch einmal dreißig Minuten neben diesem Arsch und ich könnte nach Hause. Im Bus würde ich mich definitiv wieder genauso weit weg setzen wie auf der Hinfahrt.

Ich ließ den Kopf einmal kreisen, um meine angespannte Muskulatur zu lockern. Wir lagen in Führung, und es gab mir eine seltsame Befriedigung, dass Chris dieses Mal so wenig dazu hatte beitragen können. Ich wollte sein triumphierendes Gesicht nach einem Tor nicht mehr sehen. Und solange wir gewannen, konnte mir niemand einen Vorwurf für meine Spielweise machen. Der gegnerische Torwart beförderte den Ball auf die andere Seite, wo Lukas ihn jedoch nach wenigen

Sekunden an sich riss. Er ließ ihn einmal auf dem Boden aufkommen und gab dann an Yannick ab.

Dieser arbeitete sich weiter vor und warf ihn in unsere Richtung. Kurz hatte ich mit Chris Blickkontakt und sah, wie dieser sich zum Ball hin bewegte.

Vergiss es.

Ich lief ebenfalls darauf zu und sprang in die Höhe, um ihn anzunehmen – genau im selben Moment, in dem das auch Chris tat. Sein Knie bohrte sich in meinen Oberschenkel, und ich traf ihn irgendwo mit meinem Ellbogen. Ich hörte, wie Chris zischend die Luft einzog, doch er bekam den Ball zu fassen, machte einen Satz nach vorne, sprang in die Höhe und beförderte ihn an der Abwehr vorbei ins Tor.

Mist.

Während der Rest unseres Teams sich in Bewegung setzte und in Richtung des gegnerischen Tors lief, entgingen mir Chris' funkelnde Augen nicht. Oder dass er sich mit der Hand die Schulter hielt, die er gerade erst auskuriert hatte.

»What the fuck, Milan? Was zur Hölle ist los mit dir?«

Ich biss die Zähne so fest zusammen, dass es wehtat, doch es brachte nichts.

»Was mit *mir* los ist? Ist das dein fucking Ernst?«

Ich machte einen Schritt auf ihn zu, sah ihm geradewegs in die blauen Augen, war so nah, dass ich die Schweißperlen auf seiner Stirn sah, seinen schnellen Atem hörte.

Wie gern hätte ich ihm entgegengebrüllt, dass ich alles wusste. Das ich wusste, was für ein mieses Arschloch er war, dass ich wusste, dass er Kyra wehgetan hatte. Ich wollte ihm wehtun. Ihm Angst machen, so wie er Kyra Angst gemacht hatte. Seine Karriere beenden. Die Wahrheit so laut hinausschreien, dass es alle Anwesenden hören konnten. Doch mein Versprechen Kyra gegenüber wog schwerer als meine Wut. Hier ging es nicht um mich, hier ging es nicht einmal um Christopher. Es ging um sie.

Und mit diesem Wissen tat ich etwas, das ich in all den Jahren nie für möglich gehalten hätte. Ich warf Christopher einen letzten abschätzenden Blick zu. Dann drehte ich mich um und verließ das Feld.

33. KAPITEL

Kyra

Hey, ich hoffe, dir geht's gut! Ich melde mich später nach dem Spiel! 🖤

Ich blickte auf die Nachricht, während ich mich an dem Gemüseladen in unserer Straße vorbeischob. Das Spiel war nun bereits seit über zwei Stunden vorüber, und Milan hatte noch nicht auf meine nachfolgenden Nachrichten reagiert. Ich wusste, dass ich total überreagierte, aber es verunsicherte mich dennoch. Nicht seinetwegen, sondern weil ich schon den ganzen Tag über ein mulmiges Gefühl hatte. Denn heute sah Milan Christopher zum ersten Mal, seit ich ihm alles erzählt hatte.

Was, wenn bei dem Spiel etwas geschehen war? Wer wusste schon, was Christopher ihm erzählte. Ich zweifelte nicht daran, dass Milan mir glaubte, keine Sekunde, aber er kannte Chris so viel länger. Was, wenn er seine Meinung geändert hatte? Ich hatte Christopher oft genug sprechen hören, um zu wissen, wie überzeugend er sein konnte. Darin war er genauso gut wie sein Vater. Und was, wenn Milan etwas gesagt hatte? Aber nein, er hatte versprochen, es nicht zu tun, und ich vertraute ihm.

Ich überquerte die Straße und fischte meinen Schlüssel aus dem Rucksack. In meinem Kopf war ein ständiges Auf und Ab, ein ewiges Hin und Her und ich hasste es, dass ich so schnell verunsichert war. Ich traf mit dem Schlüssel erst beim zweiten Mal ins Loch, schob die Tür auf, und warf sie mit einem lauten Rumms wieder ins Schloss. In mir herrschten Unruhe und Rastlosigkeit und ich war mir nicht sicher, wie ich ihrer Herr werden konnte.

Ich sah Phuongs Schuhe im Flur, bevor ich ihre Stimme leise aus dem Wohnzimmer dringen hörte.

Meine Stiefel landeten neben ihren Schuhen, dann öffnete ich vorsichtig die Tür ins Wohnzimmer. Phuong und Miriam saßen sich auf der Couch gegenüber, beide hielten je eine Tasse Tee in den Händen.

»Miri!«, sagte ich. »Du bist wieder da.«

Miriam schenkte mir ein kleines Lächeln und nickte. »Ja, die Beerdigung war schon am Freitag. Eigentlich wollte ich direkt Samstag zurückfahren, aber daheim gab's noch etwas Stress mit meiner Schwester und den Cousinen und na ja, wie das meistens so ist. Mein Vater und ich sind relativ schnell in die Garage geflohen und haben an meinem Motorrad geschraubt. Immerhin ein Gutes.«

Ich umarmte Miriam und drückte danach Phuong an mich. Sie rückte ein Stück zur Seite, damit ich auch auf dem Sofa Platz nehmen konnte, doch ich schnappte mir ein Kissen von der Couch und setzte mich damit auf den Boden, damit ich die beiden besser sah.

»Du hättest noch länger bleiben können, das weißt du.«

»Nein, bloß nicht.« Miris Lächeln wurde schief. »Glaub mir, das ist keine Stimmung, in der ich länger als nötig sein möchte. Bei euch fühl ich mich tausendmal wohler.«

Phuong legte die Hand auf Miris und ich lächelte den beiden zu. »Wir haben ganz schön Glück miteinander«, meinte Phuong sachlich.

»Und was ist bei dir im Argen?« Miriams hellbraune Augen taxierten mich.

»Was meinst du?«

»Du siehst nicht gerade glücklich aus.«

Ich winkte ab. »Das ist jetzt echt unwichtig.«

»Sag das nicht. Außerdem tut mir Ablenkung gut.«

»Damit meint sie, dass es ihr besser geht, wenn du auch leidest«, warf Phuong ein, was ihr einen Ellbogenstoß von Miriam einbrachte, während ich lachte.

»Damit meine ich nur, dass ihre Probleme nicht weniger wichtig sind.«

»Es gibt keine Probleme«, sagte ich, auch wenn ich nach wie vor nicht wusste, warum in mir dieses seltsame Gefühl herrschte. Ich lehnte mich zurück, hörte Phuongs und Miris Gespräch mit halbem Ohr zu und scrollte durch Instagram. Meine Finger führten mich zu Milans Profil, das mir jetzt, da er mich nicht mehr geblockt hatte, wieder frei zugänglich war. Es gab einen neuen Post von heute Morgen: die gesamte Mannschaft im Bus auf ihren Sitzen auf dem Weg nach Dresden. Milan hielt das Handy in die Höhe, sodass über seine Schulter das restliche Team zu sehen war. Ich musste schmunzeln, als ich sah, dass Lukas eingeschlafen war. Dann stutzte ich, als mein Blick auf einen Kommentar unter dem Post fiel.

Nick9776
Alter, was hast du vorm Spiel genommen? Warst du drauf?

Irritiert blickte ich wieder auf das Bild, konnte aber beim besten Willen nicht erkennen, was Nicks Problem war. Vielleicht einfach nur ein Troll, davon hatte ich mittlerweile ja selbst genug. Dennoch öffnete ich die Kommentare, um zu sehen, ob jemand darauf reagiert hatte.

wuestenfuchsx6
Klar, dass er geht. Wäre eh auf die Bank geschickt worden nach der Aktion

dirkck
@wuestenfuchsx6 jo. Hoffe nächstes mal dann auch. geht gar nicht

wuestenfuchsx6
@dirkck Safe. Glaub nicht, dass sie ihn das nächste Mal schon wieder mitspielen lassen

fireballhandball
Was da los bei eurer Bromance? @nowaknr8 @rothechris

»Oh, shit.«

»Ist was passiert?«

Mir war gar nicht bewusst gewesen, dass ich laut gesprochen hatte.

Miriam stellte ihre Tasse auf dem Couchtisch ab und sah mich auffordernd an. »Kyra?«

Wortlos streckte ich den beiden mein Handy entgegen. Phuong schnappte es sich, bevor Miriam danach greifen konnte, und ihre Pupillen huschten von links nach rechts, als sie den Text las.

»Oh«, sagte sie. »Meinst du, er hat was gemacht?«

»Gib mal her«, meinte Miriam und nahm das Handy aus Phuongs Hand. Ihre Stirn legte sich in Falten.

»Phuong hat eben erzählt, dass er super reagiert hat?«

Ich nickte.

»Dann wird er sicher nichts getan haben, was dich sabotiert. Ruf ihn einfach mal an.«

»Aber irgendwas muss im Spiel passiert sein«, murmelte ich, und das flaue Gefühl, das seit dem Aufstehen auf meinen Magen drückte, verstärkte sich. Was meinte der eine Kommentar mit »nach dieser Aktion«? Was hatte Milan getan?

»Etwas mit Christopher«, sagte Phuong. »Zumindest laut dem einen Kommentar.«

Ich nickte. »Er würde niemals etwas tun, was seine Karriere gefährdet«, sagte ich mit Blick auf die beiden. »Und er hat versprochen, dass alles normal wird.« Ich schluckte. Das hatte Noah auch, dennoch wusste ich von meiner Mutter, wie häufig er Home-Office-Tage nahm. Ich hatte nie nachsehen wollen, aber ich vermutete, dass diese nicht ganz zufällig mit denen korrespondierten, an denen Herr Rothe zugegen war. Hatte nicht auch ich selbst mir vorgemacht, normal weiterleben zu können, nur um dann beim Spiel zusammenzubrechen? Wie konnte ich erwarten, dass die ganze Sache meine Brüder oder Milan kalt genug ließ, um gute Miene zum bösen Spiel zu machen?

Ich rieb mir über das Gesicht und war plötzlich unfassbar müde. Wo eben noch ein Hin und Her an chaotischen Gedanken in meinem Kopf gewesen war, war jetzt nur noch einer: Ich wollte, dass das aufhörte. Das Tänzeln auf Zehenspitzen inmitten eines Minenfelds. Die Angst, trotz aller Bemühungen einen falschen Tritt zu setzen. Das Gefühl, dass da immer etwas um die nächste Ecke lauerte. Und es gab eine, genau eine Sache, die ich dagegen unternehmen konnte. Die ich ganz allein in der Hand hatte. Es gab eine Sache, die ich tun konnte, um nicht nur mir selbst zu helfen, sondern auch Milan, Elias und letztendlich auch weiteren Frauen. Denn auch wenn mein Podcast sich mit wichtigen Dingen beschäftigen mochte, so hatte er bisher wie ein Pflaster für mich gewirkt. Er deckte die Wunde ab, sorgte dafür, dass sie sich nicht entzündete oder der Schmerz größer wurde – aber er hatte mich nicht geheilt.

»Ich muss eine neue Podcastfolge aufnehmen«, sagte ich.

»Über?« Phuong sah mich einen Augenblick fragend an, dann öffnete sie den Mund und weitete leicht ihre Augen. »Du willst es öffentlich machen?«

Ich nickte. »Ja.«

Zuerst einmal würde ich Elias anrufen, da das Ganze auch ihn betraf. Doch meine Entscheidung stand: Ich würde eine weitere Folge aufnehmen und meine Geschichte erzählen.

Entgegen meiner Erwartungen zeichnete sich keine Begeisterung auf Phuongs Gesicht ab. Sie kaute auf ihrer Unterlippe und betrachtete mich nachdenklich. Auch Miriam schwieg, allerdings hatte ich von ihr Zurückhaltung erwartet. Bei Phuong hingegen war ich mir sicher gewesen, dass sie Feuer und Flamme wäre, sie war sonst die Impulsive von uns dreien.

»Hast du dir das gut überlegt oder ist dir das gerade erst gekommen?«, fragte sie mit Vorsicht in der Stimme.

»Ich hab schon damals, als ich das Postfach geöffnet hab, überlegt, dass ich es erzählen müsste. Schließlich verlange ich ja ständig die Geschichten anderer.« Ich hob die Schultern. »Ich mach es nicht für Milan, falls du das meinst. Vielleicht ist jetzt der richtige Zeitpunkt.«

»Vielleicht«, wiederholte Phuong, aber überzeugt sah sie noch nicht aus.

»Ich kann nicht immer weiter dafür sorgen, dass andere leiden, nur weil ich darüber schweige, was Christopher getan hat. Damals bei Elias war es noch zu frisch und ich zu aufgewühlt. Aber ich hatte seitdem so viel Zeit nachzudenken. Und der Podcast hat auch geholfen. Klar, negative Stimmen gibt es immer, die wird es auch dazu geben, aber die positiven sind eben auch da. Und die habe ich vorher nicht gesehen. Ich bin nicht allein.« Mein Blick flog zwischen meinen beiden Freundinnen hin und her, und als Miri lächelte, fiel mir ein Stein vom Herzen.

»Das bist du sowieso nicht«, sagte sie.

Phuong nickte. »Wir sind für dich da. Immer.«

»Also: Was ist das Schlimmste, was passieren kann?«

»Gegenfrage: Was denkst du, wie Christopher reagiert?«

Ich schluckte. Bei dem Gedanken an ihn und daran, wie er den Podcast hörte, zog sich mein Magen schmerzhaft zusammen. Ich sog die Luft ein. Das war tatsächlich etwas, was ich bei meiner Überlegung verdrängt hatte.

»Ich frage das nicht, um dir Angst zu machen«, sagte Phuong. »Ich bin absolut dafür, dass du Schritte einleitest. Ich bin mir nur nicht sicher, ob der öffentliche Weg der richtige ist.«

»Ich weiß, was du meinst, aber die Alternative ist, dass ich zur Polizei gehe, es ein ewig langes Verfahren gibt, ich ihm gegenübersitze, mir seine Lügen anhöre und Aussage gegen Aussage steht.«

»Und du glaubst nicht, dass du gewinnen würdest? Elias wäre doch sicher mit dabei.«

»Ich hab so viel dazu gelesen, Phuong. Ich hab mit anderen Frauen gechattet, auch mit denen, die zur Polizei gegangen sind. Frauen, die vergewaltigt wurden. Wenn nicht einmal ihnen geglaubt wird … Elias ist mein Bruder, ist ja klar, dass er für mich aussagt.« Ich hob erneut die Schultern. »Ich weiß nicht, ob ich das kann. Dieses ganze Prozedere durchmachen, meine ich. Aber was ich tun kann, ist, andere Frauen vor ihm zu warnen.«

Phuong nickte und schenkte mir ein kleines Lächeln, auch wenn ich die Sorge noch deutlich in ihrem Blick sah. »Wir sind hier, wenn du uns brauchst.«

Ich drückte ihre Hand und lehnte mich wieder an Miriam, die daraufhin ein Stück vor rutschte und mit meinen Haarsträhnen zu spielen begann.

»Ich finde es extrem mutig von dir«, sagte sie leise. »Es wird Leute geben, die dir glauben, und solche, die es nicht tun. Aber ich denke, vor Christopher bist du relativ sicher. Er kennt die Wahrheit, und wenn er halbwegs schlau ist, provoziert er nicht, dass du doch noch rechtliche Schritte einleitest.«

Meine Muskeln entspannten sich durch Miriams Worte und die Nähe der beiden. Ich konnte das. Ich war stärker als meine Angst.

Es geht dir gut. Du bist in Sicherheit. Du hast die Kontrolle.

Und mit dem Entschluss hatte ich endlich das Gefühl, dass auch der letzte Satz der Wahrheit entsprach.

Elias gab einem Jungen mit wuscheligen braunen Haaren ein High Five und wandte sich dann mir zu. Mein Bruder war nicht ans Handy gegangen, was gar nicht schlecht war, da wir dieses Gespräch ohnehin besser unter vier Augen führen sollten. Also war ich ins Studio gefahren, wo er aktuell jede freie Minute verbrachte.

»Was führt dich denn hierher?«, fragte er mit erhobenen Augenbrauen. Kein Wunder, denn ich hatte nicht einmal meine Sporttasche mitgebracht.

»Können wir reden?«

»Klar.« In seinen Augen spiegelte sich gleich noch ein bisschen mehr Sorge wider, doch er nickte in Richtung des Aufenthaltsraums, der eigentlich für Mitarbeiter reserviert war. Ich folgte Elias und ließ mich dort auf einen der schwarzen Klappstühle fallen. Der Stuhl knarzte protestierend.

»Ich will erzählen, was passiert ist«, platzte es aus mir heraus, kaum dass Elias sich gesetzt hatte. Sein Blick war auf mich gerichtet und er nickte, eine stumme Aufforderung, weiterzusprechen.

»Ich hab es Miriam und Phuong gesagt. Und Milan. Und jedes Mal war es, als hätte jemand diese Last von meinen Schultern genommen. Aber egal, was ich tue, es reicht einfach nicht. Da ist immer noch etwas in mir, das rauswill. Irgendetwas, was dafür sorgt, dass ich nicht zur Ruhe komme. Gleichzeitig steh ich manchmal total neben mir und bin in meinem Kopf gefangen. Ich hätte viel früher für Miri da sein sollen, hätte niemals, ohne viel nachzudenken, diese Folge über die Handballer aufnehmen sollen.« Ich atmete zitternd aus. »Ich will eine Folge aufnehmen und erzählen, was mir passiert ist. Aber ich will es nicht ohne dein Einverständnis tun.«

Elias, der mir die ganze Zeit über ruhig zugehört hatte, runzelte die Stirn. »Wofür brauchst du denn mein Einverständnis?«

Ich stützte meine Arme auf dem Tisch ab und beugte mich ihm entgegen. »Du hast so viel für mich getan. Du hast alles aufgegeben. Ich weiß nicht, wie Christopher reagieren wird, und ich will für dich nichts schlimmer machen.«

Elias lächelte schief. »Ich habe nichts aufgegeben, Kyra. Ich bin glücklich hier, und für mich gilt jetzt dasselbe wie damals: Ich will, dass es dir gut geht. Wenn es für dich das Richtige ist, deinen Podcast als Plattform für deine Geschichte zu nutzen, dann mach das.« Er zögerte und sprach wesentlich vorsichtiger weiter. »Aber meinst du, du kannst es auch Mama und Papa erzählen? Nicht für mich, aber weil ich glaube, dass es sie sehr verletzen würde, wenn sie es über deinen Podcast mitbekommen.«

Konnte ich meinem Vater in die Augen sehen und ihm erzählen, was passiert war? Gedankenverloren studierte ich das Muster der Raufasertapete. Elias hatte recht, das war mir klar. Meine Eltern mochten den Podcast nicht hören, aber es bestand immer die Gefahr, dass sie über Umwege von der Folge erführen, und ich war mir nicht sicher, ob sie nachvollziehen könnten, wieso es mir leichter fiel, mich einer mir völlig fremden Menge an Menschen im Internet zu öffnen als den Menschen, die mich bedingungslos liebten. Ich konnte es mir selbst nicht erklären.

»Okay«, sagte ich nickend, auch wenn sich mir bei dem Gedanken daran der Magen umdrehte. »Meinst du …« Ich stockte. Es war ein feiger Ausweg.

»Hm?«, machte Elias.

»Ich weiß wirklich nicht, ob ich es ihnen sagen kann. Mit ihnen reden, ja. Aber es ihnen sagen? Mama wird weinen und ich will Papas Gesicht noch weniger dabei sehen.«

Elias verzog den Mund und nickte langsam. »Kann ich verstehen, ja. Du musst natürlich nicht. Es war nur ein Vorschlag.«

»Meinst du, ich kann ihnen die Folge zeigen? So habe ich es bei Milan gemacht. Dann können wir danach reden.«

Elias legte den Kopf schief und schwieg eine Weile. Auf seiner Stirn hatte sich eine leichte Falte gebildet, doch schließlich nickte er. »Ich kann sie ihnen auch zeigen und dich dann abholen, sobald sich die Lage etwas beruhigt hat. Wenn du magst.«

Ohne dass ich etwas dagegen tun konnte, begannen meine Augen zu brennen. Womit hatte ich Brüder wie Noah und Elias verdient? Die hinter mir standen und mich stützten, ohne mich in eine Richtung zu lenken.

»Das wäre super«, sagte ich, auch wenn ich mir nach wie vor nicht sicher war, ob es der richtige Weg war. Aber vielleicht gab es auch keinen richtigen oder falschen Weg. Vielleicht gab es einfach meinen Weg und den, den andere bestritten, und jeder wählte den, der für ihn am einfachsten zu bestreiten war.

INTERLUDE: PODCAST

Willkommen zurück zur neuen Folge von *Your Story is My Story*. Wobei ich die heutige Folge ganz einfach unter dem Titel »Meine Geschichte« zusammenfassen könnte. Mein Name ist Kyra Seger, und nachdem ihr alle so ehrlich und offen mir gegenüber wart, ist es an der Zeit, dass ich euch dieselbe Offenheit entgegenbringe.

Ich habe in den letzten Wochen Geschichten von euch verlangt, ohne dass ich meine erzählt habe. Die Wahrheit ist, dass ich Angst hatte. Ich weiß nicht, ob es Angst vor den Reaktionen war, oder ob ich vielmehr Angst davor habe, mich dem zu stellen, was passiert ist. Aber ich habe mich – insbesondere in den letzten Tagen – mehrmals all dem gestellt. Und ich habe überlebt. Also bin ich mir, ganz egal, wie ihr auf meine Worte reagieren werdet, ziemlich sicher, dass ich auch das hier überleben werde. Und ich habe das Gefühl, dass ich es erzählen muss. Damit nicht irgendwann noch ein Mädchen oder eine Frau an meiner Stelle steht und monatelang schweigt über das, was ihr widerfahren ist.

Alles ist vor gerade einmal fünf Monaten passiert. Manchmal kommt es mir viel länger vor, weil sich seitdem so viel geändert hat. Ich war auf einer betrieblichen Feier, genauer gesagt der gemeinsamen Feier meiner Eltern und eines Geschäftspartners. Ebenfalls dort war der Sohn des Geschäftspartners: Christopher Rothe. Vielleicht erinnert ihr euch an den Namen, er ist bereits in der Handballfolge aufgetaucht. Vielleicht versteht ihr nach heute auch, wieso ich diese so gestaltet habe, wie ich es getan habe.

Ich war achtzehn, die Stimmung war gut, ich war noch relativ frisch aus der Schule raus. Wer Christophers Profil nach der Folge genauer betrachtet hat, weiß, dass er ziemlich gut aussieht. Hinzu kommt, dass ich ihn quasi von klein auf kenne, da meine Eltern und sein Vater sehr eng zusammenarbeiten.

Habe ich was getrunken? Ja.

Habe ich mit ihm geflirtet? Ja.

Habe ich erwartet, dass er das ausnutzen würde? Nein.

Aber das hat er.

Als ich nach unserem Kuss nicht weitergehen wollte und versucht habe, zurück zur Feier zu gelangen, hat er mich festgehalten. Er hat mich an die Fliesen der Toilettenwand gedrückt. Meine Proteste hat er erst mit seinem Mund und dann mit seiner Hand erstickt. Seine andere Hand war überall an meinem Körper. Auf meiner Haut. In mir. Warm und eklig.

Ich hoffe, er erfährt irgendwann, wie es ist, nichts mehr zu fühlen und doch alles zu spüren, während einem das Herz so sehr in der Brust rast, dass es fast zerreißt vor Angst. Wenn man schreien und kämpfen will, doch der eigene Körper versagt und man die Augen schließt, weil man gar nicht mit ansehen kann, was mit einem passiert.

Ich hoffe, er erfährt, dass es nichts bringt, die Augen zu schließen, weil man dann plötzlich umso mehr hört. Atem, stoßweise, ganz nah am Ohr. Musik von außen, so laut, dass sie mein Wimmern sowieso nicht hören. Nicht dass dich das interessiert hat, deine Hand hat sich trotzdem immer fester um meinen Mund geschlossen. So fest sogar, dass ich irgendwann Blut geschmeckt habe, weil meine Schneidezähne meine Lippe aufgebissen haben.

Ich hoffe, du erfährst irgendwann, wie es sich anfühlt, das eigene Blut auf der Zunge zu schmecken, aber nicht schlucken zu können, weil selbst das nicht mehr geht. Weil dein Körper sich mittlerweile so sehr vor Angst verkrampft hat, dass du nichts mehr tust, außer zu existieren. Dabei ist genau das das, was du in dem Moment am wenigsten willst. Ich hoffe, du erfährst all das.

Und ich hoffe, du erfährst auch, wie es danach ist. Was denkst du, wie es für mich war? Wie hat es sich wohl für mich angefühlt, dir zusehen zu müssen, wie du danach den Leidtragenden gespielt hast? Wie alles um mich herum zerbrochen ist, meine Familie in Mitleidenschaft gezogen wurde, während du umsorgt wurdest, Mitleid bekamst, mein Bruder den Hass auf sich zog, den du verdient hättest, nur weil er mir geholfen hat?

Vielleicht ist meine Hoffnung vergebens und vielleicht wirst du all das nie erfahren. Aber auch das ist okay. Denn ich habe noch eine weitere Hoffnung: die, dass alle, die diesen Podcast hören, die Wahrheit erfahren und dir nie wieder jemand fälschlicherweise vertraut, wie ich es an dem Abend getan habe. Ich hoffe, dass es allen Zuhörerinnen eine Warnung sein wird. Ich hoffe, dass auch du Konsequenzen für dein Handeln tragen musst. Vor allem aber hoffe ich, einen kleinen Teil dazu beitragen zu können, dass sich nie wieder eine Frau hier hinstellen und diese Worte äußern muss. Weder an dich gerichtet noch an irgendjemand anderen. Ich weigere mich, weiter in meinem Schweigen zu leben, während du aufsteigst und bejubelt wirst.

Ich bin mir nicht einmal sicher, ob du dir deiner Schuld bewusst bist oder ob du so viele Ausreden erfunden hast, dass du sie selbst glaubst. Aber ich habe die Hoffnung, dass du und alle anderen eines verstehen: Du bist nicht das Opfer. Das Opfer bin ich.

Kommentare deaktiviert.

34. KAPITEL

Milan

Zum dritten Mal in Folge seufzte ich, diesmal so lautstark, dass meine Atemluft den mittlerweile lauwarmen Tee unter mir Wellen schlagen ließ.

»Bist du dir sicher, dass du nichts essen magst?«

Auch diese Frage stellte meine Mutter zum wiederholten Male.

»Ich hab keinen Hunger«, murmelte ich, dabei hatte ich abgesehen von dem Müsli und der Banane heute Morgen noch nichts gegessen. Aber ich hatte keinen Appetit. Ich hatte meine Karriere versaut und bereute es nicht einmal.

Ich blickte auf, als ich den kritischen Blick meiner Mutter bemerkte. »Was?«, fragte ich.

»Ich mach dir einen Kaffee, vielleicht ist Tee nicht stark genug.«

»Ich dachte, dafür nimmt man Schnaps«, bemerkte Jonas, mein kleiner Bruder, der mir gegenüber am Küchentisch saß.

»Es ist viel zu früh für Schnaps«, erwiderte meine Mutter und ging zur Kaffeemaschine.

Jonas beäugte mich kritisch. »Hör auf so rumzuflennen, und zieh dir was Anständiges an.« Ich folgte seinem Blick. Ich trug nach wie vor das dunkelblaue Trikot. Beinahe hätte ich ein weiteres Mal geseufzt. Er hatte vermutlich recht, aber es fehlte noch, dass ich mich von meinem kleinen Bruder herumkommandieren ließ.

Das Röhren der Kaffeemaschine unterbrach für einen Moment meine kreisenden Gedanken.

»Wieso werde ich eigentlich nicht gefragt, ob ich Kaffee möchte? Ich hatte auch 'nen harten Tag.«

»Weil ich es nicht gern sehe, wenn du Kaffee trinkst.«

Jonas rollte mit den Augen, ging zum Regal, nahm sich eine Tasse und stellte sich hinter meine Mutter, die gerade den Knopf der Kaffeemaschine betätigte.

»Im Gegensatz zu Milan, der jetzt quasi arbeitslos ist, muss ich heute sogar noch arbeiten«, sagte Jonas und sah mich herausfordernd an. Er war immer noch ein gutes Stück kleiner als ich, aber man konnte die Ähnlichkeit zwischen uns nicht leugnen. Nur dass ich mit Sicherheit nie so nervtötend gewesen war.

»Bruchrechnen ist kein Arbeiten«, gab ich zurück.

»Schließ nicht von dir auf andere, nur weil du Bruchrechnen erst in der zehnten Klasse verstanden hast. Wir hatten das in der fünften. Wir haben morgen 'nen Test in Französisch.«

»Bonne chance«, sagte ich und trat am Stuhlbein vorbei nach Jonas' Fuß. Er stieß mir mit der flachen Hand gegen den Oberarm, schaffte es aber nicht, mich aus dem Gleichgewicht zu bringen. Meine Mutter seufzte hörbar, sagte jedoch nichts, als sie bei unserem Gerangel zusah. Kein Wunder, sie war weitaus Schlimmeres gewohnt.

Sie bereitete den Kaffee fertig zu und drückte ihn dann meinem Bruder in die Hand. »Dann geh mal hoch arbeiten. Und lern auch die Schreibweise.«

Jonas rollte einmal mit den Augen und klopfte mir auf dem Weg zur Tür auf die Schulter.

»Mach dir nichts draus. Vielleicht ist es eh besser, wenn du wieder hier in Dresden spielst. Die wollten dich damals ja nicht gehen lassen, und Berlin ist sicher durch nach deinem Stunt.«

»Jonas«, ermahnte meine Mutter ihn.

»Geschwister, ein Segen«, murmelte ich.

»Ist doch wahr, Brudi.«

»Wenn du noch einmal Brudi sagst, werf ich dich aus dem Fenster.«

»Milan!«, ermahnte meine Mutter mich.

»Er macht das nur, weil er mich jetzt schon wieder so vermisst«, sagte Jonas grinsend.

»Vergiss es, du Plage. Wenn es nach mir gegangen wäre, hätten wir 'nen Hund bekommen.«

»Hört das bei euch beiden nie auf?«, fragte meine Mutter kopfschüttelnd.

»Nö«, antworteten Jonas und ich im selben Moment, was sogar mir kurz ein Schmunzeln entlockte.

Jonas streckte mir ein letztes Mal die Zunge raus und ging nach oben in sein Zimmer. Auch wenn ich mir ziemlich sicher war, dass er dort eher *Fortnite* spielen als Französisch pauken würde.

Meine Mutter schob die Tasse voll Kaffee vor mir auf den Tisch und setzte sich dann mir gegenüber.

»Was ist passiert?«, fragte sie.

»Ich bin aus dem Spiel gegangen.«

Sie nickte. »Ja, das hab ich gesehen.«

Es hätte mich nicht wundern sollen, meine Mutter verfolgte jedes Spiel und hatte sich bereits geärgert, dass sie heute Morgen hatte arbeiten müssen, wenn wir schon in meiner Heimatstadt spielten.

»Na, dann weißt du ja Bescheid.«

»Warum bist du gegangen?«

Ich trank einen Schluck Kaffee, mehr um nicht direkt antworten zu müssen als aus Lust auf Koffein. Mein Herz schlug so schon zu schnell.

»Milan?«

»Weil ich nicht mehr mit Chris spielen kann und möchte«, sagte ich trocken. »Ich kann in dem Team nicht mehr spielen.«

Sichtlich verwirrt zog meine Mutter die Augenbrauen zusammen. »Hattet ihr Streit? Ich bin sicher, ihr könnt das klären. Ich kann mir auch nicht vorstellen, dass sie dich ausschließen, dafür spielst du zu gut. Sie brauchen dich doch.«

Kopfschüttelnd biss ich die Zähne zusammen. »So einfach ist das nicht.«

Ich wollte mich nicht erklären müssen, meine Entscheidung war gefallen. Ich würde mit diesem Mann nicht mehr auf dem Feld stehen oder so tun, als wäre alles okay, wenn das ganz eindeutig weit von der Wahrheit entfernt war. Nur war das leichter gesagt als getan. Denn Handball war nicht bloß ein Hobby, das ich durch ein anderes ersetzen konnte. Es war mein Leben, mehr als Hobby, Job oder bloße Leidenschaft. Aber wenn das der Preis war, den ich zahlen musste, musste ich das Team verlassen. Vielleicht hatte mein Bruder recht und ich könnte für Dresden spielen. Das war nicht ideal, aber eine Alternative. Auch wenn mir der Gedanke, Lukas und Basti, die WG und Berlin verlassen zu müssen, Kopfschmerzen bereitete.

Ich stellte die Tasse zur Seite und stützte den Kopf auf meinen Handflächen ab.

»Milan?«, fragte meine Mutter.

»Kennst du das, wenn du was tust und du absolut weißt, dass es das Richtige ist, aber die Konsequenzen sind trotzdem scheiße?«

»Sind sie das denn wirklich oder denkst du das gerade nur, weil es noch so frisch ist?«

Ohne aufzublicken, hob ich die Schultern. Eine Weile schwiegen wir beide, und es war nichts außer dem Ticken der Wanduhr zu hören – und dem gelegentlichen Fluchen meines Bruders. Eindeutig *Fortnite*.

»Ich glaube, ich hab mich verliebt«, sagte ich in die Stille hinein. Ich hatte es gesagt. Ich hatte ausgesprochen, was ich eigentlich längst wusste.

»Okay«, antwortete meine Mutter nach einer Weile. »Und sie sich nicht in dich? Ist sie in deinen Kollegen, diesen Christopher, verliebt?«

Ich schnaubte und rieb mir mit den Händen über das Gesicht, bevor ich wieder aufblickte. »Wohl kaum.«

»Ist es wegen Sophie?«, fragte meine Mutter vorsichtig nach. »Hast du Angst, dass es so wird wie damals?«

Hatte ich das? Bei Kyra fühlte es sich – trotz des ganzen Chaos – nicht beschwerend an. Ich bereute meine Entscheidung nicht, während ich bei Sophie bei den kleinsten Schwierigkeiten und Dramen Reißaus genommen hatte.

»Weißt du, du kannst neuen Menschen nicht mit dieser Erwartungshaltung entgegentreten.«

»Nein, das ist es nicht«, sagte ich. »Es ist genau andersrum. Ich hab mich selbst sabotiert, weil sie mir so wichtig ist, und klar, die Situation grad ist scheiße, aber ich würd es noch mal tun. Und jetzt hab ich meine Karriere bei den Bats quasi beendet, weil …« Ich zögerte. »Chris hat … sie nicht gut behandelt.« Das war die Untertreibung des Jahres, aber es war nicht mein Recht, Kyras Geschichte zu erzählen.

Meine Mutter lächelte. Sie lächelte. Was genau war daran zum Lächeln?

»Ich zieh nicht wieder heim, falls du deshalb so guckst.«

»Nein, aber … sie muss dir wirklich am Herzen liegen, wenn du bereit bist, mit deinem Team zu brechen.«

»Ich bin einfach dumm.«

»Es ist nicht dumm, wenn wir das Wohlbefinden der Menschen, die uns wichtig sind, an erste Stelle stellen. Das ist menschlich.«

Ich schluckte. Ja, vor allem aber war das etwas, was ich bei Sophie nie getan hatte. Bei Kyra war da kein Zögern gewesen, kein Zweifeln.

»Ich bin mir sicher, du findest eine Lösung. Es gibt auch ein Team in Potsdam. Du könntest in Berlin wohnen bleiben, studieren und trotzdem problemlos spielen.«

Der Gedanke, für ein anderes Team zu spielen, löste Widerwillen in mir aus, aber ich musste zugeben, dass es nicht die schlechteste Idee war. Langsam nickte ich.

»Egal, wie du dich entscheidest, ich bin stolz auf dich.«

»Danke, Mama«, sagte ich und erwiderte ihr Lächeln. »Vielleicht probier ich es ja wirklich mal in Brandenburg.«

»Sie wären doof, dich nicht zu nehmen.« Meine Mutter legte den Kopf schief. »Bekommen wir dieses Mädchen denn mal zu sehen?«

Obwohl es gar nicht zu meiner Stimmung passte, musste ich lachen. »War so klar.«

»Was denn? Ich frage ja nur, weil …«

»Schade, ich muss langsam wirklich wieder los. Lukas wartet daheim sicher schon.« Und ich wollte zu Kyra. Ihr erzählen, was passiert war, und einfach bei ihr sein.

Ich zückte mein Handy, um nach den nächsten Zugverbindungen zu suchen, und bemerkte erst jetzt die zahlreichen Nachrichten. Die meisten waren von Lukas.

DUDE! DRINGEND!

Mit zusammengezogenen Brauen öffnete ich den Chat.

Shit, Milan, hör dir die neue Podcastfolge an.

Hast du?

Wusstest du das? Bist du deshalb so auf Chris los?

ERDE AN MILAN!

Lies mal im Gruppenchat nach. 👀

Wie geht es Kyra?

Auf Lukas' Nachrichten folgten Screenshots, die die Kommentarspalten auf Kyras Instagram-Profil zeigten. Es dauerte einen Moment, bis ich bemerkte, dass das zweite Bild nicht vom Podcast-Account stammte, sondern ihren privaten Account abbildete.

»Fuck«, stieß ich aus, was mir einen irritierten Blick meiner Mutter einbrachte, doch ich ignorierte ihn. Denn die Kommentare waren alles andere als harmlose oder konstruktive Kritik. Keine Ahnung, ob Chris seine Fans auf Kyra angesetzt hatte, aber ich hoffte inständig, dass sie die Kommentarfunktion mittlerweile deaktiviert oder ihren Account auf privat gestellt hatte.

Braucht ihr Hilfe? Kannst du wenigstens IRGENDWAS sagen?

Ich klickte mich aus dem Chat, um zu sehen, ob Kyra mir geschrieben hatte, aber da war nur ihre letzte Nachricht, in der sie mir viel Erfolg beim Spiel wünschte.

Ob sie es gesehen hat und deswegen …

Ich schüttelte den Kopf, um den Gedanken zu verjagen. Kyra würde nicht bloß meinetwegen ihr Schweigen brechen, das wusste ich. Dennoch konnte ich nichts dagegen tun, dass sich das ungute Gefühl in mir noch weiter ausbreitete. Ich wechselte wieder zu Lukas und tippte eine Nachricht an ihn.

Shit. Sorry. Bin auf dem Heimweg, melde mich im Zug.

Ich musste zu ihr. So schnell wie möglich. Ich öffnete erneut die Bahn-App. Der nächste Zug fuhr erst in einer Stunde. Mist.

»Schatz? Ist alles in Ordnung?«

»Kannst du mich zum Bahnhof fahren?« Ich wollte so schnell wie möglich zurück nach Berlin. Ich wollte Lukas anrufen und ich wollte den Gruppenchat nachlesen, um abschätzen zu können, wie groß das Chaos war. Und ich wollte den Podcast hören. Auch wenn ich den Inhalt bereits kannte. Vor allem aber wollte ich Kyra anrufen, sehen und sichergehen, dass alles in Ordnung war.

»Ja, na klar«, sagte meine Mutter, auch wenn sie weiterhin verunsichert klang.

»Gut, ich geh schnell duschen und mich umziehen, bin in zwanzig Minuten startklar.« Auf ihr Nicken hin nahm ich meine Sporttasche mit den Wechselsachen, lief nach oben und wusch mir in Windeseile den Schweiß des Spiels ab. Kaum zu glauben, dass es heute Morgen erst stattgefunden hatte, es fühlte sich an, als wären Stunden, wenn nicht gar Tage vergangen. Als ich die Treppen hinunterlief, stand meine Mutter bereits mit Jacke und Schuhen im Flur. In ihrem Blick lag Sorge, aber sie stellte keine weiteren Nachfragen, sondern griff nur nach dem Schlüssel, der an dem hölzernen Brett an der Flurwand hing. Ich warf mir meine Jacke über und ging voraus in Richtung Auto, wobei ich das Gewicht meines Handys bei jedem Schritt in der Jeanstasche spürte. Mir graute jetzt schon vor dem, was es für mich bereithalten würde.

35. KAPITEL

Kyra

Ich legte das Handy zur Seite, doch es dauerte nur wenige Sekunden, bis meine Hand wie von selbst wieder danach griff. Sogar die Instagram-App hatte ich schon geöffnet, bis ich merkte, was ich tat. Mit einem unterdrückten Fluch schob ich das Smartphone so von mir weg, dass ich es nicht ohne Weiteres erreichen konnte, und widmete mich meinen Nudeln.

Ich wollte die Worte und Nachrichten nicht noch einmal lesen. Ich kannte die meisten sowieso längst auswendig. Von einfachen Beleidigungen bis hin zu Drohungen war alles dabei und das in Rekordzeit. Ich hatte die Folge gerade erst online gestellt, doch sie war vollkommen durch die Decke gegangen und etliche Male geteilt worden. Ich hatte mit Elias ausgemacht, dass er nach der Arbeit zu meinen Eltern fuhr und ich hinzukommen würde, sobald sich die Lage einigermaßen beruhigt hatte. Eigentlich hatte ich geplant, solange hier zu warten und das Seminar ausfallen zu lassen, doch jetzt war ich zu nervös, die Pasta schmeckte nach nichts und ich hatte Hummeln im Hintern. Also würde ich wohl doch besser gehen. Ich brauchte Ablenkung von all dem.

Miriam betrat die Küche und beäugte erst mich, bevor ihr Blick zum Handy am Rande des Küchentischs huschte. »Na?«, fragte sie und ich reagierte mit einem Schulterzucken. »Wie wär's, wenn du es einfach hierlässt? Oder mir gibst, solange du Uni hast?«

Ich trank einen Schluck Wasser und zögerte, bevor ich meine Frage stellte. Denn ich war nicht sicher, ob ich eine ehrliche Antwort hören wollte. »Du glaubst doch nicht, dass es dort genauso schlimm wird, oder?«

»Wie in den Kommentaren, meinst du?«

Ich nickte.

Zu meiner Erleichterung schüttelte Miriam, ohne zu zögern, den Kopf. »Nein. Im Internet hat jeder eine große Klappe. Außerdem wissen sie da, wo sie hinmüssen, um ihren Mist abzuladen. Ich glaube nicht, dass sich jemand die Mühe macht, dein Gesicht zu suchen und es sich einzuprägen, um dich dann auf dem Gang zu beleidigen.«

Ich nickte einmal und widmete mich wieder meinem Essen. Ich hoffte, dass Miriam recht behielt. Nie hätte ich gedacht, dass mir die Meinung von Menschen, die ich nicht kannte und die mich wiederum genauso wenig kannten, so zusetzen würde. Aber ich hatte in der letzten Stunde mit steifen Fingern immer und immer wieder durch die Kommentarspalten gescrollt. Die unter dem Podcast hatte ich von vornherein deaktiviert. Doch dass mich auf Instagram so viele Kommentare und Nachrichten erreichen würden, damit hatte ich nicht gerechnet. Erst recht nicht damit, dass manche dieser Menschen so weit gehen würden, auch mein privates Profil zu suchen. Gleichzeitig fühlte ich mich blauäugig, weil ich nicht mit all dem gerechnet hatte. Es war schön, den Zuspruch zu lesen und mit weiteren Frauen – und auch Männern – zu schreiben, denen Ähnliches widerfahren war. Aber ich traute mich nicht mehr, diese Nachrichten zu öffnen, denn zwischen ihnen fanden sich immer wieder andere – die, in denen jemand drohte, meinen Wohnort ausfindig zu machen, die, in denen jemand mich als sensationsgeile Schlampe beleidigte. Natürlich hatte ich auf keine der Nachrichten geantwortet, aber bisher hörten sie dennoch nicht auf.

»Wenn du magst, geh ich mit dir zur Uni«, sagte Miriam, und als ich den Kopf hob, musterte sie mich besorgt aus hellbraunen Augen.

»Nein, kommt gar nicht infrage. Du hast selbst genug um die Ohren.«

»Manche Dinge sind wichtiger als andere«, antwortete sie bloß.

»Ich schaff das schon. Es ist sicher, wie du sagst, und keiner der Leute, denen ich heute begegne, wird mir mehr Beachtung schenken als sonst. Vielleicht ist's sogar gut, wenn ich rauskomme. Ich bin schon nervös genug vor dem Gespräch mit meinen Eltern, ich brauch Ablenkung. Und wenn ich nicht gehe, warte ich förmlich darauf, dass die nächste Person auf Instagram mir lang und breit erklärt, warum ich lüge. Oder dass ich die Zukunft eines jungen Mannes mit Füßen trete. Aufmerksamkeitsgeil bin. Eine Schlampe. Es verdient hätte, mal richtig …«

»Kyra«, unterbrach Miriam mich.

»Sorry«, murmelte ich, als ich die Falten auf ihrer Stirn und die zusammengezogenen Augenbrauen bemerkte.

»Ich glaub, eine Social-Media-Pause würde dir wirklich guttun.«

»Nein«, erwiderte ich und schüttelte vehement den Kopf. »Dann wirkt es, als würde ich klein beigeben. Als hätten all diese Kommentare recht, ich hätte gelogen und würde Christopher die Bühne überlassen. Kommt nicht infrage.« Ich griff wieder zum Handy und klickte mich zu meiner Seite vor, die ich dann Miriam unter die Nase hielt.

»Außerdem ist ja nicht alles negativ, ganz im Gegenteil. Schau.«

Miriam ergriff das Smartphone nicht, nickte aber. »Ich weiß, du glaubst doch nicht wirklich, dass ich nicht mitlese. Aber die negativen Kommentare nehmen einen immer viel mehr mit, als einen die positiven aufbauen.«

Womit sie absolut recht hatte.

»Ich werde mich einfach auf die positiven konzentrieren«, beschloss ich. Miriam sah noch nicht recht überzeugt aus, bohrte aber nicht weiter.

»Und Elias redet jetzt mit deinen Eltern?«

»Noch müsste er im Studio sein, aber danach. Ich bin mir nicht ganz sicher, was er davon hält, dass ich den Podcast schon online gestellt habe, aber ich musste was tun, und du kennst ja Elias …«

»Ja«, bestätigte Miriam mit einem Lächeln. Mein Bruder würde mir nie eine Entscheidung vorwegnehmen, auch wenn das bedeutete, dass ich mit vollem Karacho gegen die Wand lief. Dafür wusste ich auch, dass er im Anschluss für mich da war, um mir zu helfen, wieder aufzustehen und einen besseren Weg zu finden.

Ich stützte meinen Kopf auf meinen Handflächen ab. »Es wird schon irgendwie. Ich bin trotz allem froh, es getan zu haben. Es fühlt sich an, als hätte ich es allen zur Verfügung gestellt und es läge nicht mehr in meiner Hand, wer sich damit beschäftigt.« Lächelnd wiegte ich den Kopf hin und her. »Das ergibt wahrscheinlich gar keinen Sinn, aber es hat sich immer wie ein Geheimnis angefühlt, das ich hüten muss. Dabei war es nie eins, das ich haben wollte. Und jetzt ist es raus, gleichzeitig musste ich aber niemandem in die Augen gucken, keinem Polizisten, keinem Richter, nicht meinem Vater … Na ja, zumindest bis gleich.« Ich zog die Schultern bis an die Ohren und ließ sie wieder sinken. »Seltsam, oder?«

Miriams Mundwinkel zuckte. »Du musstest es nur mehreren Hundert, mittlerweile sogar Tausend Leuten sagen, die deinem Podcast und Instagram-Kanal folgen. Das ist natürlich gar nichts.«

»Okay, es ist seltsam.«

»Nein, vielleicht auch nicht. Da ist eine ganz andere Distanz dazwischen. Außerdem bin ich die Letzte, die das beurteilen sollte. Ich sterbe ja schon, weil ich heute vor knapp zwanzig Leuten vortragen muss.«

Mein Kopf schnellte hoch. »Das ist heute?«

»Das ist wieder«, gab Miriam zurück. »Wirklich, ich verstehe nicht, wieso sie einen so viele Vorträge halten lassen. Ich hab das Gefühl, die Dozenten haben einfach keine Lust, den Stoff selbst zu unterrichten. Und ich muss die Handouts vorher noch drucken gehen.«

»Ist vermutlich auch so. Ich würde es als Professorin nicht anders machen. Aber dann solltest du langsam los, oder?«

Miriam seufzte. »Ja, ist vielleicht besser.«

Ich trank mein Wasser aus, stellte alles in die Spüle und ging gemeinsam mit Miriam nach draußen. An der Haltestelle trennten sich unsere Wege und plötzlich wünschte ich mir doch, sie würde mich begleiten. Aber da musste ich allein durch. Und das würde ich schaffen. Wie ich bereits im Podcast gesagt hatte: Ich war das Opfer, ich hatte mir nichts zuschulden kommen lassen. Aber ich war auch eine Kämpferin.

Als ich durch die gläserne Tür des Instituts trat, klopfte mein Herz einige Takte schneller, doch die Anspannung löste sich, als ich bemerkte, dass mich niemand seltsam ansah oder hinter meinem Rücken tuschelte. Es geschah nichts.

Erleichtert stieß ich die angehaltene Luft aus und ging in Richtung meines Hörsaals. Auch die Truppe Studentinnen davor würdigte mich keines weiteren Blickes. Ich schob mich auf einen der mittigen Plätze, nahm den Laptop aus meinem Rucksack und zwang mich, nicht schon wieder Instagram zu checken. Stattdessen öffnete ich meine E-Mails, um die Folien des heutigen Vortrags herunterzuladen. Diese fand ich dort auch, allerdings fiel mir eine weitere E-Mail ins Auge: Sie war vom Fachschaftsrat der Psychologie.

Irritiert klickte ich auf die Mail. Nachdem ich den kurzen Text überflogen hatte, wünschte ich mir, dass ich ihn später entdeckt hätte. Denn der Fachschaftsrat wollte mit mir sprechen. Unter anderem über Herrn Natonek.

Mein Herz rutschte mir in die Hose. Es konnte nur um den Podcast gehen. Mit Sicherheit hatte er die erste Folge gehört, und nun wusste er dank meiner neuesten, wer ich war. Oder es ging darum, dass ich die letzten zwei Veranstaltungen bei ihm verpasst hatte – wobei, würde er nur deshalb den Fachschaftsrat als Mittelsmann einschalten? Sicher nicht. Vielleicht waren die Studierenden auch einfach um den Ruf des Instituts besorgt, zu dem ich sicher nicht gerade förderlich beigetragen hatte. Oder aber …

»Ist sie das?«

Diese drei Worte drangen durch das Chaos meiner Gedanken zu mir vor. Suchend wandte ich den Kopf, um die Quelle ausfindig zu machen, und blickte in zwei mir zugewandte Gesichter der Kommilitoninnen schräg vor mir. Als mein Blick ihre traf, schnellten beide Köpfe ertappt nach vorn.

Große Klasse, Kyra. So viel dazu, dass du unerkannt bleibst.

Die beiden flüsterten noch einen Moment miteinander, leise, aber nicht leise genug, damit ich sie völlig überhören könnte. Dabei wünschte ich mir, ich hätte meine Ohren davor verschließen können.

»Weiß nicht … Wenn das stimmt, hätte sie doch früher was gesagt.«

»Ja, und was ist bitte feministisch dran, wenn du Geschichten von allen anderen abgreifst und selbst ewig lang die Klappe hältst?«

Ich sog so laut die Luft in meine Lunge, dass die nächsten Worte darin untergingen. Vermutlich hätte ich sie auch nicht gehört, so laut, wie mein Herz in meiner Brust trommelte. Es wäre viel leichter gewesen, hätten sie mich, wie in den Kommentaren, einfach beleidigt. Doch die Worte entsprachen genau den Zweifeln, die ich gehegt hatte, und trafen daher umso tiefer. Zum Glück verstummten kurz darauf alle Gespräche, als unsere Dozentin den Hörsaal betrat und nach vorn schritt. Am liebsten wäre ich aus dem Raum geflohen, aber das hätte nur noch mehr Aufmerksamkeit auf mich gezogen. Wieso machte es mir überhaupt so viel aus? Dass mich in Psychologie mehr Leute erkannten, hätte ich mir außerdem denken können, schließlich hatte der Podcast hier seinen Anfang genommen.

Ich schloss das E-Mail-Postfach auf meinem Rechner und entschied, dass ich mir darüber später Gedanken machen konnte. Ich versuchte, mich auf die Vorlesung zu konzentrieren, wobei ich meinen Blick immer wieder durch den Raum schweifen ließ, in der Erwartung, noch mehr mir zugewandte Gesichter zu sehen. Doch niemand beachtete mich. Meine Nervosität wich dennoch die gesamten neunzig Minuten über nicht aus meinem Körper.

Mehr schlecht als recht hatte ich die Vorlesung verfolgt und danach so schnell wie möglich den Saal verlassen. Ein Seminar hatte ich noch, dann konnte ich nach Hause gehen. Die Zeit zwischen den Veranstaltungen nutzte ich, um Miriam ein kurzes Lebenszeichen zu senden. Sie hatte ihr Referat überstanden und war auf dem Heimweg. Auch Milan hatte mir mehrmals geschrieben und versucht anzurufen. In all dem Trubel des heutigen Tages hatte ich es völlig versäumt, ihm wegen des Spiels zu schreiben. Schlechtes Gewissen brandete in mir auf. War er sauer, weil ich die Folge online gestellt hatte? Ich öffnete die Nachrichten und merkte, wie mir ein Stein vom Herzen fiel. In den meisten Nachrichten fragte er, ob es mir gut ginge. Also hatte auch er wohl die neue Folge entdeckt.

Ein kurzer Blick auf die Uhr zeigte mir, dass es nur noch wenige Minuten bis zum nächsten Seminar waren. Ein Telefonat war nicht mehr drin, denn wenigstens beim Seminar musste ich aufpassen, sonst konnte ich die Prüfungen am Semesterende vergessen.

Mach dir keine Sorgen. Ich melde mich direkt nach der Uni! Es tut mir leid, was beim Spiel passiert ist …

Ich hatte gerade die Toilette betreten und wollte mein Smartphone zurück in den Rucksack stecken, als es erneut vibrierte. In Erwartung einer Antwort von Milan überflog ich die Worte.

Dir ist klar, dass du meine Karriere zerstörst?

Mein Herz setzte einen Schlag aus. Ich kannte die Nummer nicht. Aber das musste ich auch nicht, um zu wissen, zu wem sie gehörte, denn der Text war eindeutig. Ich betrat eine der Kabinen und schloss die Tür hinter mir, dann lehnte ich mich an die vollgekritzelte Wand. Das konnte nicht sein Ernst sein, oder? *Ich* zerstörte *seine* Karriere? Beinahe hätte ich laut aufgelacht. Nur dass mir gar nicht zum Lachen zumute war.

Die Tür zur Toilette wurde geöffnet und geschlossen und Schritte ertönten.

»Ich hab dir doch gesagt, dass sie aus unserem Jahrgang sein muss. Das ist die, die dem Natonek in der ersten Woche Kontra gegeben hat.«

Von den Waschbecken her ertönte das Geräusch plätschernden Wassers, sodass ich die nächsten Worte nicht mehr hörte. Dann jedoch ließ mich ein Satz die Luft anhalten.

»Glaubst du, sie sagt die Wahrheit?«

Die Sekunden bis zur Antwort der zweiten Person fühlten sich zäh wie Kaugummi an.

»Wieso sollte sie lügen?«

»Na ja, sie wäre nicht die Erste. Vielleicht will sie einfach Aufmerksamkeit. Ich hab die Kommentare bei dem Typen gelesen, der scheint echt in Ordnung zu sein.«

Ich biss mir auf die Zunge, um das Schnauben, das mir entweichen wollte, zu unterdrücken. Klar, Christopher war voll in Ordnung, wenn man davon absah, was er mir angetan hatte.

»Ich glaube ihr.« Die Stimme der zweiten Person klang fest, da waren keine Zweifel. Keine Ahnung, wieso mir ihre Meinung so viel wert war, aber diese drei Worte reichten aus, dass ich am liebsten aus meiner Kabine gestürzt wäre und sie umarmt hätte. Diese Frau, diese Fremde, glaubte mir. Klar, sie war nicht die Erste, die das sagte, aber es war das erste Mal, dass ich diese Worte außerhalb des Internets hörte.

Ich glaube ihr.

Obwohl sie mich nicht kannte, obwohl sie keinen Grund hatte, das zu tun, und ich ihr nicht mehr geben konnte als meine Geschichte.

Ich glaube ihr.

»Tja, schätze, wir werden es nie erfahren«, erwiderte die andere, bevor sie eine Gruppenarbeit besprachen und kurz darauf die Toiletten verließen. Ich stieß die Luft aus, von der ich nicht gewusst hatte, dass ich sie überhaupt angehalten hatte. Ich zuckte zusammen, als das Handy, das ich nach wie vor in meiner Hand hielt, wieder vibrierte. Wie konnten mich wenige Worte so schreckhaft machen? Kurz schloss ich die Augen, bevor ich aufs Handy blickte. Leider war die neue Nachricht von Christopher.

Nimm zurück, was du da erzählt hast. Du glaubst den Mist doch selbst nicht, oder?

Doch, das tat ich. Und offensichtlich war ich nicht die Einzige. War Christopher sich wirklich keiner Schuld bewusst? War das überhaupt möglich? Glaubte er wirklich, ich hätte es gewollt? Ich schüttelte den Kopf, wie um meine eigenen Fragen zu beantworten. Nein. Viel wahrscheinlicher war es, dass er seine Nachrichten so formulierte, damit ich sie nicht gegen ihn verwenden konnte. Oder aber, er versuchte mich zu manipulieren, um seinen Ruf zu retten.

Ich hatte ihm nach dem Vorfall nie geschrieben. Diese Nachrichten waren das erste Mal seit jenem Abend, dass er Kontakt zu mir aufnahm. Es fühlte sich wie ein Faustschlag mitten in den Magen an, und am liebsten hätte ich mich genauso zusammengekrümmt und diese Kabine nie wieder verlassen. Aber das war keine Option. Ein Blick auf die Uhr zeigte mir, dass ich nur noch sieben Minuten bis zum Seminar hatte.

Ich glaube ihr.

Da draußen waren Menschen, die hinter mir standen. Kopfschüttelnd sah ich mich in der engen Kabine um. Wer war ich dass ich mich hier versteckte, wenn andere über mich sprachen? Das war nicht ich, diese eingeschüchterte Variante meiner selbst. So kannte ich mich nicht. Ich wollte mich zurück – mit all meinem Selbstbewusstsein, der großen Klappe den Worten, die ich vielleicht manchmal zu wenig durchdachte, der Spontaneität, dem Handeln, der Sicherheit und dem Glauben an mich selbst.

Meine Finger tippten eine Antwort an Christopher, flogen über das Display, bevor ich es mir anders überlegen konnte.

Ich werde nichts zurücknehmen. Ganz im Gegenteil. Ich habe viel zu lange geschwiegen.

Dann steckte ich mein Handy wirklich in den Rucksack und tat endlich, wozu ich hergekommen war, ging auf Toilette und machte mich danach auf den Weg zur Veranstaltung.

Ich würde nicht zulassen, dass mein Studium unter Christopher litt. Ich würde nicht zulassen, dass *ich* länger unter ihm litt.

36. KAPITEL

Kyra

Als ich den Seminarraum verließ, lief ich beinahe in Elias hinein, der mit verschränkten Armen den Flur entlangtigerte.

»Du bist schon da?«, fragte ich, und mein Herz setzte einen Moment aus, bevor es kräftig weiterschlug. »Wissen Sie es?«

Er nickte bloß, bevor er mich in seine Arme zog. »Wie geht es dir, Ky?« Er hielt mich auf Armlänge und sah mich abwartend an.

»Mir geht's okay, glaub ich.« Ich zögerte. Sollte ich ihm von der Nachricht erzählen? Änderte es etwas, wenn er davon wusste? Offensichtlich machte er sich so schon zu viele Sorgen um mich. »Bitte sag, dass es ihnen auch okay geht?«

Sein Lächeln wurde eine Spur dünner. »Dann müsste ich lügen, und wir drei haben diesen unangenehmen Pakt, dass wir das nicht mehr machen.«

»Sind sie sauer?«

Über Elias' Nase bildeten sich Falten. »Was? Wieso sollten sie sauer sein?« Er sah zur Seite. »Glaub mir, wenn Mama eins nicht war, dann sauer.«

Mein Magen verkrampfte sich. Ich wollte dieses Gespräch wirklich nicht führen. Meine Eltern hatten den Podcast gehört. Noch immer an die Wand gelehnt schloss ich die Augen. »Dieser Tag ist das reinste Chaos. Jeder hat eine Meinung zu der Folge, und jeder meint, sie mir sagen zu müssen. Ich bereue nicht, dass ich sie aufgenommen hab, aber wie erklär ich unseren Eltern, warum ich das gemacht hab?«

Ich hörte Schritte, und als ich die Lider leicht hob, lehnte Elias neben mir an der Wand. Ein kratzendes Geräusch ertönte, als er sich mit der Hand über die dunklen Bartstoppeln fuhr.

»Vielleicht musstest du es tun.«

»Hm?«, machte ich.

»Offensichtlich wollte es aus dir raus. Du bist nicht dumm, Kyra. Du bist einer der klügsten Menschen, die ich kenne.« Er stupste mich leicht an. »Von uns dreien bist du definitiv der Streber.«

Ich schnaubte. »Glaub mir, davon merkt man grad wenig. Ich will gar nicht nachzählen, wie viele Veranstaltungen ich schon verpasst hab.«

»Du hattest ja einen Grund. Außerdem kenne ich dich, du holst das sowieso wieder auf.« Er drehte sich in meine Richtung. »Wenn du nicht mit Mama und Papa reden willst, mache ich das und erkläre es ihnen. Du musst nicht. Aber ich glaube, es wäre besser. Und wenn nicht, dann lass uns wenigstens kurz hinfahren, damit sie sehen, dass es dir gut geht.«

»Ich würde es lieber noch einmal tausend Fremden erzählen«, sagte ich.

»Manchmal ist der schwierige Weg der richtige.«

»Hast du 'nen Sprüchekalender verschluckt, oder was?« Ich seufzte. Elias hatte recht. Über Monate hinweg hatte ich das, was passiert war, in mich hineingefressen. War mal besser, mal schlechter damit klargekommen. War ins Ausland gereist, hatte mir in der neuen Wohnung eine sichere Zone fernab meiner Eltern und der Firma errichtet. Ich war vor all dem geflohen – und es hatte funktioniert. So lange zumindest, bis Milan mich unfreiwillig mit der Nase auf all die zugeschütteten Probleme und Ängste gestoßen hatte. Und sie hatten mich umso härter getroffen. Denn ich hatte nichts davon verarbeitet, ich hatte ihm nur den Rücken gekehrt. Wie hatte Lia im Sommer gesagt? *Scham stirbt, wenn Geschichten erzählt werden?* Ich hoffte, dass sie recht behielt. Denn obwohl ich wusste, dass ich keinen Grund hatte, mich zu schämen, empfand ich so, wenn ich daran dachte, das Ganze gleich mit meinen Eltern – meinem Vater – besprechen zu müssen.

»Okay. Lass uns hinfahren.« Das ungute Gefühl in meinem Bauch nahm bei den Worten nur noch zu, aber ich wusste, dass es das Richtige war. Dass es an der Zeit war, dass auch meine Eltern die Wahrheit erfuhren.

Balloon, unser Golden Retriever, kam mir jaulend entgegengehechtet, als ich durch die Tür ins warme Haus trat. Ich sank auf den Boden und kraulte ihn hinter den Ohren, während er schwanzwedelnd versuchte, an mir hochzuspringen. Er bellte einmal und drehte sich dann aufgeregt um die eigene Achse, bevor er wieder zu mir sprang, um sich streicheln zu lassen.

»Ich hab dich vermisst«, sagte ich, und mein Herz zog sich zusammen, als ich ihn wieder jaulen hörte. Ich hatte ihn wochenlang nicht besucht – ebenso wie meine Eltern.

Elias wartete, bis Balloon und ich fertig waren, dann legte er eine Hand an meinen Rücken und schob mich langsam in Richtung Wohnzimmer. Die Berührung beruhigte mich und gab mir den nötigen Ruck, um weiterzugehen. Meine Eltern saßen im Wohnzimmer, auf dem Sofatisch standen Kaffeetassen, und ich sah ein zusammengeknülltes Taschentuch. Mein Blick schnellte zu den Augen meiner Mutter, aber sie waren nicht gerötet. Ich wusste nicht, ob ich es ertragen würde, wenn sie meinetwegen weinte. Meine Eltern blickten mir lächelnd entgegen, wirkten ansonsten aber ähnlich angespannt wie ich.

»Hi«, sagte ich und winkte unnötigerweise. Die Stimmung war aufgeladen, als lauerte das Thema, auf das wir unweigerlich zu sprechen kommen würden, bereits in der Ecke – bereit zum Sprung.

Meine Mutter stand auf, überbrückte die Distanz zwischen uns und zog mich fest in ihre Arme. »Hallo, Kleines«, sagte sie, und nach zwei Atemzügen entspannte sich alles in mir und ich erwiderte die Umarmung und genoss es einfach, für einen kurzen Moment die Geborgenheit zu spüren, die ich von früher kannte. Ich schloss die Augen und atmete das mir so vertraute Parfum ein.

Für diesen Moment glaubte ich daran, dass alles wieder gut werden würde. Ich hoffte, dass auch meine Eltern daran glaubten. Ich würde mein Bestes geben, sie davon zu überzeugen, dass es mir gut ging. Dass sie sich keine Sorgen machen brauchten. Ich würde mich zusammenreißen.

Sie ließ mich los und strich mir die langen Haare aus dem Gesicht. »Setz dich. Magst du etwas trinken?«

»Ich hole was«, kam Elias ihr zuvor und verschwand in die angrenzende Küche.

Mein Vater stand von dem Sessel auf und umarmte mich ebenfalls, was allerdings deutlich verkrampfter wirkte.

»Hey Papa«, murmelte ich.

»Schön, dass du gekommen bist.«

Ich lächelte ihn an und er erwiderte die Geste, aber irgendetwas an ihm wirkte seltsam distanziert. Vielleicht war es aber auch nur die Anspannung. Was immer es war, es machte mich deutlich nervöser, als ich ohnehin schon war.

Er setzte sich wieder und ich ließ mich neben meine Mutter auf die Couch fallen. Elias kam mit einer Karaffe voll Wasser und zwei Gläsern zurück, die er auf dem Tisch platzierte, bevor auch er sich setzte.

»Sorry, dass ich mich so lang nicht gemeldet habe«, sagte ich. »Es war … viel los.«

Das war die Untertreibung des Jahres, aber meine Eltern nickten beide.

»Wir machen dir keinen Vorwurf«, sagte meine Mutter. »Noah hat sich nach seinem Auszug damals auch kaum gemeldet, und Elias hätten wir bis heute nicht gesehen, wenn er nicht in der Firma gearbeitet hätte.«

Ich wollte schmunzeln, bei der Erwähnung des Familienbetriebs verrutschte mein Lächeln jedoch, da meine Mutter somit unfreiwillig direkt zum Punkt gekommen war.

Familienbetrieb. Premierenfeier. Christopher. Vielleicht war es am besten, wenn wir es einfach hinter uns brachten. Ich wusste nicht, wie lange ich diese Fassade aufrechterhalten sollte, denn innerlich sträubte sich alles in mir gegen das Gespräch. Ich wusste, es war das Richtige. Ich wollte es ihnen sagen – aber es war dennoch etwas anderes, als mit Miriam oder Phuong darüber zu sprechen.

Ich räusperte mich. »Ihr habt den Podcast gehört?«

Keine Ahnung, wieso ich das fragte, wenn ich die Antwort dank meines Bruders bereits kannte. Meine Mutter nickte und drehte den Ehering an ihrer linken Hand. Ihr Blick folgte der Bewegung. Mein Vater hatte die Stirn gerunzelt, wodurch seine Augen leicht zusammengekniffen waren. Da seine Brille auf dem Tisch lag, konnte es aber auch daran liegen. Keiner sagte etwas.

Ich schluckte, um gegen die Trockenheit in meiner Kehle anzukommen. Wie sollte ich mich meinen Eltern begreiflich machen? Was, wenn sie es nicht verstanden?

»Ich wollte nur, dass alle anderen es wissen, versteht ihr? Es musste raus, ich …« Ich stoppte mitten im Satz, als meine Mutter mich anschaute. In ihrem Blick lag eine solche Traurigkeit, dass mir die Worte auf der Zunge versiegten. Ich hatte mit Ärger gerechnet, mit Enttäuschung, dass ich mich so spät und auf solch öffentlichem Wege zu Wort meldete. Aber ich hatte nicht mit dieser Traurigkeit gerechnet. Und sie zerriss mir das Herz.

»Es tut mir so leid«, sagte meine Mutter, und nun glänzten ihre Augen doch.

»Es tut dir leid?«, wiederholte ich. »Was tut dir leid?«

»Was dir passiert ist. Dass wir nicht besser auf dich aufgepasst haben. Vor allem aber tut mir leid, dass du dachtest, du kannst damit nicht zu uns kommen.« Sie rutschte ein Stück näher an mich heran und legte ihre Hände auf meine. »Du weißt, dass du …« Sie blickte zu Elias. »… dass ihr uns wichtiger seid als alles andere, oder?«

Ich nickte, woraufhin sie zitternd ausatmete. Meinen eigenen Atem zwang ich langsam und geregelt durch meine Nase. Meine Augen brannten, aber ich wollte nicht weinen. Ich wollte meinen Eltern nicht noch mehr Sorgen bereiten.

»Warum habt ihr es dann geheim gehalten?« Sie sah zu Elias. »Was wir dir an den Kopf geworfen haben …«

»Das haben wir doch schon geklärt«, sagte er und hob die Hand, um ihre Worte zu stoppen. »Ihr habt in Anbetracht der Umstände völlig verständlich gehandelt. Ihr wusstet ja nicht, wieso ich auf Christopher losgegangen bin.« Er nickte in meine Richtung, woraufhin auch meine Mutter sich wieder mir zuwandte.

»Es war die Jubiläumsfeier«, versuchte ich mich an einer Erklärung. »Den ganzen Abend ging es um zukünftige Projekte, die rosigen Aussichten für die Firma, Wachstum, Innovationen, die letzten fünfzig Jahre und die nächsten fünfzig – dann hoffentlich unter Noahs und Elias' Leitung.« Ich hob die Schultern. »Wie hätte ich das kaputtmachen können?«

»Aber Schatz, du hättest und du hast nichts kaputtgemacht.« Sie bewegte den Kopf einmal von links nach rechts. »Du darfst nicht eine Sekunde lang glauben, dass dein Vater oder ich das Wohl der Firma über deines stellen würden.« Ihre rechte Hand verließ kurz meine linke und sie wischte sich mit dem Daumen eine Träne weg, die sich gelöst hatte. Ich folgte der Bewegung und hätte meine Mutter am liebsten noch einmal in den Arm genommen.

Ich nickte. »Okay. Was habt ihr jetzt vor? Mit Herrn Rothe, meine ich.«

Ich wusste nicht, was ich hören wollte. Dass sie die Zusammenarbeit einstellten? Das wäre unverhältnismäßig, schließlich war er nicht für die Taten seines Sohnes verantwortlich. Womöglich würden sogar Angestellte meiner Eltern ihren Job verlieren, sollte dieser Fall jemals eintreten.

»Wir haben heute einen Termin mit Stefan«, meldete sich mein Vater zu Wort.

»Weiß er Bescheid?«

Der Blick meines Vaters streifte kurz meinen. »Ich denke nicht, sonst hätten wir mit Sicherheit schon von ihm gehört. Und ich vermute, sein Sohn hatte es noch weniger eilig, mit ihm zu sprechen, als du mit uns.«

Ich sackte ein wenig in mich zusammen, was ihm nicht entging. »Das war kein Vorwurf.«

Dennoch war es schwer, die Worte anders aufzufassen. Für eine Weile sprach keiner und die Stille wurde nur von Balloons herzhaftem Gähnen unterbrochen, der vor meinen Füßen auf dem Teppich lag.

»Ich fände es gut, wenn wir nach dem Gespräch mit Stefan gemeinsam zur Polizei gehen und Anzeige erstatten.«

Die Stimme meines Vaters klang ruhig wie immer, doch in mir war es mit diesem einen Satz alles andere als ruhig. Das war genau das, wovor ich mich gefürchtet hatte. Mein Herz schlug schneller, doch ich bemühte mich um eine neutrale Miene. Er hatte keine Frage gestellt, also musste ich nicht antworten. Es war einfach seine Meinung. Dennoch hatte ich das Gefühl, mich rechtfertigen zu müssen.

»Ich weiß nicht, ob das was bringt«, sagte ich.

»Ob ein Gang zur Polizei etwas bringt, um den Jungen anzuzeigen, der meine Tochter fast vergewaltigt hat?«

Da war es, das Wort: vergewaltigt. Das Wort, um das ich mich so lange wie möglich gedrückt hatte. Nur einmal hatte ich es bisher in Bezug auf mich in den Mund genommen. Im Gespräch mit Miriam. Dabei wusste ich, dass es genau darauf hinausgelaufen wäre, wenn Elias nicht im richtigen Moment auf die Toilette gekommen wäre. Denn Christopher hatte mir bereits die Kontrolle über meinen Körper genommen. Trotzdem hatte ich einen Bogen um dieses Wort gemacht, es, wann immer möglich, aus meinen Gedanken verbannt. Weil es zu groß war, um es fassen zu können. Weil ich es nicht zu einem Teil von mir werden lassen wollte, wenn mich das, was passiert war, doch sowieso viel zu sehr beeinflusste. Ich schluckte und bekam nur am Rande mit, wie meine Mutter meinem Vater einen eindringlichen Blick zuwarf.

»Das müssen wir nicht heute besprechen«, sagte sie sanft neben mir. »Aber wenn du bereit bist, kommen wir mit. Du musst nicht allein dorthin.«

Ich nickte langsam. Nicht, um meinen Eltern zuzustimmen, aber zumindest, um mir den Gedanken im Kopf umhergehen zu lassen. Machte es noch einen Unterschied, ob ich das Geschehene einmal öfter wiedergab? Aber würde man sich bei der Polizei nicht umso mehr wundern, dass ich alles so lange für mich behalten hatte? Würde Herr Rothe versuchen, meinen Eltern ein Verfahren auszureden? Was würde dann passieren?

»Soll ich zu Herrn Rothe mitkommen?«

Endlich schaffte mein Vater es, mir in die Augen zu sehen. »Glaub mir, das ist kein Gespräch, dem du beiwohnen möchtest.«

Er war normalerweise die Ruhe und Sanftmut in Person. Doch als ich jetzt in sein Gesicht sah, las ich dort nur Wut. Und seltsamerweise beruhigte mich das. Denn die Wut war nicht gegen mich gerichtet, sondern einzig und allein gegen Christopher. Beinahe schämte ich mich, dass ich von meinen Eltern etwas anderes erwartet hatte. Aber so wenig, wie mein Vater gesagt hatte, so wie er meinem Blick eben ausgewichen war, war ich doch verunsichert gewesen.

»Elias kommt mit«, sprach mein Vater weiter. »Er war ja auch da. Es sei denn, du möchtest natürlich?«

Ich schüttelte den Kopf. »Nicht wirklich, wenn ich ehrlich bin.« Gerade wollte ich nur eins: nach Hause fahren. Ich war plötzlich unglaublich erschöpft. All die Meldungen auf Social Media, Milans Reaktion im Spiel, das Gerede an der Uni, Christophers Nachrichten, die Mail und nun das Gespräch mit meinen Eltern … Mein Kopf kam bei dem Tempo nicht mehr hinterher und ich hatte das Gefühl, dass ich dringend eine Pause brauchte. Als hätten mir die Aussprache mit meinen Eltern und die Konzentration darauf, mich zusammenzunehmen, jegliche Energiereserven geraubt.

»Ihr seid mir also nicht böse?«, fragte ich, denn obwohl ich die Antwort ahnte, wollte ich sie doch von ihnen ausgesprochen hören.

»Natürlich nicht«, sagte meine Mutter sofort, doch mein Blick ruhte auf meinem Vater, der das ganze Gespräch über schon so still gewesen war. Mir fiel ein Stein vom Herzen, als auch er den Kopf schüttelte.

»Nein, wir sind dir nicht böse. Aber es wäre gelogen, wenn

ich sagen würde, dass ich mir nicht wünsche, du wärst zu uns gekommen. Elias und ich haben darüber gesprochen und ich verstehe, warum ihr so gehandelt habt, aber wenn ich daran denke, dass ich Christopher in Schutz genommen und Elias aus der Firma geworfen habe …« Er zuckte einmal mit den Schultern, und ich merkte, wie ich den Mund zu einer Grimasse verzog. Mir war klar, dass sie mir kein schlechtes Gewissen machen wollten und hinter mir standen. Aber es war dennoch da. Ich wusste nicht, ob ich ihnen oder irgendjemandem jemals würde begreifbar machen können, wieso ich es schrittweise hatte angehen müssen, anstatt direkt nach dem Übergriff zu handeln. Vielleicht musste man so etwas selbst erlebt haben und vielleicht wäre es selbst dann nicht für jeden verständlich, denn dafür war das alles zu individuell.

Mit dem Daumen strich meine Mutter sanft über meine Hand. »Wenn du eine Weile bleiben willst …«

»Nein«, unterbrach ich sie. »Ich hab sowieso schon so viel nachzuholen an der Uni, und eigentlich würde ich gern nach Hause, wenn das okay ist. Ich bin ziemlich platt von heute und muss ein bisschen was für ein Referat erledigen.«

Ich blickte über meine Schulter zu Elias, der immer noch an den Türrahmen der großen Doppeltür gelehnt stand. Entweder hatte er uns und dem Gespräch Raum geben oder er hatte sichergehen wollen, dass ich nicht die Flucht ergriff. »Fährst du mit mir zurück?«

»Elias bleibt hier. Noah ist auf dem Weg hierher und fährt dich heim«, warf mein Vater ein.

»Ich kann auch S-Bahn fahren«, widersprach ich. »Noah muss nicht extra rausfahren.«

»Es wird schon langsam dunkel«, warf meine Mutter ein.

»Echt jetzt, Mama?« Ungläubig sah ich sie an. »Ich bin neunzehn, war seit der Sache mit Christopher allein im Ausland, in Berlin feiern und etliche Male auf dem Heimweg vom Sport im Dunkeln unterwegs. Außerdem ist es ja nicht so, als hätte Christopher mir in einem dunklen Parkstück aufgelauert, auf dem Klo war's ziemlich hell.«

Meine Mutter schluckte sichtbar und sofort bereute ich meine Worte. Ich hatte mich im Griff haben wollen, das würde ich jetzt wohl noch ein paar Minuten länger aushalten.

»Sorry«, sagte ich schon weniger aufgebracht. »Ich weiß, ihr macht euch nur Sorgen. Aber ich werd mich bestimmt nicht weiter einschränken lassen, als ich es selbst ohnehin tue. Könnt ihr mich bitte einfach ganz normal behandeln?«

Auf ihrem Gesicht erschien ein zaghaftes Lächeln. »Okay. Aber Noah ist schon vor einer halben Stunde vom Büro aus losgefahren, also ist er so oder so gleich da.«

Sie hatte die Worte kaum zu Ende gesprochen, als es auch schon klingelte. Balloon sprang auf und rannte mit einem Bellen zur Tür.

»Ich geh«, sagte Elias und folgte dem Hund. Ich stand kurz unsicher vor dem Sofa herum.

»Komm uns etwas öfter besuchen, ja?« Meine Mutter drückte mich noch einmal an sich und hielt mich länger fest als üblich. Ihr unsteter Atem war das einzige Anzeichen, dass auch sie sich zusammenriss, um nicht zu weinen. »Ich bin stolz auf dich. Es war bestimmt nicht einfach, darüber zu sprechen.«

Bei ihren Worten wurde mir warm ums Herz. Bis eben hatte ich nicht gewusst, wie sehr ich sie hatte hören müssen. »Danke, Mama.«

Mein Vater umarmte mich ebenfalls, aber das Ganze war merklich angespannter. Vielleicht auch, weil ihm gleich das unangenehme Gespräch mit Herrn Rothe bevorstand. Ich verabschiedete mich von meinen Eltern – einerseits erleichtert, dass sie Bescheid wussten. Andererseits genauso verunsichert wie zuvor, weil ich gar nicht an das Gespräch zwischen ihnen und den Rothes denken wollte, und weil mein Vater die Polizei in den Raum geworfen hatte. Dieser Tag war eine einzige Achterbahnfahrt.

»Hey, Ky«, begrüßte Noah mich, und während ich ihn zur Begrüßung umarmte, fiel mein Blick auf die roten Haare hinter ihm.

»Ist es okay, dass ich mitgekommen bin?«, fragte Lia und biss sich auf die Unterlippe.

»Ja, na klar«, erwiderte ich und umarmte auch sie. Elias und Noah waren etwas abseits in ein Gespräch vertieft, und ich hielt mich lieber fern, falls es um das Thema ging, das nach wie vor in der Luft schwebte. Also stellte ich mich zu Lia, die gegen das weiße Auto gelehnt dastand.

»Wie geht's dir?«

»Ich fühl mich ein bisschen überfahren, um ehrlich zu sein. Dieser Tag … na ja, eigentlich diese gesamte Woche war ein einziges Chaos.«

Lia lächelte schief. »Nicht dass es dieselbe Situation war, aber glaub mir, ich kenn das Gefühl. Es ist voll okay, wenn du dich ein paar Tage unter der Decke verkriechen willst, aber irgendwann musst du da wieder raus.«

Ich nickte. Lia war vermutlich wirklich eine der wenigen Personen, die nachvollziehen konnten, wie es mir gerade ging. Sie war online wie offline sehr viel mehr Hass ausgesetzt gewesen, als es bei mir der Fall war.

»Ich schreib dir später, Ky«, rief Elias und winkte mir zu. Anscheinend hatte er sein Gespräch mit Noah beendet, denn dieser lief gerade wieder zu uns.

»Ich setz mich nach hinten zu dir. Dann krieg ich Noahs Fahrstil auch nicht aus nächster Nähe mit.«

»Klappe«, sagte Noah mit einem Grinsen, als er den Firmenwagen entriegelte und sich hinter das Lenkrad schob.

»Tatsächlich hab ich deinen Bruder so kennengelernt«, sagte Lia. »Er hat meinen Bus auf der Autobahn geschnitten.«

Ich setzte mich auf die Rückbank und zog die Tür hinter mir zu.

»Das war Daniel, wie oft denn noch?«, protestierte Noah direkt, und das Grinsen der beiden verriet mir, dass sie diese Diskussion nicht zum ersten Mal führten. Ich war froh, dass die zwei sich ganz normal unterhielten, obwohl beide mit Sicherheit wussten, was für ein Gespräch ich gerade hinter mir hatte. Sie gaben mir ein Gefühl von Normalität, das ich gerade mehr brauchte als alles andere.

Noah schnallte sich an und drehte dann den Kopf zu mir. »Alles okay so weit, Ky?«

Tja, so viel dazu.

Ich nickte. »Keine Tränenausbrüche, bis auf Mama ganz kurz, kein Geschrei, keine Vorwürfe. Papa verhält sich ein bisschen komisch und ich bin nicht ganz sicher, ob er mir nicht doch insgeheim Vorwürfe macht, aber beide haben gesagt, dass sie nicht sauer sind.«

Noah legte den Kopf schief. »Natürlich nicht«, erwiderte er. »Und was meinst du damit, dass Papa sich komisch verhält?«

»Ich kann es nicht genau beschreiben, aber er war so viel distanzierter als Mama. Er hat mir nicht einmal richtig in die Augen gesehen. Wenn ich es nicht besser wüsste, würde ich denken, er schämt sich für mich.« Ich kaute auf der Innenseite meiner Wange herum. »Oder aber Mama hat ihm gesagt, dass er sich zurückhalten sollte. Als er das mit der Polizei erwähnt hat, war sie schon nicht begeistert. Vielleicht hat er sich nicht getraut, mehr zu sagen. Vielleicht hätte er nur zu gern gewusst, wie viel ich getrunken habe, ob ich irgendwas getan habe, was Christopher dazu ermutigt hat und ob …«

»Kyra«, unterbrach Noah mich sanft, aber bestimmt. »Du weißt, so würde Papa nie denken.«

»Genug andere tun es«, sagte ich und merkte, wie mich bei dem Gedanken an all die Kommentare, die sich in der Zwischenzeit auf Instagram angesammelt hatten, eine Gänsehaut auf meinen Armen ausbreitete.

»Papa ist nicht irgendein Typ aus den Kommentarspalten, er ist Papa. Wenn du das Gefühl hast, dass er komisch zu dir ist, dann sprich ihn drauf an.« Er nickte in Richtung des Hauses. »Wir haben es nicht eilig, falls du noch einmal rein möchtest.«

Und mich noch einmal auf die Couch setzen, um über den Podcast und das Geschehene zu reden? Nein, danke. Es war so schon seltsam genug gewesen, und ich war froh, meinem Bett zu Hause etwas näher gekommen zu sein. Ich war zu müde, um ein solches Gespräch zu führen. Wenn ich ganz ehrlich war, dann war ich auch zu ängstlich vor den möglichen Antworten. Denn was, wenn Papa wirklich der Tatsache, dass ich getrunken hatte, einen Teil der Schuld zuschrieb? Oder der Tatsache, dass ich mich für das kurze Kleid entschieden hatte? Es war warm gewesen an dem Abend, aber für eine Firmenfeier *war* das Kleid kurz gewesen. Nicht dass das irgendetwas rechtfertigte. Überhaupt nicht, und ich wusste, dass ich keine Schuld trug. Aber wusste er es auch?

Also schüttelte ich den Kopf. »Nein, schon gut. Er war mit seinem Kopf sicher nur schon bei dem Gespräch mit Herrn Rothe.«

»Wie du meinst«, erwiderte Noah und startete den Motor. Gleichzeitig sprang irgendein Chart-Sender im Radio an und füllte die Stille. Geräuschvoll ließ ich den Atem entweichen und meinen Kopf in das Polster der Rückenlehne sinken. Eine

Weile beobachtete ich einfach, wie die Straßen Frohnaus an mir vorbeizogen, in denen ich als Kind vor Jahren gespielt hatte, während Noah halbherzig die Melodie aus dem Radio mitpfiff. Eine sanfte Berührung an meinem Arm ließ mich hochfahren. Lias grüne Augen fixierten mich und ihren Mund umspielte ein leichtes Lächeln.

»Sorry«, sagte sie. »Ich wollte dir nur sagen, dass du mit mir reden kannst, wenn du jemanden brauchst.« Sie senkte ihre Stimme, sodass Noah sie über die Musik hinweg nicht mehr hören konnte. »Und ich wollte dir sagen, dass es okay ist, wenn du jemand Professionellen zum Reden brauchst. Du musst nicht allein mit dem klarkommen, was dir passiert ist.«

Langsam nickte ich. »Ich weiß. Ich hab schon mit Phuong darüber geredet. Ich werde mir Hilfe suchen … Ich dachte einfach, ich schaffe das allein.« Ich zog leicht die Mundwinkel hoch. »Schon seltsam, oder? Ich studiere Psychologie und möchte anderen einmal psychotherapeutische Betreuung bieten. Aber bei mir selbst habe ich so lange gezögert und mir eingeredet, dass es irgendwie ohne geht.«

»Man ist mit anderen Menschen oft sehr viel nachsichtiger als mit sich selbst«, sagte Lia.

Vielleicht hatte sie recht und es war genau das, was ich brauchte. Was hatte Elias vorhin gesagt?

Manchmal ist der schwierige Weg der richtige.

Trotz meines Widerwillens entlockte der Gedanke mir ein kleines Lächeln. So beschissen der Tag war, bewegte ich mich wohl auf dem richtigen Weg. Vielleicht war das ja ein Anfang.

37. KAPITEL

Milan

Miriam, die gerade ihren Reader umblätterte, warf mir zum hundertsten Mal einen Seitenblick zu, wie um sicherzugehen, dass mit mir alles in Ordnung war. Sie hatte mich, ohne zu zögern, in die Wohnung gelassen, damit ich auf Kyra warten konnte. Nur war uns beiden recht schnell der Gesprächsstoff ausgegangen, da meine Gedanken überall und nirgendwo waren, und ich war beinahe dankbar gewesen, als sie meinte, dass sie einen Text für morgen zu lesen hatte. Die diversen Nachrichten in unserem Gruppenchat halfen nicht gerade, mich auf etwas anderes zu fokussieren. Thomas hatte direkt bekundet, dass er Christopher Glauben schenkte, nicht dem Podcast. Doch die meisten schwiegen, obwohl sie die Nachrichten gelesen hatten. Und diese Stille wog schwerer als Thomas' Bekundung. Christopher selbst hatte sich gar nicht zu Wort gemeldet.

Erneut griff ich nach meinem Handy, um Lukas kurz zu antworten. Er hatte damit gerechnet, dass ich heimkommen würde. Ich hingegen hatte nicht einmal mit dem Gedanken gespielt, erst mit dem Team zu sprechen oder zumindest meine Sachen heimzubringen. Ich war, ohne einen Gedanken zu verschwenden, zu Kyra gefahren, weil ich nur sie hatte sehen wollen.

Ich hatte Lukas gerade ein Update geschickt, als ich endlich die Wohnungstür hörte. Auch Miriams Kopf schnellte hoch und sie ging in den Flur, um Kyra zu begrüßen. Kurz hörte ich die beiden miteinander sprechen, ohne konkrete Wörter ausmachen zu können. Dann betrat Kyra die Küche. Ich sah auf und ihr Blick traf genau auf meinen. Hinter ihr standen Noah und die hübsche rothaarige Frau, die ich auf der Halloween-Feier kurz gesehen hatte – Lia, wenn ich mich richtig erinnerte.

Ohne eine Begrüßung ging ich auf Kyra zu und schloss sie in meine Arme. Als ich die Augen wieder öffnete, blickte ich in das Gesicht ihres Bruders, der nicht begeistert aussah.

»Hi«, sagte Kyra. »Was machst du denn hier?«

»Wie geht es dir?«, fragte ich im selben Moment und ließ sie los.

Kyra warf einen Blick über ihre Schulter, doch der Blick aus Noahs braunen Augen war weiterhin auf mich gerichtet und er sah nicht aus, als ob er vorhatte, seine kleine Schwester mit mir hierzulassen.

Auch Kyra schien das nicht zu entgehen, denn sie legte den Kopf schief und sah zu ihm auf. »Ihr müsst nicht bleiben, ihr habt sicher zu tun. Aber danke, dass ihr mich hergebracht habt. Und lass uns mal wieder was machen. Ich seh Lia momentan wesentlich öfter als dich.«

»Ich hab jetzt Zeit«, sagte er, was ihm einen kritischen Blick von Lia einbrachte.

»Noah«, sagte diese leise.

»Was denn?«, fragte er und richtete seinen Blick wieder auf mich. »Ihr könnt das bestimmt auch klären, wenn ich da bin.«

War das sein Ernst? Zum Glück schien Kyra ähnlich wie ich zu denken, denn sie verschränkte die Arme vor der Brust. Ich sah ihren Gesichtsausdruck nicht, aber anscheinend reichte der, um Noah zu überzeugen. Er musterte mich noch ein letztes Mal abschätzig, dann nickte er Kyra zu.

»Okay, aber pass auf dich auf.« Ich stutzte. War das an mich gerichtet? Was glaubte er denn, was ich tun würde? Bisher hatte er noch kein Wort direkt an mich gerichtet, sondern nur *über* mich geredet. Dabei stand ich nur zwei Meter von ihm entfernt.

Ich räusperte mich. »Es ist ziemlich offensichtlich, dass du mich nicht magst. Ich kann mir denken, warum. Aber ich bin hier, weil ich mir Sorgen um Kyra gemacht habe, so wie du wahrscheinlich auch. Und solange Christopher für die Bats spielt, ist das nicht mehr mein Team.«

»Du … was?« Kyra sah mich aus großen Augen an.

Lia zog Noah am Arm. »Komm jetzt, das ist ein Gespräch, das dich rein gar nichts angeht.«

Noah nickte langsam und umarmte Kyra zum Abschied. Als sie die Tür hinter den beiden schloss, hätte ich am liebsten laut aufgeseufzt. Er war ihr Bruder, natürlich hatte er nur ihr Bestes im Sinn. Aber ein guter Start für unser Gespräch war das nicht gerade. Stillschweigend folgte ich Kyra ins Wohnzimmer.

»Wie lange wartest du denn schon?«, fragte Kyra, die ihre Sachen neben der Couch ablud und sich auf ebendiese fallen ließ.

»So zwei Stunden?«

Ihr Kopf schnellte zu mir herum. »Hast du allen Ernstes zwei Stunden auf mich gewartet?« Mit ihrer rechten Hand klopfte sie auf den freien Platz neben sich.

»Langer Tag?«, fragte ich, als ich mich zu ihr setzte.

»Kann man wohl so sagen, ja«, antwortete Kyra.

»Es tut mir so leid, dass ich nicht bei dir war. Ich bin nach dem Spiel kurz zu meinen Eltern gefahren, deshalb hat alles länger gedauert. Vom Podcast hab ich erst durch Lukas mitbekommen.«

Kyra schüttelte den Kopf, was mich in meiner Entschuldigung innehalten ließ.

»Mir tut es leid. Wie das Spiel gelaufen ist.«

Ich schüttelte den Kopf. »Muss es nicht, es ist okay.«

Sie warf mir einen Blick zu, der ziemlich deutlich machte, dass sie mir nicht glaubte. »Du hast gerade gesagt, dass du nicht länger für die Berlin Bats spielst. Bist du rausgeflogen?«

»Nein, ich geh freiwillig.«

»Was, wieso?« Kyra blickte so geschockt drein, wie ich es mit Sicherheit getan hätte, hätte man mir vor ein paar Wochen gesagt, dass ich das Team freiwillig verlassen würde.

»Ich weiß, du hast nach dieser einen Podcastfolge gesagt, dass ich nur für Feminismus und all das bin, wenn es mich nicht selbst betrifft, aber das stimmt nicht. Ich will unter den Umständen nicht dort spielen.«

»Und jetzt?«

»Ich habe gute Referenzen, habe bereits in Dresden gespielt und weiß, dass sie mich nehmen würden. Selbst wenn nicht, hätte ich Alternativen, könnte es in Potsdam oder anderswo versuchen. Aber es soll gar nicht um mich gehen, deshalb bin ich nicht hier.« Ich rückte ein Stückchen näher an Kyra ran. »Wie geht es dir?«

Sie nahm eines der Kissen vom Sofa und legte es auf ihren Bauch, bevor sie die Beine eng an ihren Körper zog. Geräuschvoll atmete sie aus. Ich konnte ihr Gesicht nicht sehen, da es von einem Schleier dunkler Haare verdeckt wurde, doch die Art, wie ihre Schultern zusammensackten und sie das Kissen umklammerte, sprach Bände.

»Der Podcast hat ziemliche Wellen geschlagen, wie zu erwarten gewesen war. Klar hab ich nicht damit gerechnet, dass alle positiv darauf anspringen, ich hatte ja selbst Zweifel, ob ich es überhaupt online stellen sollte. Aber dass es so viele infrage stellen würden …« Sie wagte einen Blick zu mir und wirkte plötzlich so viel verletzlicher, als ich sie je gesehen hatte. »Ich hab im Auto auf dem Weg hierher wieder Kommentare gelesen. Vielleicht war es naiv zu denken, dass Leute mir die Geschichte abkaufen. Aber du hast mir geglaubt. Und du hattest noch weniger Grund, das zu tun.«

Kyra wandte den Blick zu ihren Händen, die mit dem Reißverschluss des Kissenbezugs spielten. »Und dadurch, dass man jetzt weiß, dass es mein Podcast ist, gibt es wohl auch Probleme an der Uni. Der Fachschaftsrat hat geschrieben, dass sie mich sehen wollen. Ich war noch nicht da, aber hab echt Angst vor dem Termin. Ich bin im ersten Semester. Was, wenn ich aus dem Kurs von Natonek fliege? Das ist ein Pflichtfach.«

»Er wird dich nicht rausschmeißen«, warf ich ein. »Du hast ihn ja nicht einmal namentlich erwähnt.«

»Nein, aber die Uni, das Fach und den Themenbereich sowie Inhalte der Vorlesung. Ziemlich offensichtlich also.«

»Du wirst vielleicht ein unangenehmes Gespräch haben, aber ich denke nicht, dass es mehr als das ist.«

Kyra schüttelte den Kopf, als glaubte sie nicht, so glimpflich davonzukommen. »Und meine Eltern«, fuhr sie fort, »meine Eltern wissen jetzt auch Bescheid. Meinem Vater wäre es am liebsten, wenn ich direkt zur Polizei gehe. Na ja, direkt …« Sie ahmte Anführungszeichen mit den Fingern nach. »So direkt, wie es nach ein paar Monaten eben sein kann. Oh, und Christopher hat sich natürlich auch gemeldet.« Die letzten Worte hatte sie beinahe geflüstert, aber ich hatte sie so laut wahrgenommen, als hätte Kyra sie mir entgegengeschrien. Die Wut, die bei diesem Namen in meinem Bauch aufflammte, war mir völlig neu.

»Was hat er gesagt?«

»Nicht viel. Eigentlich nur, dass ich alles zurücknehmen soll. Was ich nicht werde.«

»Ganz schön viel auf einmal.«

»Jap.«

»Wie kann ich dir helfen?«

Wieder musterte mich Kyra. »Ich weiß nicht, ob du helfen kannst.«

In meinem Bauch zog sich etwas zusammen. Sagte sie das, weil ich mich beim Spiel nicht unter Kontrolle gehabt hatte? Hatte ich die Dinge schlimmer für sie gemacht? Oder wusste sie wirklich nicht, was ich tun könnte?

Wieder starrte sie eine Weile auf ihre Hände, dann sprach sie weiter.

»Hat Christopher etwas zu dir gesagt? Wie hat er reagiert?«

»Zu mir hat er nichts mehr gesagt«, erwiderte ich. »Was ein Wunder ist nach dem letzten Match. Er ist nicht gerade gut auf mich zu sprechen.« Ich holte mein Handy aus der Hosentasche, entsperrte es und öffnete unsere WhatsApp-Gruppe. »Aber in der Gruppe ging es ziemlich ab. Magst du lesen?«

Ich hielt Kyra mein Smartphone entgegen, was sie dazu brachte, wieder aufzublicken. Ich sah ihre Finger zucken, doch sie nahm das Handy nicht. »Ich weiß nicht, ob ich das sehen möchte«, sagte sie leise.

»Soll ich es dir zusammenfassen?«

Sie nickte und ich scrollte nach oben, bis ich bei den Nachrichten von heute Morgen angekommen war.

»Yannick hat deinen Podcast in die Gruppe gepostet und daraufhin war die Hölle los. Christopher hat natürlich alles geleugnet, aber ich glaube, Yannick ist nicht der Einzige, der an seinen Worten zweifelt. Auch wenn er der Einzige ist, der die Zweifel geäußert hat, aber Serçan hat Lukas privat geschrieben und kauft Christopher die Geschichte auch nicht ab. Ich denke, er …«

Ich hielt inne, als ich sah, wie Kyras Hand zu ihrem Gesicht wanderte und an die Stelle zwischen ihren Augen griff.

Kurz war nichts zu hören außer ihrem tiefen Ein- und Ausatmen.

»Ist alles in Ordnung?«

Kyra schüttelte den Kopf, dann ließ sie die Hand wieder in ihren Schoß sinken.

»Alles ist ein einziges Chaos, Milan. Meine Eltern sind gerade auf dem Weg zu Christophers Vater. Ich hab keine Ahnung, wie das Gespräch gut verlaufen soll. Weißt du, wie weh es tut, Kommentare von Leuten zu lesen, die sagen, ich hätte mir all das nur ausgedacht? Weil ich Aufmerksamkeit will? Wer will denn bitte diese Art von Aufmerksamkeit?« Kyra seufzte. »Ich werde morgen zum Fachschaftsrat gehen und versuchen, das Ganze geradezubiegen. Dann muss ich die Uni durchstehen und dann mal schauen, wie und ob es mit dem Podcast weitergeht.«

»Hast du wirklich überlegt, aufzuhören?«

Sie schien über meine Frage nachzudenken, denn erst nach mehreren Sekunden hob sie die Schultern. »Ich weiß es nicht. Nein, eigentlich nicht. Aber ich weiß nicht, ob ich für den Gegenwind gemacht bin. Die negativen Stimmen werfen mich doch mehr aus der Bahn als erwartet. Vielleicht muss ich mir noch ein dickeres Fell zulegen.«

»Aber es ist doch nur natürlich, dass dich das mitnimmt. Es ist nichts verkehrt daran, emotional zu werden bei Dingen, die einem wichtig sind. Das heißt nicht, dass du schwach bist.« Ich schmunzelte. »Du hast dich gerade vor Tausenden von Menschen verletzlich gemacht und deine Geschichte erzählt. Das ist ziemlich mutig.«

»Oder dämlich, wenn es nach einigen anderen Leuten geht.«

»Aber wenn es sich für dich richtig anfühlt, war es der richtige Schritt.«

Kyra kaute einen Moment auf ihrer Unterlippe, dann nickte sie. »Tut es. Ich hab keine Lust mehr, still zu sein.«

»Na also. Der Rest findet sich. Vielleicht sogar früher statt später, wenn du dir helfen lässt.«

Ich ließ den Satz im Raum stehen, und sie lehnte sich weiter nach hinten, bis sie beinahe dalag.

»Gerade will ich nur abschalten, zumindest bis morgen früh. Ich glaube, das war einer der anstrengendsten Tage meines Lebens.«

»Dann lass mich dir dabei helfen.«

Kyra sah mich mit schief gelegtem Kopf an. »Ich höre.«

»Wie klingt Pizza? Und *Charade*?«

»Das Spiel?«

»Der Film«, entgegnete ich. »Ein Audrey-Hepburn-Klassiker. Kann ich nur empfehlen. Sollte man gesehen haben.«

»Dir hat *Frühstück bei Tiffany* doch nicht einmal gefallen.«

»Stimmt doch gar nicht. Die Katze war cool.«

»Der Kater«, sagte Kyra mit einem Schmunzeln. Dann verließ sie ohne weitere Worte den Raum und kam kurz darauf mit der roten DVD-Box zurück. Ich zückte mein Handy und scrollte durch das Angebot der Lieferdienste in der Nähe. Nachdem ich mir meine Pizza zusammengestellt hatte, reichte ich das Handy an Kyra weiter. Ich beobachtete sie dabei, wie sie ihr Essen auswählte. Abgesehen von der Müdigkeit sah sie normal aus, aber es war offensichtlich, dass es in ihr drin ganz anders aussah. Und ich hasste es, dass ich nicht einen Teil der Last für sie tragen konnte. Dass ich es ihr sogar noch erschwert hatte, indem ich sie mit zum Spiel genommen und ihr Vorwürfe nach der Folge gemacht hatte. Aber ich würde es wiedergutmachen und für sie da sein.

Beinahe wäre ich zusammengezuckt, als Kyra meinen Blick plötzlich erwiderte.

»Was ist? Warum guckst du so?«

»Nichts«, antwortete ich und lachte auf.

»Und warum lachst du jetzt?« Ihre Augen wurden noch etwas schmaler, und sie ließ das Smartphone auf ihren Schoß sinken.

»Weil du so erfrischend direkt bist.« Ich nickte in Richtung meines Handys. »Jetzt bestell, sonst sterbe ich vor Hunger.«

Kyra tippte ein paarmal auf das Display und reichte mir dann mein Handy. »So, und jetzt *Charade*. Dann hat der Tag doch noch ein gutes Ende.« Sie schob die DVD in den Player und setzte sich wieder zu mir auf die Couch. Dabei verringerte sie den Abstand zwischen uns. Zu gern hätte ich gewusst, ob sie es mit Absicht tat und ob es ihr überhaupt bewusst war.

Als der Mann, der mit erhobener Waffe auf Audrey zulief, mit markerschütterndem Schrei durch das Loch im Boden fiel, zuckte Kyra so heftig zusammen, dass ihr Kopf, der gerade noch auf meiner Schulter geruht hatte, gegen mein Kinn stieß.

»Ah, shit«, zischte sie und griff sich mit der Hand an den Scheitel. Ich wiederum hielt mir das Kinn.

»Hast du dir wehgetan?«

Kyra winkte ab. »Geht schon. Sorry für das …« Sie deutete in Richtung meiner Schulter. Als ob ich damit ein Problem gehabt hätte.

»Entschuldige dich lieber dafür, dass meine Gesellschaft so einschläfernd auf dich wirkt.«

»Ich hab gar nicht geschlafen«, protestierte Kyra. »Ich hab mich nur kurz ausgeruht.«

»Hmhm«, machte ich mit amüsiertem Unterton.

»Mach dich nur lustig. Nach heute nehme ich jede Portion Schlaf, die ich kriegen kann.«

Zu meiner Überraschung setzte Kyra sich nicht aufrecht hin, wie sie es getan hatte, bevor sie eingeschlafen war, sondern lehnte sich wieder an mich und verfolgte das Finale des Films. Mein linker Arm war völlig verkrampft, weil ich mich in den letzten zwanzig Minuten keinen Millimeter bewegt hatte, um sie nicht zu wecken. Dass sie nun so dicht bei mir saß, sorgte dafür, dass sich mein ganzer Körper anspannte. Wir hatten uns geküsst, verdammt. Wieso stellte sich mein Körper jetzt bei der kleinsten Berührung so an?

Der Druck an meinem Arm ließ kurz nach, als Kyra sich zur Seite beugte, die helle Decke nahm und diese über sich ausbreitete. »Ist das okay für dich?«, fragte sie, den Kopf wieder an meine Schulter gestützt.

»Mehr als okay«, gab ich zurück.

Sie drehte sich so nach hinten, dass sie meinen Blick erwidern konnte. Kyras Haare waren vom Schlaf zerzaust und ihre Pupillen geweitet, da durch die Fenster mittlerweile kein Licht mehr drang. Es brauchte nur diesen einen Blick von ihr, dass alle Anspannung von mir abfiel. Ohne darüber nachzudenken, senkte ich meinen Kopf, bis meine Lippen auf ihre trafen.

38. KAPITEL

Kyra

Milans Lippen berührten meine sanft und warm. Ich schloss die Augen und gab mich dem Gefühl von Geborgenheit hin, das er ausstrahlte. Ohne die Augen zu öffnen oder meine Lippen von seinen zu lösen, richtete ich mich leicht auf, bis mein Gesicht vor seinem war. Mit den Fingern fuhr er sanft durch meine Haare und strich sie hinter meine Ohren. Die Decke, die ich mir gerade erst über den Körper gezogen hatte, glitt hinunter auf meinen Schoß, aber nun brauchte ich sie ohnehin nicht mehr, denn Milans Kuss und sein Finger, der sanfte Linien an meiner Wange entlangzog, sandten eine Wärme durch meinen Körper, die mit nichts zu vergleichen war.

Als ich den Kuss unterbrach, um Luft zu holen, fuhr Milan mit dem Daumen die Konturen meiner Lippe nach. Sein Atem ging schneller und sein Blick wanderte über mein Gesicht, als versuchte er, sich die einzelnen Linien und Züge einzuprägen. Dann senkte er seinen Mund wieder auf meinen, und dieses Mal war der Kuss weniger sanft. Beinahe fordernd presste Milan seine Lippen auf meine. Seine Hand lag in meinem Nacken, und als ich die Lippen öffnete, um seiner Zunge Einlass zu gewähren, zog er mich näher an sich. Sein Geruch, die raue Haut an meiner, die Wärme seines Körpers, den er nun enger an meinen presste, all das wirkte so berauschend und so – befreiend. Bis vor Kurzem hätte ich nie gedacht, einem Mann auf diese Art überhaupt nah sein zu wollen. Mich fallen lassen zu können. Doch Milan schaffte es, dass ich mich in seiner Gegenwart wohlfühlte und gehen lassen konnte. Dass ich mehr wollte.

Seine Hand wanderte von meinem Nacken über mein Gesicht tiefer bis zu meiner Brust und ein Keuchen entwich meinen Lippen. Milan deutete dieses Keuchen völlig falsch, denn er löste seine Hand von meinem Körper und sich von mir.

»Sorry«, murmelte er.

Ich schüttelte den Kopf. »Wofür?«

Ich wollte nicht aufhören. Ich wollte mehr. Mehr hiervon, mehr von ihm.

»Vielleicht nicht gerade das beste Timing, oder?«

»Ich habe dir, als ich dir erzählt habe, was passiert ist, schon einmal gesagt, dass ich nicht mit Samthandschuhen angefasst werden möchte. Ich vertraue dir. Und ich will das hier.«

Milans Blick wurde weicher und wanderte über mein Gesicht, als suchte er darin nach etwas, das meine Worte Lügen strafte. Aber das würde er nicht finden.

Ich war nicht gebrochen. Ich mochte Unsicherheiten in mir tragen, die ich vor all dem nicht gehabt hatte. Ich mochte Vorurteile und Ängste entwickelt haben, die ich nicht wollte. Aber ich war nicht gebrochen. Ich war stärker als meine Angst, und ich würde mir diese Erfahrungen, vor allem diese Erfahrungen mit meinem Körper, nicht nehmen lassen.

Erneut fanden meine Lippen Milans und nach kurzer Vorsicht schien seine Unsicherheit von ihm abzufallen. Ich schob mein linkes Bein über seine, bis ich auf seinem Schoß saß, und vertiefte den Kuss. Milan strich über meinen Rücken, immer tiefer, bis er meinen Po umfasste und mich noch näher an sich zog. Seine Zunge spielte mit meiner und sein Atem traf stoßweise meine Haut. Ich ließ meine Hände an seinem Bauch hinabwandern. Meine Finger trafen auf harte Muskeln und ich zog seinen Pullover nach oben, bis Milan den Kuss unterbrach, um ihn sich über den Kopf zu ziehen. Er landete neben dem Sofa auf dem Boden und Milans Blick folgte der Bewegung des Kleidungsstücks.

»Vielleicht sollten wir rübergehen? Ich weiß nicht, was Miriam heute noch vorhat«, sagte er mit einem Schmunzeln.

»Oh.« Ich hatte Miriam völlig vergessen. Hatte alles um mich herum völlig vergessen. Beinahe benommen nickte ich, schaltete den Fernseher aus, auf dem gerade der Abspann lief, und ging dann, Milans Pullover in meiner Hand, voraus in mein Zimmer. Ich knipste die Lichterketten an und mein Zimmer wurde in warmes, gedämmtes Licht getaucht. Hinter mir schloss Milan die Tür, und als ich mich zu ihm umdrehte, entwich das »Wow« ganz automatisch meinem Mund. Auf seinem Gesicht breitete sich ein Grinsen aus, was ihn nur noch attraktiver machte.

Milans Blick lag dunkel auf mir und er näherte sich quälend langsam, was mir jedoch die Sicht auf seinen freien Oberkörper erlaubte. Sein ständiges Training war offensichtlich und ich schluckte, als ich die Muskeln unter seiner Haut arbeiten sah. Ich wollte ihn berühren. Jetzt. Als er vor mir stehen blieb, legte ich den Kopf leicht in den Nacken, um ihn wieder ansehen zu können, und was ich da erkannte, verschlug mir fast die Sprache. In seinen Augen stand Verlangen, und als er den Stoff meines Langarmshirts berührte, gesellte sich eine unausgesprochene Frage hinzu. Ich nickte, und Milan umgriff den Saum des Shirts, bevor er es mir in einer langsamen Bewegung über den Kopf zog. Kurz schoss mein Blick nach unten, um zu kontrollieren, welche Unterwäsche ich trug. Schwarz, Spitze. Ich gab meinem Vergangenheits-Ich innerlich ein High Five für die Wahl, obwohl ich Milans Blick nach zu urteilen auch alles andere hätte tragen können. Seine Pupillen waren geweitet, sein Blick dunkel – ob wegen des wenigen Lichts oder meinetwegen, konnte ich nicht sagen, aber der Anblick jagte mir einen wohligen Schauer über den Rücken. Milan zog mich erneut in einen Kuss, während seine Finger langsam Kreise von meinem Rücken ausgehend über meinen Bauch zogen.

»Du bist umwerfend«, sagte er, die Stirn an meine gepresst.

Meine Finger fanden von selbst zu seinem Gürtel und ein paar wenige, hastige Bewegungen später landete sowohl seine als auch meine Kleidung auf dem Boden. Ich zog Milan an der Hüfte zu meinem Bett. Eine Hand in meinem Rücken, ließ er mich auf die Matratze sinken, stützte die Arme neben meinem Kopf auf und küsste mich wieder. Sein Geschmack und Geruch ließen mich aufseufzen.

Ich drückte den Rücken durch, um ihm näher zu sein, und Milan nutzte die Gelegenheit, um auch meinen BH auf den Boden zu befördern. Jetzt war er es, der seufzte. Sein Mund wanderte von meinem über meinen Hals, mein Schlüsselbein, bis hinunter zu meinen Brüsten. Mit der Zunge berührte er meine linke Brust, seine Hand umschloss meine rechte und aus meinem Seufzen wurde ein leises Stöhnen. Das hier war so anders als alles, was ich bisher erlebt hatte. Ich hatte bisher nur mit einem einzigen Mann Sex gehabt, und rückblickend waren keine Gefühle im Spiel gewesen. Es war nichts im Vergleich hierzu gewesen.

Milan ließ seine Hand von meiner Brust immer weiter hinunter wandern, seine Fingerspitzen zogen eine brennende Linie über meinen Bauch, bis sie schließlich zwischen meinen Schenkeln verharrten. Er hob den Kopf und suchte meinen Blick. »Ist das okay?«

Ich nickte, unfähig etwas zu sagen, und schloss die Augen, um mich dem Gefühl voll und ganz hinzugeben. Er ließ die

Hand in meinen Slip gleiten und stöhnte auf, als er merkte, wie feucht ich bereits war.

»Ich will dich«, flüsterte ich so leise, dass ich mir erst nicht sicher war, ob er es überhaupt gehört hatte. Doch kurz darauf erschien Milans Kopf über meinem. Seine Hand unter meinem Rücken, zog er mich tiefer unter sich. Wie zur Antwort presste er seinen Körper an meinen. Er brauchte keine Worte, um mir zu zeigen, dass er mich auch wollte, denn nun spürte ich es überdeutlich.

Quälend langsam zog Milan meinen Slip nach unten. Dann presste er seine Hand wieder auf meine Mitte – diesmal ohne den lästigen Stoff dazwischen – und ich drückte mich ihm entgegen. Ich wollte mehr. »Und wenn du es dir anders überlegst, kannst du jederzeit …«

»Klappe«, sagte ich und boxte ihn gegen die Schulter.

»Also an deinem Aggressionsproblem arbeiten wir noch.«

Ich grinste und wollte gerade eine flapsige Antwort zurückgeben, als Milans Finger in mich drang und ich jegliche Worte vergaß. Während er sich langsam in mich schob, spielte sein Daumen mit meinem Kitzler und brachte mich zum Aufstöhnen. Ich verlagerte mein Becken und lehnte mein Bein zur Seite, um ihm besseren Zugang zu gewähren. Milan erhöhte das Tempo und verteilte dabei Küsse auf meinem Bauch. Ich bewegte mich im Rhythmus mit ihm, und als er mit der Zunge die Innenseite meiner Schenkel entlangfuhr, sandte die Berührung eine Gänsehaut über meinen gesamten Körper. Doch das war nichts im Vergleich zu dem Gefühl, als seine Zunge meiner empfindlichsten Stelle Aufmerksamkeit schenkte.

Ich krallte die Finger in die Bettdecke und meine Muskeln spannten sich an.

»Milan«, stöhnte ich, woraufhin er einen weiteren Finger hinzunahm. In diesem Moment wünschte ich mir nichts sehnlicher, als ihn in mir zu spüren. Meine Hand griff wie von selbst an seinen Arm und versuchte, ihn hochzuziehen, doch Milan gab kein Stück nach. Er hob jedoch den Kopf und schenkte mir ein kleines Lächeln. »Entspann dich. Lass dich einfach fallen.« Dann senkte er den Mund wieder und ich tat genau das.

Es war seltsam, zu spüren, wie jegliche restliche Anspannung aus meinem Körper wich. Wie ich mich diesem Gefühl hingeben konnte – ganz anders als bei meinem ersten Mal und ganz anders als bei dem Mann in Paris. Weil ich Milan vertraute. Er hatte seine Prinzipien – und letzten Endes auch mich – sogar über das gestellt, was ihm bislang das Einzige im Leben gewesen war. Ich fühlte mich bei ihm geborgen, wertgeschätzt. Ich vertraute ihm und verschwendete keine Gedanken an Was-Wäre-Wenns oder an Unsicherheiten. Und dieses Gefühl, meinen Körper mit jemand anderem so genießen zu können, war noch mehr wert als das, was wir gerade taten. Die Tatsache, dass Milan es mir gab, ohne etwas dafür zu verlangen, dass er …

Ich presste den Kopf ins Kissen und mit einem Mal waren jegliche Gedanken wie weggeblasen, als er mit seiner Zunge genau die richtige Stelle traf. Die nächsten Minuten bestand mein Körper nur aus dieser Empfindung. Milans Berührungen wirkten berauschend, und er steigerte, erst völlig unmerklich, das Tempo weiter. Mein Atem kam immer lauter aus meinem Mund und ich schob mich seinen Bewegungen entgegen, bäumte mich auf und kam mit einem erstickten Stöhnen.

Milan löste die Hand von mir und einen Augenblick später landete sein Kopf neben meinem auf dem Kissen.

»Das war … wow.«

Er legte den Arm um mich und zog mich enger an sich, bevor er die Decke über uns ausbreitete, die wir beinahe vom Bett getreten hatten.

»Und du?«, fragte ich und wollte mich herumdrehen, doch Milan drückte mich sanft wieder nach unten.

»Nächstes Mal«, flüsterte er und zog mir die Decke bis zur Nasenspitze, obwohl mir immer noch mehr als warm war. In seinen Augen stand nach wie vor Verlangen, doch in erster Linie entdeckte ich dort Zuneigung, wie ich sie ihm gegenüber in diesem Moment auch empfand. Er wollte nichts von mir zurück, erwartete nichts und schien völlig zufrieden. Sanft zog er mich zu sich, dann strich er in kleinen Kreisen über meinen Oberarm, und das Letzte, an das ich mich erinnerte, waren mein gemurmeltes »Danke« und das Gefühl von Sicherheit, bevor ich einschlief.

Ich brauchte einen Moment, um zu verstehen, was anders war, als ich aufwachte. Ich fühlte mich völlig entspannt und ausgeruht, dabei konnte es noch nicht spät sein, denn es war nach wie vor dunkel in meinem Zimmer. Das war ungewöhnlich, normalerweise bekam mich nichts und niemand um diese Uhrzeit wach.

Erst als ich mich strecken wollte, bemerkte ich den Arm, der warm über meinem lag. Mit einem Lächeln drehte ich mich vorsichtig zu Milan um. Er schlief noch, seine Brust hob und senkte sich regelmäßig, seine Lippen waren leicht geöffnet und er sah vollkommen friedlich aus.

Ich wollte ihn nicht wecken, aber ich musste wirklich dringend auf Toilette. Außerdem wollte ich mir die Zähne putzen. Stück für Stück schob ich seinen Arm zur Seite, doch er schien einen ähnlich festen Schlaf zu haben wie ich und ließ sich davon nicht beirren. Immer noch nackt lief ich zum Schrank, zog mir ein paar Kleider über und ging ins Bad. Als ich es wieder verließ, kam mir Miriam mit verwuschelten Haaren und Schlafanzug aus dem gegenüberliegenden Zimmer entgegen. Ihr Gesicht zierte ein wissendes Grinsen.

»Gut geschlafen?«

»Spar dir den besserwisserischen Unterton«, gab ich zurück, musste aber auch grinsen.

»Ich mach mal Kaffee für euch. Ich nehme an, du nimmst gleich zwei Tassen?«

»Du bist die Beste!«, sagte ich und folgte ihr in die Küche, um Wasser zu holen.

»Und du siehst glücklich aus.«

Ich drehte den Wasserhahn zu und hielt inne. Ich *war* glücklich. Ich fühlte mich so viel ruhiger als in den letzten Tagen, und auch wenn ich immer noch nicht darauf hinfieberte, gleich in die Uni zu gehen, schreckte mich der Gedanke zumindest nicht mehr ab. Ich würde das schaffen.

Die Kaffeemaschine riss mich aus meinen Überlegungen, und ich füllte das zweite Glas mit Wasser. Dabei summte ich leise die Melodie aus unserem Küchenradio mit. Als ich Miriams Blick bemerkte, hielt ich inne.

»Hast du was gesagt?«

»Nein, aber ich bin verwirrt. Du bist morgens nie gut gelaunt.«

Ich verkniff mir ein Grinsen, was jedoch nur halb so gut zu klappen schien, wie ich glaubte, denn Miriam musste lachen.

»Es ist richtig schön, dich so zu sehen.«

Ich widersprach nicht. Nach den gescheiterten Versuchen hatte ich nicht geglaubt, mich bei einem Mann so fallen lassen zu können. Doch Milan hatte es geschafft.

»Lass uns die Tage mal wieder was in der Gruppe machen«, sagte ich, um das Thema zu wechseln. »In der großen Gruppe, inklusive Noah, Elias, Daniel und Kat.«

»Das klingt gut. Und über Milan reden wir noch, glaub nicht, dass du mir damit davonkommst.«

Grinsend nickte ich. »Ich hab nicht damit gerechnet, keine Sorge.«

»So«, sagt Miri und drückte mir zwei Kaffeetassen in die Hand. Ich versuchte, beide an den Henkeln mit der rechten Hand zu balancieren, und nahm Milans Wasserglas in die linke.

»Danke dir. Wir sehen uns nach der Uni?«

»Halt mich auf dem Laufenden, falls etwas sein sollte.«

Lächelnd nickte ich Miriam zu und ging zurück in mein Zimmer. Ich stellte das Wasserglas sowie Milans Tasse auf dem Nachttisch ab. Als ich mich mit meiner aufs Bett setzte, blinzelte Milan mir verschlafen entgegen.

»Ist das … Kaffee?« Seine Stimme klang dunkler als sonst und noch vom Schlaf belegt – und absolut niedlich. Ich nickte. »Daran könnte ich mich gewöhnen«, sagte er.

»Kannst du gleich vergessen. Denn ich werde mich definitiv nicht daran gewöhnen, so früh aufzustehen.«

»Wie viel Uhr haben wir überhaupt?«, fragte Milan, während er sich im Bett aufrichtete und aus den Kissen eine Rückenlehne baute. Suchend blickte ich mich nach meinem Handy um und fand es schließlich in meinem Rucksack, der neben der Tür lehnte. Hatte ich es wirklich seit der Uni gestern nicht mehr in der Hand gehabt? Offensichtlich, denn mein Akku war bei gerade einmal neun Prozent.

»Kurz nach sieben«, antwortete ich Milan und schloss mein Smartphone an den Strom an.

Er seufzte. »Um neun ist Training. Ich würde Rico gern vorher abfangen und ihm sagen, dass ich unter diesen Bedingungen nicht weiter im Team spielen kann. Wann musst du zur Uni?«

»Erst um elf«, antwortete ich. »Erzählst du ihm von dem Podcast?«

»Ich bin mir ziemlich sicher, dass die Folge ihn mittlerweile erreicht hat«, sagte er und hob die Decke leicht an, damit ich mich neben ihn setzen konnte. Er hatte seine Boxershorts wieder angezogen, aber sein Pulli lag nach wie vor auf dem Boden. Ich schlüpfte unter die Decke und hätte beinahe geseufzt, weil es darunter so angenehm warm war.

»Du schaffst das heute«, sagte er sanft, woraufhin ich nickte.

»Du auch. Glaubst du, du siehst Christopher wieder?«, fragte ich.

Er zog die Brauen zusammen und nickte. »Möglich. Auch wenn ich genau deshalb extra früher hin will.«

Ich erwartete, dass sich meine Brust verengte, mein Herz beschleunigte, die Bilder der Nacht zurückkamen – doch nichts dergleichen geschah. Ich nahm einen Schluck von meinem Kaffee.

»Was denkst du?«, fragte Milan.

»Ich hab gewartet, dass was passiert. Ist es aber nicht.«

»Wie meinst du das?«

»Ich hab die Gedanken an Christopher wochenlang verdrängt. Wann immer sie dahin abgedriftet sind, habe ich mich gezwungen, an etwas anderes zu denken. Ich habe das gar nicht bewusst getan, es war ein Reflex. Und dadurch hab ich geglaubt, dass ich alles verarbeitet habe. Erst als bei dem Spiel alles über mich hereingebrochen ist, hab ich gemerkt, dass es nicht so ist. Es war wie dieser Moment, wenn du kurz vorm Einschlafen noch einmal zusammenzuckst. Du bist total ruhig, nichtsahnend, und plötzlich ist der Gedanke ohne dein bewusstes Zutun da, weil dich irgendetwas daran erinnert hat, dein Herz rast, dein Körper schaltet auf Panik und du verstehst gar nicht, warum.« Ich nahm einen weiteren Schluck Kaffee.

»Aber seit ich es den anderen erzählt habe, also Noah, Miriam, dir, Phuong, meinen Eltern … Irgendwie hat jedes Wort ein bisschen geholfen, mir diese Angst zu nehmen. Dabei wusste ich nicht einmal, dass ich Angst hatte.«

Milan lächelte. »Ist das Konfrontationstherapie?«

»Ich glaube, die greift eher bei Phobien.«

Mein Handy leuchtete auf und tauchte Milans Gesicht in kaltes Licht. Ich entsperrte es und sog die Luft ein, als ich etliche neue Nachrichten sah.

»So viel zu Konfrontationstherapie«, murmelte ich. Meine Mutter hatte mir mehrere Nachrichten geschrieben und gestern versucht, mich anzurufen.

»Alles okay?«

Ich nickte. »Meine Eltern haben mit den Rothes geredet.« Ich überflog die Nachrichten und merkte, wie sich mein Herzschlag nun doch beschleunigte. Aber nicht aus Angst, sondern vor Aufregung bei dem, was ich da las.

»Christopher wurde suspendiert«, murmelte ich.

Meine Mutter wurde als online angezeigt und begann zu tippen. »Und sie weiß, dass ich wach bin. Ich … ich ruf meine Mum mal kurz an, ja?«

»Natürlich. Aber warte, ich sollte eh los. Und ich hab Lukas noch keine Entwarnung gegeben.«

»Entwarnung?«

»Er wollte wissen, ob bei dir alles okay ist. Und ich hab gestern nicht mehr geschrieben, weil … Na ja, ich war beschäftigt.«

»Süß von ihm. Sag ihm liebe Grüße.«

Er trank seinen Kaffee in wenigen Schlucken aus und stellte die Tasse zurück auf den Nachttisch. Dann küsste er mich auf die Schläfe. »Melde dich, wenn etwas ist, ja? Oder wenn du über das Gespräch mit deiner Mutter reden magst.«

Er küsste mich noch einmal, diesmal auf den Mund, und sammelte seine Kleidung zusammen. Ich beobachtete ihn vom Bett aus, wobei mein Blick länger als nötig auf den verschiedenen Regionen seines Körpers verweilte.

»Kann ich mich anziehen oder brauchst du noch 'ne Minute?«

Mein Kopf schnellte nach oben. Milan stand mit einem breiten Grinsen vor mir und hob die Augenbrauen. Ich ließ meinen Blick noch einmal über ihn wandern.

»Jetzt darfst du dich anziehen.«

»Danke«, sagte er mit einem Lachen. Ich schmunzelte in meine Kaffeetasse hinein. Milan war mein Typ. Und das nicht nur optisch.

39. KAPITEL

Milan

Ich stellte mein Fahrrad vor der Halle ab, schloss es an und wappnete mich innerlich für alles, was darin geschehen würde. So spät, wie ich dran war, wäre die halbe Mannschaft bereits versammelt. Trotz allem trieb mir der Gedanke an gestern Abend ein Lächeln aufs Gesicht. Mit diesem stieß ich die Tür auf und bog in die Umkleide ab – dann jedoch versiegte es, weil erneut alle Gespräche endeten und sich jegliche Blicke auf mich richteten. Alle waren da, auch Lukas, den ich zu Hause nicht mehr angetroffen hatte. Wieso waren alle schon da? Ich hatte extra in die Pedale getreten.

Nein … Ich ließ den Blick durch die Kabine schweifen. Es waren nicht alle da, einer fehlte.

»Chris kommt nicht«, sagte Ben, als er meinen suchenden Blick bemerkte.

»Rico hat ihn aus dem Team … na ja, er ist erst mal raus«, sagte Yannick.

Meine Augenbrauen schossen ganz von allein in die Höhe. »Er ist raus?«

»Ja«, bestätigte Ben mit einem Nicken. »Ist aber noch nicht öffentlich. Keine Ahnung, was sie grad alles im Hintergrund klären, aber vor dem Spiel gegen Leipzig will Rico eine Meldung rausgeben.«

»Er hat es nicht anders verdient.«

Zu meiner Überraschung widersprach niemand – nicht einmal Ben. Nur Thomas verdrehte die Augen und hielt die Arme weiterhin vor der Brust verschränkt.

Ben fuhr sich durch die Haare. »Ich weiß. Er hat gestanden. Und ich hab ihm vorher noch geglaubt.«

»Er hat es gestanden?« Damit hatte ich definitiv nicht gerechnet.

»Ja, bei Rico. Und auch vor seinem Vater. Der ist so ausgetickt, dass Chris grad erst mal bei seiner Mutter ist. Will ihn wohl vorerst nicht sehen.«

»Das ist so ein geballter Haufen Scheiße«, sagte Thomas. »Wahrscheinlich hat er nur gestanden, weil sie was gegen ihn in der Hand hat oder er Angst hat, dass er anders härter verurteilt wird. Warum glaubt ihr ihr plötzlich alle?«

Ben stieß ein abfälliges Schnauben aus. »Wenn das deine Meinung ist, dann geh bitte. Ich hab da heute echt keinen Nerv für.«

Ich beobachtete das Gespräch der beiden interessiert und vor allem irritiert. War Ben nicht derjenige gewesen, der Kyra diesen Sommer noch als Schlampe bezeichnet hatte? Er hatte es zwar nur getan, um Noah zu provozieren, aber das war nicht wirklich besser gewesen. Dass gerade er sich nun so über Chris äußerte, verwunderte mich.

»Wie war das? Im Zweifel für den Angeklagten?«, fragte Thomas spöttisch.

»Dafür war Chris zu seltsam in letzter Zeit. Das weißt du selbst ganz genau. Egal wie das Ganze ausgeht: Wir haben es doch auch die letzten Monate ohne Chris geschafft und einen Sieg nach dem anderen geholt. Wieso sollte das jetzt anders aussehen? Wir sind super aufgestellt, um im Idealfall ein paar Wochen, im Notfall auch allgemein klarzukommen.« Ben klatschte einmal laut in die Hände. »Und jetzt hört auf, hier

Trübsal zu blasen. Zieht euch um und geht euch aufwärmen.« Er ließ den Blick noch einmal streng über die Runde schweifen und widerwillig musste ich mir eingestehen, dass er seinen Job gut machte, da jeder spurte. »Nowak, wo sind deine Klamotten?«

»Ich hatte nicht vor zu spielen, solange Chris im Team ist.«

»Tja, ist er nicht mehr.«

Ich schluckte. Konnte ich wirklich hierbleiben?

»Ich würde gern erst mit Rico reden«, sagte ich.

Ben sah mich eine Weile an, dann nickte er. »Ich glaube Kyra.«

Mit erhobenen Augenbrauen musterte ich ihn, aber er schien keinen Scherz zu machen, denn sein Gesichtsausdruck war genauso ernst, wie seine Worte klangen.

»Aha, und woher kommt das auf einmal? Du kriechst Chris doch sonst bei jeder Gelegenheit in den Arsch. Außerdem habe ich euer Gespräch letztens gehört, und da klang es nicht gerade, als würdest du seine Worte anzweifeln.«

»Ich hab 'ne kleine Schwester, okay?«

Ich verschränkte die Arme vor der Brust. »Und was genau hat das mit dem Ganzen zu tun?«

»Ich war am Wochenende bei meinen Eltern zum Essen. Sie hat mir den Podcast gezeigt und erzählt, was ihr alles für Mist passiert ist. Ich hatte einfach keine Ahnung. Und sie glaubt Kyra.«

Es war ziemlich traurig, dass Ben erst seine kleine Schwester gebraucht hatte, um Chris' Verhalten und Worte anzuzweifeln, aber ich verkniff mir jegliche Erwiderung. Es war ein Schritt in die richtige Richtung.

»Okay, und wieso erzählst du mir das?«

»Weil du was mit Kyra am Laufen hast.« Er machte eine Pause und sein Blick wurde eindringlich. Hätte ich es nicht besser gewusst, hätte ich gesagt, dass sogar etwas Bettelndes darin lag. »Und weil du unser bester Spieler bist, und ich glaube, das ist dir auch klar. Ich riskiere ganz sicher nicht, dass du auch noch hier aussteigst. Chris ist raus. Yannick verlieren wir sicher auch bald, weil er die Doppelbelastung nicht mehr lang mitmacht, und solltest du gehen wollen, findest du woanders eine Mannschaft, die dich mit Handkuss aufnimmt.«

Ich hatte mit vielem gerechnet, als ich heute diese Halle betreten hatte, aber damit ganz bestimmt nicht. Da ich nicht wusste, was ich antworten sollte, nickte ich bloß. Zum Glück blieb mir eine Antwort ohnehin erspart, denn Ben erwiderte die Geste und ging dann ohne ein weiteres Wort in die Halle. Kurz darauf ertönte das Geräusch des sich öffnenden Rolltores, und als ich ebenfalls die Umkleide verließ, holte Ben bereits die Hütchen und anderes Equipment für das Warm-up.

»Alles okay?«, fragte Lukas, als er neben mich trat.

Ich nickte. »Denke schon. Ich hab voll damit gerechnet, dass man mir eine Standpauke für das letzte Spiel hält, ich hier rausgehe und mir ein neues Team suchen muss.«

»Nicht nach allem, was passiert ist. Glaub nicht, dass Rico viel sagen wird, außer dass du das nächste Mal bei Problemen direkt zu ihm kommen sollst – das Übliche eben. Und das mit dem neuen Team kannst du knicken, du gehörst hierher.« Er blieb mir gegenüber stehen und dehnte sich halbherzig. »Was viel wichtiger ist: Wo warst du letzte Nacht?«

Ich hätte wissen müssen, dass er das Thema nicht auf sich beruhen lassen würde.

»Oh, schade, Lukas. Ich muss leider heim, Trainingskleidung holen.«

»Kein Thema«, sagte dieser. »Ich hab ein gutes Gedächtnis und ein noch besseres Durchhaltevermögen. Ich frag einfach nachher noch mal.«

»Daran zweifle ich keine Sekunde«, gab ich zurück, musste aber grinsen. Meine Ängste waren unbegründet gewesen. Jetzt hoffte ich nur, dass der Tag für Kyra ähnlich gut weitergehen würde.

40. KAPITEL

Kyra

»Das heißt, du wirst Christopher vorerst nicht mehr sehen. In der Firma zumindest nicht.«

Ich nickte, auch wenn ich genau wusste, dass meine Mutter es am anderen Ende des Hörers unmöglich sehen konnte. »Okay«, schob ich schließlich hinterher. Ich hatte meine Mutter den Morgen über nicht erreicht, weil sie ein Meeting auf der Arbeit gehabt hatte, doch danach hatte sie mich direkt zurückgerufen und nun stand ich, das Smartphone in der Hand, am Fenster und blickte nach draußen auf den Parkplatz vor dem Institut.

»Wie ist die Stimmung?« Ich konnte mir kaum vorstellen, dass es die Zusammenarbeit mit Herrn Rothe nicht beeinflusste, auch wenn Christopher ihm gegenüber alles gestanden hatte. Er war immerhin sein Sohn.

Meine Mutter ließ sich Zeit mit ihrer Antwort. Zu viel Zeit für meinen Geschmack.

»Mama?«

»Nun«, sagte sie schließlich, »nicht grandios, aber das hat nichts mit uns zu tun.«

Ich schluckte. Ich wusste, wie wichtig meinem Vater die Zusammenarbeit war. So wichtig, dass er seinen eigenen Sohn aus dem Betrieb geworfen hatte, um das Gesicht vor Herrn Rothe zu wahren.

»Christopher ist zu seiner Mutter gefahren und hat sich mit Stefan wohl ziemlich zerstritten. Der war bei dem Gespräch mit uns weit weniger in der Defensive, als wir erwartet haben. Ganz im Gegenteil eigentlich. Ich glaube, er hat allem so schnell zugestimmt, weil er hofft, dass uns das milde genug stimmt, um keine weiteren Schritte einzuleiten.«

Mit einem Mal spürte ich eine Kälte in meinem Bauch, wie ich sie in den letzten Wochen und Monaten nie erlebt hatte. Seit dem Vorfall zumindest, und da hatte sie mehr einer Taubheit geglichen. Jetzt jedoch legte sie sich schwer und bleiern auf meinen Magen. War es, weil das Ganze nach einem makabren Deal klang? Hatte sich Elias so gefühlt, als er aus der Firma geschmissen wurde, während er mich deckte?

Die ganze Zeit über hatte ich nicht zur Polizei gehen wollen. War mir sicher gewesen, dass es nichts brachte, ich nicht bereit dafür war, ich dieses ganze Prozedere nicht über mich ergehen lassen wollte, meine Familie nicht hineinziehen wollte, ich Christopher im Zweifel nicht gegenübersitzen und mir seine erfundene Version der Geschichte anhören wollte. Doch bei dem Gedanken daran, dass Herr Rothe womöglich wollte, dass ich schwieg, wurde mir übel. Warum?

Weil es sich anfühlte, als ob er mir die Entscheidung nahm. Und diese Art des Kontrollverlusts war etwas, was ich nie wieder erleben wollte.

»Kyra? Schatz?« Die Stimme meiner Mutter drang zu mir hindurch.

»Ja, entschuldige«, gab ich zurück. »Ich … Kann ich mich später noch einmal bei dir melden? Ich hab gleich einen Termin.«

»Natürlich«, erwiderte sie sanft. »Glaub bitte nicht, dass wir, wenn das wirklich Stefans Intention ist, in irgendeiner Weise hinter ihm stehen. Dein Vater hätte Christopher, wie du weißt, am liebsten direkt aufs Revier geschleift. Du entscheidest, okay? Wir halten so lange die Stellung. Tu nichts Überstürztes. Und wir würden uns freuen, wenn du am Wochenende herkommst.«

»Okay«, sagte ich beinahe tonlos.

»Ich hab dich lieb, Süße.«

»Ich dich auch«, sagte ich, verabschiedete mich von meiner Mutter und setzte mich in Bewegung. Eine Weile starrte ich noch auf das Handy, auf die vielen Benachrichtigungen bei Instagram, die ich nach wie vor nicht angesehen hatte, weil ich genau wusste, dass es mir meine Laune verdorben hätte. Nun, lange würde ich sie wohl ohnehin nicht aufrechterhalten können.

Was willst du?

Diese eine nagende Frage überschattete alles andere. Was wollte ich? Ich wollte in Ruhe studieren, wollte eine gute Zeit mit meinen Freundinnen haben. Ich wollte keine Angst vor Dingen und Menschen haben, sondern meinen Weg gehen, ohne mich von anderen definieren zu lassen. Das war mir erschwert worden, und seitdem versuchte ich, mir das, was ich wollte, zu erkämpfen. Doch um welchen Preis? Und tat ich das auf die richtige Art und Weise? Wäre es doch besser, mich all dem endlich zu stellen und Anzeige zu erstatten?

Ich hatte meine Geschichte mittlerweile so häufig erzählt, hatte negative Reaktionen ausgehalten und Zuspruch von Seiten erhalten, von denen ich es nicht erwartet hatte. Wieso sollte ich das nicht noch ein weiteres Mal können?

Das Display meines Handys wurde dunkel, und als ich den Sperrbildschirm aktivierte, zeigte es bereits 11:12 Uhr an. In drei Minuten begann das Seminar. Ich hatte zwar geschworen, keine Lehrveranstaltungen mehr zu verpassen, doch dieser einen würde ich noch fernbleiben müssen. Denn ich stand ein Stockwerk höher vor dem Büro des Fachschaftsrats. Heute Morgen hatte ich mich – und das war vor allem Milan zu verdanken – noch so voller Energie gefühlt, dass ich mir sicher gewesen war, das zu schaffen. Jetzt nisteten sich wieder Zweifel ein. Bevor diese die Überhand gewannen, ging ich die paar Schritte bis zur Tür und klopfte an.

»Herein«, ertönte eine freundliche Stimme. Ich straffte die Schultern und trat ein.

Eine Frau, die maximal zwei, drei Jahre älter sein konnte als ich, blickte mir entgegen. Neben ihr saß eine weitere Frau auf der Couch, ihr gegenüber ein dunkelhaariger Mann und – ich stutzte. Dr. Natonek. Sein Blick wirkte zwar warm, aber ein kleines bisschen gleichgültig.

»Frau Seger«, sagte er zur Begrüßung.

Na toll. Er kannte also schon meinen Namen. Das konnte heiter werden.

»Hallo Kyra«, begrüßte mich die dunkelblonde Frau, die ich als Erstes entdeckt hatte. »Ich bin Cora, freut mich. Magst du dich setzen?«

Ich ließ mich auf dem grauen gepolsterten Stuhl nieder, auf den sie deutete, und hatte direkt das Gefühl, darin zu versinken und noch ein Stück kleiner zu wirken.

»Wir wollen aus zwei Gründen mit dir sprechen, vielleicht widmen wir uns zuerst dem, der auch Sie betrifft.« Sie sah zu Dr. Natonek. »Dann können Sie danach direkt zurück an die Arbeit.«

Er lächelte leicht, aber ich war zu angespannt, um es zu erwidern.

»Ich weiß mittlerweile, dass ich noch einmal das Gespräch mit Ihnen hätte suchen sollen«, begann ich, bevor er oder Cora etwas sagen konnten. Ich wollte keinen Streit provozieren. Aber ich hatte auch beschlossen, nicht einzuknicken.

Denn ich stand nach wie vor hinter dem, was ich in der ersten Folge und in seiner Vorlesung gesagt hatte. Ich war nicht die Person, klein beizugeben. Mir war zwar absolut nicht wohl bei dem Gedanken, in seinem Kurs möglicherweise schlechter abzuschneiden, aber lieber tat ich das, als gegen meine Prinzipien zu verstoßen.

»Es war nicht meine Absicht, dass man aus der Folge erkennt, dass es um Sie geht. Ich habe Ihren Namen bewusst ausgelassen. Natürlich hätte ich damit rechnen sollen, dass man, wenn man genau hinhört und ein bisschen mitdenkt, herauskriegt, um welchen Kurs es sich handelt. Aber es tut mir nicht leid, dass ich Sie in der ersten Stunde darauf angesprochen habe. Auf den Stoff aus dem Reader, meine ich, und darauf, dass wir das gesamte Semester über nur Männer behandeln sollen.« Ich spürte, wie mein Herz schneller in meiner Brust schlug, aber ich würde hier nicht aufhören. Meine Eltern hatten mir nicht beigebracht, mich unterbuttern zu lassen, wenn ich etwas als Ungerechtigkeit empfand. »Und ich bin auch nach wie vor der Meinung, dass Ihr Kommentar bezüglich der Heirat sehr unangebracht war.«

Dr. Natoneks Augen weiteten sich leicht und er lehnte sich in seinem Stuhl zurück. Okay, vielleicht war das doch etwas zu gewagt gewesen. Er musterte mich, als überlegte er genau, was er antworten wollte. Vielleicht sollte ich das auch mal ausprobieren, anstatt immer gleich meinen Mund aufzureißen.

»Ich mag mit Ihrer Methode der Kritik nicht übereinstimmen, aber mich haben in den letzten Tagen E-Mails erreicht und eine Gruppe Studentinnen war in meiner Sprechstunde. Ich habe von ihrem Podcast erst einmal gar nichts mitbekommen, aber die erste E-Mail kam bereits nach der Vorlesung. Um ehrlich zu sein, dachte ich da noch, sie stamme von Ihnen, da sie Ihr Anliegen enthielt, das Curriculum zu erweitern.« Er räusperte sich. »Was ich damit sagen will, ist, dass mehrere Studierende und auch die Fachschaftsinitiative …« Er blickte zu Cora und den beiden anderen. »… auf mich – und auf meine Kollegen – zukamen und uns Ihren Podcast gezeigt haben. Anscheinend war das schon lange ein wunder Punkt, nicht nur in meiner Vorlesung, sondern auch in einzelnen anderen. Der Fachschaft war es deshalb wichtig, mit Ihnen zu sprechen, und da meine Vorlesung gewissermaßen Auslöser für all das war, wollte ich auch das Gespräch mit Ihnen suchen.«

Anderen war es also doch aufgefallen? Irritiert blickte ich meinen Dozenten an. Mit diesem Gesprächsverlauf hatte ich nicht gerechnet.

»Also kriege ich gar keinen Ärger?«

Dass Dr. Natoneks Mundwinkel leicht zuckten, steigerte meine Irritation nur noch.

»Nein, Frau Seger. Vielmehr möchte ich mich entschuldigen. Wie bereits gesagt, würde ich mir wünschen, dass solche Bedenken in Zukunft persönlich geäußert werden, dafür sind meine Sprechstunden da, und ich nehme mir nach jeder Vorlesung Zeit für Ihre Fragen, aber grundsätzlich muss ich eingestehen, dass Sie und ihre Kommilitoninnen recht haben.«

Während seiner Worte hatte ich mich vorgelehnt, um jedes einzelne mitzubekommen. Nun sackte ich wieder nach hinten in den Stuhl. Vor Erleichterung. Er wollte mich nicht des Moduls verweisen oder Ähnliches, er … er stimmte mir zu. Vielleicht nicht vollkommen aus eigenem Antrieb, aber das war mir in dem Moment egal. Mir fiel ein unfassbar großer Stein vom Herzen.

»Sie werden sich freuen, zu hören, dass wir bereits darüber sprechen, den Reader und die Vorlesungsinhalte für das nächste Semester anzupassen. Es tut mir leid, dass Sie davon in der Einführungsveranstaltung nicht mehr profitieren werden, aber

Sie machten auf mich nicht den Eindruck, als würden Sie sich den Stoff nicht ohnehin aneignen.«

Ich nickte, immer noch perplex, wie sich die Dinge entwickelt hatten.

»Ich glaube außerdem, dass die Fachschaftsinitiative etwas für Sie sein könnte. Dort können Sie sich einbringen und vielleicht sogar lernen, die Dinge diplomatischer anzugehen.« Über den Rand seiner Brille sah er mich eindringlich an, aber ich war zu glücklich, aus dem Schneider zu sein, um ihm diesen kleinen Seitenhieb übel zu nehmen. »Aber das mit dem Fachschaftsrat werden Sie ja gleich noch besprechen.«

»Was?«, fragte ich wenig eloquent und sah von ihm zu Cora, die mit einem Lächeln nickte.

»Dazu kommen wir jetzt. Danke schön, dass Sie sich die Zeit genommen haben«, sagte sie an meinen Dozenten gewandt.

Dr. Natonek nickte und stand auf. Bevor er den Raum verließ, wandte er sich mir noch einmal zu. »Ich bin ein Mensch, ich mache Fehler, und aufgrund meines Alters gehöre ich wohl noch der alten Schule an.«

»Ich hoffe, der Podcast hat Ihnen nicht geschadet.« So viel Entschuldigung konnte ich ihm zumindest zugestehen.

»Da machen Sie sich mal keine Sorgen. Das ist eine Pflichtveranstaltung, an mir kommt niemand vorbei.« Er schmunzelte, nickte uns allen noch einmal zu und verließ dann den Raum. Ich beobachtete, wie er die Tür hinter sich schloss, und drehte mich dann zu den anderen um.

»Ich komm am besten gleich zum Thema«, sagte Cora. »Ich liebe den Podcast seit der ersten Folge und wir würden uns riesig freuen, wenn du auch offline etwas verändern möchtest und dir überlegst, der Fachschaftsinitiative beizutreten.«

»Hey.«

Ich hatte gerade meine Mitschriften in meine Tasche gestopft, als neben mir eine sanfte Stimme erklang. Ich war immer noch völlig durch den Wind und hatte nur die zweite Hälfte des Seminars mitbekommen. Mein Kopf war voll, aber ich war seltsam beschwingt.

Nun traf mein Blick auf ein Paar dunkelbrauner Augen. Vor mir stand meine Kommilitonin, die stets in der hintersten Reihe saß und sich eher selten am Unterricht beteiligte. Leider kannte ich ihren Namen dadurch nicht.

»Hi«, antwortete ich und schob meinen Stuhl an den Tisch, um einer Gruppe anderer Studierender Platz zu machen, die an mir vorbei zur Tür wollten.

»Ich …« Die dunkelhaarige Frau wirkte nervös, fasste sich dann aber wieder. »Ich wollte dir nur sagen, dass ich dir glaube. Und ich weiß nicht, ob du es schon entdeckt hast, aber seit heute Morgen hängt unten ein Banner. Das solltest du dir vielleicht mal ansehen.« Sie lächelte leicht. »Na ja, ich geh mal, bevor die Mensa zu voll ist.« Sie winkte und trat bereits zur Tür.

»Danke«, rief ich ihr noch hinterher, dann verschwand sie aus dem Raum.

Was für ein Banner?

Dieser Tag war absolut seltsam. Aber ich könnte mich daran gewöhnen.

Ich schickte ein kurzes Lebensupdate in unseren Gruppenchat, damit Miriam, Phuong und Lia Bescheid wussten, und checkte auf dem Weg nach unten endlich mein Handy. Als ich auf mein Instagram-Profil klickte, hielt ich mitten in der Bewegung inne – wortwörtlich, denn ein Mann rempelte mich an der Schulter an, so abrupt war ich auf der Treppe stehen geblieben. Ich nahm seine gemurmelte Entschuldigung nur beiläufig wahr.

8000 Abonnenten.

Was. Zur. Hölle.

Ich überflog die Nachrichten und Verlinkungen, um herauszufinden, was es damit auf sich hatte. Und dann sah ich es. Ich blickte von meinem Handy auf und ging hinunter bis zu der Außenwand des Hörsaals.

#ichglaubeihr

Ich sah erneut auf mein Handy und dann auf das Banner, das genau wie in den etlichen Story-Verlinkungen an der Wand hing. In großen schwarzen Lettern waren die Buchstaben auf das weiße Laken gemalt. Und da prangte es nun, für jeden ersichtlich.

Eine Gänsehaut lief über meinen gesamten Körper und mir traten Tränen in die Augen. Wer hatte das gemacht? Und wann? Und wie kam es, dass es in den letzten Stunden noch nicht beseitigt worden war? Hing es womöglich schon länger hier?

Da war noch etwas … Ich trat näher zur Wand. Mit Filzstiften und Kugelschreibern standen an etlichen Stellen weitere Wörter und Sätze auf dem Banner. In unterschiedlichen Handschriften. Sie mussten nachträglich hinzugefügt worden sein.

Danke für deinen Podcast und alles, was du tust.

Dein Instagram-Kanal hilft mir total, es tut gut zu wissen, dass man nicht allein ist.
Jaaa! Ich habe darüber sogar jemanden kennengelernt.

Danke! #ichglaubedir – und mach gern mal was dazu, dass auch Männer Wickelstationen auf Toiletten bekommen. Frischgewordener Papa einer Tochter hier, die er hoffentlich auch so selbstbewusst erzieht.

Okay, jetzt war es um meine Fassung definitiv geschehen. Ich lief langsam am Banner entlang und saugte die Wörter auf. Die Buchstaben, die fremde Menschen hinterlassen hatten, die mich gar nicht kannten – einfach so. Um mir Mut zuzusprechen. Und das taten sie. Viel mehr, als ihnen wahrscheinlich jemals bewusst sein würde. Ich trat einige Schritte zurück und sendete ein Foto an unsere Gruppe.

Dann atmete ich einmal tief ein und aus.

»Warum nicht?«, sprach ich mir selbst Mut zu, aktivierte die Selfie-Kamera und fotografierte das Banner noch einmal – mit mir im Vordergrund. Wenige Klicks und eine Caption später war es online.

Ich hatte es wirklich getan. Ich drehte mich um und nahm das Banner mit all seinen kleinen Nachrichten noch einmal auf. Ich kannte keine dieser Personen. Sie kannten mich nicht. Aber was uns verband, waren unsere Geschichten und unsere Erfahrungen. Unser Blickwinkel auf die Welt. Unser Wille, etwas zu ändern.

Ich konnte etwas verändern. Und dieses Wissen, dass ich nicht allein war und nicht nur meine Familie und meine Freunde, sondern mir völlig fremde Menschen hinter mir standen, gab mir die nötige Kraft, mein Handy noch einmal in die Hand zu nehmen und den Anruf zu tätigen, für den ich endlich bereit war.

»Ja?«, ertönte es am anderen Ende.

»Hi, Mama«, sagte ich. »Kann ich vorbeikommen? Es gibt da was, über das ich gern mit euch sprechen würde.«

41. KAPITEL

Kyra

Es geht dir gut. Du bist in Sicherheit. Du hast die Kontrolle.

Diese drei Sätze hatte ich mir auf der Fahrt hierher immer und immer wieder vorgesagt. Ich hoffte, dass sie stimmten. Ich hoffte, dass ich den dritten Satz heute wirklich wahr werden lassen konnte. Meine Eltern saßen vorne und ich hatte mich auf die Rückbank gesetzt. Eingequetscht zwischen Noah und Elias, durch die es hier hinten so eng war wie in einer Sardinendose. Aber sie hatten es sich nicht ausreden lassen, mitzukommen. Elias hatte ich darum gebeten, da ich vermutete, dass er der Polizei ohnehin seine Sicht der Dinge erzählen musste, immerhin war er ein Zeuge. Aber Noah war ohne einen Kommentar erschienen und sein Blick hatte direkt verlauten lassen, dass ich ihn nicht loswerden würde. Jetzt, da mein Herz sich beschleunigte und meine Hände schwitzig auf meinen Jeans lagen, war ich froh darüber.

»Wir sind da.« Mein Vater ließ den Wagen auf dem Parkplatz ausrollen und stieg aus, meine Mutter folgte ihm nach einem kontrollierenden Blick in den Rückspiegel.

»Du kannst es dir immer noch anders überlegen«, sagte Elias.

Noah nickte und seine Augenbrauen waren besorgt zusammengezogen. »Keiner würde dich verurteilen.«

Ich lächelte. »Ich weiß. Aber wenn ihr mit eurer Besorgte-

Brüder-Tour aufhört und wieder anfangt, mich zu beleidigen, ist es das schon wert.«

Noah schnaubte. »Okay. Dann will ich aber keine Beschwerden hören, wenn es so weit ist.«

»Wirst du nicht«, gab ich zurück. »Und jetzt beweg deinen Hintern bitte nach draußen. Ich würd gern aussteigen. Elias ist durch den neuen Job so ein Schrank, dass ich total seltsam dasitzen musste.«

Elias lachte neben mir leise auf. »Wenn du so weitermachst, war es das bald wirklich mit der Schonfrist«, sagte er und stieg aus dem Mercedes meiner Eltern aus.

Gut. Denn das Gerangel mit den beiden nahm mir gerade wirklich meine Nervosität. Nun ja, zumindest ein wenig. Meine Hände waren trotzdem schwitziger als zuvor. Ich trat nach draußen zu meinen Brüdern und blickte auf die braune, kalt wirkende Polizeidirektion.

»Und? Was fühlt ihr, wenn ihr das seht? Ist das schon ein Throwback Thursday?«

Elias sah mich kopfschüttelnd und mit ungläubigem Gesichtsausdruck an. Er und Noah hatten dieses Jahr beide einen Besuch auf dem Revier hinter sich – wenn auch nicht auf diesem. Und nun war ich wohl an der Reihe, wenngleich es bei mir unter völlig anderen Umständen geschah.

»Too soon«, kommentierte Noah und verpasste mir einen leichten Stupser. »An die Nacht denk ich lieber nicht zurück.«

»Na dann«, sagte ich mehr zu mir selbst als zu den beiden und ging voraus. Meine Schritte waren schneller als gewohnt, was zum Teil daran lag, dass ich Angst hatte, dass sie mich sonst wie von selbst zurück zum Auto führten. Aber das würde ich nicht zulassen. Ich war bereit.

Ich hörte die Schritte meiner Familie hinter mir auf dem gekiesten Weg, und das Geräusch gab mir die nötige Kraft. Das und die Gesichter, die ich erblickte, als ich um die Ecke bog und mich dem Haupteingang näherte.

»Was macht ihr hier?«

Phuong sah mich zuerst, sprang auf, lief auf mich zu und drückte mich in ihre Arme. »Du glaubst doch nicht, dass du das ohne uns machst.« Sie hielt mich einige Sekunden lang fest umklammert, dann erst ließ sie mich los.

Miriam legte den Kopf auf meine Schulter. »Wir sind für dich da, immer. Haben wir doch gesagt.«

»Ihr seid die Besten«, flüsterte ich und konnte nichts dagegen tun, dass meine Augen schon wieder gefährlich brannten. Ich hatte mir vorgenommen, nicht zu weinen. Ich wollte zumindest nicht damit beginnen, bevor ich überhaupt das Gebäude betreten hatte.

Miriam nahm meine linke Hand, Phuong meine rechte und gemeinsam stiegen wir die wenigen Stufen zur Tür nach oben. Plötzlich fühlten sich meine Schritte gar nicht mehr schwerfällig an und ich hatte auch nicht das Gefühl, rennen zu müssen.

Ich war nicht allein. Und egal, was da drinnen passierte, ob mir die Beamten glaubten oder nicht – ich hatte ein Umfeld, das mir nicht nur glaubte, sondern das bereit war, mich in allem zu unterstützen – selbst wenn es wie bei Elias persönliche Nachteile mit sich brachte. Wenn es, wie bei meinen Eltern, mit finanziellen Verlusten einhergehen mochte. Und das – dieses Sicherheitsnetz, das mich auffangen würde, egal, was passierte –, konnte mir nichts und niemand nehmen.

Zwei Wochen später

»Ich hab doch gedrückt!«

»Kyra, ich mag dich, aber wenn du meine Maus kaputtmachst, erteile ich dir Hausverbot. Und dann ist mir ganz egal, wie süß Milan mich anguckt, dann wirst du diese WG nie wieder betreten.«

»Ich hasse das Spiel, ich geh was essen.« Ich drückte Basti, der ein breites Grinsen auf dem Gesicht trug, ohne ein weiteres Wort sein Headset in die Hand.

»Das klang brutal«, kommentierte Milan trocken, und als ich mir einen Joghurt aus dem Kühlschrank nahm, umarmte er mich von hinten und presste mir einen Kuss auf den Scheitel.

»Basti zinkt eindeutig Spiele.«

»Ich glaube, Online-Spiele kann man nicht so leicht zinken. Er könnte höchstens so was wie Wall Hacks nutzen, aber dann hättest du gerade einen Vorteil gehabt«, nuschelte Milan an meinem Kopf.

Ich zuckte mit den Schultern und ging, ohne dass er die Hände von mir löste, zur Schublade, um einen Löffel zu holen.

»Ich bleib dann wohl beim normalen Sport und überlasse ihm den E-Sport.« Gegen die Theke gelehnt drehte ich mich um und blickte zu Milan auf. »Apropos Sport, du hast gleich Training, und Miriam und ich wollten heute was zusammen machen. Also trete ich mal besser meinen Walk of Shame an.«

Stirnrunzelnd erwiderte Milan meinen Blick. »Walk of Shame? Mach darüber direkt die nächste Folge. So was sollte es auch nicht geben. Außerdem: Benutzt man so was nicht für One-Night-Stands?« Er hob die Augenbrauen. »Ich wusste, du willst mich nur für meinen Körper. Ich kann es dir zwar nicht verübeln, aber … autsch.«

Spielerisch boxte ich ihn gegen die Schulter, und als er sich ebenso übertrieben an die getroffene Stelle griff, musste ich lachen. Ich löffelte meinen Joghurt in Windeseile, versenkte die leere Verpackung im Mülleimer und machte mich dann ins Bad auf, um mir zumindest die Haare zu kämmen, bevor ich die U-Bahn betrat.

Ich sah vielleicht nicht gerade schick aus, aber erstens war Sonntag und zweitens: Ich sah glücklich aus. Und das war viel wichtiger. Nicht nur das, ich war glücklich. Das Verfahren gegen Christopher war noch am Laufen, aber ich hatte alles in meiner Macht Stehende getan, um mir und dem, was mir passiert war, gerecht zu werden, und andere Frauen zu schützen. Außerdem hatte ich mir Lias Ratschlag zu Herzen genommen und mich nach psychotherapeutischer Behandlung umgesehen. Zwar stand ich vorerst auf der Warteliste, aber schon nach dem Anruf hatte ich eine unfassbare Erleichterung gespürt, mit jemandem sprechen zu können, der meine Gefühle und Verhaltensweisen objektiv würde beurteilen können.

Ich fuhr mir mit den Fingern durch die langen Haare und fasste sie zu einem hohen Pferdeschwanz zusammen. Dann putzte ich mir die Zähne – mit meiner eigenen Zahnbürste, die mittlerweile hier stand, was bei Lukas pure Begeisterung ausgelöst hatte. Warum auch immer, aber dass es ihn so zu überraschen schien, machte das Ganze für mich noch wertvoller. Ich spritzte mir etwas kaltes Wasser ins Gesicht und beschloss, dass das für den Heimweg reichen musste.

Als ich nach draußen trat, wartete Milan schon mit der Sporttasche über der Schulter auf mich.

»Bereit?«

Ich nickte und holte meinen Rucksack aus seinem Zimmer. »Jetzt zumindest. Letztes Training vorm großen Spiel. Bist du bereit?«

»Bereit geboren«, gab er zurück und grinste. Aber ich wusste, dass unter diesem Grinsen auch ein wenig Unsicherheit verborgen war. Christopher war nach seiner Aussage bei der Polizei vorerst zu seiner Mutter an die Ostsee gefahren. Rico hatte Christopher suspendiert, Ben zum Kapitän befördert und so war die Wahl des neuen Co-Kapitäns auf Milan gefallen.

»Lukas!«, rief Milan, und kurz darauf ging die Tür zu dessen Zimmer auf. Er sah aus, als wäre er gerade erst aufgestanden, trug aber immerhin sein Trikot.

»Jap, startklar. Schrei nicht so, Basti schläft bestimmt noch.«

»Basti ist wach genug, um mir schlechte Laune zu bereiten«, gab ich zurück, während ich meine Jacke anzog. Der Dezember hatte neue Tiefsttemperaturen gebracht und ich streifte mir meinen linken Handschuh über. Mit der freien Hand tippte ich schnell eine Nachricht an Miriam, um ihr mitzuteilen, dass ich auf dem Weg nach Hause war. Wir hatten eine neue Podcastfolge geplant.

Wir. Denn Miriam wollte Teil des Podcasts sein, zumindest für diese eine Folge. Und allein bei dem Gedanken daran wurde ich wieder nervös. An dem Abend nach meinem Besuch bei der Polizei hatten Elias, Noah, Miriam, Phuong und ich noch eine halbe Ewigkeit in unserem Wohnzimmer gesessen und geredet. Und nachdem die anderen nach Hause aufgebrochen waren, hatte Miriam gefragt, ob sie ebenfalls eine Art Leserbrief einsprechen konnte. Nur ohne Brief. Sie hatte mir bis heute noch nicht sagen wollen, über was sie sprechen wollte. Und wie ihrer Nachricht von heute Morgen zu entnehmen war, stand sie nach wie vor hinter ihrer Entscheidung.

»So, jetzt wirklich startklar«, sagte Lukas, als er sich endlich Jacke und Schuhe angezogen hatte. Milan öffnete die Tür.

»Schreib mir nach eurer Aufnahme, ja?«, sagte Milan, als wir unten an ihren Fahrrädern angekommen waren. Atemweiß umspielte sein Gesicht.

Ich nickte. »Mach ich.«

Milan beugte sich zu mir herunter und hauchte mir einen Kuss auf die Lippen.

»Nehmt euch ein Zimmer, das ist ja eklig«, sagte Lukas.

»Wie alt bist du, zwölf?«

»Zu dieser unchristlichen Uhrzeit, ja. Das weckt Erinnerungen an die Schule. Und jetzt löst euch voneinander, ich will nicht zu spät kommen. Ich hab diesen super anstrengenden neuen Co-Kapitän, der mich immer Extrarunden laufen lässt wenn ich irgendwas falsch mache.«

Kopfschüttelnd sah Milan zu seinem besten Freund und wieder zu mir. »Wieso kriegst du die süßen, unterstützenden Freundinnen, und ich schlage mich mit dieser Plage rum?«

»Du wirst's überleben«, kommentierte ich.

»Ein bisschen mehr Mitleid wäre angebracht.«

»Du wirst's überleben, und wenn nicht, tut es mir echt leid.«

»Viel besser«, sagte Milan mit einem Grinsen. Er drückte meine Hand noch einmal und machte sich dann daran, sein Fahrrad vom Schloss zu befreien.

Ich winkte Lukas noch einmal und kehrte den beiden dann den Rücken zu, um zur U-Bahn zu gehen. »Das mit der Plage hab ich übrigens mitbekommen«, hörte ich ihn im Weggehen noch sagen.

Ich verkniff mir mein Lachen und ging die kahle Allee entlang, atmete die Berliner Winterluft ein und war nicht zum ersten Mal in den letzten Tagen unglaublich dankbar für die vergangenen Wochen. Sie mochten ein einziges Auf und Ab gewesen sein, aber sie waren vor allem eins gewesen: lehrreich. Das erste Semester war noch nicht einmal vorbei, und neben dem Stoff, den ich in all den Fächern gepaukt hatte, hatte ich in erster Linie unglaublich viel über mich selbst gelernt. Über das, was ich in der Lage war zu tun. Und ich war zuversichtlich, dass das erst der Anfang war.

EPILOG

Miriam

Hoffentlich zitterte meine Stimme gleich nicht.

Ich war so nervös, dass ich am liebsten an meinen Nägeln gekaut hätte, aber ich wusste, dass ich das spätestens nach der Aufnahme bereuen würde.

»Sprich einfach nur mit mir und stell dir vor, wir reden ganz normal. Tun wir eigentlich auch, du wolltest mir ja noch nicht sagen, um was es geht. Und wenn es dir nicht gefällt, dann löschen wir die Aufnahme einfach, ist schließlich nicht live.«

Kyra hatte gut reden. Sie machte das nicht zum ersten Mal und hatte generell gar kein Problem damit, vor Menschen zu sprechen. Ich hingegen wurde schon nervös, wenn ich vor einem zwanzig Personen großen Kurs ein Referat halten musste. Diese Podcastfolge würde Tausende Menschen erreichen. Nein, mittlerweile Zehntausende. Geteilt werden. Und ich hatte keine Ahnung, von wem und an wen.

»Du bist ja auch anonymisiert«, fuhr Kyra fort. »Oder wir lassen es? Du musst überhaupt nicht, du kannst auch noch Nein sagen.« Sie spielte mit einer ihrer dunklen Haarsträhnen und sah mich erwartungsvoll an.

Ich schüttelte den Kopf. »Nein, ich will das.«

Wollte ich wirklich. Ich trug diese Sache seit etwas über zwei Jahren mit mir herum und mir war gar nicht klar gewesen, dass ich sie erzählen wollte. Bis ich gesehen hatte, wie Kyra aufblühte, nachdem sie ihre Geschichte erzählt hatte. Sie war schon immer selbstbewusst und offen gewesen, aber ihre Leichtigkeit war zurückgekehrt. Ich hatte Lia erst vor Kurzem kennengelernt, aber auch bei ihr hatte ich aus nächster Nähe erlebt, wie sie immer offener wurde, wie sie ihre Kunst nutzte, um das Erlebte zu verarbeiten, und wie gut es ihr tat. Wenn ich nur einen Teil davon auch für mich gewinnen konnte, dann wäre das der richtige Schritt.

Denn nur eine Person kannte diese Geschichte. Und diese Person war nun tot. Meine Oma war der einzige Mensch gewesen, dem ich mich anvertraut hatte. Weil ich wusste, dass sie mich niemals verurteilen würde. Und das hatte sie nicht. Aber kurz vor ihrem Tod hatte sie mir ans Herz gelegt, mich mit meiner Familie zusammenzusetzen. Nur dass ich das nicht konnte. Ich konnte ihnen nicht in die Augen sehen und mit ihnen darüber reden. Ich hatte es ja nicht einmal Kyra sagen können. Und ich dachte immer, dass dieses Schweigen ein Zeichen von Schwäche war. Doch dann hatte auch Kyra gestanden, dass es ihr schwergefallen war. Dass sie ebenfalls nicht mit ihren Eltern hatte sprechen können. Kyra. Meine beste Freundin, die so viel mutiger war als ich. Ich hoffte, dass sie einen Teil dieses Muts nun auf mich übertrug.

»Muss ich irgendwas beachten?«, fragte ich und merkte, wie mein Herz heftiger zu schlagen begann, dabei hatten wir noch nicht einmal begonnen.

Kyra schüttelte den Kopf. »Ne. Sprich einfach ins Mikro. Ich moderier an wie immer und dann steigst du ein. Und wenn du dich versprichst, fang einfach noch mal an, dann schneid ich das raus.« Sie drückte kurz meine Hand. »Du kannst das.«

Ich nickte. »Okay.«

»Bereit?«

»Bereit.«

»Herzlich Willkommen zurück zu einer Folge von *Your Story is My Story*. Ich bin Kyra Seger und die heutige Folge ist eine ganz besondere, da ich zum ersten Mal einen Gast live bei mir habe und zu diesem Zeitpunkt genauso unvorbereitet bin wie ihr.«

Kyras Worte waren routiniert und sie sprach klar und deutlich. An keiner Silbe blieb sie hängen. Ich hingegen merkte, wie meine Hände eiskalt wurden und es trocken in meinem Hals kratzte. Am liebsten wäre ich aus Kyras Zimmer gelaufen, aber das kam nicht infrage.

»Magst du dich kurz vorstellen und deine Geschichte mit uns teilen?«

Das war sie. Die Überleitung. Die Frage, auf die es eine einfache Antwort gab.

»Hallo, danke, dass ihr zuhört. Ich … ich bin heute hier, weil …« Ich zögerte nur einen kleinen Moment. »Ich hatte vor zwei Jahren eine Abtreibung.«

Die Worte purzelten zu schnell über meine Zunge, als hätte jedes weitere an Gewicht zugenommen und die Schwerkraft ihr Übriges getan, um sie aus meinem Mund direkt zum Mikrofon zu befördern. Aber sie waren ausgesprochen.

Zitternd atmete ich aus, was man mit Sicherheit in der Aufnahme hörte, aber das war mir in diesem Moment egal. Kyra starrte mich aus blauen Augen heraus an und nickte kurz, wie um mich aufzufordern, weiterzusprechen. Und das tat ich. Zum ersten Mal sprach ich offen darüber. Nicht flüsternd, als sei es etwas, für das ich mich schämen musste. Denn das tat ich nicht. Es war nichts, was ich bereute, und nichts, wofür ich mich schämte.

Ich hatte abgetrieben. Und ich hatte es zum ersten Mal in meinem Leben jemandem außer meiner Oma gesagt. Die Welt lief noch in ihren Bahnen und Kyra hatte die Hand, während meine Worte weiter ohne Beeinflussung bewusster Gedanken aus mir flossen, auf meine gelegt. Sie lächelte leicht. Und ich erwiderte es.

Vielleicht war ich doch nicht so schwach, wie ich immer dachte. Vielleicht musste ich diesen Teil von mir nicht verstecken. Vielleicht konnte ich lernen, mehr in mich selbst zu vertrauen und mutiger zu werden – nicht nur in dieser, sondern auch in anderen Angelegenheiten. Aber das war eine andere Geschichte.

DANKSAGUNG

Ich dachte, Schreiben wird mit jedem Buch leichter. In mancherlei Hinsicht mag das auch stimmen, aber *Fadeaway* hat mir gezeigt, dass das nicht in allen Belangen zutrifft. Deshalb gilt mein erster Dank meiner Protagonistin Kyra, die mich mit sehr viel konfrontiert hat, das ich jahrelang in mir verschlossen habe. Sie hat es – manchmal auch schmerzhaft – aus mir heraus an die Oberfläche gerissen und mir dann geholfen, es zu sortieren.

Dieses Buch zu vollenden, wäre allein wesentlich schwerer gewesen. Ein großer Dank gilt deshalb meinen Freunden und Freundinnen, die mich nicht nur während des Schreibprozesses unterstützen, sondern in allen Lebenslagen. Danke an Alex, Ava, Bianca, Caro, Chris, Jesus, Klaudia, Laura, Maike, Marie, Nils, Raphael, Saskia, Tami und Nina. Ein besonderer Dank an Nicole, die sich stundenlang bei *Red Dead Redemption 2* meinen Plot angehört und die richtigen Fragen gestellt hat.

Danke an meine Eltern, für alles, vor allem aber für die Kaffeemaschine.

Ein ganz großes Dankeschön an meine wundervolle Lektorin Steffi. Du hattest Angst, dass ich dich während des Lektorats hassen könnte, aber ich glaube, dieses Buch hätte es nicht besser treffen können. Danke für deine klugen Kommentare und dass du dafür gesorgt hast, dass ich noch ein bisschen tiefer gegraben habe. Dank gebührt auch meiner Außenlektorin Klaudia, Marketing-Genie Simone und allen Mitarbeiter:innen bei LYX und Bastei Lübbe.

Danke an meine Agentinnen Kristina und Gesa, die ich immer mit Fragen löchern darf. Danke für euer Vertrauen in mich und meine Projekte.

Danke an Jule, Saskia und Fabian fürs Testlesen. Danke an Kaddy für das Korrektur-Lesen der Handballszenen. Danke an Marie und Melanie für das Prüfen der Uniszenen, ihr wart meine Berliner Augen während des Lockdowns. Danke an Tobi fürs Beantworten der Lehramtsfragen. Danke an Finja und die anonyme Verfasserin des Leserbriefs. Danke, dass ich eure Worte und euer Wissen im Originalton nutzen durfte. Ich habe viel von euch gelernt und danke euch für euer Vertrauen. Danke an Yoko für die kurzfristige Hilfe.

Danke an Flo für die Pausen, die Ablenkung beim Signieren und die schönsten Katzenoutfits.

Danke an Dennis, der mir bettelnde Nachrichten geschickt hat, ich möge das Lektorat verlassen und *Guild Wars 2* spielen kommen.

Harmony, thanks for the music and all the feminist and literary discussions. Also, thanks for the stone throwing in Ballycotton.

Danke an alle Buchhändler:innen für eure großartige Arbeit.

Danke an meine Leser:innen für all das Feedback, die lieben Nachrichten, und dass ihr dieses Buch hier in den Händen haltet. Danke an meine Instagram-Community und danke an meine Twitch-Community, insbesondere alle, die sich ins Discord verirrt haben. Ihr habt die letzten Monate mehr bereichert, als ihr ahnt.

Und dann noch einmal ein besonderes Dankeschön an dich. Danke, dass du *Fadeaway* gelesen hast. Du kannst das Buch jetzt zuklappen. Wir sehen uns in *Runaway* wieder. Oder schreib mir einfach bei Instagram an @anabellestehl, ich freu mich, dich kennenzulernen!

Die Liebesgeschichte von Micah und Julian – herzzerreißend und unvergesslich

Laura Kneidl
SOMEONE NEW
544 Seiten
ISBN 978-3-7363-0829-9

Als Micah auf ihren neuen Nachbarn trifft, kann sie es nicht glauben: Es ist Julian, der kurz zuvor ihretwegen seinen Job verloren hat. Micah fühlt sich schrecklich, weil Julian ihr nicht mal die Gelegenheit gibt, sich zu entschuldigen. Doch seine undurchdringliche Art fasziniert Micah, und sie will ihn näher kennenlernen. Dabei findet sie heraus, dass Julian nicht nur sie, sondern alle Menschen auf Abstand hält. Denn er hat ein Geheimnis, das die Art, wie sie ihn sieht, für immer verändern könnte …

»Ein absolutes Must-Read, das ich am liebsten in jedes Regal der Welt stellen möchte.« LESELURCH.DE

Wenn meine Welt stillsteht, dreht sich deine dann weiter?

Ava Reed
TRULY

384 Seiten
ISBN 978-3-7363-1296-8

Kein Job, keine Wohnung, kein Geld – so kommt Andie nach Seattle. Hier will sie sich ihren Traum erfüllen und endlich zusammen mit ihrer besten Freundin an der Harbor Hill University studieren. Während Andie darum kämpft, das Chaos in ihrem Leben in den Griff zu bekommen, trifft sie auf Cooper, der sie mit seiner schweigsamen Art gleichermaßen anzieht wie verwirrt. Und obwohl Andie genug Sorgen hat, lässt er sie einfach nicht los. Sie will wissen, wer Cooper wirklich ist. Aber sie merkt schnell, dass manche Geheimnisse tiefe Wunden hinterlassen…

»*Truly* ist einer der schönsten New-Adult-Romane, die ich je gelesen habe.« TAMI FISCHER

LYX

Sie möchte endlich nach vorne blicken.
Er macht es ihr unmöglich

Sarah Sprinz
WHAT IF WE DROWN

400 Seiten
ISBN 978-3-7363-1448-1

Ein Neuanfang – das ist Lauries sehnlichster Wunsch, als sie nach dem tragischen Tod ihres Bruders an die Westküste Kanadas zieht. Noch vor der ersten Vorlesung ihres Medizinstudiums an der University of British Columbia lernt sie Sam kennen und spürt sofort, dass er sie auf eine nie gekannte Weise versteht. Unaufhaltsam schleicht sich der attraktive Jungmediziner in ihr Herz. Bis Laurie erkennt, wie tief er in die Ereignisse der Nacht verstrickt war, die ihren Bruder das Leben kostete …

LYX